Tormento

Tormento

LAUREN KATE

Traducción de Marta Mabres Vicens

Vintage Español
Una división de Random House, Inc.
Nueva York

PRIMERA EDICIÓN VINTAGE ESPAÑOL, JUNIO 2011

Copyright de la traducción © 2010 por Marta Mabres Vicens

Todos los derechos reservados. Publicado en coedición con
Random House Mondadori, S. A., Barcelona, en los Estados Unidos
de América por Vintage Español, una división de Random House, Inc.,
Nueva York, y en Canadá por Random House of Canada Limited,
Toronto. Originalmente publicado en inglés en EE.UU. como
Torment por Delacorte Press, un sello de Random House Children's
Books, una división de Random House, Inc., Nueva York, en 2010.
Copyright © 2010 por Tinderbox Books, LLC, y Lauren Kate. Esta
traducción fue originalmente publicada en España por Random House
Mondadori, S. A., Barcelona, en 2010. Copyright © 2010 por
Random House Mondadori, S. A.

Vintage es una marca registrada y Vintage Español y su colofón son
marcas de Random House, Inc.

Información de catalogación de publicaciones disponible en la
Biblioteca del Congreso de los Estados Unidos.

Vintage ISBN: 978-0-307-74512-5

www.vintageespanol.com

Impreso en los Estados Unidos de América
10 9 8 7 6 5 4

Para Elizabeth, Irdy, Anne y Vic.
Me considero muy afortunada por teneros.

Que si injerto en tus alas yo las mías,
el vuelo hará Aflicción que avance en mí.

GEORGE HERBERT, *Alas pascuales*
(Traducción de Daniel Najmías)

Prólogo
Aguas neutrales

Daniel miraba la bahía. Sus ojos eran tan grises como la espesa niebla que se cernía sobre la costa de Sausalito, como las aguas agitadas que lamían la playa de guijarros a sus pies. El violeta había desaparecido por completo de sus pupilas y lo sabía. Ella estaba demasiado lejos.

Se abrigó al notar la tormenta gélida que traían las aguas. Aunque se arrebujó en la gruesa chaqueta marina de color negro, sabía que aquel era un gesto inútil. Cazar siempre lo dejaba aterido.

Solo una cosa le podría hacer entrar en calor en ese momento, pero se hallaba fuera de su alcance. Echó de menos la coronilla de ella, el lugar perfecto donde posar los labios. Evocó su cuerpo entre sus brazos, y se vio a sí mismo besándole el cuello. Con todo, era mejor que Luce no estuviera allí en ese instante, porque aquella visión la horrorizaría.

A su espalda, los balidos de los leones marinos dormitando en grupos a lo largo de la orilla meridional de la isla Ángel reflejaban a la perfección cómo se sentía: atrozmente solo, sin nadie alrededor para escucharle.

Nadie excepto Cam.

Este se encontraba agachado ante él atando un ancla oxidada en torno a un bulto mojado que yacía en el suelo. Pese a estar ocupado en algo tan siniestro, Cam tenía buen aspecto. Sus ojos verdes brillaban y llevaba el pelo negro muy corto. Era la tregua que proporcionaba a los ángeles un resplandor más intenso en las mejillas, un brillo más lustroso al cabello e incluso realzaba aún más sus cuerpos perfectamente musculados. Para los ángeles, los días de tregua eran lo más parecido a unas vacaciones en la playa para los humanos.

De ahí que, aunque Daniel lamentaba profundamente cada vida a la que tenía que poner fin, ante los demás tuviera la apariencia de alguien recién llegado de una semana de descanso en Hawai: relajado, descansado, moreno.

Mientras apretaba un nudo complicado, Cam dijo:

—Típico de Daniel: siempre haciéndose a un lado y dejándome el trabajo sucio.

—Pero ¿qué dices? He sido yo quien ha acabado con él.

Daniel bajó la mirada hacia el muerto, contempló el áspero y apelmazado pelo gris en su frente pálida, las manos nudosas, los chanclos de goma baratos y el reguero de color rojo oscuro que le atravesaba el pecho. Aquello le hizo volver a sentir mucho frío. Si matar no fuera imprescindible para garantizar la seguridad de Luce, él no habría vuelto a blandir ningún arma, ni a luchar en ninguna otra batalla.

Por otra parte, había algo en la muerte de ese hombre que no acababa de encajar. De hecho, Daniel tenía el vago e inquietante presentimiento de que había algo completamente equivocado.

—Acabar con ellos es lo divertido. —Cam hizo una lazada con la cuerda en torno al pecho del hombre y la apretó por debajo de los brazos—. El trabajo sucio es deshacerse de ellos tirándolos al mar.

Daniel sostenía aún la rama de árbol ensangrentada en la mano. Cam se había burlado de aquella elección, pero daba igual lo que utilizara. Daniel era capaz de matar con cualquier cosa.

—Date prisa —gruñó, molesto ante el placer evidente que Cam sentía con el derramamiento de sangre humana—. Estás perdiendo el tiempo. La marea está bajando.

—Si no lo hacemos a mi modo, mañana la pleamar volverá a arrastrar a Slayer a la orilla. Eres demasiado impulsivo, Daniel, siempre lo has sido. ¿Piensas alguna vez con amplitud de miras?

Daniel se cruzó de brazos y volvió a contemplar las crestas blancas de las olas. Un catamarán turístico procedente del muelle de San Francisco se dirigía hacia ellos. En otros tiempos, la visión de aquel barco le habría evocado todo un torrente de recuerdos. Mil salidas dichosas con Luce por un océano de miles de vidas. Pero ahora, cuando ella podía morir y no regresar, en esta vida en la que todo era distinto y en la que no iba a haber más reencarnaciones, Daniel era muy consciente de que ella carecía de recuerdos.

Era la última oportunidad. Para ambos. En realidad, para todo el mundo. Lo importante, por lo tanto, era el recuerdo de Luce, no el de Daniel, y para que ella sobreviviera era imprescindible sacar a la superficie con delicadeza muchas verdades asombrosas. Notó cómo todo el cuerpo se le tensaba al pensar en las cosas de las que ella se iba a enterar.

Cam se equivocaba si creía que Daniel no pensaba en el siguiente paso.

—Sabes que solo hay un motivo por el que sigo aquí —dijo Daniel—. Tenemos que hablar de ella.

Cam se echó a reír.

—¡Hablo de Luce!

Se cargó el cadáver empapado al hombro con un gruñido. La chaqueta marinera del muerto se tensó con las cuerdas que Cam había atado a su alrededor. La pesada ancla seguía prendida en su pecho ensangrentado.

—¿No te ha parecido que la carne estaba algo... cartilaginosa? —preguntó Cam—. Casi me parece insultante que los Ancianos no enviaran a un sicario más joven y difícil.

A continuación dobló las rodillas y, cual lanzador de peso olímpico, giró sobre sí mismo tres veces para darse impulso y arrojar el cadáver unos treinta metros por el aire sobre las aguas.

Durante unos escasos y largos segundos, el cuerpo vagó por la bahía. Luego, el peso del ancla comenzó a arrastrarlo hacia las profundidades. Salpicó de forma ostensible en las aguas de intenso color turquesa y al instante se hundió y desapareció de la vista.

Cam se frotó las manos.

—Creo que acabo de establecer un récord.

Se parecían en muchas cosas.

—Para mí no deja de ser un misterio cómo puedes tomarte la muerte de los humanos tan a la ligera —dijo Daniel.

—Ese tipo se lo tenía bien merecido —respondió Cam—. ¿De verdad que no ves la parte divertida de todo esto?

Daniel lo miró fijamente antes de espetar:

—Para mí ella no es un juego.

—Y precisamente por esa razón perderás.

Daniel agarró a Cam por el cuello de su gabardina de color gris metálico. Sopesó la posibilidad de arrojarlo al agua del mismo modo en que este había lanzado al depredador.

Una nube eclipsó el sol unos instantes y les oscureció los rostros con su sombra.

—Calma —dijo Cam apartándole las manos—. Tienes muchos enemigos, Daniel, y ahora mismo yo no soy uno de ellos. Acuérdate de la tregua.

—¡Valiente tregua! —replicó Daniel—. Dieciocho días en que otros van a intentar matarla.

—Dieciocho días en que tú y yo los vamos a liquidar —le corrigió Cam.

Era tradición en el Cielo que las treguas duraran dieciocho días. En el Cielo, el dieciocho era el número más afortunado, el más alentador, el número en que se dividían todos los grupos y categorías. En algunas lenguas de mortales, el dieciocho incluso había llegado a significar la vida, aunque, en este caso, fácilmente podía significar para Luce la muerte.

Cam estaba en lo cierto. Conforme la noticia de la condición mortal de ella fuera llegando a los escalafones celestiales más bajos, sus enemigos se doblarían una y otra vez todos los días. La señorita Sophia y su cohorte, los Veinticuatro Ancianos de Zhsmaelin, seguían yendo a la caza de Luce. Esa misma mañana, Daniel había vislumbrado a los Ancianos en las sombras arrojadas por las Anunciadoras. Y había visto otra cosa más: otro tipo de oscuridad más siniestra que a primera vista no había sabido reconocer.

Un rayo de luz atravesó las nubes, y Daniel vio de reojo algo brillante en el suelo. Se giró, se arrodilló y recogió una flecha solitaria que se había quedado hundida en la arena mojada. Era más fina de lo habitual, de color plata mate y estaba adornada con grabados circulares. Era cálida al tacto.

Daniel contuvo el aliento. Hacía una eternidad que no veía una flecha estelar. Los dedos le temblaban cuando la sacó de la arena con cuidado, procurando no tocar su extremo afilado y letal.

Ahora sabía de dónde provenía aquella oscuridad de la Anunciadora de la mañana. Esa noticia era incluso más siniestra de lo que había temido. Se volvió hacia Cam con la flecha, ligera como una pluma, balanceándose en su mano.

—Ese depredador no actuaba solo.

Cam se tensó al ver la flecha. Se acercó a ella de modo casi reverencial, tendiendo la mano para tocarla del mismo modo que lo había hecho Daniel.

—Dejar atrás un arma tan valiosa… Sin duda ese Proscrito tenía que tener mucha prisa por marcharse.

Los Proscritos: una secta de ángeles invertebrados, veleidosos, rechazados tanto en el Cielo como en el Infierno. Su único poder residía en Azazel, el ángel aislado, uno de los pocos forjadores de estrellas que aún sabían cómo crear flechas estelares. Arrojada por su arco de plata, una flecha estelar apenas provocaba un moretón en un mortal. En cambio, para los ángeles y los demonios, aquella era el arma más letal de todas.

Todo el mundo quería tenerlas, pero nadie estaba dispuesto a asociarse con los Proscritos; así, los trueques para obtener flechas estelares se hacían siempre de forma clandestina a través de terceros. Esto significaba que el tipo al que Daniel había matado no era un sicario enviado por los Ancianos, sino un intermediario. El Proscrito, el verdadero enemigo, se había desvanecido, seguramente en cuanto vio a Daniel y Cam. Daniel se estremeció. No eran buenas noticias.

—Hemos matado a la persona equivocada.

—¿Equivocada? —Cam le ignoró—. ¿Acaso el mundo no está mejor con un depredador menos? ¿Y Luce tampoco? —Miró a Daniel y luego al mar—. El único problema…

—… son los Proscritos.

Cam asintió.

—Ahora ellos también la quieren.

Daniel notó que las puntas de las alas se le erizaban debajo del jersey de cachemira y del abrigo grueso que llevaba, provocándole una picazón intensa que le hizo estremecer. Se quedó quieto, con los ojos cerrados y los brazos a los lados, esforzándose por contenerse antes de que las alas se le desplegaran como velas de velero, lo levantaran y lo alzaran de la isla, haciéndole atravesar la bahía hasta mucho más allá. Directamente junto a ella.

Con los ojos cerrados trató de imaginarse a Luce. Se había tenido que obligar a marcharse de la cabaña, del sueño tranquilo en que ella quedó sumida en el islote situado al este de la isla de Tybee. Allí debía de haber oscurecido ya. ¿Estaría despierta? ¿Tendría hambre?

La batalla en Espada & Cruz, los descubrimientos realizados y la muerte de su amiga habían afectado mucho a Luce. Los ángeles suponían que pasaría durmiendo todo el día y toda la noche. Pero era preciso tener un plan para el día siguiente por la mañana.

Era la primera ocasión en que Daniel había propuesto una tregua. Definir los límites, establecer las normas e idear un sistema de penalizaciones si alguno de los lados las incumplía… Se trataba de una responsabilidad enorme que asumir con Cam. Evidentemente, estaba dispuesto a hacerlo. Haría cualquier cosa por ella… pero quería tener la certeza de que lo hacía bien.

—Tenemos que esconderla en algún lugar seguro —dijo—. Hay una escuela en el norte, cerca de Fort Bragg…

—La Escuela de la Costa. —Cam asintió—. Mi bando también ha sopesado esa posibilidad. Estará bien allí. Recibirá una educación que no la pondrá en peligro. Y, lo más importante, estará protegida.

Gabbe ya había explicado a Daniel la protección que la Escuela de la Costa podía proporcionar. Pronto correría la voz de que Luce se ocultaba allí, pero por lo menos durante un tiempo, en el perímetro de la escuela, ella sería prácticamente invisible. En el interior, Francesca, el ángel más cercano a Gabbe, cuidaría de Luce. En el exterior, Daniel y Cam cazarían y matarían a todo aquel que osase acercarse a los límites de la escuela.

¿Quién habría hablado a Cam de la Escuela de la Costa? A Daniel no le gustaba la idea de que ese bando supiera más que el suyo. Se maldijo por no haber visitado la escuela antes de que se tomara esa decisión, pero para él había sido muy duro abandonar a Luce cuando lo hizo.

—Puede empezar mañana mismo. Siempre y cuando… —Los ojos de Cam recorrieron el rostro de Daniel—. Siempre y cuando tú estés de acuerdo.

Daniel se llevó la mano al bolsillo de la camisa, donde guardaba una fotografía reciente. Luce en el lago de Espada & Cruz. El pelo mojado y brillante, y una sonrisa extraña en la cara. Por lo general, cuando en una vida conseguía una fotografía de ella, la perdía de nuevo. Pero en esta ocasión aún seguía allí.

—Venga, Daniel —dijo Cam—. Los dos sabemos lo que necesita. La matriculamos… y la dejamos tranquila. No podemos hacer nada para acelerar esta parte: solo dejarla sola.

—No puedo abandonarla tanto tiempo.

Pronunció aquellas palabras demasiado rápido. Bajó la vista para contemplar la flecha que tenía en la mano y se sintió mal. Le habría gustado arrojarla al océano, pero no podía.

—Así que no se lo has dicho —dedujo Cam entornando los ojos.

Daniel se quedó inmóvil.

—No le puedo decir nada. Podríamos perderla.

—Tú podrías perderla —le corrigió Cam con desdén.

—Ya sabes qué quiero decir. —Daniel se puso tenso—. Es demasiado arriesgado suponer que ella lo aceptará todo sin…

Cerró los ojos para borrar de su cabeza aquella llamarada de color rojo intenso. Pero en su mente siempre había un fuego que amenazaba con extenderse como un incendio descontrolado. Si le contaba la verdad, la mataría y desaparecería definitivamente. Y él sería el responsable. Daniel no podía hacer nada —no podía existir— sin ella. Le ardían las alas con solo pensarlo. Mejor protegerla durante un tiempo más.

—¡Qué bien te viene esto! —musitó Cam—. Espero que no la defraude.

Daniel no le hizo caso.

—¿De verdad crees que ella podrá estudiar en esa escuela sin distracciones?

—Sí —respondió Cam lentamente—. Siempre y cuando nosotros acordemos que no tenga distracciones externas. Es decir, ni Daniel ni Cam. Tiene que ser una regla cardinal.

¿No verla en dieciocho días? Daniel no se lo podía imaginar. Ni podía imaginarse tampoco que Luce se aviniera a ello. Acababan de encontrarse en esta vida y por fin tenían la ocasión de estar juntos.

Pero, como siempre, si le explicaba los detalles la podría matar. No podía conocer sus vidas pasadas de boca de los ángeles. Luce no lo sabía, pero pronto estaría en condiciones de hacerse una idea de todo por sí misma.

La verdad oculta y, en concreto, lo que Luce pensaría de ello era algo que aterraba a Daniel. Sin embargo, el modo de liberarse de aquel ciclo horrible era que Luce lo descubriera todo por su cuenta. Por eso su experiencia en la Escuela de la Costa iba a ser crucial. Durante dieciocho días Daniel podría matar a todos los Proscritos que se encontrara. Pero en cuanto la tregua finalizara, todo volvería a quedar en manos de Luce. Y solo en manos de ella.

El sol se estaba poniendo detrás del monte Tamalpais, y la niebla de la tarde empezaba a asomar.

—Déjame llevarla a la Escuela de la Costa —dijo Daniel, a sabiendas de que sería su última ocasión de verla.

Cam lo miró de forma extraña, preguntándose si acceder. Por segunda vez, Daniel tuvo que forzar físicamente sus alas doloridas para que permanecieran ocultas bajo la piel.

—De acuerdo —accedió Cam al fin—, pero a cambio de la flecha estelar.

Daniel le entregó el arma, y Cam se la metió en el abrigo.

—Llévala a la escuela y después búscame. ¡No la fastidies! Estaré vigilando.

—¿Y luego?

—Tú y yo tenemos que ir de caza.

Daniel asintió y desplegó las alas saboreando el placer que aquel gesto le provocaba en todo el cuerpo. Se quedó de pie un momento, mientras hacía acopio de energía, notando la dura resistencia del viento contra su armadura. Era el momento de huir de esa escena maldita y desagradable y dejar que sus alas lo llevaran a un lugar donde podía ser él mismo.

Con Luce.

Y con la mentira con la que aún tendría que vivir durante algo más de tiempo.

—La tregua empieza mañana a medianoche —exclamó Daniel mientras levantaba una nube de arena en la playa al alzarse y planear por el cielo.

1
Dieciocho días

Luce se había propuesto mantener los ojos cerrados durante las seis horas que duraba el vuelo que la llevaría de Georgia a California, en concreto hasta el momento en que las ruedas del avión tocaran San Francisco. Semidormida le resultaba más fácil imaginar que ya estaba de nuevo con Daniel.

Le parecía que llevaba toda la vida sin verlo, aunque en realidad solo habían sido unos días. Desde el viernes por la mañana, cuando se habían despedido en Espada & Cruz, ella se sentía físicamente mal. La ausencia de su voz, de su calor, del tacto de sus alas... había calado profundamente en ella, como si de una extraña enfermedad se tratase.

Entonces un brazo la rozó, y Luce abrió los ojos. Se encontró de cara con un chico de ojos grandes y pelo castaño algo mayor que ella.

—Lo siento —dijeron los dos a la vez separándose ligeramente a ambos lados del reposabrazos del avión.

Por la ventana, las vistas eran asombrosas. El avión había iniciado el descenso a San Francisco, y Luce nunca había visto nada semejante. Conforme recorrían el lado sur de la bahía, un afluente azul parecía hendir la tierra en su sinuoso camino hacia el mar. La corriente separaba un campo verde intenso a un lado y un remolino de color rojo vivo y blanco al otro lado. Apretó la frente contra el cristal doble de plástico para obtener una mejor perspectiva.

—¿Qué es eso? —se preguntó en voz alta.

—Sal —respondió el muchacho señalando con el dedo. Se inclinó más hacia ella—. La extraen del Pacífico.

Aquella respuesta era tan simple, tan… humana. A Luce le resultaba casi asombrosa después del tiempo pasado con Daniel y los demás… —qué torpe se sentía usando esas palabras de forma literal— ángeles y demonios. Dirigió de nuevo la mirada a esas aguas de color azul crepuscular que parecían extenderse para siempre hacia el oeste. Luce, que se había criado en la costa atlántica, asociaba ver el sol sobre las aguas con la mañana. Sin embargo, allí era casi de noche.

—No eres de aquí, ¿verdad? —le preguntó su compañero de asiento.

Luce negó con la cabeza, pero no dijo nada. Siguió mirando por la ventana. Aquella mañana, antes de partir de Georgia, el señor Cole le había advertido que no llamara la atención. A los demás profesores se les había dicho que los padres de Luce habían solicitado un traslado. Era mentira. Para los padres de Luce, para Callie y para cualquier otro conocido suyo, ella seguía matriculada en Espada & Cruz.

Semanas atrás, algo así la habría enfurecido. Pero lo ocurrido los últimos días en Espada & Cruz había hecho que Luce se tomara las cosas con mayor seriedad. Había vislumbrado de forma fugaz otra vida, una de las muchas que había compartido con Daniel en otros tiempos. Había descubierto un amor más importante para ella que cualquier otra cosa. Y luego había visto todo aquello amenazado por una anciana loca armada con un puñal en quien había creído poder confiar.

Allí fuera había más personas como la señorita Sophia. Luce lo sabía. Pero nadie le había dicho cómo reconocerlas. La señorita Sophia le había parecido normal hasta el final. Luce se preguntó si los demás tendrían la misma apariencia inocente que ese chico de pelo castaño que estaba sentado a su lado. Tragó saliva, cruzó las manos sobre el regazo e intentó pensar en Daniel.

Él la llevaría a un lugar seguro.

Se lo imaginó esperándola sentado en uno de esos asientos grises de plástico de los aeropuertos, todo lo rubio que era y con los codos sobre las rodillas, balanceándose en sus deportivas Converse de color negro y alzándose a cada minuto para pasear en torno a la cinta transportadora.

Cuando el avión tomó tierra se produjo una sacudida, y de pronto se sintió nerviosa. ¿Se mostraría él tan feliz de verla como ella de verlo a él?

Se concentró en la tela de color marrón y beige del asiento de delante. Sintió el cuello rígido a causa del vuelo prolongado y notó que su ropa tenía el olor viciado y cargado del avión. La tripulación de tierra, enfundada en sus uniformes de color azul marino y situada al otro lado de la ventana, parecía tomarse un tiempo extrañamente largo para conducir al avión hasta la pasarela. Luce sacudió las rodillas en un gesto de impaciencia.

—Supongo que pasarás en California una buena temporada, ¿no es así?

Su vecino le dirigió una sonrisa perezosa que solo consiguió que Luce tuviera más ganas todavía de levantarse.

—¿Por qué lo dices? —preguntó ella rápidamente—. ¿Qué te hace pensar eso?

Él parpadeó.

—Lo digo por esa enorme bolsa de viaje roja y todo eso.

Luce se distanció un poco. No había reparado en ese chico hasta hacía dos minutos, cuando la había despertado con un codazo. ¿Cómo podía saber él el equipaje que llevaba?

—¡Oh, no! ¡No pienses mal! —Le dirigió una mirada extrañada—. Es que estaba detrás de ti en la cola de facturación.

Luce sonrió incómoda.

—Tengo novio. —La frase le salió casi sin pensarlo. Al instante, se sonrojó.

El muchacho carraspeó.

—Lo he captado.

Luce hizo una mueca de disgusto. No sabía por qué le había dicho eso. No quería parecer grosera, pero cuando se apagó la luz de cinturones abrochados no deseó otra cosa más que apartarse cuanto antes de aquel chico y salir del avión. Él seguramente tenía la misma idea, porque dio unos pasos atrás por el pasillo e hizo un gesto con la mano en dirección hacia delante. Luce se abrió camino con la máxima educación que le fue posible y se dirigió rápidamente hacia la salida.

Sin embargo, aquello solo le sirvió para verse atrapada en el cuello de botella provocado por la lentitud agonizante de la pasarela. Mientras maldecía en silencio a todos esos californianos de actitud despreocupada que arrastraban los pies delante de ella, Luce se puso de puntillas y se balanceó sobre un pie y el otro. Cuando llegó al edificio de la terminal estaba ya medio loca de impaciencia.

Por fin podía moverse. Ágilmente se abrió paso entre la multitud y se olvidó del muchacho del avión. Se olvidó de sentirse nerviosa por no haber estado nunca en California, por no haber viajado más allá del oeste de Branson, en Missouri, en una ocasión en que sus padres la llevaron a ver una actuación de Yakov Smirnoff. Y, por primera vez en muchos días, se olvidó un poco de las cosas horribles que había visto en Espada & Cruz. Se encaminó hacia lo único en el mundo que podía reconfortarla. Lo único capaz de hacerle sentir que, pese a toda la angustia que había pasado, pese a todas las sombras, a la batalla irreal en el cementerio, y, lo peor, pese al dolor por la muerte de Penn, tal vez merecía la pena seguir con vida.

Estaba ahí.

Sentado como había imaginado que estaría, en el último de los asientos grises e insulsos dispuestos en filas, junto a una puerta corredera automática que no dejaba de abrirse y cerrarse a su espalda. Por un segundo, Luce se quedó quieta y disfrutó de aquella visión.

Daniel llevaba unas chancletas y unos vaqueros oscuros que ella nunca le había visto antes, y una camiseta roja holgada rota a la altura del bolsillo delantero. Era el de siempre, pero había algo distinto en él. Parecía más relajado que cuando se habían despedido días antes. ¿Acaso era porque lo había echado tanto de menos, o realmente su piel estaba más radiante de lo que recordaba? Daniel levantó la mirada y la vio por fin. Su sonrisa prácticamente resplandecía.

Luce echó a correr hacia él. Al cabo de un segundo, Daniel la estaba rodeando con sus brazos, mientras ella hundía el rostro en su pecho y dejaba escapar un suspiro largo y profundo. Su boca encontró la de él y se fundieron en un beso. En brazos de Daniel, se sintió relajada y feliz.

Aunque hasta ese momento no se había dado cuenta, sin duda una parte de ella se había estado preguntando si lo volvería a ver, si todo aquello no habría sido más que un sueño. El amor que sentía, el amor con el que Daniel le correspondía, le seguía pareciendo poco real.

Atrapada aún en su beso, Luce le pellizcó suavemente el bíceps. No era un sueño. Por primera vez en no sabía cuánto tiempo, se sintió en casa.

—Estás aquí —le susurró él al oído.

—Tú estás aquí.

—Los dos estamos aquí.

Se echaron a reír, besándose, engullendo todos y cada uno de los vestigios de dulce incomodidad que les provocaba el reencuentro. Sin embargo, cuando Luce menos lo esperaba, su risa se convirtió en llanto. Intentaba encontrar un modo de expresar lo duro que le había resultado sobrellevar esos días sin él, sin nadie, medio dormida y apenas consciente de que todo había cambiado. Pero en brazos de Daniel no lograba encontrar las palabras adecuadas.

—Lo sé —dijo él—. Recojamos el equipaje y vámonos.

Luce se volvió hacia la cinta transportadora cuando se encontró ante ella a su compañero de avión sosteniendo las correas de su enorme bolsa de viaje.

—La he visto al pasar —explicó forzando una sonrisa, como empeñado en demostrar sus buenas intenciones—. Es tuya, ¿verdad?

Antes de que Luce tuviera tiempo de contestar, Daniel descargó al muchacho de la enorme bolsa con una sola mano.

—Gracias, chaval. La llevaré yo —dijo con la determinación precisa para poner fin a la conversación.

El chico observó cómo Daniel deslizaba la otra mano en torno a la cintura de Luce y se la acercaba. Era la primera vez desde Espada & Cruz que Luce podía ver a Daniel como el resto del mundo, era la primera ocasión que tenía para observar si el resto de la gente podía captar, con solo mirarlo, que tenía algo extraordinario.

Atravesaron a continuación las puertas correderas y por fin ella pudo aspirar de verdad y por primera vez el aire de la Costa Oeste. En esa época, a principios de noviembre, era fresco y vigorizador; de algún modo, resultaba saludable. No era aquel aire húmedo y frío de la tarde de Savannah cuando el avión había despegado. El cielo era de un intenso color azul, y no había nubes en el horizonte. Todo parecía limpio y reluciente, incluso el aparcamiento mostraba hileras de coches recién lavados. Enmarcándolo todo había una cordillera de montañas de color pardo salpicadas de puntos aislados de árboles verdes donde las colinas se sucedían unas a otras.

Ya no estaba en Georgia.

—No sé si debo sorprenderme —se mofó Daniel—. Te dejo salir un par de días de debajo de mis alas y ya aparece un chico.

Luce abrió los ojos con sorpresa.

—¡Venga ya! Pero si apenas hemos hablado. De hecho, he estado durmiendo todo el viaje. —Le dio un codazo—. Soñaba contigo.

Los labios fruncidos de Daniel dibujaron una sonrisa, y él la besó en la cabeza. Ella se quedó quieta, esperando más, sin darse cuenta de que Daniel se había detenido ante un coche. No era un coche cualquiera.

Era un Alfa Romeo negro.

Luce se quedó boquiabierta cuando Daniel abrió la puerta del acompañante.

—E-este... —farfulló ella—. ¿Sabías que este es el coche de mis sueños?

—Es algo más que eso —le contestó Daniel riendo—. Resulta que antes este coche fue tuyo.

Lanzó una carcajada cuando ella prácticamente pegó un brinco al oírlo. Todavía le costaba asumir aquella parte de su historia referida a sus continuas reencarnaciones. Era tan injusto. Un coche del cual no se acordaba. Vidas enteras de las que no recordaba nada. Tenía muchísimas ganas de conocerlas; le parecía como si sus personificaciones anteriores fueran una especie de hermanas de las que le hubieran separado el día de su nacimiento. Posó una mano en el parabrisas, buscando un atisbo de algo, un *déjà-vu*.

Nada.

—Fue un bonito regalo de tus padres con motivo de tu dieciséis cumpleaños hace un par de vidas. —Daniel miró de reojo, intentando decidir cuánto podía contar, como si supiera que ella ardía en deseos por conocer los detalles pero temiera que no fuera capaz de digerir demasiados a la vez.

—Lo acabo de comprar a un tipo de Reno. Él lo compró después de que tú... bueno, después de que...

«Estallaras en llamas», pensó Luce completando la verdad amarga que Daniel no había querido decir. Ese era el punto en común con todas sus vidas anteriores: el final pocas veces cambiaba.

Excepto, al parecer, esta vez. Esta vez se podían coger de la mano, besarse y... Luce no sabía qué otras cosas podrían hacer, pero se moría de ganas de averiguarlo. Se reprendió. Tenían que ser cautelosos. Con diecisiete años tienes toda una vida por delante, Luce estaba decidida a quedarse para ver qué era de verdad estar con Daniel.

Él carraspeó y dio un golpecito a la capota negra y brillante del coche.

—Sigue funcionando como el mejor. El único problema es…

Dirigió la mirada al diminuto maletero del descapotable, luego a la bolsa de viaje de Luce y de nuevo al maletero.

En efecto. Luce tenía la mala costumbre de llevar siempre exceso de equipaje. Era la primera en admitirlo. Pero esta vez no había sido culpa suya. Arriane y Gabbe se habían encargado de empaquetar lo que tenía en su habitación en Espada & Cruz, y habían puesto en la bolsa cualquier prenda, ya fuera negra o de color, que pudiera necesitar. Luce había estado demasiado ocupada despidiéndose de Daniel y de Penn para poder encargarse de su equipaje. Se sintió avergonzada y culpable de estar en California con Daniel, tan lejos del lugar donde había dejado enterrada a una amiga. No era justo. El señor Cole no había dejado de asegurarle que la señorita Sophia tendría que responder por lo que había hecho a Penn, pero cuando Luce insistió en saber qué quería decir exactamente con ello, él se limitó a juguetear con su bigote sin decir nada.

Daniel miró con recelo el aparcamiento. Luego abrió el maletero a la vez que asía con una sola mano la enorme bolsa de viaje de Luce. Era imposible meterla ahí, pero entonces se oyó un discreto ruido de aspiración neumática en la parte trasera del coche y la bolsa de viaje de Luce empezó a encogerse. Al cabo de unos instantes, Daniel volvió a cerrar el maletero.

Luce estaba asombrada.

—¡Vuelve a hacerlo!

Daniel no se rió. Parecía nervioso. Se deslizó en el asiento del conductor y puso en marcha el coche sin decir palabra. Aquello era algo extraño y nuevo para Luce: ver su expresión aparentemente tan serena a sabiendas de que había algo que le preocupaba.

—¿Qué ocurre?

—El señor Cole te recomendó actuar con discreción, ¿verdad? Ella asintió.

Daniel puso la marcha atrás para salir del aparcamiento, giró para dirigirse a la salida y luego pasó una tarjeta de crédito para salir.

—Ha sido una estupidez. Debería haber pensado…

—¿Qué problema hay? —Luce se colocó el cabello negro detrás de las orejas mientras el coche ganaba velocidad—. ¿Temes llamar la atención de Cam metiendo una bolsa de viaje dentro de un maletero?

Daniel tenía la mirada ausente pero negó con la cabeza.

—No se trata de Cam. No.

Al cabo de un momento, él le apretó la rodilla.

—Olvida lo que te he dicho. Yo solo… bueno, los dos tenemos que ir con cuidado.

Luce oyó sus palabras, pero estaba demasiado abrumada para prestar atención. Le encantaba ver a Daniel manejar el cambio de marchas mientras tomaban la rampa que conducía a la autopista y zigzagueaban entre el tráfico. Le encantaba sentir el viento en torno al coche mientras avanzaban a toda velocidad hacia el horizonte cada vez más amplio de San Francisco; y sobre todo le encantaba simplemente estar con Daniel.

En las proximidades de San Francisco, la carretera se volvió más sinuosa. Cada vez que llegaban a lo alto de una colina y empezaban a bajar a toda velocidad por otra, Luce podía ver panorámicas muy distintas de la ciudad. Parecía antigua y nueva a la vez: rascacielos con ventanas como espejos se erguían detrás de restaurantes y bares que parecían tener un siglo de antigüedad. Unos coches diminutos ocupaban las calles, todos aparcados en ángulos que parecían desafiar la ley de la gravedad. Había perros y viandantes por todas partes. El brillo de las aguas azules rodeaba un extremo de la ciudad. Y vio el primer destello de color rojo manzana del puente Golden Gate a lo lejos.

Su mirada iba frenéticamente de un lado a otro para no perderse ni un solo detalle. Pese a haberse pasado durmiendo la mayor parte de los días previos, de pronto se sintió sobrecogida por un agotamiento extremo.

Daniel extendió el brazo hacia ella e hizo que reclinara la cabeza en su hombro.

—Es un hecho poco conocido que los ángeles somos almohadas magníficas.

Luce se rió y levantó la cabeza para besarle la mejilla.

—No creo que pueda dormirme —dijo acariciándole el cuello con la nariz.

En el Golden Gate, una multitud de viandantes, ciclistas embutidos en mallas y corredores flanqueaba los coches. Más allá se veía la resplandeciente bahía, salpicada de veleros blancos, y ya empezaban a aparecer las primeras tonalidades violáceas del atardecer.

—Hace días que no nos vemos. Ponme al día —pidió ella—. Dime qué has estado haciendo. Cuéntamelo todo.

Por un instante le pareció que Daniel apretaba las manos sobre el volante.

—Si te has propuesto no dormirte —contestó con una sonrisa—, no debería detenerme en detalles insignificantes de la reunión de ocho horas del Consejo de Ángeles a la que asistí todo el día de ayer. Verás, el Consejo se reunió para debatir una enmienda a la propuesta 362B que detalla el formato aprobado de la participación querúbica en el tercer circuito de…

—Vale, vale. Lo he captado —dijo ella interrumpiéndolo.

Daniel bromeaba, pero era un tipo de broma nueva y desacostumbrada para ella. De hecho, a él no le incomodaba admitir que era un ángel, y eso a ella le encantaba, o por lo menos seguro que le encantaría en cuanto tuviera tiempo de asimilarlo. A Luce le parecía que tanto la razón como su corazón se esforzaban por adaptarse a los cambios ocurridos en su vida.

Pero, como ahora estaban juntos de nuevo, todo resultaba infinitamente más simple. Ya no había nada que los separara. Ella le tiró del brazo.

—Dime al menos adónde vamos.

Daniel se estremeció y Luce notó cómo el corazón le daba un vuelco. Quiso posar su mano en la de él, pero Daniel la rechazó para cambiar de marcha.

—A una escuela en Fort Bragg llamada Escuela de la Costa. Mañana comienzan las clases.

—¿Nos matriculamos en otra escuela? —preguntó—. ¿Por qué?

Aquello tenía visos de ser permanente para lo que se suponía era un viaje provisional. Sus padres ni siquiera sabían que había abandonado el estado de Georgia.

—La Escuela de la Costa te gustará. Es muy moderna, mucho mejor que Espada & Cruz. Creo que allí podrás… desarrollarte. Y no sufrirás ningún daño. Es una escuela con un nivel de protección especial. Dispone de una coraza de camuflaje.

—No lo entiendo. ¿Por qué necesito una coraza protectora? Creí que bastaba con estar lejos de la señorita Sophia.

—No se trata solo de la señorita Sophia —explicó Daniel con tono tranquilo—. Hay otros.

—Pero ¿quiénes? Tú puedes protegerme de Cam, de Molly y de quien sea.

Luce se rió presa de una intuición gélida.

—Tampoco se trata de Cam, ni de Molly. Luce, no puedo hablar de ello.

—¿Conoceremos alguien más allí? ¿Algún otro ángel?

—Hay algunos. No conoces a ninguno, pero seguro que te llevarás bien con ellos. Hay algo más. —Adoptó un tono de voz categórico y clavó la mirada al frente—. Yo no voy a matricularme. —No apartó siquiera los ojos de la carretera—. Solo estarás tú. Pero será por poco tiempo.

—¿Cuánto?

—Unas pocas… semanas.

De haber estado Luce al volante, en ese momento habría apretado los frenos.

—¿Unas pocas semanas?

—Si pudiera estar contigo, lo haría. —Daniel empleaba un tono tan tajante, tan firme, que Luce se sintió aún más contrariada—. Acabas de ver lo que ha ocurrido con tu bolsa de viaje y el maletero. Ha sido como si hubiera arrojado una bengala al cielo para comunicar a todo el mundo dónde estamos. Para poner en guardia a todo aquel que me esté buscando a mí, y por lo tanto también a ti. Soy de-

masiado fácil de localizar, a los demás les resulta muy sencillo seguir-
me el rastro. Y eso de tu bolsa de viaje no es nada en comparación
con las cosas que hago cada día que podrían llamar la atención de…
—Negó con la cabeza soltando un suspiro—. No pienso ponerte en
peligro. Para nada.

—Pues entonces no lo hagas.

Daniel tenía una expresión dolida.

—Es muy complicado.

—Deja que lo adivine: no me lo puedes contar.

—Ojalá pudiera.

Luce dobló las rodillas y se las acercó al pecho, se inclinó a un
lado apartándose de él y se apoyó en la puerta del pasajero. Bajo el
amplio cielo de California, fue presa de una sensación claustrofóbica.

Durante media hora, los dos circularon en silencio. Atravesaron varios tramos de niebla, y subieron y bajaron terrenos pedregosos y
áridos. Pasaron los carteles que anunciaban Sonoma y, cuando el coche atravesaba unos exuberantes campos de viñas, Daniel dijo:

—Faltan tres horas para Fort Bragg. ¿Vas a seguir enfadada conmigo todo el rato?

Luce no le hizo caso. No dejaba de cavilar y se negaba a plantear
los cientos de preguntas, frustraciones y acusaciones, así como a pedir excusas por actuar como una niña consentida. En el desvío hacia
el valle de Anderson, Daniel enfiló hacia el oeste e intentó de nuevo
cogerla de la mano.

—¿Me podrás perdonar a tiempo para disfrutar de nuestros últimos minutos juntos?

Era lo que Luce quería. En realidad, no quería pelearse en ese momento con Daniel. Pero la sola mención de que había algo parecido a «nuestros últimos minutos juntos», la sola referencia a que la iba a abandonar por razones incomprensibles para ella y que él se negaba a explicarle la crispaba y la asustaba. En ese mar tormentoso que formaban el cambio de estado y de escuela, y los nuevos peligros por doquier, Daniel era la única roca a la que podía asirse. ¿Y la iba a dejar en ese momento? ¿Acaso aún no había sufrido bastante? ¿Acaso ambos no habían sufrido bastante?

Solo cuando hubieron atravesado los bosques de secuoyas y sobre ellos se abrió un cielo estrellado y de color azul marino, Daniel dijo algo que le llamó la atención. Acababan de pasar un cartel que decía BIENVENIDOS A MENDOCINO y Luce miraba en dirección oeste. La luna llena brillaba sobre un conjunto de edificios: el faro, varios tanques elevados de cobre para el agua, e hileras de casas viejas de madera, antiguas pero bien conservadas. En algún lugar detrás de aquellas construcciones estaba el océano que ella oía pero no podía ver.

Daniel señaló hacia el este, en dirección a un bosque de secuoyas y arces oscuro y frondoso.

—¿Ves el camping de caravanas de ahí delante?

Ella no lo habría visto si no se lo hubiera señalado; tuvo que esforzarse para distinguir una estrecha carretera asfaltada en la que un letrero de madera con forma de pastel de lima y letras blancas anunciaba CASAS MÓVILES MENDOCINO.

—Antes vivías justo ahí.

—¿Qué? —Luce inspiró tan rápidamente que empezó a toser. El camping parecía un lugar triste y solitario, formado por una hilera de casas de techo bajo y de mala calidad dispuestas a lo largo de una avenida de gravilla.

—Es horrible.

—Viviste aquí antes de que se convirtiera en un camping de caravanas —le explicó Daniel mientras detenía el coche a un lado de la carretera—. Antes de que hubiera casas móviles. En esa vida, durante la fiebre del oro, tu padre se trajo a la familia desde Illinois. —Tras adoptar una mirada ensimismada, negó con la cabeza apesadumbrado—. Era un lugar realmente bonito.

Luce vio a un hombre calvo barrigudo tirando de la correa de un perro sarnoso de color anaranjado. El hombre llevaba una camiseta interior blanca y unos pantalones cortos de franela. Visto lo cual, le resultó imposible imaginarse viviendo allí.

A Daniel, en cambio, le parecía más normal.

—Teníais una casita de dos habitaciones, y tu madre era una pésima cocinera, de modo que la casa siempre apestaba a repollo. Tenías unas cortinas azules de cuadritos que yo acostumbraba apartar para encaramarme a tu ventana de noche después de que tus padres se acostaran.

El coche empezó a avanzar con lentitud. Luce cerró los ojos e intentó contener las lágrimas. Escuchar su historia de boca de Daniel hacía que todo pareciera posible e imposible a la vez, además de hacerla sentir muy culpable. Él le era leal desde hacía tanto tiempo, tantas vidas. Se había olvidado de lo bien que la conocía. Mejor incluso que ella misma. ¿Daniel podía adivinar lo que pensaba? Luce se preguntó si aquella situación resultaba más fácil para ella, que no se acordaba nunca de Daniel, que para él, que tenía que pasar una y otra vez por lo mismo.

Si Daniel le decía que tenía que abandonarla por unas semanas sin explicarle por qué, tenía que confiar en él.

—¿Y cómo me conociste por primera vez? —le preguntó.

Daniel sonrió.

—En esa época cortaba madera a cambio de comida. Una noche, a la hora de la cena pasé por delante de tu casa. Tu madre hervía repollo y olía tan mal que estuve a punto de pasar de largo. Pero entonces te vi entre las cortinas, cosiendo. No pude apartar la vista de tus manos.

Luce se las miró: tenía los dedos pálidos y estrechos, y las palmas pequeñas y cuadradas, y se preguntó si habían sido siempre iguales. Daniel tendió la mano hacia ellas.

—Siguen siendo tan suaves como entonces.

Luce negó con la cabeza. Le encantaba esa historia, y le habría gustado escuchar mil historias más como esa, pero no se refería a ese tipo de historias.

—Me gustaría que me contaras la primera vez que me conociste —dijo ella—. La primera de verdad. ¿Qué pasó?

Tras una larga pausa, él respondió al fin:

—Es tarde. En la Escuela de la Costa te esperan a medianoche.

Apretó el acelerador y rápidamente giró hacia la izquierda en dirección al centro de Mendocino. Por el espejo retrovisor lateral Luce observó cómo el camping de caravanas se iba empequeñeciendo hasta finalmente desaparecer. Instantes más tarde, Daniel aparcó el coche frente a un restaurante vacío con la cocina abierta toda la noche, un local de paredes amarillas y grandes ventanales en la fachada que iban del suelo al techo.

La manzana estaba formada por edificios extraños y pintorescos que recordaron a Luce una versión menos pomposa de la línea de costa de Nueva Inglaterra próxima a su antiguo instituto de Dover, en New Hampshire. La calle estaba pavimentada con adoquines irregulares que parecían de color amarillo bajo la luz de las farolas. Al cabo de la calle, parecía como si esta se precipitara directamente al océano. Un estremecimiento le recorrió el cuerpo. Tenía que hacer caso omiso al miedo que sentía a la oscuridad. Daniel le había explicado qué eran las sombras: no tenía que asustarse por ellas, no eran más que mensajeras. Aquello habría resultado tranquilizador de no ser porque implicaba el difícil hecho de olvidar que había cosas que sí eran dignas de temer.

—¿Por qué no me lo cuentas?

No podía evitarlo. No sabía por qué preguntar era tan importante para ella. Si, después de tanto tiempo ansiando ese reencuentro, ahora tenía que confiar en Daniel cuando le decía que tenía que dejarla, tal vez lo único que ella deseaba era entender cuándo había nacido esa confianza. Saber cuándo y cómo había empezado todo.

—¿Sabes qué significa mi apellido? —le preguntó él cogiéndola por sorpresa.

Luce se mordió el labio mientras intentaba recordar la investigación que ella y Penn habían realizado.

—Recuerdo que la señorita Sophia mencionó algo sobre unos vigilantes, pero no sé qué quería decir con eso, ni siquiera sé si debía haber confiado en ella.

Sé llevó los dedos al cuello en un acto reflejo, justo donde la señorita Sophia le había posado el cuchillo.

—Tenía razón. Los Grigori son un clan. De hecho, deben su nombre a mí. Porque ellos vigilan y aprenden de lo ocurrido cuando… en el pasado, cuando yo todavía era bien recibido en el Cielo. Y cuando tú… En fin, Luce, eso ocurrió hace muchísimo tiempo. Me resulta difícil acordarme de la mayor parte de las cosas.

—¿Dónde? ¿Dónde estaba yo? —insistió ella—. Recuerdo que la señorita Sophia mencionó algo de que los Grigori confraternizaban con mujeres mortales. ¿Es eso lo que ocurrió? ¿Acaso tú…?

Él tenía la vista perdida detrás de ella. Algo cambió en su rostro y, bajo la tenue luz de la luna, Luce no supo qué significaba aquello. Casi era como si a él le aliviara que ella lo hubiera adivinado y ahora él no tuviera que decirlo en voz alta.

—La primera vez que te vi —prosiguió Daniel— no fue muy distinta a las siguientes veces que te he vuelto a ver. El mundo era más joven, pero tú eras exactamente la misma. Fue…

—Amor a primera vista. —Esa parte ya se la sabía.

Él asintió.

—Como siempre. La única diferencia al principio era que tú me estabas vedada. Yo estaba sometido a un castigo y me enamoré de ti en el peor momento posible. Las cosas en el Cielo se habían vuelto muy violentas. Por ser… quien soy… se suponía que debía permanecer alejado de ti. Eras una distracción. Se suponía que me tenía que concentrar en ganar la guerra. La misma guerra de hoy. —Suspiró—. Y, por si no te has dado cuenta, sigo muy distraído.

—Así que eras un ángel muy importante —murmuró Luce.

—Sí que lo era. —Daniel tenía un aspecto abatido. Se interrumpió un instante y, cuando volvió a hablar, parecía morder las palabras—: Caí desde uno de los puestos más elevados.

Era evidente. Daniel tenía que ser alguien importante en el Cielo para provocar una escisión tan grande. Para que su amor por una chica mortal se viese condenado de aquella forma.

—¿Lo dejaste todo por mí?

Él acarició con su frente la de ella.

—No cambiaría nada.

—Pero yo no era nada —respondió Luce. Se sentía pesada, como si se hundiera bajo su propio peso y como si lo hundiera también a él—. ¡Renunciaste a tantas cosas! —Aquello la hizo sentirse muy mal—. Y ahora estás condenado para siempre.

Daniel apagó el motor del coche y le dirigió una sonrisa triste.

—Tal vez no sea para siempre.

—¿Qué quieres decir?

—Vamos —dijo saliendo del coche al tiempo que daba la vuelta para abrirle la puerta—. Vamos a dar un paseo.

Se acercaron tranquilamente hacia el final de la calle, que sí tenía salida en realidad: una escalera de piedra empinada que descendía hasta las aguas. El aire era frío y húmedo, impregnado del rocío del océano. A la izquierda de los escalones serpenteaba un camino. Daniel la cogió de la mano y la llevó al borde del acantilado.

—¿Adónde vamos? —preguntó Luce.

Daniel le sonrió, irguió los hombros y desplegó las alas.

Lentamente estas se extendieron y ampliaron por detrás de los hombros, desplegándose con una serie casi inaudible de delicados chasquidos y crujidos. En cuanto estuvieron totalmente abiertas, se oyó un ruido suave de plumas, como el de un edredón al ser aireado sobre la cama.

Por primera vez Luce vio la parte posterior de la camiseta de Daniel, que tenía dos aberturas diminutas que resultaban prácticamente invisibles y que ahora se abrían para dejar salir las alas. Luce se preguntó si toda la ropa de Daniel estaría adaptada a sus necesidades angelicales o si tenía algunas piezas especiales para cuando tenía previsto volar.

Fuera como fuese, sus alas siempre la dejaban sin habla.

Eran enormes, tres veces más altas que Daniel, y se doblaban hacia el cielo y a ambos lados como si fueran unas grandes velas blancas. Su extensión era tal que atrapaban la luz de las estrellas y luego la reflejaban con mayor intensidad, de modo que ahora refulgían con un esplendor iridiscente. Eran más oscuras cuanto más se aproximaban al cuerpo y tenían un hermoso color crema terroso ahí donde se juntaban con los músculos de los hombros. En cambio, eran más finas y refulgentes por los bordes, de modo que las puntas resultaban casi traslúcidas.

Luce se las quedó mirando asombrada, intentando recordar el contorno de todas y cada una de aquellas magníficas plumas, reteniendo todo aquello en su interior para cuando él se marchara. Daniel resplandecía con tal intensidad que el sol le habría podido pedir luz prestada. La sonrisa dibujada en sus ojos de color violeta reflejaba lo bien que le hacía sentirse poder desplegar las alas. Igual que Luce cuando se veía envuelta por ellas.

—¡Vuela conmigo! —le susurró él.

—¿Qué?

—No voy a verte durante un tiempo. Tengo que darte algo para que me recuerdes entretanto.

Luce lo besó antes de que él pudiera añadir algo más y entrelazó sus dedos en la nuca de Daniel, agarrándolo con todas sus fuerzas con la esperanza de poder darle a él también algo para que la recordara.

Con la espalda de Luce apoyada en su pecho, y su cabeza reclinada en el hombro de ella, Daniel dibujó una línea de besos por su cuello. Ella contuvo el aliento, a la espera. Luego él flexionó las rodillas y saltó con elegancia por el borde del acantilado.

Estaban volando.

Más allá de la cornisa rocosa de la costa, por encima del estruendo de las olas plateadas que tenían a los pies, recorrieron el cielo como si remontaran para tocar la luna. El abrazo de Daniel la protegía de cualquier ráfaga de viento, de cualquier contacto con el frío del océano. Aquella noche era absolutamente tranquila. Parecía que fueran los únicos habitantes del mundo.

—Esto es el Cielo, ¿verdad? —preguntó ella.

Daniel se echó a reír.

—Ojalá. Tal vez algún día muy pronto…

Cuando se hubieron alejado lo suficiente y no se veía tierra por ningún lado, Daniel viró un poco hacia el norte y descendieron en picado dibujando un gran arco sobre la ciudad de Mendocino, que brillaba en el horizonte. Volaban a gran altura por encima del edificio más alto de la ciudad y se desplazaban a una velocidad increíble. Luce jamás se había sentido más segura y más enamorada en toda su vida.

Entonces, demasiado pronto, empezaron a descender, aproximándose de forma gradual a otro borde de acantilado. De nuevo el sonido del océano se hizo perceptible. Una carretera oscura de un solo carril se desviaba de la autopista principal. Cuando aterrizaron suavemente sobre los pies en una fresca zona de hierba densa Luce suspiró.

—¿Dónde estamos? —preguntó, aunque ya lo sabía.

Era la Escuela de la Costa. Vio un enorme edificio a lo lejos, aunque desde donde estaban parecía completamente oscuro, apenas una silueta en el horizonte. Daniel seguía asiéndola como si aún estuvieran en el aire. Ella volvió la cabeza para mirar su expresión. Tenía los ojos vidriosos.

—Los que me condenaron, Luce, todavía vigilan. Llevan miles de años haciéndolo. Y no quieren que estemos juntos. Harán todo lo necesario para detenernos. Por eso no es seguro para mí quedarme aquí.

Ella asintió mientras los ojos le escocían.

—Pero ¿por qué estoy yo aquí?

—Porque voy a hacer lo imposible para mantenerte a salvo, y ahora mismo este es el mejor lugar para ti. Te quiero, Luce, por encima de todas las cosas. Volveré contigo en cuanto me sea posible.

Luce quiso protestar, pero se contuvo. Él lo había dejado todo por ella. Daniel se apartó un poco, abrió la palma de la mano, y de su interior asomó una pequeña forma roja: la bolsa de viaje de Luce. Daniel la había sacado del maletero del coche sin que ella se diera cuenta y la había llevado todo el rato dentro de su mano. En unos segundos recuperó su antiguo tamaño. De no haber estado tan apesadumbrada por lo que significaba que él se la entregase, a Luce le habría encantado el truco.

En el edificio se encendió una única luz. Una silueta asomó a la entrada.

—No será por mucho tiempo. En cuanto la situación sea segura, volveré a por ti.

Daniel le agarró la muñeca con fuerza y, antes de que pudiera darse cuenta, Luce se vio atrapada en su abrazo y atraída hacia sus labios. Se abandonó por completo y dejó que su corazón se desbordara. Aunque no podía acordarse de sus vidas anteriores, cuando él la besaba, se sentía cerca del pasado. Y del futuro.

En la entrada, una mujer ataviada con un vestido corto de color blanco se acercó a ella.

El beso que Luce compartió con Daniel, demasiado dulce para ser tan breve, la dejó sin aliento, como todos sus besos.

—No te marches —le susurró con los ojos cerrados.

Todo iba demasiado rápido. No podía abandonar a Daniel. Ahora no. No creía poder hacerlo jamás.

Sintió el embate del aire, lo cual significaba que había despegado. Luce sintió que su corazón se iba tras él cuando abrió los ojos y vio el último destello de sus alas ocultándose tras una nube en la noche oscura.

2
Diecisiete días

Tap.

Luce hizo una mueca y se frotó la cara al notar un dolor punzante en la nariz.

Tap. Tap.

Ahora, en los pómulos. Abrió los párpados y, casi de inmediato, esbozó una expresión de sorpresa. Una fornida muchacha de pelo castaño claro con expresión grave y cejas grandes estaba inclinada sobre ella. Llevaba el pelo recogido de forma desordenada en lo alto de la cabeza. Vestía pantalones de yoga y una camiseta de camuflaje sin mangas a juego con sus ojos de color avellana moteados de verde. Sostenía una pelota de ping-pong entre los dedos y parecía dispuesta a lanzarla.

Luce se echó atrás en la cama y se protegió la cara. Ya tenía bastante sufrimiento por no estar con Daniel, no necesitaba añadir ninguno más. Bajó la mirada para ubicarse y se acordó de la cama en la que se había desplomado la noche anterior.

La mujer de blanco que había visto tras la partida de Daniel se llamaba Francesca y era una de las profesoras de la Escuela de la Costa. A pesar de su estupor, Luce se había percatado de que era una mujer bella. Tendría algo más de treinta años, y una cabellera rubia que le llegaba hasta los hombros; sus pómulos eran redondeados, y sus facciones, anchas y suaves.

«Un ángel», decidió Luce casi al instante.

Francesca no le hizo ninguna pregunta mientras se dirigían hacia la habitación de Luce. Seguramente esperaba esa llegada a horas intempestivas de la noche y se había dado cuenta del cansancio extremo de la chica.

La desconocida que había despertado a Luce y la había devuelto a la realidad parecía dispuesta a tirarle otra pelota.

—Muy bien —dijo en un tono de voz grave—. Ahora ya estás despierta.

—¿Quién eres? —preguntó Luce adormecida.

—En realidad soy yo quien debería saber quién eres tú, aparte de la desconocida que he encontrado metida en mi cuarto sin permiso cuando me he despertado y que ha interrumpido mi mantra matutino con sus inquietantes balbuceos en sueños. Me llamo Shelby. *Enchantée.*

«Esta no es un ángel —conjeturó Luce—. Solo es una chica californiana muy pagada de sí misma.»

Luce se incorporó en la cama y miró a su alrededor. Aunque algo desordenada, la habitación estaba bien arreglada: tenía el suelo de madera de color claro, una chimenea encendida, un microondas, dos mesas largas y anchas, y unas estanterías empotradas que hacían también de escalera de lo que, Luce descubrió, era la litera superior.

Por una puerta de madera corredera vislumbró un cuarto de baño privado cuya ventana, para su sorpresa, tenía vistas al océano.

No estaba mal para alguien que había pasado todo el mes anterior viviendo frente a un cementerio antiguo y repugnante en una habitación más propia de un hospital que de una escuela. Sin embargo, se dijo, al menos aquel cementerio horrible y esa habitación significaban que estaba con Daniel. Apenas había tenido tiempo para acomodarse en Espada & Cruz. Y ahora, una vez más, tenía que empezar desde el principio.

—Francesca no me dijo que tenía compañera de habitación.

Por la expresión de Shelby, Luce supo de inmediato que sus palabras no habían sido nada apropiadas.

En lugar de seguir hablando, echó un vistazo a la decoración del cuarto de Shelby. Luce nunca había confiado en su propio gusto, o tal vez nunca había tenido ocasión de demostrarlo. No había pasado el tiempo suficiente en Espada & Cruz como para preocuparse por la decoración, y anteriormente en Dover su habitación consistía en cuatro paredes blancas y desnudas. Tal como Callie dijo en una ocasión, era de una elegancia esterilizada.

Ese dormitorio, en cambio, tenía algo que hacía que fuera extrañamente fabuloso. Una gran variedad de plantas que nunca antes había visto adornaban la repisa de la ventana. Unos banderines de oración pendían del techo. Un edredón de patchwork de colores apagados se deslizaba desde la litera superior, impidiendo en parte que Luce viera un calendario zodiacal colgado sobre el espejo.

—¿Y qué esperabas? ¿Que despejasen las habitaciones del decano por ser Lucinda Price?

—¡Hum! —Luce negó con la cabeza—. No he querido decir eso. Pero, espera, ¿cómo sabes mi nombre?

—¿Así que tú eres Lucinda Price? —Los ojos moteados de verde de la chica parecían haber reparado en su raído pijama gris—. ¡Qué suerte la mía!

Luce se quedó sin habla.

—Lo siento. —Shelby tomó aire y corrigió su tono de voz a la vez que se sentaba en el borde de la cama de Luce—. Soy hija única. Leon, mi terapeuta, me intenta enseñar a no ser tan brusca cuando conozco a alguien.

—¿Y funciona? —Luce también era hija única, pero no era desagradable con los desconocidos que se cruzaban en su camino.

—Lo que quiero decir es que… —Shelby hizo un gesto de incomodidad—. No estoy acostumbrada a compartir. Oye —dijo sacudiendo la cabeza—, ¿y si empezamos de nuevo?

—Estaría bien.

—De acuerdo. —Shelby inspiró profundamente—. Anoche Francesca no te dijo que ibas a tener una compañera de habitación porque tendría que haberse dado cuenta, y si lo hubiera notado, informar de que yo no estaba en la cama cuando llegaste. Entré por esa ventana —señaló— sobre las tres.

En la parte externa de la ventana Luce vio una cornisa amplia que conectaba con una parte inclinada del tejado. Se imaginó a Shelby apresurándose por el entramado de cornisas del tejado para regresar a su habitación en medio de la noche.

Shelby bostezó ostensiblemente.

—Verás, en lo que concierne a los nefilim de la Escuela de la Costa, lo único en lo que los profesores son estrictos es en fingir disciplina. En sí, la disciplina no existe. De todos modos, claro está, Francesca nunca admitiría algo así ante la nueva. Y menos aún, ante Lucinda Price.

Otra vez el retintín en la voz de Shelby cuando pronunciaba su nombre. Luce se preguntó qué quería decir. Y también dónde había estado Shelby hasta las tres. Y cómo había entrado por la ventana a oscuras sin volcar ninguna planta. Y qué eran los nefilim.

De pronto a Luce le vino el recuerdo vívido del lío mental al que la sometió Arriane cuando se conocieron. La dura apariencia exterior de su compañera de habitación de la Escuela de la Costa era muy parecida a la de Arriane, y Luce recordó haberse preguntado también el primer día que pasó en Espada & Cruz si alguna vez lograrían congeniar las dos.

Pero aunque Arriane le pareció intimidatoria e incluso peligrosa, desde el principio dejó entrever una extravagancia encantadora. En cambio, la nueva compañera de habitación de Luce solo parecía una plasta.

Shelby se levantó de la cama y se dirigió pesadamente al baño para cepillarse los dientes. Luce, tras revolver en su bolsa de viaje en busca del cepillo de dientes, la siguió al baño y señaló avergonzada el tubo de pasta dentífrica.

—Olvidé traer la mía.

—Sin duda, el resplandor de tu celebridad te deslumbra ante las pequeñas necesidades de la vida —replicó Shelby, que, sin embargo, cogió el tubo y se lo pasó a Luce.

Se cepillaron en silencio unos diez segundos hasta que Luce no pudo más y escupió la espuma.

—¿Shelby?

La muchacha, con la cabeza en el lavamanos de porcelana, escupió también y dijo:

—¿Qué?

En vez de formular alguna de las muchas preguntas que la habían asaltado apenas unos minutos atrás, Luce se sorprendió a sí misma preguntando:

—¿Qué decía mientras dormía?

Aquella había sido la primera mañana en un mes de sueños atormentados por el recuerdo de Daniel en que Luce se había despertado sin recordar nada.

Nada. Ni la caricia de un ala de ángel. Ni siquiera un beso de sus labios.

Se quedó mirando la expresión brusca de Shelby en el espejo. Luce necesitaba que la muchacha la ayudara a recordar. Tenía que haber soñado con Daniel. De no haberlo hecho... ¿qué podría significar aquello?

—¡Y yo qué sé! —exclamó Shelby por fin—. Farfullabas incoherencias. La próxima vez intenta pronunciar mejor.

Salió del baño y se calzó unas chancletas de color naranja.

—Es la hora del desayuno, ¿vienes o qué? —añadió.

Luce salió a toda prisa del baño.

—¿Qué tengo que ponerme?

Todavía iba en pijama. La noche anterior Francesca no había mencionado que hubiera norma alguna en la vestimenta. Pero, bueno, también se había olvidado de mencionar que compartía habitación con otra chica...

Shelby se encogió de hombros.

—¿Quién te crees que soy, el guardián de la moda? Coge lo que menos tiempo te lleve ponerte. Estoy hambrienta.

Luce se apresuró a ponerse unos vaqueros finos y un jersey ajustado de color negro. Le habría gustado arreglarse unos cuantos minutos más en su primer día de clase, pero se limitó a coger la mochila y seguir a Shelby por la puerta.

El pasillo de la residencia era distinto a la luz del día. Dondequiera que mirase había grandes ventanales luminosos con vistas al océano o estanterías empotradas repletas de libros gruesos y de cubiertas de colores. Los suelos, las paredes, los techos falsos y las escaleras empinadas y curvas, todo estaba hecho de la misma madera de arce empleada en el mobiliario del interior de la habitación de Luce. Aquello habría proporcionado al lugar el toque cálido de las cabañas de madera de no ser porque su diseño era tan intrincado y extraño como aburrida y funcional había sido la residencia de Espada & Cruz. A cada paso el pasillo parecía dividirse en corredores más pequeños con escaleras en espiral que penetraban cada vez más en aquel laberinto poco iluminado.

Al cabo de dos tramos de escaleras y tras cruzar lo que parecía ser una puerta secreta, Luce y Shelby atravesaron otra de doble cristal y salieron al exterior. El sol era de justicia, pero el aire lo bastante fresco para que Luce se alegrara de llevar jersey. El aire olía a océano, pero no era el olor con el que estaba familiarizada. Era menos salobre y más calcáreo que el de la Costa Este.

—El desayuno se sirve en la terraza. —Shelby señaló una amplia extensión de terreno.

Tres cuartas partes de la zona de césped estaban bordeadas por unos frondosos arbustos de hortensias azules, y la restante consistía en un descenso empinado que iba a dar al mar. A Luce le costaba creer lo bonito que era el emplazamiento de la escuela. No se veía capaz de poder aguantar encerrada toda una clase sin salir al exterior.

Conforme se acercaban a la terraza, Luce atisbó otro edificio: consistía en una estructura alargada y rectangular con tejado de madera y unas alegres ventanas con marcos de color amarillo. Un gran letrero tallado a mano en el que se leía «CANTINA» entrecomillado, como si se tratara de una broma, colgaba sobre la entrada. Sin duda, era la cafetería estudiantil más agradable que Luce había visto nunca.

La terraza estaba llena de mesas y sillas de hierro pintadas de blanco, y había alrededor de un centenar de estudiantes con el aspecto más despreocupado que Luce había visto en su vida. La mayoría se habían descalzado y apoyaban los pies en las mesas mientras comían unos elaborados platos de desayuno: huevos a la benedictina, gofres con fruta, porciones de quiche salpicadas de espinacas con aspecto de ser exquisitas. Los estudiantes leían el periódico, charlaban por el móvil, jugaban al croquet en el césped... Luce conocía a los chicos ricos de Dover, y si algo caracterizaba a los de la Costa Este es que eran serios y estirados; no tenían nada que ver con esos muchachos desgreñados y despreocupados. La escena recordaba más a un primer día de verano que a un martes de principios de noviembre. Todo era tan agradable que casi resultaba difícil envidiar la apariencia autocomplaciente de esos chicos y chicas. Casi.

Luce intentó imaginarse a Arriane allí y lo que pensaría de Shelby o de aquella cantina junto al océano, y se dijo que probablemente no sabría de qué reírse primero. Deseó poder volverse y hablar con Arriane. ¡Cómo le gustaría reírse un poco!

Al mirar a su alrededor, cruzó la mirada sin querer con un par de estudiantes: una chica guapa de piel aceitunada, vestido a topos y un pañuelo verde atado a su lustrosa cabellera negra y un muchacho de pelo rubio rojizo de espaldas anchas que se disponía a engullir un enorme montón de tortitas.

La reacción instintiva de Luce fue apartar la cabeza en cuanto hubieron establecido contacto visual, lo cual en Espada & Cruz siempre era lo más sensato. Sin embargo… ninguno de ellos se la había quedado mirando. Lo más sorprendente en la Escuela de la Costa no era ese sol cristalino, ni esa cómoda terraza para el desayuno, o el dinero que parecía rodear a todo el mundo. Lo más sorprendente era que los estudiantes sonreían.

Bueno, la mayoría sonreían. Cuando ella y Shelby se hicieron con una mesa desocupada, esta última cogió un letrero pequeño que tenía encima y lo arrojó al suelo. Luce se inclinó y vio de reojo que tenía la palabra RESERVADO escrita en ella; en ese instante, un chico de su edad ataviado con el uniforme de camarero y corbata negra se les acercó con una bandeja de plata.

—Esta mesa está res… —empezó a decir cuando, inoportunamente, se le quebró la voz.

—Café solo —dijo Shelby. A continuación, preguntó con brusquedad a Luce—: ¿Qué vas a tomar?

—Hummm… Lo mismo —contestó Luce, incómoda al verse atendida por un camarero—. Pero con un poco de leche.

—Son becarios. Han de trabajar duro para seguir adelante.

Shelby, desdeñosa, torció el gesto hacia Luce mientras el camarero se apresuraba a buscar los cafés. Luego cogió el *San Francisco Chronicle* del centro de la mesa y desplegó la portada con un bostezo.

Entonces Luce estalló:

—Oye —dijo mientras bajaba un poco el brazo de Shelby para poder verle bien la cara por encima del periódico. Shelby, sorprendida, arqueó sus espesas cejas—. Resulta que yo fui becaria. No en la última escuela, sino en la anterior.

Shelby se sacudió la mano de Luce.

—¿Se supone que también debería impresionarme esa parte de tu historial?

Luce iba a preguntar a Shelby qué le habían contado de ella cuando notó una mano cálida en el hombro.

Francesca, la profesora que había salido a recibirla en la puerta la noche anterior, la miraba sonriendo. Era una mujer alta, de porte imponente, e iba vestida de un modo aparentemente muy natural. Llevaba el pelo rubio claro cuidadosamente peinado a un lado y tenía los labios pintados de color rosa brillante. Lucía un vestido negro ajustado con cinturón azul y zapatos de talón abiertos por delante a conjunto. El tipo de vestimenta capaz de hacer sentirse vulgar a cualquiera. Luce deseó por lo menos haberse maquillado y no llevar sus Converse sucias de barro.

—¡Qué bien! ¡Veo que ya habéis conectado! —Francesca sonrió—. ¡Sabía que pronto seríais amigas!

Shelby no dijo nada, simplemente hizo crujir el periódico. Luce se aclaró la garganta.

—Creo que no te va a costar nada adaptarte a la Escuela de la Costa, Luce. Está pensada para que así sea. La mayoría de nuestros estudiantes superdotados se adaptan sin problemas.

«¿Superdotados?», se preguntó Luce.

—Evidentemente, en caso de duda siempre puedes acudir a mí. También puedes confiar en Shelby.

Por primera vez esa mañana, Shelby se rió. Tenía una risa áspera y bronca, la clase de risa que Luce habría esperado en una persona mayor fumadora empedernida y no en una adolescente fanática del yoga.

Notó que torcía el gesto. Lo último que quería era «adaptarse sin problemas» a esa escuela. No se sentía parte de un grupo de adolescentes talentosos y mimados que residían en lo alto de un acantilado con vistas al océano. Ella pertenecía a la clase normal, a la gente con alma en vez de raquetas de squash, a la gente que sabía de qué iba la vida. Ella estaba predestinada a estar con Daniel. Todavía no sabía qué hacía exactamente ahí, solo que permanecería escondida de forma provisional mientras Daniel libraba su... guerra. Después él la llevaría de vuelta a casa. O a algún otro sitio.

—Bueno, os veo en clase. ¡Que aproveche! —exclamó Francesca tras darse la vuelta, y mientras se alejaba, señalando al camarero que llevaba un plato para cada una, exclamó—: ¡Prueba la quiche!

Cuando se hubo marchado, Shelby tomó un gran sorbo de su café y se secó la boca con el dorso de la mano.

—¡Hum! ¿Shelby?

—¿Sabes lo que significa dejar comer tranquila?

Luce volvió a posar la taza en el plato con un gesto brusco y aguardó con impaciencia a que el camarero dejara las quiches y se marchara de nuevo. Una parte de ella deseó estar en cualquier otra mesa. A su alrededor se oían murmullos de conversaciones alegres. Aunque no pudiera participar en ellas, al menos estar sentada sola sería preferible a permanecer de aquel modo. Por otra parte, lo que Francesca había dicho la había confundido. ¿Por qué había dado a entender que Shelby era una excelente compañera de habitación cuando era evidente que se trataba de una persona totalmente hostil? Luce se entretuvo masticando un poco de quiche, consciente de que no sería capaz de comer nada hasta que pudiera verbalizar lo que pensaba.

—Vale, muy bien, ya sé que soy la novata y que, por algún motivo, eso te disgusta. Me imagino que antes de que yo llegara tenías una habitación para ti sola, no lo sé. —Shelby bajó el periódico hasta situarlo justo por debajo de los ojos. Arqueó una de sus enormes cejas—. Pero no soy tan terrible. ¿Qué hay de malo en que tenga preguntas que hacer? Perdona si he venido a la escuela sin saber qué narices son los nefelines.

—Se dice «nefilim».

—Lo que sea. No me importan nada. No tengo ningún interés en enemistarme contigo. Esto significa que algo de esto —Luce señaló entonces el espacio que las separaba— es responsabilidad tuya. Así que, dime, ¿cuál es tu problema?

Shelby torció los labios, dobló el periódico y se reclinó en su asiento.

—Pues los nefilim te deberían importar. Vamos a ser tus compañeros de clase. —Extendió la mano señalando a la terraza—. Contempla el bonito y privilegiado cuerpo estudiantil de la Escuela de la Costa. No volverás a ver a la mitad de esos tarugos, excepto como objeto de nuestras bromas.

—¿Nuestras?

—Sí. Te encuentras inscrita en el programa para alumnos aventajados y vas con los nefilim. Pero no te preocupes si no eres una alumna muy brillante. —Luce resopló—. Aquí el grupo de estudiantes con talento en realidad es una tapadera, un sitio donde meter a los nefilim sin levantar sospechas. De hecho, la única persona que alguna vez ha albergado sospechas es Beaker Brady.

—¿Y quién es Beaker Brady? —preguntó Luce inclinándose para no tener que alzar la voz y hacerse oír por encima del rugido del oleaje al chocar contra la orilla.

—El empollón de sobresalientes que hay dos mesas más allá. —Shelby señaló con la cabeza a un muchacho regordete vestido con camisa de cuadros que acababa de verter un yogur sobre un enorme libro de texto—. Sus padres no aceptan que nunca haya sido admitido en las clases para alumnos aventajados. Cada semestre hacen una campaña. Él aporta las puntuaciones de la Mensa, los resultados obtenidos en ferias de ciencia, los premios Nobel a los que ha impresionado, todo ese tipo de cosas. Y cada semestre, Francesca tiene que idear alguna prueba estúpida insuperable que le impida acceder. —Soltó un bufido—. Cosas del tipo: «A ver, Baker, resuelve este cubo de Rubik en menos de treinta segundos». —Shelby chasqueó la lengua—. Aunque, bueno, ese Nemrod logró superar esa prueba.

—Pero, si es una tapadera —preguntó Luce sintiéndose algo mal por Beaker—, ¿a quién encubre?

—A gente como yo. Yo soy nefilim. N-E-F-I-L-I-M, que es cualquier cosa con ángel en su ADN. Mortales, inmortales, transeternos. Intentamos no hacer discriminaciones.

—¿Y esa palabra no tiene plural?

Shelby frunció el ceño.

—¿Hablas en serio? ¿Te suena bien «nefilimes»? A mí en absoluto, gracias. Siempre es nefilim, independientemente de a cuántos te refieras.

Así que Shelby era un tipo de ángel. Lo cual era raro, porque no lo parecía ni actuaba como tal. No era fabulosa como Daniel, Cam o

Francesca. No poseía el magnetismo de Roland o Arriane. Solo parecía un poco ordinaria y extravagante.

—Así que esto es una especie de instituto de secundaria para ángeles —dijo Luce—. Pero ¿de qué sirve? ¿Acaso luego vais a la universidad para ángeles?

—Depende de lo que el mundo necesite. Muchos estudiantes se toman un año sabático y se alistan en el Cuerpo Nefilim. Viajas, hechas una cana al aire con un extraño, etcétera. Pero eso es en tiempos… bueno, ya sabes, de paz. Ahora mismo…

—Ahora mismo, ¿qué?

—Da igual. —Shelby pareció morderse la lengua—. Solo depende de quién eres. Verás, aquí cada cual tiene distintos grados de poder —prosiguió como leyendo la mente de Luce—. Según el árbol genealógico de cada uno. En tu caso, sin embargo…

Luce lo sabía.

—Yo solo estoy aquí por Daniel.

Shelby arrojó su servilleta en el plato vacío y se puso de pie.

—Es impresionante lo bien que te lo has montado, Luce. La novia del pez gordo que ha tocado algunas teclas…

¿Era eso lo que todo el mundo pensaba de ella? ¿Era esa… la verdad?

Shelby extendió la mano y se llevó a la boca el último trozo de quiche del plato de Luce.

—Si quieres tu club de fans de Lucinda Price, seguro que aquí lo encontrarás. Pero a mí déjame tranquila, ¿entendido?

—¿De qué hablas? —Luce se puso de pie. Tal vez ella y Shelby deberían empezar de nuevo la conversación—. Yo no quiero un club de fans…

—¿Lo ves? Te lo dije.

Una voz aguda pero agradable se oyó en ese instante.

De pronto se encontró con la chica del pañuelo verde ante ella, sonriéndole y dando codazos a otra chica para que se acercara. Luce miró por detrás de ellas, pero Shelby ya se había alejado; seguramente, no merecía la pena ir detrás de ella. De cerca, la chica del pañuelo verde parecía una versión más joven de Salma Hayek, con los labios igual de carnosos y el pecho incluso más voluminoso. La otra muchacha, de tez pálida, ojos color avellana y pelo negro corto, se parecía un poco a Luce.

—Un momento, ¿de verdad eres Lucinda Price? —preguntó la chica más pálida. Tenía los dientes pequeños y blancos y con ellos sostenía un par de horquillas decoradas con lentejuelas mientras se recogía unos pocos mechones oscuros—. ¿Como en la historia de Luce y Daniel? ¿La chica recién llegada de esa terrorífica escuela de Alabama…?

—Georgia. —Luce asintió levemente.

—Da igual. ¡Oh, vaya! ¿Cómo era Cam? Lo vi una vez en un concierto de death metal… pero, claro, me puse demasiado nerviosa para presentarme. Pero no te vas a interesar por Cam, porque, claro, está Daniel. —Soltó una risita de emoción—. Por cierto, me llamo Dawn. Ella es Jasmine.

—Hola —dijo Luce lentamente. Eso era nuevo—. Hum…

—No le hagas mucho caso. Se acaba de tomar más o menos once cafés. —Jasmine hablaba tres veces más despacio que Dawn—. Quiere decir que estamos muy contentas de conocerte. Siempre decimos que la historia de Daniel y tú es la historia de amor más grande que haya existido nunca.

—¿En serio? —Luce hizo crujir los nudillos.

—¿Bromeas? —preguntó Dawn, aunque Luce no podía dejar de pensar que le estaban gastando una especie de broma—. Con eso de morir una y otra vez... Oye, ¿y eso hace que todavía lo quieras más? Seguro que sí. Y, ¡oh!, bueno, cuando te desintegras en el fuego... —Cerró los ojos, se puso una mano en el estómago y luego se la pasó por el cuerpo golpeándose el pecho con el puño—. Cuando era pequeña mi madre me contaba siempre esa historia.

Luce estaba sorprendida. Echó un vistazo a la terraza atestada de gente preguntándose si alguien podía oírlas. Y, hablando de desintegrarse, en ese momento tenía que tener las mejillas rojas como un tomate.

Una campana repicó desde el tejado de la cantina para anunciar el final del desayuno. Luce se alegró de ver que todo el mundo tenía otras cosas de las que ocuparse, como ir a clase.

—¿Y qué te contaba tu madre? —preguntó Luce lentamente—. ¿Era sobre Daniel y yo?

—Bueno, solo lo más destacado —dijo Dawn con los ojos abiertos—. ¿Cómo es? ¿Como un sofoco? ¿Como esos que se tienen en la menopausia? Bueno, no es que piense que tú puedas saberlo, claro.

Jasmine le dio un golpecito a Dawn en el brazo.

—¿Te das cuenta de que estás comparando la pasión desenfrenada de Luce con un sofoco?

—Lo siento. —Dawn soltó una risita—. Estoy fascinada. Parece tan romántico y extraordinario. Te tengo envidia sana, ¿eh?

—¿Me envidias por tener que morir cada vez que intento estar con el chico de mis sueños? —Luce se encogió de hombros—. En realidad es una mala pasada.

—Eso se lo dices a una chica cuyo único beso hasta el momento ha sido con Ira Frank, el del Síndrome de Colon Irritable —dijo Jasmine señalando a Dawn con gesto burlón.

Al ver que no se reía, Dawn y Jasmine se echaron a reír de forma aduladora, como si creyeran que Luce simplemente estaba siendo modesta. Luce jamás había sido objeto de ese tipo de risas.

—¿Y qué te decía tu madre exactamente? —quiso saber Luce.

—¡Oh, lo de siempre! Que estalló la guerra, que toda la mierda saltó, y cuando desde las nubes quisieron poner fin a todo aquello, Daniel se puso del palo: «Nadie nos podrá separar», y que eso fastidió a todo el mundo. Esta es mi parte favorita de la historia. Así que ahora vuestro amor está condenado a sufrir el castigo eterno de quereros desesperadamente y sin embargo no poder, bueno... ya sabes...

—Pero hay vidas en que sí. —Jasmine corrigió a Dawn e hizo un guiño malicioso a Luce, que apenas podía moverse de la impresión que le causaba oír todo aquello.

—¡Qué va! —Dawn hizo un gesto de desdén con la mano—. Lo importante es que ella estalla en llamas cuando... —Al ver la expresión de horror en la cara de Luce, Dawn se estremeció—. Lo siento. No creo que quieras oírlo.

Jasmine carraspeó e intervino:

—Mi hermana mayor me contó una anécdota de tu pasado y juro que...

—¡Oh!

Dawn pasó el brazo por el de Luce, como si aquel conocimiento al que Luce no tenía acceso la hiciera una amiga más deseable. Era de locos. Luce se sentía tremendamente incómoda y también un poco emocionada. Y, además, no estaba segura de si todo aquello era verdad. Había una cosa incuestionable: Luce de pronto se había convertido en una especie de… personaje famoso. Pero era una sensación rara. Como si fuera una de esas jóvenes anónimas, guapas y tontas, que se dejan fotografiar junto a la estrella de cine del momento por un paparazzi.

—¡Oh, chicas! —exclamó Jasmine señalando de forma exagerada el reloj de su teléfono—. ¡Es supertarde! Tenemos que ir a clase.

Luce hizo una mueca y asió la mochila con rapidez. No tenía ni idea de qué clase tenía primero, ni sabía adónde debía ir o cómo tomarse el entusiasmo de Jasmine y Dawn. No había visto unas sonrisas tan amplias y emocionadas desde… bueno, tal vez nunca.

—¿Alguna sabe cómo puedo averiguar dónde está mi primera clase? No tengo el horario.

—Bueno —dijo Dawn—. Ven con nosotras. Siempre vamos juntas. Es muy divertido.

Las dos chicas echaron a andar con Luce, una a cada lado, y la acompañaron en un recorrido serpenteante entre las mesas, donde otros chicos y chicas estaban acabando el desayuno. A pesar de ser tan «supertarde», Jasmine y Dawn prácticamente se paseaban por el césped recién cortado.

Luce consideró la posibilidad de preguntarles qué le pasaba a Shelby, pero no quería parecer cotilla. Por otra parte, esas muchachas resultaban agradables, aunque no necesitaba entablar buenas amistades. Como no dejaba de recordarse a sí misma: todo aquello era provisional.

Era, en efecto, provisional, pero también resultaba asombrosamente bello. Las tres anduvieron junto al camino de las hortensias que daba la vuelta a la cantina. Aunque Dawn no dejaba de charlar, Luce no conseguía apartar la vista del acantilado, viendo cómo el terreno se desplomaba cientos de metros en el océano deslumbrante. El oleaje rompía en una playa diminuta de arena rojiza situada a los pies del acantilado casi con la misma despreocupación con que los estudiantes de la Escuela de la Costa se iban a clase.

—Ya hemos llegado —dijo Jasmine.

Un impresionante edificio de madera de dos pisos en forma de A se erguía solitario al final del camino. Había sido construido en el corazón de un grupo aislado de secuoyas, por lo que su tejado pronunciado y triangular y el amplio césped que se extendía delante de él estaban cubiertos por una capa de hojas aciculares. Había, además, una agradable zona ajardinada con algunas mesas de picnic; sin embargo, lo más llamativo era el edificio: más de la mitad del mismo parecía de cristal, pues se hallaba recubierto de ventanales amplios y de cristal tintado y puertas correderas abiertas. Era como si lo hubiera diseñado el mismísimo Frank Lloyd Wright. Había varios estudiantes holgazaneando en la enorme terraza con vistas al océano situada en la segunda planta, mientras otros chicos y chicas subían las escaleras simétricas que se elevaban desde el camino.

—¡Bienvenida al pabellón Nefilim!

—¿Aquí es donde vais a clase? —Luce estaba boquiabierta. Aquello tenía más el aspecto de una residencia de vacaciones que de un lugar de estudio.

A su lado, Dawn pegó un chillido, y le apretó la muñeca.

—¡Buenos días, Steven! —exclamó Dawn a través del jardín saludando a un hombre mayor que se encontraba al pie de la escalera.

Tenía el rostro fino, llevaba gafas modernas de diseño rectangular, y lucía una cabellera espesa ondulada y canosa.

—Adoro cuando se pone ese traje de tres piezas —susurró Dawn.

—¡Buenos días, chicas!

El hombre sonrió saludándolas. Se quedó mirando a Luce el tiempo suficiente como para incomodarla pero sin perder la sonrisa.

—Nos vemos en un instante —dijo, y empezó a subir.

—Steven Filmore —susurró Jasmine informando a Luce mientras lo seguían por la escalera—. Conocido también como S. F., o el Zorro de Plata. Es uno de nuestros profesores y, en efecto, Dawn está verdadera, desesperada y profundamente enamorada de él. Aunque ya está comprometido. Es una descarada.

—Pero también adoro a Francesca.

Dawn dio un golpecito a Jasmine y luego dirigió sus ojos oscuros y sonrientes hacia Luce.

—Apuesto a que tú también te rendirás ante ellos.

—Un momento. —Luce se detuvo—. ¿El Zorro de Plata y Francesca son nuestros profesores? ¿Los llamáis por su nombre de pila? ¿Y son pareja? ¿Quién enseña qué?

—Al bloque de la mañana lo llamamos «humanidades» —explicó Jasmine—, aunque sería más apropiado llamarlo «angelología». Francesca y Steven enseñan juntos. Es parte del trato aquí, una especie de yin y yang. De esta manera, bueno, ningún estudiante resulta… influenciado.

Luce se mordió el labio. Habían llegado a lo alto de la escalera y se encontraban en la terraza en medio de un grupo de estudiantes. Todo el mundo empezó a cruzar tranquilamente las puertas correderas de cristal.

—¿Qué quieres decir con que nadie resulte influenciado?

—Ambos son ángeles caídos, pero optaron por bandos distintos. Ella es un ángel, y él, más bien un demonio.

Dawn hablaba con tranquilidad, como si charlara sobre yogures de diferentes sabores. Al ver cómo Luce abría los ojos añadió:

—No es que se puedan casar ni nada por el estilo… aunque sería una gran boda. Simplemente, viven en pecado.

—¿Me estás diciendo que un demonio enseña humanidades? —preguntó Luce—. ¿Y eso está bien?

Dawn y Jasmine se miraron entre ellas y se echaron a reír.

—Está muy bien —contestó Dawn—. Ya verás como cambias de opinión respecto a Steven. Vamos, tenemos que entrar.

Luce entró en el aula con los demás. Era una estancia amplia formada por tres grandes escalones sobre los cuales se encontraban los pupitres, que se orientaban hacia un par de mesas largas. La mayor parte de la luz provenía de unas claraboyas. La luz natural y el techo elevado hacían que el aula pareciera incluso más grande de lo que era en realidad. La brisa oceánica penetraba por las puertas abiertas y hacía que el ambiente fuera relajado y fresco. No podía ser más diferente a Espada & Cruz. Luce se dijo que la Escuela de la Costa incluso le podría llegar a gustar de no ser porque el único motivo por el que se hallaba allí, la persona más importante de su vida, no estaba allí. Se preguntó si Daniel pensaba en ella. ¿La estaría echando tanto de menos como ella a él?

Luce eligió una mesa cerca de las ventanas, entre Jasmine y un chico agradable y discreto vestido con vaqueros, una gorra de los Dodgers y una sudadera de color azul marino. Había unas cuantas chicas de pie cerca de la puerta del baño. Una de ellas tenía el pelo ondulado y llevaba unas gafas cuadradas de color violeta. Cuando Luce la vio de perfil, estuvo a punto de saltar de su asiento.

Penn.

Pero cuando la chica se volvió hacia Luce, vio que su rostro era más cuadrado, que la ropa le iba un poco más ajustada y que tenía una risa un poco más estridente; Luce se sintió languidecer. Claro que no era Penn. Y nunca lo sería.

Luce se dio cuenta de que los demás compañeros la miraban, que algunos de ellos tenían la vista clavada en ella. La única que no lo hacía era Shelby, que se limitó a saludar a Luce con la cabeza.

No era una clase grande, apenas veinte pupitres dispuestos sobre los peldaños y de cara a las dos largas mesas de caoba que había delante. Detrás de ellas, dos pizarras blancas. Dos estanterías a cada lado. Dos papeleras. Dos lámparas de escritorio. Dos ordenadores portátiles, uno en cada mesa. Y dos profesores, Steven y Francesca, que cuchicheaban frente a frente ante la clase.

Con un gesto que Luce no esperaba, posaron su mirada también en ella antes de encaminarse hacia sus mesas. Francesca se sentó sobre una, colocando una pierna debajo de la otra de modo que uno de sus altos tacones rozaba el suelo de madera. Steven se apoyó en la otra mesa, abrió su pesada cartera de cuero de color granate y se puso el bolígrafo entre los labios. Pese a que ya tenía unos años, resultaba atractivo, aunque Luce hubiera preferido que no lo fuera. Le recordaba a Cam, y lo engañoso que podía llegar a ser el encanto de un demonio.

Se había hecho a la idea de que el resto de la clase sacaría libros que ella no tenía y analizaría lecturas que ella no había podido hacer, así que podía abandonarse a la sensación de apabullamiento y a soñar despierta en Daniel.

Pero no ocurrió nada de eso. Y la mayoría de sus compañeros seguían dirigiéndole miradas furtivas.

—A estas alturas todos os habréis dado cuenta de que hoy damos la bienvenida a una nueva alumna. —Francesca tenía una voz grave y melosa, como la de una cantante de jazz.

Steven sonrió dejando ver el brillo de su blanca dentadura.

—Dinos, Luce, ¿qué te ha parecido hasta ahora la Escuela de la Costa?

Luce palideció mientras el resto de la clase se giraba ruidosamente hacia ella en sus pupitres.

El corazón empezó a latirle deprisa y se notó las palmas de las manos húmedas. Se encogió en el asiento, deseando ser simplemente una chica normal en una escuela normal, en su casa, en Thunderbolt, Georgia. En los últimos días, había deseado en más de una ocasión no haber visto nunca una sombra, ni haberse visto envuelta en una situación que había conducido a la muerte de amigos queridos, que la había llevado a tratar con Cam y que ahora impedía a Daniel estar junto a ella. Pero en ese punto sus pensamientos atribulados se detenían: ¿cómo ser normal y seguir con Daniel? Él distaba mucho de ser normal. Era imposible. Y ahí estaba ella, bien fastidiada.

—Todavía no me he acostumbrado a la Escuela de la Costa. —Le temblaba la voz, traicionándola, y reverberando en el techo inclinado—. Pero hasta el momento está muy bien.

Steven se rió.

—Bueno, Francesca y yo hemos pensado en ayudarte a sentirte cómoda aquí y por eso hoy vamos a posponer las presentaciones que hacen los estudiantes los martes por la mañana.

Al otro lado de la sala Shelby exclamó:

—¡Bien!

Luce observó que su compañera de habitación tenía sobre el pupitre una pila de tarjetas y un póster grande a los pies en el que se leía LAS APARICIONES NO SON TAN MALAS. Así que Luce la acababa de salvar de tener que hacer una presentación. Aquello tenía que ser bueno para la relación entre compañeras de habitación.

—Lo que Steven quiere decir —intervino Francesca— es que vamos a hacer un juego para romper el hielo.

Se bajó de la mesa y anduvo por la sala taconeando mientras repartía una hoja de papel a cada estudiante.

Luce esperó a oír el coro de quejidos que esas palabras suelen provocar en un grupo de adolescentes, pero todos sus compañeros se mostraban conformes. De hecho, se dejaban llevar sin oponer resistencia.

Cuando Francesca dejó el papel en el pupitre de Luce, dijo:

—Este ejercicio está pensado para que te hagas una idea de quiénes son algunos de tus compañeros y qué objetivos perseguimos en esta clase.

Luce miró el papel. En él había dibujadas viente casillas, cada una con una frase. Ella ya había jugado a ese juego en una ocasión, de pequeña, en unas colonias de verano al oeste de Georgia y también un par de veces cuando asistía a clases en Dover. Se trataba de ir por la sala y relacionar a cada alumno con una afirmación. Aquello la tranquilizó: había juegos para romper el hielo mucho más incómodos que aquel. Pero al analizar detenidamente las frases, esperando encontrar expresiones como «Tiene una tortuga como mascota» o «Le gustaría hacer paracaidismo», se inquietó al leer cosas como «Habla más de dieciocho idiomas» o «Ha visitado el Más Allá».

Iba a resultar lastimosamente notorio que Luce fuera la única de la clase que no era nefilim. Recordó entonces al camarero que les había llevado el desayuno a ella y a Shelby. Tal vez se sentiría más cómoda entre los becarios. Beaker Brady no sabía de la que se había librado.

—Si no hay preguntas —dijo Steven al frente de la sala—, ya podéis empezar.

—Salid fuera y disfrutad —añadió Francesca—. Tomaos todo el tiempo que necesitéis.

Luce siguió al resto de los alumnos a la terraza. Mientras se dirigían hacia la barandilla, Jasmine se apoyó en el hombro de Luce y señaló una casilla con su uña pintada de verde.

—Tengo un familiar que es querubín de pura sangre —dijo—. El viejo y loco tío Carlos.

Luce asintió, como si supiera lo que eso significaba y anotó el nombre de Jasmine.

—¡Oh! Y yo sé levitar —dijo tranquilamente Dawn señalando la esquina superior izquierda de Luce—. No es que lo haga todo el tiempo, pero por lo general después de tomar el café.

—¡Uau!

Luce intentó no demostrar asombro, pero no parecía que Dawn bromeara. ¿Era realmente capaz de levitar?

Cada vez se sentía más fuera de lugar, y para disimular buscó en la hoja algo que ella supiera hacer.

«Tiene experiencia en convocar Anunciadoras.»

Las sombras. La última noche en Espada & Cruz Daniel le había dicho el nombre con el que se las conocía. A pesar de que ella nunca las había «invocado», pues siempre se habían limitado a aparecer, Luce sin duda tenía cierta experiencia.

—Podéis poner mi nombre ahí —dijo señalando la esquina izquierda inferior del papel.

Jasmine y Dawn la miraron un poco sobrecogidas pero crédulas antes de proseguir cumplimentando el resto de la hoja. El corazón de Luce se había serenado un poco. Tal vez aquello no iba a salir tan mal.

En los minutos siguientes conoció a Lilith, una chica pelirroja muy remilgada que era una de las tres mellizas nefilim («Nos diferenciamos por nuestras colas vestigiales —explicó—. La mía tiene forma enroscada»; a Oliver, un muchacho de voz grave y rechoncho que había visitado el Más Allá en las vacaciones de verano del año anterior («Está tan sobrevalorado que casi resulta difícil de explicar»); y a Jack, al cual le parecía que empezaba a poder leer el pensamiento y que veía con buenos ojos que Luce le asignase esa habilidad. («Me parece que eso a ti te parece bien, ¿verdad?», afirmó emulando una pistola con los dedos y chasqueando la lengua.) A Luce le quedaban tres casillas por completar cuando Shelby le arrebató el papel de las manos.

—Hago estas dos cosas —dijo señalando dos casillas—. ¿Cuál prefieres?

«Habla más de dieciocho idiomas.» «Ha visto una vida pasada.»

—Un momento —susurró Luce—. ¿Has… puedes ver vidas pasadas?

Shelby arqueó repetidamente las cejas, estampó su firma en la casilla y luego escribió su nombre en la casilla de los «dieciocho idiomas» por si acaso. Luce se quedó mirando la hoja mientras reflexionaba acerca de todas sus vidas anteriores y lo fuera de su alcance que estaban. Había subestimado a Shelby.

Pero su compañera de habitación ya se había marchado. En el lugar de Shelby se encontró con el chico que se sentaba junto a ella en la clase. Era bastante más alto que Luce y tenía una sonrisa amplia y amistosa, la nariz pecosa y unos ojos azules claros. Había algo en él, incluso en el modo en que mordisqueaba el bolígrafo, que parecía… sólido. Luce sabía que aquella era una palabra muy rara para describir a alguien con quien nunca había hablado, pero no pudo evitarlo.

—Oh, ¡gracias a Dios! —dijo él riéndose mientras se daba una palmadita en la frente—. La única cosa que soy capaz de hacer es la que has dejado en blanco.

—¿Eres capaz de reflejar tu propia imagen o la de otros? —leyó Luce lentamente.

Sacudió la cabeza de un lado a otro y escribió su nombre en la casilla. Miles Fisher.

—Sin duda es algo que impresiona a alguien como tú, claro.

—Hum. Sí. —Luce se volvió para irse. Alguien como ella, que no sabía ni siquiera qué significaba eso.

—¡Eh, aguarda! ¿Adónde vas? —La agarró por la manga—. Vaya, parece que no has pillado el chiste sobre mí?

Al ver que ella negaba con la cabeza, la expresión de Miles se ensombreció.

—Solo quería decir que, comparado con el resto de la clase, apenas doy la talla. La única persona, excepto yo mismo, a la que he sabido reflejar fue mi madre. Asusté a mi padre durante unos diez segundos, pero luego el efecto desapareció.

—Espera. —Luce miró con asombro a Miles—. ¿Lograste una imagen reflejada de tu madre?

—Fue de forma accidental. Según parece, es fácil hacerlo con las personas a las que, bueno, a las que quieres. —Un débil tono sonrosado asomó en sus pómulos—. Ahora pensarás que soy una especie de niño de mamá. Lo que quiero decir es que mis poderes son muy débiles, y tú, en cambio, eres la famosa Lucinda Price.

Al decirlo, agitó los dedos de las manos con un gesto muy masculino.

—Ojalá la gente dejara de decir eso —rezongó Luce. Con la impresión de haber reaccionado con cierta brusquedad, suspiró y se apoyó en la barandilla de la terraza para mirar al mar. Todos los indicios que daban a entender que la gente de allí sabía más sobre ella que ella misma le resultaban muy difíciles de asimilar, pero no quería hacérselo pagar a ese chico.

»Lo siento —dijo—. Lo que pasa es que creía que yo era la única que no daba la talla. Dime, ¿cuál es tu historia?

—¡Oh! Yo soy lo que se llama un «diluido» —explicó él dibujando unas comillas exageradas en el aire—. Mamá tiene sangre de ángel en las venas, pero el resto de mi familia son todos mortales. Mis poderes son de un nivel incómodamente bajo. Sin embargo, estoy aquí porque mis padres dotaron la escuela con... bueno, con la terraza que pisas ahora.

—¡Uau!

—En realidad, no es tan impresionante. Mi familia está obsesionada con que venga a la Escuela de la Costa. Deberías ver la presión que hay en casa para que salga con «una buena chica nefilim».

Luce se echó a reír. Fue una de las primeras carcajadas auténticas en muchos días. Miles torció el gesto de modo amigable.

—He observado que has desayunado con Shelby esta mañana. ¿Es tu compañera de habitación?

Luce asintió.

—Hablando de buenas chicas nefilim... —dijo bromeando.

—Bueno, ya sé que es un poco… —Resopló, y con la mano hizo un gesto como si clavara las zarpas, lo cual hizo que Luce soltara otra carcajada—. De todos modos, no soy el alumno más brillante de aquí y sigo pensando que este lugar es de locos. Así que si alguna vez quieres disfrutar de un desayuno normal o de otra cosa…

Luce notó que, sin darse cuenta, asentía con la cabeza. «Normal». Esa palabra era música celestial para sus oídos mortales.

—¿Qué tal… mañana?

—Fantástico.

Miles sonrió y se despidió saludándola con la mano. Luce se dio cuenta de que todos los demás estudiantes ya habían entrado. Sola por primera vez aquella mañana, miró la hoja de papel que tenía en la mano, sin saber qué pensar de los alumnos de la Escuela de la Costa. Echó de menos a Daniel. De haber estado ahí, le habría aclarado muchas cosas. Pero ella no sabía dónde estaba.

En cualquier caso, demasiado lejos.

Se llevó un dedo a los labios al recordar su último beso. El increíble abrazo de sus alas. Incluso bajo el sol de California, sentía tanto frío sin él… Pero estaba allí por él y, con su extraña y nueva reputación, había sido aceptada por esa especie de ángeles o lo que fueran por mediación de él. Curiosamente, resultaba agradable seguir en contacto con Daniel, aunque fuera de un modo tan complicado.

Hasta que él volviera a buscarla, ella no tenía ningún otro lugar donde agarrarse.

3
Dieciséis días

—Vamos, sorpréndeme, hasta ahora, ¿qué es lo que te ha parecido más increíble de la Escuela de la Costa?

Era miércoles por la mañana, antes de ir a clase, y Luce estaba sentada tomando el desayuno bajo el sol en una mesa de la zona ajardinada de la cantina, compartiendo una taza de té con Miles. Él llevaba una camiseta amarilla de diseño *vintage* con el logo de Sunkist, una gorra de béisbol calada hasta justo encima de sus ojos azules, chanclas y vaqueros desgastados. Luce, inspirada por la vestimenta informal de la Escuela de la Costa, había dejado a un lado su indumentaria negra habitual. Llevaba un vestido de tirantes de color rojo con una pequeña torera blanca, y eso le hacía sentirse como si aquel fuera el primer día de sol tras un largo período de lluvias.

Echó una cucharadita de azúcar en la taza y se rió.

—No sabría qué decir. Quizá mi compañera de habitación, que ha entrado a hurtadillas justo antes de que amaneciera y se ha marchado antes de que me levantara. ¡Oh, no, espera! Tal vez asistir a clases impartidas por una pareja formada por un demonio y un ángel. O quizá… —Tragó saliva—. El modo extraño en que me mira la gente aquí, como si fuera una especie de rareza legendaria. Estoy acostumbrada a ser una rarita anónima, pero eso de ser famosa además de rara…

—Pero tú no eres famosa. —Miles dio un gran bocado a su cruasán—. Me tomaré uno después del otro —dijo masticando.

Mientras él se pasaba la servilleta por la comisura de los labios, Luce admiró entre maravillada y divertida sus impecables modales a la mesa. No pudo evitar imaginárselo de pequeño tomando lecciones de etiqueta en el club de golf.

—Shelby es una persona aparentemente antipática —dijo Miles—, pero cuando le apetece es buena gente. Y no es que yo pueda presumir de conocer esa parte de ella. —Se echó a reír—. Pero es lo que se dice. También a mí al principio el dúo Francesca / Steven me pareció muy raro, pero de algún modo logran que funcione. Es como un acto celestial de equilibrio. Por algún extraño motivo, el hecho de tener delante representantes de ambos bandos da a los estudiantes la máxima libertad para desarrollarse.

Otra vez la palabrita. «Desarrollarse.» Luce recordó que Daniel la había empleado cuando le dijo que no iba a acompañarla en la Escuela de la Costa. ¿Qué se suponía que tenía que desarrollar? Tal vez fuera algo aplicable a los estudiantes nefilim, pero desde luego a Luce no, que era la única humana auténtica en una clase de seres casi angelicales y que solo esperaba que su ángel acudiera a rescatarla.

—Luce —prosiguió Miles interrumpiendo su pensamiento—, la gente te mira porque todo el mundo conoce tu historia con Daniel, pero nadie sabe la historia de verdad.

—Así que en lugar de preguntarme…

—¿Qué? ¿Que si os lo montáis en las nubes? ¿O si su… su «gloria» desenfrenada alguna vez supera tu mortal…? —Se calló al ver la expresión horrorizada de Luce y luego tragó saliva—. Lo siento. Lo que quiero decir es que tienes razón, que lo han convertido en una gran leyenda. Los demás, claro. En cuanto a mí, bueno, yo intento no hacer conjeturas. —Miles dejó la taza de té y se quedó mirando la servilleta—. Quizá es demasiado personal para preguntar sobre ello.

Miles volvió los ojos y se la quedó mirando sin incomodarla lo más mínimo. De hecho, sus nítidos ojos azules y la sonrisa ligeramente torcida a Luce le parecieron una puerta abierta, una invitación a hablar de cosas que no había sido capaz de contar a nadie hasta ese momento. Aunque le fastidiaba mucho, Luce entendía por qué Daniel y el señor Cole le prohibían establecer contacto con Callie o sus padres. En cualquier caso, Daniel y el señor Cole eran los que la habían matriculado en la Escuela de la Costa afirmando que estaría bien allí. Así que no veía motivo alguno para mantener su historia en secreto ante alguien como Miles, más aún cuando ya conocía una versión de los hechos.

—Es una historia muy larga —dijo—. De veras. Y todavía no la conozco toda. Al parecer, Daniel es un ángel importante. Supongo que era alguien destacado antes de la Caída. —Nerviosa, tragó saliva y rehuyó la mirada de Miles—. Por lo menos lo fue hasta que se enamoró de mí.

Y empezó a contárselo todo. Desde su primer día en Espada & Cruz hasta cómo Arriane y Gabbe se habían ocupado de ella; le contó cómo Molly y Cam se habían mofado de ella y la sensación desgarradora que había tenido al ver una fotografía suya en otra vida. Le habló de la muerte de Penn y de cómo le había afectado, y se refirió también a la batalla surrealista en el cementerio. Aunque Luce omitió algunos detalles sobre Daniel, momentos íntimos que habían compartido, cuando hubo terminado, creyó haber proporcionado a Miles una imagen bastante completa de lo ocurrido, y confió también en haber puesto punto final al halo de misterio en lo que a su persona se refería.

Al terminar se sintió mucho mejor.

—Uau. En realidad nunca había explicado esto a nadie. La verdad es que va muy bien expresarlo en voz alta. Ahora que lo he admitido ante alguien me resulta más real.

—Puedes continuar si te parece —sugirió él.

—Sé que estoy aquí por poco tiempo —dijo ella—. Y, en cierto modo, creo que la Escuela de la Costa me ayudará a acostumbrarme a esta gente, me refiero a los ángeles como Daniel. Y también a los nefilim, como tú. Pero no puedo evitar sentirme fuera de lugar. Es como si pretendiera ser algo que no soy.

Durante el relato de Luce, Miles no había dejado de asentir y mostrarse de acuerdo, pero esta vez negó con la cabeza.

—Para nada. De hecho, el que seas mortal hace que todo resulte aún más impresionante.

Luce echó un vistazo a su alrededor. Por primera vez se dio cuenta de la clara línea que separaba las mesas de los nefilim de las del resto de los estudiantes. Los nefilim se habían adjudicado las mesas del lado oeste, las más próximas al agua. Eran pocos, no más de una veintena, pero ocupaban muchas más mesas que los otros; incluso en algunas había una sola persona cuando en ellas habrían podido caber seis. El resto del alumnado se apretujaba en las mesas del lado este que quedaban. Shelby, por ejemplo, estaba sentada sola a una mesa, peleándose contra la ventolera con el periódico que pretendía leer. Había muchas sillas desocupadas, pero nadie que no fuera nefilim parecía haber considerado la posibilidad de cruzar la línea y sentarse con los alumnos «aventajados».

El día anterior, Luce había conocido a algunos alumnos no privilegiados. Después del almuerzo, las clases habían proseguido en el edificio principal, que tenía una estructura arquitectónica menos impresionante y que era el lugar donde se impartían las asignaturas más tradicionales. Biología, geometría, historia europea… Algunos estudiantes le habían parecido agradables, pero Luce percibió cierto distanciamiento no verbal por el mero hecho de que ella formaba parte del grupo de estudiantes avanzados, y eso impedía cualquier posibilidad de conversación.

—No te lo tomes mal, por favor. Tengo amigos entre algunos de ellos. —Miles señaló una mesa atestada de gente—. Para jugar al fútbol preferiría a Connor o Eddie G. antes que a cualquier nefilim. Pero, en serio, ¿crees que alguno de ellos podría haber hecho frente a lo que tú y vivir para contarlo?

Luce se frotó la nuca y notó que las lágrimas amenazaban con anegarle los ojos. Aún tenía muy presente en su memoria el puñal de la señorita Sophia, y no podía pensar en esa noche sin que el corazón se le encogiera de dolor por Penn. Su muerte carecía de sentido. Nada de aquello había sido justo.

—Yo apenas sobreviví —musitó.

—Sí —dijo Miles estremeciéndose—. Conozco esa parte. Es curioso: Francesca y Steven son fabulosos enseñándonos cosas acerca del presente y del futuro, pero no hablan del pasado, que, al parecer, guarda relación con nuestra capacitación.

—¿Qué quieres decir con eso?

—Pregúntame cualquier cosa sobre la gran batalla que va a empezar, y sobre el papel que un joven y fornido nefilim como un humilde servidor puede tener en ella. Pero no sé nada de las cosas del pasado de las que hablas. En realidad, ninguna lección ha tratado jamás sobre eso. Y, por cierto… —Miles señaló que la terraza se estaba vaciando—, deberíamos irnos. ¿Te gustaría repetirlo alguna otra vez?

—¡Por supuesto!

A Luce le salió del corazón. Miles le caía bien. Charlar con él resultaba mucho más fácil que con cualquier otra persona que había conocido hasta el momento. Era amigable y tenía un sentido del humor que lograba que Luce se sintiera cómoda de inmediato. Sin embargo, le había dicho algo sobre la batalla que estaba próxima que la había preocupado. La batalla de Daniel y de Cam. ¿O acaso era una batalla contra el grupo de los Ancianos de la señorita Sophia? Si incluso los nefilim se estaban preparando para ello, ¿en qué lugar dejaba eso a Luce?

Steven y Francesca se complementaban tanto en el colorido de su vestimenta que parecía más que fueran a una sesión fotográfica que a dar clases. El segundo día de estancia de Luce en la Escuela de la Costa, Francesca llevaba unas sandalias de tacón muy altas estilo gladiador y de color dorado, y un moderno vestido acampanado de color calabaza. Llevaba un lazo suelto en el cuello que combinaba, casi a la perfección, con la corbata naranja que Steven lucía en su camisa oxford de color marfil y su blazer azul marino.

Su aspecto era fabuloso, y Luce se sintió fascinada por la pareja, y no rendida como había predicho Dawn el día anterior. Al ver a sus profesores desde su pupitre, sentada al lado de Miles y Jasmine, Luce se sintió atraída por Francesca y Steven porque le recordaban su relación con Daniel.

Aunque nunca había visto que se tocaran, cuando los dos estaban juntos, lo cual era habitual, su magnetismo casi hacía doblar las paredes. Evidentemente, eso guardaba relación con sus poderes como ángeles caídos, pero también tenía que ver con el modo único en que estaban conectados. Luce no podía evitar sentirse un poco incómoda viéndolos. Eran el recuerdo constante de lo que en ese momento ella no podía tener.

La mayoría de los estudiantes ya habían tomado asiento. Dawn y Jasmine le insistieron para que entrara a formar parte del comité de iniciativas y las ayudara a planificar todos esos fabulosos eventos sociales. Luce nunca se había destacado por su actividades extraacadémicas. Sin embargo, esas chicas habían sido tan amables con ella, y a Jasmine se le iluminaba tanto el rostro al hablar de la excursión en yate que habían planificado para la semana siguiente, que Luce decidió dar una oportunidad al comité. En el momento en que ella anotaba su nombre en la lista, Steven dio un paso al frente, arrojó el blazer sobre la mesa que tenía detrás y, sin decir nada, extendió los brazos a los lados.

Entonces, como invocado, un trozo de profunda oscuridad pareció escindirse de la sombra de una de las secuoyas que había justo al otro lado de la ventana. Se alzó del césped, tomó forma y penetró rápidamente en el aula por la ventana abierta. Se movía con rapidez y por donde pasaba dejaba todo sumido en la penumbra.

Luce dio un grito ahogado, pero no fue la única. De hecho, la mayoría de los estudiantes retrocedieron nerviosos en sus pupitres cuando Steven empezó a hacer girar la sombra. Este se limitó a extender las manos hacia ella y comenzó a tirar cada vez con más rapidez, como si estuviera forcejeando con algo. Al poco rato, la sombra giraba sobre sí misma ante él con tal rapidez que se volvió borrosa, como los radios de una rueda al girar. Una ráfaga fuerte de viento con olor a rancio salió despedida del centro y apartó el pelo a Luce de la cara.

Steven manipuló la sombra con los brazos extendidos y convirtió la forma confusa y amorfa en una esfera compacta y negra no más grande que una uva.

—¡Queridos alumnos! —dijo lanzando tranquilamente la bola de oscuridad al aire a pocos centímetros de los dedos—. ¡Os presento el tema de la lección de hoy!

Francesca dio un paso al frente y pasó la sombra a sus manos. Sus tacones la hacían tan alta como Steven. Y, además, supuso Luce, tenía exactamente la misma habilidad que él en la manipulación de sombras.

—Todos habéis visto en alguna ocasión a las Anunciadoras —dijo ella moviéndose lentamente por la media luna que formaban los pupitres para permitirles que vieran mejor—. Y entre vosotros —prosiguió mirando a Luce— hay incluso quien tiene cierta experiencia en su manipulación. Pero ¿sabéis realmente lo que son? ¿Sabéis lo que pueden hacer?

«Son unas chismosas», se dijo Luce recordando lo que Daniel le había dicho la noche de la batalla. Se sentía todavía una recién llegada en la Escuela de la Costa como para responder sin más, pero ninguno de sus compañeros parecía saberlo. Lentamente levantó la mano.

Francesca volvió la cabeza.

—Luce.

—Transmiten mensajes —dijo adquiriendo más seguridad conforme hablaba y recordando la afirmación de Daniel—. Pero son inofensivas.

—En efecto, actúan como mensajeras. Pero ¿son inofensivas?

Francesca miró a Steven. El tono empleado no dejaba entrever si Luce tenía o no razón, y eso la hizo sentir un poco incómoda.

Toda la clase se sorprendió cuando Francesca retrocedió para colocarse al lado de Steven, asió un lado del borde de la sombra mientras él sostenía el otro y tiró firmemente de ella.

—Lo que vamos a hacer se conoce como «vislumbrar» —prosiguió.

La sombra se hinchó y se extendió como un globo. En cuanto su forma oscura se deformó, emitió un fuerte gorgoteo y pasó a mostrar los colores más nítidos que Luce había visto jamás. Amarillos intensos, dorados resplandecientes, veteados amarmolados de color rosa y púrpura… un abanico oscilante de colores empezó a brillar cada vez con mayor intensidad y claridad detrás de la malla de sombras que se desvanecía. Steven y Francesca continuaron tirando a la vez que retrocedían despacio para que la sombra adquiriera el tamaño y la forma de una gran pantalla de proyección. Entonces se detuvieron.

No avisaron de nada, ni dijeron: «Lo que ahora veréis…». Tras un momento de angustia, Luce supo por qué. No había preparación posible para algo así.

La maraña de colores se separó y finalmente se convirtió en un lienzo de formas definidas. Se veía una ciudad antigua, amurallada… que era pasto de las llamas. Se trataba de una ciudad populosa y corrompida que estaba siendo consumida por unas violentas llamaradas. Se veía a gente acorralada por el fuego, con las bocas negras y vacías y los brazos levantados al cielo en un gesto desesperado. Y por doquier saltaban chispas brillantes y pequeñas llamas de fuego, una lluvia de luz letal que lo cubría todo y prendía todo cuanto tocaba.

Luce casi podía oler la podredumbre y la muerte que atravesaba la pantalla de la sombra. Era horrible ver todo aquello, pero lo más raro con diferencia es que no se oía nada. Sus compañeros de alrededor tenían la cabeza agachada, como intentando bloquear algún alarido, algún grito que resultaba imperceptible para Luce. Mientras se veía morir a la gente, no había más que silencio.

Cuando ya empezaba a dudar sobre si su estómago podría resistir algo más, el foco de la imagen cambió y se alejó en cierto modo, lo cual permitió a Luce verlo todo de lejos. No solo ardía una ciudad. Eran dos. De pronto le vino a la memoria algo raro, como si fuera un recuerdo que siempre hubiera tenido y en el que no hubiera pensado durante tiempo. Supo que lo que estaban viendo era Sodoma y Gomorra, las dos ciudades de la Biblia, las dos ciudades destruidas por Dios.

Luego, como si apagaran el interruptor de la luz, Steven y Francesca chasquearon los dedos y la imagen desapareció. Los restos de la sombra se desvanecieron formando una pequeña nube negra de ceniza que se depositó finalmente en el suelo del aula. En torno a Luce, todos los alumnos parecían intentar recuperar el aliento.

Ella no podía apartar la vista del sitio donde había estado la sombra. ¿Cómo había logrado algo así? Ahora empezaba a consolidarse de nuevo, los pedazos de oscuridad se iban uniendo otra vez y lentamente recuperaban la habitual forma de la sombra. Terminada su misión, la Anunciadora deambuló lentamente sobre las tablas de madera del suelo y luego se deslizó fuera del aula, como la sombra proyectada por una puerta al cerrarse.

—Sin duda os preguntaréis por qué os hemos hecho pasar por esto —dijo Steven dirigiéndose a la clase. Él y Francesca se miraron con preocupación al observar el aula. Dawn gimoteaba inclinada sobre el pupitre.

—Como sabéis —prosiguió Francesca—, en esta clase preferimos dedicar la mayor parte del tiempo a lo que vosotros, como nefilim, sois capaces de hacer; al modo en que podéis cambiar las cosas para mejor, independientemente de lo que entendáis vosotros como mejor. Preferimos mirar hacia delante que hacia atrás.

—Pero lo que habéis visto hoy —apuntó Steven— ha sido más que una simple lección de historia acompañada de unos efectos especiales increíbles. No han sido tampoco unas cuantas imágenes conjuradas por nosotros. En absoluto. Lo que habéis visto eran, de hecho, las ciudades de Sodoma y Gomorra cuando el Gran Tirano las destruyó…

—¡Cuidado! —le interrumpió Francesca con un gesto admonitorio con el dedo—. En esta aula no están permitidas las ofensas verbales.

—Tiene razón, como casi siempre. Incluso yo a veces caigo en los rumores infundados. —Steven miró fijamente a sus alumnos—. Sin embargo, como os decía, las Anunciadoras son más que meras sombras. Pueden contener información muy valiosa, son sombras, en cierto modo… pero del pasado, de acontecimientos antiguos y otros no tan remotos.

—Lo que habéis visto —terminó Francesca— solo ha sido una demostración de una habilidad extremadamente valiosa que tal vez algunos de vosotros podáis utilizar algún día.

—Por el momento no vais a intentarlo siquiera. —Steven se restregó las manos con un pañuelo que se había sacado del bolsillo—. De hecho, os prohibimos que lo intentéis, pues podríais perder el control y disolveros con ellas. Pero quizá algún día podáis hacerlo.

Luce cruzó la mirada con Miles, que le correspondió con una sonrisa divertida, como si oír aquellas palabras le hubieran tranquilizado un poco. No parecía sentirse en absoluto abatido, no al menos del modo en que Luce se sentía.

—Por otro lado —dijo Francesca—, puede que la mayoría os sintáis agotados. —Luce miró a su alrededor y contempló las caras de sus compañeros mientras Francesca hablaba. Su voz tenía el efecto del aloe sobre las quemaduras de sol. La mitad de los alumnos tenían los ojos cerrados, como si estuvieran sedados—. Es normal. La visión de las sombras requiere mucho esfuerzo. Si retroceder un par de días exige ya mucha energía, ¿qué no costará retroceder unos milenios? En fin, ya veis los efectos que provoca. En vista de lo cual… —prosiguió mirando a Steven—, hoy podéis salir antes para descansar.

—Mañana recuperaremos, así que aseguraos de terminar la lectura sobre el fenómeno de la desaparición —añadió Steven—. ¡Podéis marcharos!

En torno a Luce, los alumnos se levantaron lentamente de los pupitres, exhaustos y con aspecto aturdido. Cuando ella se puso de pie, solo notó las rodillas un poco flojas, y le pareció que estaba menos debilitada que los demás. Se arrebujó la chaqueta en los hombros y salió del aula detrás de Miles.

—¡Qué duro ha sido! —dijo él bajando los escalones de dos en dos desde la terraza—. ¿Estás bien?

—Sí, estoy bien —dijo Luce—. ¿Y tú?

Miles se frotó la frente.

—Daba la impresión de estar ahí de verdad. Me alegro que hayan terminado la clase antes. Creo que necesito una siesta.

—¡Oh, en serio! —añadió Dawn, que los seguía por el camino serpenteante que llevaba a la residencia—. Es lo último que esperaba este miércoles por la mañana. Estoy hecha polvo.

Tenía razón: la destrucción de Sodoma y Gomorra había sido horripilante. Había resultado tan real que Luce aún notaba la piel caliente por las llamaradas.

Tomaron un atajo para llegar al edificio de la residencia; bordearon la cantina por la parte norte y se sumergieron en la sombra de las secuoyas. Resultaba extraño ver el campus tan vacío, con todos los demás alumnos de la Escuela de la Costa aún en clase en el edificio principal. Uno a uno, los nefilim fueron saliendo del camino y se dirigieron directamente a la cama.

Excepto Luce, que no se sentía cansada en absoluto. En realidad, se notaba extrañamente llena de energía. Deseó de nuevo que Daniel estuviera allí. Tenía muchas ganas de hablarle de la demostración de Francesca y Steven y también de saber por qué él no le había dicho antes que las sombras albergaban más de lo que ella era capaz de ver.

Frente a Luce estaba la escalera que llevaba a su habitación. Detrás de ella, el bosque de secuoyas. Paseó frente al acceso a la residencia sin ganas de entrar, sin ganas de dormir ni de fingir que no había visto todo aquello. Sin duda, Francesca y Steven no pretendían asustar a sus alumnos; seguramente, habían querido enseñarles algo que ellos no podían explicar sin más. Pero, si las Anunciadoras eran portadoras de mensajes y reminiscencias del pasado, ¿qué sentido tenía lo que les acababan de mostrar?

Se marchó al bosque.

El reloj marcaba las once de la mañana, pero bajo el dosel penumbroso de árboles bien habría podido ser medianoche. Al adentrarse en el sombrío bosque sintió que se le erizaba el vello en las piernas desnudas. No quería dar muchas vueltas a lo sucedido; pensar no hacía más que aumentar las posibilidades de acobardamiento. Estaba a punto de penetrar en un territorio desconocido. En territorio prohibido.

Iba a invocar a una Anunciadora.

Antes ya había tenido contacto con ellas. La primera vez pellizcó a una en clase para evitar que se le colara en el bolsillo. También estuvo aquella vez en la biblioteca, cuando apartó una de Penn. Pobre Penn. Luce no pudo evitar preguntarse qué mensaje podría haber albergado esa Anunciadora. Si entonces hubiera sabido manipularlas tal y como Francesca y Steven habían hecho en clase… ¿podría haber evitado todo lo ocurrido?

Cerró los ojos. Vio a Penn desplomada contra la pared con el pecho cubierto de sangre. Su amiga herida. No. Rememorar esa noche le resultaba demasiado doloroso y no era bueno para ella. Todo cuanto podía hacer ahora era mirar adelante.

Tuvo que enfrentarse al temor gélido que la atenazaba interiormente. Apenas a diez metros de ella había una forma deslizante, oscura y familiar apostada junto a la sombra de una rama baja de secuoya.

Dio un paso hacia ella y la Anunciadora se replegó. Procurando no hacer ningún gesto brusco, Luce se acercó cada vez más, deseando que la sombra no se escabullera.

Ahí.

La sombra se agitó debajo de la rama, pero no se movió.

Aunque el corazón le latía con fuerza, Luce intentó tranquilizarse. Sí, el bosque estaba oscuro. Sí, nadie sabía dónde se encontraba ella, y sí, de acuerdo, era muy posible que nadie la echara de menos durante un buen rato si le ocurría algo… pero no había motivo alguno para ceder al pánico, ¿no? Entonces, ¿por qué se sentía asustada? ¿Por qué tenía el mismo miedo que cuando veía las sombras de pequeña, a sabiendas de que eran inofensivas?

Era hora de actuar. Podía quedarse allí paralizada para siempre, podía huir aterrada y regresar más tarde a su cuarto de mal humor, o bien…

Extendió el brazo, que ya no le temblaba, y asió la sombra. La arrastró y la apretó con fuerza contra el pecho, sorprendida de su peso y el tacto frío y húmedo. Era como una toalla mojada. Los brazos le temblaban por el esfuerzo. ¿Qué se suponía que tenía que hacer con ella?

Le vino a la memoria la imagen de aquellas ciudades incendiadas y se preguntó si podría soportar la visión del mensaje. Dudó también de si sería capaz de desentrañar sus secretos. ¿Cómo funcionaba todo eso? Lo único que habían hecho Francesca y Steven había sido estirar.

Contuvo el aliento y deslizó los dedos por los bordes de la sombra, la asió y le propinó un tirón suave. Para su asombro, la Anunciadora era flexible y maleable como la plastilina y podía adoptar cualquier forma que ella le diera con los dedos. Con una sonrisa, intentó manipularla para darle una forma cuadrada, esto es, para convertirla en algo parecido a una pantalla, tal como había visto hacer a sus profesores.

Al principio le resultó fácil, pero la sombra parecía endurecerse cuanto más intentaba extenderla. Y cada vez que cambiaba la posición de las manos para tirar de otro lado, el resto se replegaba formando una masa fría, negra e irregular. Al cabo de poco se encontró casi sin aliento y tuvo que limpiarse el sudor de la frente con el brazo. No estaba dispuesta a abandonar. Pero entonces la sombra empezó a vibrar y Luce gritó arrojándola al suelo.

Al instante aquel pedazo de oscuridad se escabulló a toda velocidad entre los árboles. Solo cuando hubo desaparecido, Luce se dio cuenta de que lo que vibraba no había sido la sombra, sino el teléfono móvil que llevaba en la mochila.

Se había acostumbrado a no llevar teléfono y hasta ese momento se había olvidado de que antes de dejarla en el avión que la había llevado a California el señor Cole le había dado un móvil viejo que él tenía. Estaba prácticamente inservible, pero era un modo para que él pudiera contactar con ella y ponerla al día de las historias que contaba a sus padres, que seguían creyéndola en Espada & Cruz. De esa forma, cuando Luce hablara con ellos podría seguir la farsa de forma coherente.

Nadie excepto el señor Cole tenía ese número. Y por motivos de seguridad realmente molestos, Daniel no le había indicado ninguna manera de ponerse en contacto con él. Además, ahora el teléfono había entorpecido su primer avance auténtico con una sombra.

Abrió el aparato y leyó el mensaje que el señor Cole le acababa de enviar:

Llama a tus padres. Creen que has tenido sobresaliente en un examen de historia que te acabo de hacer. La semana que viene vas a intentar entrar en el equipo de natación. No olvides fingir que todo va bien.

Y un segundo mensaje, recibido un minuto más tarde:

¿Va todo bien?

Molesta, Luce volvió a meter el móvil en la mochila y avanzó pesadamente por la espesa capa de hojas de secuoya hasta el lindero del bosque hacia su habitación. El mensaje le hizo preguntarse por los demás alumnos de Espada & Cruz. ¿Arriane seguiría aún allí y, en tal caso, a quién enviaría aviones de papel durante las clases? ¿Y Molly? ¿Habría encontrado ya a alguien con quien meterse ahora que Luce ya no estaba? ¿O tal vez las dos habían cambiado de colegio después de que Luce y Daniel se hubieran marchado? ¿Se habría creído Randy la historia de que los padres de Luce habían pedido un cambio? Luce resopló. Detestaba no poder contar la verdad a sus padres, no poder decirles lo lejos y sola que se sentía.

Pero ¿llamarles desde un móvil? Cualquier mentira que les contase —que si había tenido un sobresaliente en historia, o que iba a participar en un equipo de natación inventado— no haría más que hacer que todavía añorarse más su hogar.

El señor Cole tenía que estar loco para decirle que les llamara y mintiera. Sin embargo, si contaba a sus padres la verdad, pensarían que había perdido la cabeza. Y si no se ponía en contacto con ellos, pensarían que le había ocurrido algo. Seguramente, se acercarían en coche hasta Espada & Cruz, verían que ella no estaba ahí y, entonces, ¿qué?

Otra opción era enviarles un mensaje de correo electrónico. Mentir por e-mail no resultaría tan duro. Le permitiría ganar unos días antes de llamar por teléfono. Luce decidió enviarles un mensaje esa misma noche.

Cuando salió del bosque y llegó al camino, se quedó sorprendida al ver que era de noche. Miró atrás, hacia la espesa arboleda sumida en la penumbra. ¿Cuánto tiempo había estado allí con la sombra? Miró el reloj. Las ocho y media. Se había quedado sin almuerzo, sin las clases de la tarde y sin cena. El bosque era tan oscuro que no se había dado cuenta del tiempo que había pasado, pero entonces todo le vino de golpe y se sintió cansada, aterida y hambrienta.

Tras equivocarse tres veces dando vueltas por aquella residencia laberíntica, Luce dio al fin con su puerta. Con la esperanza de que Shelby estuviera dondequiera que iba cada noche, Luce metió la vieja llave en la cerradura y dio la vuelta al pomo.

Las luces se hallaban apagadas, pero la chimenea estaba encendida. Shelby estaba meditando sentada con las piernas cruzadas en el suelo y los ojos cerrados. Cuando Luce entró, abrió un ojo y la miró irritada.

—Lo siento —susurró Luce dejándose caer en la silla del escritorio cercano a la puerta—. Haz como si no estuviera.

Durante un rato, Shelby hizo exactamente lo que le pedía. Cerró el ojo abierto, regresó al estado de meditación y la estancia quedó en silencio. Luce encendió el ordenador que tenía en su escritorio y se quedó mirando la pantalla mientras intentaba redactar mentalmente el mensaje más inocuo posible para sus padres y, ya puestos, otro para Callie, que durante la semana anterior le había enviado un aluvión de mensajes de correo electrónico que seguían sin leer en la bandeja de entrada.

Con la máxima lentitud que le fue posible para que las teclas no dieran a Shelby otro motivo para odiarla, Luce escribió:

> Queridos mamá y papá:
> Os echo mucho de menos. Solo os quería escribir unas líneas. La vida en Espada & Cruz va bien.

Se le encogió el corazón mientras se esforzaba por contener los dedos y no escribir: «Por lo que sé, esta semana no ha muerto nadie». En cambio, se obligó a escribir:

> Las clases me siguen yendo bien. Puede que me presente para entrar en el equipo de natación.

Luce miró por la ventana y contempló el cielo despejado y estrellado. Tenía que despedirse rápido. De lo contrario, perdería el hilo.

> Me pregunto cuándo va a parar de llover… Aunque, bien mirado, es noviembre y esto es Georgia.
> Besos,
>
> *Luce*

Copió el texto para escribir un mensaje a Callie, cambió unas cuantas palabras, desplazó el ratón encima del botón de enviar, cerró los ojos, hizo doble clic y dejó caer la cabeza, abatida. Se sentía muy mal: era una hija falsa y una amiga mentirosa. ¿En qué estaría pensando? Eran los e-mails más insulsos y alarmantes que había escrito nunca. Lo único que lograrían sería preocupar a todo el mundo.

Entonces le rugió el estómago. Y lo volvió a hacer, esta vez con más fuerza. Shelby carraspeó.

Luce se giró en la silla para mirar a la chica, que estaba en la postura del perro cara abajo. Luce notó que las lágrimas le anegaban los ojos.

—Tengo hambre, ¿vale? ¿Por qué no rellenas de una maldita vez el formulario de reclamaciones y haces que me trasladen a otra habitación?

Shelby se levantó tranquilamente de su esterilla de yoga, bajó los brazos en posición de plegaria y dijo:

—Iba a decirte que tengo en mi cajón una caja de macarrones orgánicos con queso. ¡Por el amor de Dios, no hacía falta que te pusieras como una magdalena!

Once minutos más tarde, Luce estaba sentada en la cama abrigada con una manta y con un cuenco humeante de pasta con queso en la mano, los ojos secos y una compañera de habitación que de repente había dejado de odiarla.

—No lloraba porque tuviera hambre.

Luce quería explicarse, pero los macarrones con queso estaban tan deliciosos y el ofrecimiento de Shelby había sido tan inesperado que casi le entraron ganas de llorar otra vez. Sentía una imperiosa necesidad de desahogarse y Shelby era la única que estaba allí. Aunque en realidad no se había vuelto más cordial, era evidente que compartir la comida que tenía escondida había sido un gran avance en alguien que hasta entonces apenas le había dirigido la palabra.

—El caso es que tengo… bueno, tengo ciertos problemas familiares. Es duro estar tan lejos.

—¡Oh, bua, qué pena! —dijo Shelby mientras masticaba los macarrones de su cuenco—. A ver si lo adivino… tus padres siguen felizmente casados.

—Eso no es justo —replicó Luce incorporándose—. No te imaginas por lo que he pasado.

—¿Acaso tienes idea de lo que he pasado yo? —Shelby miró a Luce con actitud desafiante—. No, estoy segura de que no. Aquí me tienes: una hija única criada por una madre soltera. ¿Problemas con papá? Podría ser. ¿Que convivir conmigo es algo terrible porque no soporto compartir? Casi seguro. Pero lo que no puedo soportar es que una niñita mona y consentida con una familia feliz y un novio de fábula acuda a mí para lamentarse sobre su desdichada historia de amor a distancia.

Luce se quedó sin aliento.

—No se trata de eso para nada.

—Ah, ¿no? Pues, venga, cuenta.

—Soy una falsa —dijo Luce—. Miento… miento a la gente a la que quiero.

—¿Mientes a tu novio de fábula?

Shelby frunció el ceño de un modo que hizo pensar a Luce que eso podría interesar a su compañera.

—No —musitó Luce—. Si ni siquiera hablo con él…

Shelby se tumbó en la cama de Luce y levantó los pies hasta posarlos en la parte baja de su litera.

—¿Y por qué no?

—Es una historia larga y complicada.

—Bueno, cualquier chica con un poco de cabeza sabe que lo único que se puede hacer cuando se rompe con un hombre es…

—No. No hemos roto —interrumpió Luce al mismo tiempo que Shelby decía:

—… cambiar de peinado.

—¿Cambiar de peinado?

—Empezar de nuevo —dijo Shelby—. Yo me lo corté y teñí de naranja… ¡Qué diablos! Una vez incluso llegué a afeitarme la cabeza después de que un capullo me rompiera el corazón en mil pedazos.

Al otro lado de la habitación había un tocador con un pequeño espejo oval en un marco de madera. Desde donde estaba, Luce contempló su reflejo, dejó a un lado el cuenco con la pasta, se levantó y se acercó.

Se había cortado el pelo después de lo de Trevor, pero a fin de cuentas lo había hecho porque gran parte lo tenía chamuscado. Al llegar a Espada & Cruz, fue ella la que cortó el pelo a Arriane. Con todo, a Luce le pareció entender lo que Shelby quería decir con «empezar de nuevo». Podía ser otra persona, fingir no ser la que había pasado por todo aquello. Incluso cuando, gracias a Dios, Luce no tenía que lamentar el final definitivo de su relación con Daniel, pero sí, en cambio, otro tipo de pérdidas: Penn, su familia, la vida que llevaba antes de que las cosas se complicaran tanto.

—Estás considerando la posibilidad, ¿verdad? Vamos, ahora me obligarás a sacar el tinte de debajo del lavamanos.

Luce se pasó los dedos por el corto pelo negro. ¿Qué pensaría Daniel? De todas formas, si él quería que fuera feliz allí hasta que estuvieran juntos de nuevo, era preciso que ella dejara atrás la chica que había sido en Espada & Cruz.

Se volvió hacia Shelby y dijo:

—Tráeme el tinte.

4

Quince días

Ella no era tan rubia.

Luce se mojó las manos en el lavamanos y se las pasó por los rizos recién teñidos. Acababa de poner punto final a toda una larga jornada de clases, entre ellas una espinosa charla de dos horas sobre seguridad de Francesca destinada a subrayar el motivo por el que las Anunciadoras no se podían desafiar sin más (de hecho, parecía dirigirse directamente a Luce); dos controles consecutivos en clase de biología «normal»; y de matemáticas en el edificio principal y también lo que le habían parecido ocho horas seguidas de miradas horrorizadas de sus compañeros de clase, tanto nefilim como no nefilim.

Aunque en la intimidad de su habitación la noche anterior Shelby había reaccionado con amabilidad ante su nueva imagen, no era una persona efusiva en sus halagos como Arriane, ni su apoyo era incondicional como el de Penn. Al salir al mundo esa mañana, Luce se había dejado llevar por los nervios y la inseguridad. Miles fue el primero en verla, y la saludó con un pulgar en alto. Pero él era muy amable; aunque pensara que su aspecto era horrible, nunca se lo daría a entender.

Dawn y Jasmine, como no podía ser de otro modo, se apresuraron a dirigirse a ella después de la clase de humanidades, deseosas de tocarle el pelo y preguntarle en quién se había inspirado.

—Muy a lo Gwen Stefani —dijo Jasmine.

—No, es más tipo Madonna, ¿verdad? —respondió Dawn—. De cuando cantaba «Vogue».

Antes de que Luce pudiera decir algo, Dawn hizo un gesto con la mano señalando a Luce y a ella.

—Me imagino que ahora hemos dejado de ser clavaditas.

—¿Clavaditas? —Luce negó con la cabeza.

Jasmine la miró con extrañeza.

—Vamos, ¿no me dirás que no te habías dado cuenta? Vosotras dos... bueno... os parecíais mucho. De hecho, casi podríais haber pasado por hermanas.

Ahora, a solas frente al espejo del baño del edificio principal de la escuela, Luce contempló su reflejo y pensó en Dawn y en su mirada cándida. Ambas tenían un color de piel similar: eran pálidas, tenían los labios rojos y el pelo oscuro. Pero Dawn era más menuda e iba vestida con colores fuertes seis días a la semana. Era, además, mucho más alegre de lo que Luce nunca podría llegar a ser. Dejando aparte unos pocos aspectos superficiales, Luce y Dawn no podían ser más diferentes.

Entonces la puerta del baño se abrió enérgicamente y entró una chica morena vestida con vaqueros y un suéter amarillo. Luce la conocía de la clase de historia de Europa. Amy no sé qué más. La muchacha se apoyó en el lavamanos junto a Luce y empezó a toquetearse las cejas.

—¿Por qué te has hecho eso en el pelo? —preguntó mirando a Luce.

Luce pestañeó asombrada. Una cosa era hablar de ello con esa especie de amigos que tenía en la Escuela de la Costa, y otra muy distinta hacerlo con esa chica, con la que nunca había hablado.

Inmediatamente le vino a la cabeza la respuesta de Shelby, «empezar de nuevo», pero ¿a quién quería engañar? La noche anterior el frasco de tinte no había hecho más que lograr que exteriormente Luce fuera tan falsa como se sentía por dentro. Ahora mismo, Callie y sus padres apenas la reconocerían, y eso no era en absoluto lo que pretendía.

¿Y Daniel? ¿Qué le iba a parecer? Luce se sintió como una impostora y se dijo que incluso un desconocido podría darse cuenta de ello.

—No lo sé. —Pasó junto a la chica antes de cruzar la puerta—. No sé por qué lo hice.

Por mucho que se tiñera el pelo, no lograría acabar con los recuerdos oscuros de las últimas semanas. Si realmente quería empezar de nuevo, tenía que hacer algo. La cuestión era cómo. Por el momento había muy pocas cosas que pudiera controlar. Todo su mundo se hallaba en manos del señor Cole y de Daniel. Y ambos estaban muy lejos.

Le daba pavor lo rápido y lo mucho que había llegado a depender de Daniel, y resultaba aún más estremecedor no saber cuándo lo volvería a ver. Comparados con los días dichosos que había esperado pasar con él en California, esos eran los días en que más sola se había sentido nunca.

Atravesó apesadumbrada el campus, mientras reflexionaba que, desde su llegada a la Escuela de la Costa, la única ocasión en que había sentido una especie de libertad había sido…

En la soledad de los bosques, con la sombra.

Tras la demostración del día anterior, Luce había pensado que Francesca y Steven les ofrecerían más de lo mismo y que tal vez los alumnos tendrían ocasión de experimentar con las sombras por su cuenta. Incluso se había llegado a figurar por un instante que podría hacer ante los nefilim lo que había hecho en el bosque.

Pero nada de eso ocurrió. De hecho, la clase fue como dar un paso atrás. Una sesión aburrida sobre procedimiento y seguridad con las Anunciadoras, así como por qué los alumnos jamás debían intentar hacer por su cuenta bajo ninguna circunstancia lo que habían visto el día anterior.

Se sentía tan frustrada que, en lugar de dirigirse a su habitación, se apresuró por detrás de la cantina, descendió por el camino que conducía al final del risco y tomó la escalera de madera del pabellón nefilim. El despacho de Francesca se encontraba en el anexo de la segunda planta y les había dicho a sus alumnos que no dudaran en pasarse cuando quisieran.

El edificio era otra cosa sin el calor de los estudiantes. El ambiente era lóbrego, parecía casi abandonado. Cualquier ruido que Luce hacía se proyectaba y reverberaba en las vigas de madera inclinadas. Vio una luz en el rellano del piso superior y olió el agradable aroma de café recién hecho. No sabía si contaría a Francesca lo que había logrado hacer en el bosque por miedo a que la mujer lo encontrara insignificante para alguien con sus habilidades, o porque se lo tomara como un desacato a las instrucciones que acababa de dar ese mismo día a sus alumnos.

En realidad Luce solo quería tantear a su profesora, ver si podía confiar en ella cuando, como en días como aquel, se sentía fuera de lugar.

Llegó a lo alto de la escalera y se encontró frente a un corredor largo y despejado. Abajo a la izquierda, al otro lado del pasamanos de madera, vio el aula oscura y vacía de la segunda planta. A la derecha había una hilera de puertas de madera con paneles de cristales de colores en la parte superior.

Mientras avanzaba en silencio por el piso de madera cayó en la cuenta de que no sabía cuál era el despacho de Francesca. Solo había una puerta entornada, la tercera. Su hermosa vidriera filtraba luz. A Luce le pareció oír una voz masculina. Se disponía a llamar con un golpe cuando el tono cortante de una voz de mujer la dejó paralizada.

—Fue un error incluso intentarlo. —Francesca hablaba prácticamente entre dientes.

—Aprovechamos una ocasión. No tuvimos suerte.

Steven.

—¿Que no tuvimos suerte? —repitió Francesca con sorna—. Sería mejor decir que fuimos unos imprudentes. Desde un punto de vista meramente estadístico, las posibilidades de que una Anunciadora trajera malas noticias eran demasiado grandes. Ya viste lo que provocó en los chicos. No estaban preparados.

Se hizo el silencio. Luce se acercó un poco más deslizándose por la alfombra persa del pasillo.

—Ella, sí.

—No voy a sacrificar los avances de toda una clase solo porque una, una…

—No seas tan corta de miras, Francesca. Los dos sabemos muy bien que tenemos un plan de estudios excelente. Nuestros alumnos destacan por encima de cualquier otro programa para nefilim del

mundo. Y es mérito tuyo. Tienes todo el derecho a sentirte orgullosa. Pero ahora las cosas son distintas.

—Steven tiene razón, Francesca. —Era otra voz. Masculina. A Luce le pareció familiar. Pero ¿de quién podía tratarse?—. Es posible
que incluso tengas que arrojar todo tu programa académico por la
borda. La tregua entre nuestros bandos es el único calendario que
cuenta.

Francesca suspiró.

—¿Crees realmente…?

La voz desconocida respondió:

—Tal como es Daniel, llegará a tiempo. Seguramente ya cuenta
los minutos que faltan.

—Hay otra cosa —dijo Steven.

Hubo un silencio seguido del ruido de un cajón al abrirse y de un
grito ahogado. Luce habría dado cualquier cosa por estar al otro lado
de la pared y ver lo que los demás veían.

—¿De dónde has sacado esto? —preguntó la otra voz masculina—. ¿Acaso te dedicas a hacer de intermediario?

—¡Por supuesto que no! —exclamó Francesca con tono ofendi-
do—. Steven la encontró anoche en el bosque mientras hacía una
ronda.

—Es auténtica, ¿verdad? —preguntó Steven.

Se oyó un resoplido.

—No puedo afirmarlo con certeza. Ha pasado demasiado tiempo —dijo el desconocido—. Hace mucho tiempo que no veía una
flecha estelar. Daniel lo sabrá. Se la llevaré.

—¿Eso es todo? ¿Y qué propones que hagamos entretanto? —preguntó Francesca.

—Mira, no es asunto mío. —A Luce le resultaba tremendamente familiar esa voz —. Y, de hecho, no es mi estilo…

—Por favor —suplicó Francesca.

El despacho se quedó en silencio. El corazón de Luce latía con fuerza.

—Vale. Yo que vosotros lo prepararía todo por aquí. Estrechad el control sobre ellos y haced cuanto podáis para que estén preparados. Se supone que el fin del mundo no será un momento precisamente agradable.

El fin del mundo. Eso era lo que Arriane había dicho que ocurriría si Cam y su ejército vencían aquella noche en Espada & Cruz. Pero no vencieron. A menos que hubiera habido otro combate… Pero, en tal caso… ¿para qué tenían que estar preparados los nefilim?

El roce de las patas de una silla al arrastrarse en el suelo hicieron retroceder a Luce de un salto. Nadie debía descubrirla escuchando esa conversación, hablasen de lo que quiera que hablasen.

Y se alegró de la infinidad de recovecos misteriosos de la arquitectura de la Escuela de la Costa. Se escondió bajo el armazón decorativo de madera que había entre dos estanterías y se apretó contra el hueco de la pared.

Entonces se oyeron los pasos de alguien que salía del despacho y luego la puerta se cerró con fuerza. Luce contuvo el aliento y esperó a que la persona bajara la escalera.

Primero le vio los pies. Calzaba unas botas de piel marrón de media caña. A continuación, en cuanto tomó la curva por el pasamanos para bajar a la segunda planta del pabellón, vio unos vaqueros oscuros lavados a la piedra. Luego una camisa abotonada de rayas azules y blancas. Y, finalmente, su característica melena de rastas negras y doradas.

Roland Sparks estaba en la Escuela de la Costa.

Luce salió de su escondite. Podía sentirse intimidada ante Francesca y Steven, que eran personas sumamente atractivas, poderosas y maduras… además de ser sus profesores. Pero Roland había dejado de intimidarla, y si lo hacía en todo caso no era mucho. Por otra parte, él había estado más cerca de Daniel de lo que lo había estado ella en días.

Descendió por la escalera interior con el máximo sigilo posible, y luego salió a toda velocidad por la puerta del pabellón que daba a la terraza. Roland se dirigía tranquilamente hacia el océano en actitud despreocupada.

—¡Roland! —gritó ella bajando precipitadamente el último tramo de la escalera y echando a correr.

Él se encontraba de pie donde acababa el camino y el risco se abría en rocas empinadas y escarpadas.

Permaneció muy quieto mirando las aguas. A Luce le sorprendió sentir un cosquilleo en el estómago cuando él empezó a darse la vuelta muy lentamente.

—Vaya, vaya —dijo él sonriendo—. Lucinda Price ha descubierto el tinte.

—¡Oh! —Ella se tocó el pelo. ¡Qué estúpida debía de parecerle!

—No, no —dijo él aproximándose y ahuecándole el pelo con los dedos—. Te queda bien. Un cambio brusco para tiempos duros.

—¿Qué haces aquí?

—Matricularme. —Se encogió de hombros—. Acabo de recoger mi calendario de clases y de entrevistarme con los profesores. Este lugar es realmente encantador.

Llevaba una bolsa al hombro de la que sobresalía algo alargado, estrecho y plateado. Al seguir la vista de Luce, se cambió la bolsa de hombro y la cerró con un nudo.

—Roland —dijo ella con voz temblorosa—, ¿por qué te has ido de Espada & Cruz? ¿Qué haces aquí?

—Simplemente necesitaba un cambio de aires —replicó él de forma críptica.

Luce iba a preguntarle sobre los demás, sobre Arriane y Gabbe. incluso sobre Molly. Quería saber si alguien se había percatado o le había importado su partida. Pero al abrir la boca, le salió algo muy diferente.

—¿De qué hablabas con Francesca y Steven?

El rostro de Roland se endureció de pronto; parecía más mayor y menos despreocupado.

—¿Qué has oído?

—Era sobre Daniel. He oído que decías que él… No tienes que mentirme, Roland. ¿Cuánto falta para que regrese? Yo no me veo capaz…

—Vayamos a dar un paseo, Luce.

Si en Espada & Cruz a Luce le hubiera resultado incómodo que Roland Sparks posara un brazo en torno a sus hombros, en la Escuela de la Costa aquel gesto le pareció reconfortante. Nunca habían llegado a ser amigos, pero él formaba parte de su pasado, un vínculo al que no podía dejar de recurrir.

Anduvieron por el borde del acantilado, bordeando la zona ajardinada del desayuno y el lado oeste de la residencia; a continuación, pasaron por un jardín de rosas que Luce no había visto antes. Anochecía y a la derecha el agua parecía inundada de colores, reflejando las nubes de tonos rosados, anaranjados y violeta que se deslizaban lentamente ante el sol.

Roland la llevó hasta un banco con vistas al océano, prudentemente alejado de los edificios del campus. Al mirar hacia abajo, Luce vio una escalera tosca labrada en la roca que comenzaba justo debajo de donde ellos se encontraban sentados y que conducía hasta la playa.

—¿Qué cosas sabes que no me cuentas? —preguntó Luce cuando el silencio empezó a incomodarla.

—Que el agua solo está a diez grados —dijo Roland.

—No me refería al agua —replicó ella, mirándolo directamente a los ojos—. ¿Te ha enviado para vigilarme?

Roland se rascó la cabeza.

—Mira, Daniel está fuera atendiendo sus asuntos. —Hizo un gesto de revolotear hacia el cielo—. Entretanto… —A Luce le pareció que miraba hacia el bosque de detrás de la residencia— tú tienes otros asuntos que atender.

—Pero ¿qué dices? No tengo nada que hacer. Solo estoy aquí porque…

—Tonterías. —Él se echó a reír—. Todos tenemos nuestros secretos, Luce. El mío me ha traído a la Escuela de la Costa. El tuyo te ha llevado hacia esos bosques.

Luce se disponía a protestar, pero él, con esa mirada misteriosa suya, le hizo un gesto para que lo dejara.

—No pienso ponerte en un aprieto. De hecho, te estoy animando. —Apartó la mirada de ella para posarla en el mar—. Y a propósito del agua, está helada. ¿Te has bañado alguna vez? Sé que te gusta nadar.

Entonces Luce cayó en la cuenta de que, tras tres días en la Escuela de la Costa con el océano siempre omnipresente, el nido de las olas continuamente en los oídos, el aire salado impregnándolo todo, no había puesto un pie en la playa. Y ese colegio no era como Espada & Cruz, donde había una lista interminable de cosas prohibidas. No sabía por qué no se le había ocurrido.

Negó con la cabeza.

—Lo único que se puede hacer en una playa tan fría es encender una hoguera. —Roland la miró—. ¿Has hecho ya algún amigo?

Luce se encogió de hombros.

—Alguno.

—Tráelos esta noche en cuanto haya oscurecido. —Señaló una estrecha franja de arena situada al pie de la escalera de piedra—. Justo ahí.

Ella miró a Roland de soslayo.

—¿Qué pretendes exactamente?

Roland sonrió malicioso.

—No te preocupes. Será algo inocente. Pero ya sabes cómo funciona todo. Soy nuevo y me gustaría darme a conocer.

—Oye, tío, si vuelves a tropezar conmigo voy a tener que romperte el tobillo.

—Y tú, Shelby, si no acapararas toda la luz de la linterna, los demás podríamos ver dónde ponemos los pies.

Luce intentaba contener la risa mientras atravesaba el campus sumido en la oscuridad detrás de Shelby y de un Miles cada vez más enojado. Eran casi las once de la noche, y la Escuela de la Costa estaba totalmente a oscuras y en un silencio solo interrumpido por el grito de las lechuzas. La luna anaranjada y en cuarto creciente se encontraba muy baja en el cielo y oculta por un velo de niebla. Entre los tres solo habían logrado hacerse con una linterna (la de Shelby), de modo que solamente uno (Shelby) podía ver bien el camino que llevaba hasta la orilla. Para los otros dos, los jardines, que a la luz del día parecían exuberantes y bien cuidados, ahora eran una trampa mortal con pinos erizo derribados, helechos de enormes raíces y los talones de los pies de Shelby.

Cuando Roland le pidió traer a algunos amigos esa noche, Luce se había sentido profundamente abatida. En la Escuela de la Costa no había guardias en los pasillos, ni aterradoras cámaras de seguridad grabando cada movimiento de los estudiantes, así que no la inquietaba ser descubierta. De hecho, escabullirse de la residencia había resultado relativamente sencillo. El gran desafío para ella consistía en llevar a alguien.

Dawn y Jasmine parecían ser las mejores candidatas para una fiesta en la playa, pero cuando Luce subió a su habitación de la quinta planta, el pasillo estaba a oscuras y ninguna contestó a su llamada. De regreso a su habitación, se encontró a Shelby enredada en una especie de postura de yoga tántrico que a Luce le dolía con solo mirarla. No quiso romper la gran concentración de su compañera de habitación para invitarla a una especie de fiesta desconocida, pero un golpe fuerte en la puerta obligó a Shelby a abandonar de mala gana la postura.

Miles quería saber si a Luce le apetecía tomar un helado.

Luce miró a Miles y a Shelby, y dijo sonriendo:

—Tengo una idea mejor.

Diez minutos más tarde, pertrechados con una sudadera con capucha, una gorra de los Dodges colocada al revés (Miles), calcetines de lana con dedos para poder llevar chanclas (Shelby) y la inquietud creciente ante la perspectiva de mezclar a Roland con la gente de la Escuela de la Costa (Luce), se dirigían dificultosamente hacia un extremo del acantilado.

—A ver, repito, ¿quién es ese tipo? —preguntó Miles tras señalar una hondonada en el camino pedregoso antes de que Luce saliera despedida.

—Es un chico de mi otra escuela.

Luce pensó en una descripción mejor mientras los tres iniciaban el descenso por la escalera de roca. Roland no era exactamente un amigo. Y, aunque los alumnos de la Escuela de la Costa parecían bastante abiertos, no sabía si debía decirles a qué bando de los ángeles caídos pertenecía Roland.

—Era amigo de Daniel —dijo al final—. Seguramente será una pequeña fiesta. No creo que conozca a nadie más que yo aquí.

Antes de ver nada percibieron el olor: el humo delator del nogal de una gran hoguera. A continuación, al final de la empinada escalera, tomaron la curva de la roca y, tras rebasarla, se detuvieron asombrados por el chisporroteo de una enorme llamarada naranja.

En la playa parecía haber reunidas unas cien personas.

El viento rugía como un animal salvaje, pero nada comparable con el alboroto de los asistentes a la fiesta. A un lado, el más próximo a donde se encontraba Luce, un grupo de hippies barbudos con camisetas raídas había improvisado un círculo de tambores. Su cadencia proporcionaba a un grupo de chicos el son al que bailar. Al otro lado de la fiesta estaba la hoguera propiamente dicha; Luce se puso de puntillas y vio que en torno al fuego había muchos compañeros suyos de la Escuela de la Costa desafiando el frío. Todos sostenían una vara en el fuego, intentando encontrar el mejor lugar donde asar sus perritos calientes y sus nubes dulces y colocar sus recipientes de hierro forjado. Resultaba imposible saber cómo todos ellos habían tenido noticia de la fiesta, pero era evidente que todo el mundo se lo estaba pasando muy bien.

Y en el centro de todo, Roland, que se había cambiado la camisa abotonada y planchada y las caras botas de piel por una sudadera con capucha y unos vaqueros raídos, como los que llevaba todo el mundo. Estaba de pie sobre una roca, gesticulando exageradamente mientras explicaba una historia que Luce no lograba oír bien. Dawn y Jasmine se encontraban entre quienes lo escuchaban fascinados; el fuego iluminaba sus rostros realzando la belleza y vivacidad de ambas.

—¿Y esto es lo que tú entiendes por una pequeña fiesta? —preguntó Miles.

Luce clavó la vista en Roland y se preguntó qué estaría contando. Algo en su pose le recordó a Luce la habitación de Cam en la primera y única fiesta en la que había participado en Espada & Cruz. De pronto echó de menos a Arriane y, naturalmente, también a Penn, que al llegar a esa fiesta se había sentido nerviosa pero que al final fue la que mejor se lo había pasado. Y, claro está, echó de menos a Daniel, que entonces apenas le dirigía la palabra. ¡Qué distinto era todo ahora!

—Bueno, chicos, no sé vosotros —dijo Shelby, quitándose las chanclas y metiéndose en la arena con sus calcetines—, pero yo voy a buscar una bebida, un perrito caliente y quizá luego intente que me dé clases uno de los chicos del círculo de tambores.

—Yo igual —respondió Miles—, menos la parte del círculo de tambores, por si no ha quedado claro.

—Luce. —Roland la saludó desde la roca—. ¡Estás aquí!

Miles y Shelby se dirigieron hacia el puesto de perritos calientes, y Luce, tras rebasar una duna de arena fría y húmeda, se encaminó hacia Roland y los demás.

—Está claro que no bromeabas cuando has dicho que querías darte a conocer a todo el mundo. Roland, esto es grande.

Roland asintió con gracia.

—Grande, ¿eh? Pero ¿bueno o malo?

Parecía una pregunta tendenciosa. A Luce le hubiera gustado decir que ella eso no lo podía saber. Recordó la conversación airada que había oído en el despacho de su profesora y el tono crispado de esta. La línea entre lo bueno y lo malo parecía increíblemente difusa. Roland y Steven eran ángeles caídos que se habían pasado al otro bando. Demonios, ¿no? ¿Acaso ella podía saber qué significaba eso? Pero estaba también Cam y... ¿qué quería decir Roland con esa pregunta? Lo miró con los ojos entornados. Tal vez en realidad solo quería saber si Luce se lo estaba pasando bien.

Una multitud de invitados vestidos con colores muy vivos se arremolinaron en torno a ella, y sin embargo Luce sentía muy cerca las infinitas olas oscuras. La brisa del agua era fría, mientras que la hoguera le abrasaba la piel. En ese instante muchas cosas que parecían contrarias se revelaban ante ella de repente.

—¿Quién es toda esa gente, Roland?

—A ver... —Roland señaló a los hippies del círculo de tambores—. Gente del lugar. —Luego indicó a la derecha un grupo grande de chicos que intentaban impresionar a un grupo mucho más pequeño de chicas con unos pocos y ambiciosos pasos de baile bastante mal ejecutados—. Esos son marines con base en Fort Bragg. Tal como están disfrutando de la fiesta, espero que estén de permiso todo el fin de semana. —Jasmine y Dawn se acercaron en silencio, y Roland las rodeó con sus brazos—. Y a este par creo que ya las conoces.

—Luce, no nos habías dicho que eras muy buena amiga del director social celestial —dijo Jasmine.

—Oh, en serio. —Dawn se inclinó para susurrar a Luce en voz alta—: Solo mi diario sabe la de veces que he deseado asistir a una fiesta de Roland Sparks, y este nunca lo revelará.

—Pero tal vez yo sí —bromeó Roland.

—¿Es que en esta fiesta no hay guarnición para los perritos? —Shelby apareció detrás de Luce con Miles a su lado. Sostenía dos perritos calientes en una mano y tendió la que le quedaba libre a Roland—. Shelby Sterris. Y tú, ¿quién eres?

—Shelby Sterris —repitió Roland—. Soy Roland Sparks. ¿Has vivido alguna vez en el Este de Los Ángeles? ¿No nos hemos visto antes?

—No.

—Tiene memoria fotográfica —explicó Miles mientras pasaba a Luce un perrito caliente vegetariano; aunque no se trataba de su bocadillo favorito, aquel no dejaba de ser un detalle muy amable—. Soy Miles. Por cierto, una gran fiesta.

—Fabulosa —asintió Dawn moviéndose con Roland al ritmo de los tambores.

—¿Y qué hay de Steven y Francesca? —preguntó Luce a Shelby prácticamente a gritos—. ¿No.nos oirán?

Una cosa era escabullirse sigilosamente de un control, y otra colocar una bomba sonora justo debajo del mismo.

Jasmine volvió la mirada hacia el campus.

—Seguro que nos oyen, pero en la Escuela de la Costa nos dejan bastante sueltos. Por lo menos, a los nefilim. Mientras permanezcamos en el campus bajo su escudo protector, podemos hacer prácticamente lo que queramos.

—¿Y esto incluye un concurso de limbo? —Roland sonrió con picardía y sacó de detrás de él una rama larga y gruesa—. Miles, ¿sostienes el otro extremo?

Al cabo de unos segundos levantaron la rama, el ritmo de la percusión cambió y fue como si todos los asistentes a la fiesta abandonaran cuanto estuvieran haciendo en ese momento para formar una larga y animada cola para el limbo.

—Luce —voceó Miles—, no tendrás intención de quedarte ahí parada, ¿verdad?

Ella escrutó a la gente y se sintió rígida y como clavada a la arena. Sin embargo, Dawn y Jasmine le dejaron un espacio para que se colara entre las dos. Shelby, metida de lleno en el juego, posiblemente competitiva por naturaleza, hacía estiramientos de espalda. Incluso los almidonados marines iban a participar.

—¡Vale! —Luce se rió y se metió en la fila.

En cuanto empezó el juego, la fila se movió con rapidez; durante tres rondas Luce consiguió doblarse con facilidad debajo de la rama. La cuarta vez logró pasar con algo más de dificultad, pues tuvo que inclinar tanto la barbilla hacia atrás que vio las estrellas, lo cual le mereció una ronda de aplausos. Al poco, ella también se encontró animando a otros participantes, aunque se sorprendió al ver que saltaba cuando Shelby logró pasar. Ocurría algo sorprendente al incorporar el cuerpo después de superar el limbo: toda la fiesta parecía nutrirse de ello. En cada ocasión, Luce experimentaba una curiosa subida de adrenalina.

Normalmente, pasárselo bien no le resultaba tan fácil. Durante mucho tiempo, las risas habían venido seguidas por la culpa, por la molesta sensación de que se suponía que ella no podía pasárselo bien ya fuera por un motivo u otro. Sin embargo, de algún modo, aquella noche se sintió más ligera. Sin darse cuenta siquiera, había logrado incluso ignorar la oscuridad.

Cuando Luce se apresuró para colocarse en la fila y hacer su quinto intento, la cola se había acortado de forma significativa. La mitad de los asistentes ya habían sido eliminados y todo el mundo se arremolinaba en torno a Miles y Roland, mirando a los que quedaban. Al final de la cola, Luce se sintió un poco mareada, así que, cuando notó que alguien la asía con fuerza por el brazo, estuvo a punto de perder el equilibrio.

Iba a gritar cuando unos dedos le taparon la boca.

—Chist.

Daniel la sacó fuera de la cola y la apartó de la fiesta. Su mano fuerte y cálida le recorrió el cuello y con los labios le acarició un lado de la mejilla. Por un instante, el roce de su piel en la de ella, el intenso brillo violeta de sus ojos y la necesidad, creciente durante días, de agarrarse a él y no soltarlo hicieron que Luce se sintiera divinamente aturdida.

—¿Qué haces aquí? —susurró. Le habría gustado decir: «¡Gracias a Dios que estás aquí!», o «¡Qué duro ha sido estar separados!», o simplemente la verdad: «Te quiero». Pero en su cabeza también resonaban frases como: «Me has abandonado», «Creía que esto no era seguro», o «¿Qué es eso de la tregua?».

—Tenía que verte —dijo él.

Mientras la llevaba tras una enorme piedra volcánica, Daniel dibujaba una sonrisa de complicidad en el rostro. Una sonrisa contagiosa que encontró el modo de asomarse también a los labios de Luce. Una sonrisa que no solo admitía que habían incumplido la regla de Daniel, sino que además estaban encantados de hacerlo.

—Al acercarme para ver la fiesta me he dado cuenta de que todo el mundo bailaba —dijo él—. Y me he sentido un poco celoso.

—¿Celoso? —preguntó Luce. Estaban a solas. Ella rodeó con sus brazos sus anchos hombros y miró intensamente sus ojos de color violeta—. ¿Por qué deberías sentirte celoso?

—Porque —respondió él acariciándole la espalda— tienes el carné de baile repleto por toda la eternidad.

Daniel le tomó la mano derecha, pasó la izquierda en torno a su hombro y dieron un par de pasos de baile sobre la arena. Todavía se oía la música de la fiesta, pero desde aquel lado de la roca parecía un concierto privado. Luce cerró los ojos y se apretó contra el pecho de él, hasta encontrar el sitio en el que su cabeza encajaba en el hombro de Daniel como una pieza de rompecabezas.

—No, esto así no va bien —dijo Daniel al cabo de un momento. Le señaló los pies. Ella se dio cuenta de que él iba descalzo—. Quítate los zapatos —le indicó—, y te enseñaré cómo bailan los ángeles.

Luce dejó a un lado sus zapatos planos negros y notó entre los dedos la arena blanda y fresca. Cuando Daniel se la acercó más, Luce notó que los dedos de los pies le quedaban sobre los de él y estuvo a punto de perder el equilibrio; sin embargo, él la agarró con fuerza. Luce bajó la mirada y vio que sus pies descansaban sobre los de Daniel. Y cuando levantó la mirada, tuvo la visión que anhelaba día y noche: Daniel desplegando por completo sus alas de color blanco plateado.

Sus alas ocupaban todo su plano de visión y se levantaban en todo su esplendor unos seis metros contra el cielo, centelleando en la noche... tenían que ser las más gloriosas de todo el Cielo. En los pies, Luce notó que Daniel acababa de elevarse un poco por encima del suelo. Las alas se agitaron muy suavemente, como si latieran, y así ambos quedaron suspendidos a varios centímetros del suelo.

—¿Estás lista? —preguntó él.

Ella no sabía para qué tenía que estar lista, pero no le importó.

Entonces se movieron por el aire hacia atrás, con la delicadeza de los patinadores de hielo. Daniel planeó sobre las aguas sosteniéndola en sus brazos. Luce dio un grito ahogado al notar el roce de una ola espumosa en los dedos de los pies. Daniel se rió y se alzaron un poco más en el aire. Hizo que ella se inclinara un poco hacia atrás. Dieron vueltas en círculo. Bailaban sobre el océano.

La luna parecía un foco que solo los iluminaba a ellos. Luce se reía de pura alegría, tanto que Daniel empezó a reír también. Ella nunca se había sentido más ligera.

—Gracias —susurró.

Él le respondió con un beso. Primero la besó con dulzura en la frente, luego en la nariz y finalmente llegó a sus labios.

Ella le respondió besándolo apasionadamente, diríase que con cierta desesperación, entregándose con todo su cuerpo. Así llegaba hasta él y podía deleitarse en aquel amor que compartían desde hacía tanto tiempo. Por un instante, el mundo se detuvo; luego Luce volvió en sí, sin aliento. Ni siquiera se había dado cuenta de que habían regresado a la playa.

Él tenía la mano posada en la parte posterior de la cabeza de Luce, que llevaba un gorro de nieve calado hasta las orejas en el que escondía su pelo teñido. Él se lo quitó, y Luce notó una ráfaga de brisa oceánica en la cabeza.

—¿Qué te has hecho en el pelo?

Aunque Daniel habló con suavidad, su tono sonó reprobatorio. Tal vez fuera porque la canción terminó con el baile y el beso, y ahora solo eran dos personas de pie en la playa.

Daniel tenía las alas arqueadas detrás de los hombros, visibles aún pero fuera de alcance.

—¿A quién le importa mi pelo? —Todo lo que ella quería era abrazarlo. ¿Y acaso no era eso todo cuanto le debía importar a él también?

Luce fue a coger de nuevo el gorro. Sintió su cabello rubio y desnudo demasiado expuesto, como una bandera de alarma avisando a Daniel de que tal vez estaba a punto de venirse abajo. En cuanto ella empezó a darse la vuelta, él la abrazó.

—¡Eh! —dijo acercándosela—. Lo siento.

Ella suspiró, se acercó a él y se abandonó a sus caricias. Levantó la cabeza para mirarle a los ojos.

—¿Ahora ya estamos seguros? —preguntó con la esperanza de que Daniel sacara el tema de la tregua. ¿Podrían estar juntos por fin? Sin embargo, la expresión desgarradora en sus ojos le respondió antes de que dijera nada.

—No debería estar aquí, pero me preocupas. —Él se separó un poco de ella—. Y por lo que veo, tengo motivos para preocuparme.

—Le acarició un rizo de su pelo—. No entiendo por qué te has hecho esto, Luce. No eres tú.

Ella lo apartó. Siempre le había molestado que la gente le dijera eso.

—Pues soy yo la que se lo ha teñido, Daniel. Así que técnicamente soy yo. Tal vez no el yo que quieres que sea, pero…

—No eres justa. No quiero que seas distinta de quien eres.

—¿Y quién soy, Daniel? Porque si conoces la respuesta te agradeceré mucho que me ilumines. —Luce fue alzando la voz a medida que la rabia pasaba a ocupar el lugar de la pasión que se le iba escurriendo entre los dedos—. Me encuentro sola aquí sin saber por qué. Intentando entender qué pinto con toda esta gente… y sin ser ni siquiera…

—¿Sin ser ni siquiera qué?

¿Cómo podían haber pasado con tanta rapidez de bailar en el aire a esto?

—No sé. Intento vivir el momento. Hacer amigos, ¿sabes? Ayer me apunté a un club y estamos haciendo planes para ir de excursión en yate y cosas por el estilo.

En realidad ella quería hablarle de las sombras. En concreto, de lo que había hecho en el bosque. Pero Daniel había entornado los ojos, como si ella hubiera hecho algo mal.

—Tú no vas a ir en yate a ningún sitio.

—¡¿Qué?!

—Que te vas a quedar en este campus hasta que yo lo diga. —Daniel resopló al darse cuenta de que ella se enfadaba—. Detesto tener que ponerte normas, Luce, pero… me esfuerzo tanto para que estés a salvo… No permitiré que te ocurra nada.

—Exacto —masculló Luce—. Nada. Ni bueno, ni malo, ni nada. Parece que si tú no estás aquí yo no puedo hacer nada.

—Eso no es cierto. —Él le dirigió un gesto de enfado. Luce jamás le había visto perder la paciencia con tanta rapidez. Daniel levantó la vista al cielo y ella le siguió la mirada. Una sombra circulaba por encima de sus cabezas, como un cohete de artificio negro que dejaba a su paso un rastro letal y humeante. Daniel la identificó al instante.

—Tengo que marcharme —dijo.

—¡Es horrible! —Ella se volvió—. Apareces de la nada, nos enfadamos y luego te marchas. Sin duda, eso sí que es amor de verdad.

Daniel la asió de los hombros y la zarandeó hasta que ella lo miró.

—Es amor de verdad —le dijo con una desesperación que Luce no supo si restaba o añadía dolor a su corazón—. Y tú lo sabes.

El color violeta de sus ojos refulgía no de rabia, sino de un intenso deseo. Era una de esas miradas que dicen que quieres tanto a una persona que la echas de menos incluso cuando la tienes delante.

Daniel dobló la cabeza para besarle las mejillas, pero ella estaba a punto de echarse a llorar. Se sintió incómoda y se giró. Le oyó gemir y luego siguió el batido de sus alas.

¡No!

Cuando volvió la cabeza, Daniel planeaba por el cielo, suspendido entre el océano y la luna. Sus alas refulgían blancas bajo la luz de la luna. Al cabo de un instante, era difícil diferenciarlo de cualquier otra estrella del firmamento.

5

Catorce días

Durante la noche, una capa de niebla densa invadió como un ejército sobre la ciudad de Fort Bragg y se apostó en ella. No se dispersó con la salida del sol y su languidez impregnó todas las cosas y personas. Así, el viernes en la escuela Luce se sintió como arrastrada por una marea lenta. Los profesores estaban dispersos, esquivos y lentos en sus clases, y los alumnos, profundamente aletargados, esforzándose por mantenerse despiertos ante el zumbido prolongado y melancólico del día.

Cuando las clases terminaron, la monotonía había calado profundamente en Luce. No sabía qué hacía en esa escuela que no era la suya, en ese estado provisional que no hacía más que poner de manifiesto la falta de una vida real y sólida. Lo único que quería era irse a su litera y dormir y olvidarse no solo del tiempo y de aquella larga semana que había pasado ya en la Escuela de la Costa, sino también de la disputa con Daniel y de las muchísimas preguntas e inquietudes que esta había provocado en su mente.

La noche anterior le había resultado imposible conciliar el sueño. A altas horas de la mañana había vuelto a solas a su habitación y dio vueltas y vueltas en la cama sin lograr dormirse por completo. Que

Daniel le gritara ya no la sorprendía, pero no por eso la dejaba indiferente. ¿Y esa orden insultante y machista de que se quedara en el complejo de la escuela? Se le ocurrió por un momento que tal vez Daniel le había hablado igual que siglos atrás, pero Luce estaba segura de que, como Jane Eyre o Elizabeth Bennet, ninguna de sus identidades anteriores se habría tomado bien esa prohibición. Desde luego, en los tiempos actuales no.

Mientras caminaba entre la niebla hacia su dormitorio después de las clases seguía sintiéndose enfadada y molesta. Tenía la vista nublada y prácticamente andaba dormida cuando posó la mano en el pomo de la puerta. Al entrar en la habitación a oscuras y vacía estuvo a punto de pasar por alto el sobre que alguien había pasado por debajo de la puerta.

Era un sobre de color crema, fino y cuadrado; cuando le dio la vuelta vio su nombre escrito en pequeñas letras mayúsculas. Lo abrió ansiosa, esperando encontrar en ella las disculpas de él y consciente de que ella también le debía una.

La carta en el interior estaba escrita a máquina en papel de color crema y se hallaba doblada en tres partes.

Querida Luce:

Hay una cosa que quiero decirte desde hace tiempo. Reúnete conmigo en la ciudad, cerca de Noyo Point, en torno a las seis de la tarde. El autobús n.º 5 que circula junto a la autopista 1 tiene parada a cuatrocientos metros al sur de la Escuela de la Costa. Utiliza este billete de autobús. Te esperaré en North Cliff. Tengo muchas ganas de verte.

Te quiere,

Daniel

Luce sacudió el sobre y notó que dentro había un pequeño trozo de papel. Sacó un billete de autobús azul y blanco con el número cinco impreso delante y un esbozo del mapa de Fort Bragg dibujado detrás. Eso era todo. No había nada más.

Le pareció alucinante. Ni una mención a su disputa en la playa, ni ningún indicio de que Daniel supiera lo poco normal que era desvanecerse prácticamente en el aire por la noche y esperar que al día siguiente ella se desplazara sin más en cuanto él lo dijera.

Ni una disculpa.

Resultaba extraño. Daniel podía aparecerse en cualquier sitio y en cualquier hora y acostumbraba mostrarse ajeno por completo a las realidades logísticas que los seres humanos normales tenían que afrontar.

Esa carta le parecía fría y brusca. Una parte de ella, la más imprudente, se vio tentada a fingir que nunca la había recibido. Estaba harta de discutir, cansada de que Daniel no le confiara más detalles. Pero, en cambio, la parte enamorada de Luce se preguntaba si tal vez había sido demasiado dura con él. Porque la relación que tenían merecía la pena. Intentó recordar la mirada y el tono de voz de Daniel cuando le contaba la historia sobre la vida que ella llevaba durante la fiebre del oro en California. Cómo él la había visto por la ventana y se había vuelto a enamorar de ella, como en miles de ocasiones anteriores.

Esa fue la imagen que Luce tenía en mente cuando minutos más tarde salió de su habitación y se escabulló por el camino hacia la entrada principal de la Escuela de la Costa y la parada de autobús donde Daniel le había pedido que esperara. La imagen de sus ojos implorantes de color violeta le encogía el corazón mientras permanecía de pie bajo el cielo gris y húmedo. Vio coches deslucidos materializarse en la niebla, recorrer las curvas cerradas de la autopista sin guardarraíles y desaparecer de nuevo.

Al volver la vista hacia el formidable campus de la Escuela de la Costa que se encontraba a lo lejos, se acordó de lo que Jasmine había dicho en la fiesta: «Mientras permanezcamos en el campus bajo su escudo protector, podemos hacer prácticamente lo que queramos.» Luce estaba saliendo de la protección de aquel escudo, pero ¿qué había de malo en eso? En realidad, ella no era una alumna, y, en cierto modo, volver a ver a Daniel bien merecía el riesgo de ser descubierta.

Pocos minutos después de las cinco y media, el autobús número 5 se detuvo en la parada.

El vehículo era viejo, gris y destartalado, igual que el conductor que abrió la puerta para que Luce subiera. Ocupó un asiento de la parte delantera. El autobús olía a rancio. Se tuvo que agarrar al asiento barato de piel artificial mientras el autobús se precipitaba veloz por las curvas a ochenta kilómetros por hora, como si a pocos metros de la carretera el acantilado no se desplomara en una vertical de kilómetro y medio sobre el océano gris.

Cuando llegaron a la ciudad, llovía, una llovizna persistente que no llegaba a aguacero. La mayoría de los establecimientos de la calle principal ya habían cerrado, y la ciudad tenía un aspecto empapado y desolado. No era precisamente el escenario que más le hubiera gustado para una feliz reconciliación.

Al bajar del autobús, Luce se sacó el gorro de lana de la mochila y se lo puso en la cabeza. Notó el frío de la lluvia en la nariz y en las yemas de los dedos. Vio entonces un poste metálico inclinado de color verde y siguió la dirección de la flecha, que señalaba hacia el cabo de Noyo Point.

El cabo era en realidad una extensa lengua de tierra sin el verdor exuberante de los jardines del campus de la Escuela de la Costa; más bien se trataba de una mezcla de zonas de hierba verde y trozos de arena gris y húmeda. Los árboles clareaban, las hojas arrancadas por el embate del viento oceánico. En la orilla, a unos noventa metros de la carretera, solo había un banco colocado en un lugar fangoso. Seguramente aquel era el sitio que Daniel había elegido para quedar. Sin embargo, desde su posición, Luce se dio cuenta de que todavía no había llegado. Miró el reloj. Ella había llegado con cinco minutos de retraso.

Daniel nunca llegaba tarde.

La lluvia parecía prenderse en las puntas de su pelo en lugar de empaparlo como de costumbre. Ni siquiera la madre naturaleza sabía qué hacer con esa Luce rubia oxigenada. No quería esperar a Daniel al aire libre. Había una hilera de tiendas en la calle principal. Luce se quedó allí de pie en un porche largo de madera que tenía un toldo de metal oxidado. En el rótulo de cerrado, en letras azules deslucidas, se leía PESCADOS FRED'S.

Fort Bragg no era un lugar tan pintoresco como Mendocino, la ciudad donde ella y Daniel se habían detenido y desde donde él la había llevado volando por la línea de la costa. Era un lugar más industrial, una población pesquera realmente anticuada, con embarcaderos de madera podrida dispuestos en una ensenada curva donde la tierra descendía hasta llegar a las aguas. Mientras Luce esperaba, atracó un barco cargado de pescadores. Observó a esos hombres enjutos y de rostro duro que, ataviados con sus impermeables empapados, subían la escalera de piedra de los muelles que quedaban más abajo.

Cuando tocaron tierra, echaron a andar en solitario o bien en grupos en silencio, pasaron ante el banco desocupado y los árboles tristemente inclinados, así como frente a los escaparates cerrados hasta llegar a un aparcamiento de grava situado en el extremo sur de Noyo Point. Una vez allí, subieron a unas camionetas viejas y destartaladas, pusieron en marcha los motores y se marcharon, de modo que aquel mar de rostros adustos fue decreciendo hasta que quedó un solo marinero que no parecía salido de ningún velero. De hecho, parecía haber surgido de repente de la niebla. Luce retrocedió sobresaltada contra la persiana metálica de la pescadería e intentó recuperar el aliento.

Era Cam.

Avanzaba en dirección oeste por el camino de grava, justo delante de ella, flanqueado por dos pescadores vestidos de oscuro que no parecían haber advertido su presencia. Llevaba unos vaqueros negros ajustados y una chaqueta de cuero negra. Su pelo oscuro brillaba con la lluvia y lo llevaba más corto que en la última ocasión que lo había visto. A un lado de la nuca se le adivinaba el tatuaje negro en forma de sol. Recortados contra el telón de fondo de aquel cielo descolorido, sus ojos seguían siendo tan intensamente verdes como siempre.

La última vez que lo había visto, Cam estaba de pie ante un espeluznante ejército oscuro de demonios, en una actitud insensible, cruel y, por decirlo llanamente, malévola. A Luce se le heló la sangre. Aunque tenía lista toda una retahíla de insultos y acusaciones contra él, pensó que era mejor esquivarlo sin más.

Demasiado tarde. Los ojos verdes de Cam se posaron en ella, y se quedó paralizada. No porque hubiera echado mano de aquel encanto fingido al que ella había estado a punto de sucumbir en Espada & Cruz, sino porque parecía realmente alarmado de verla. Cambió de pronto de dirección y en un instante, tras abrirse paso entre el escaso flujo de pescadores que avanzaban, se colocó junto a ella.

—¿Qué haces aquí?

Cam parecía más que alarmado, diríase que casi aterrado. Tenía los hombros alzados y no fijaba la vista más de un segundo en nada. No le comentó nada sobre su pelo, como si no hubiera reparado en él. Luce tuvo la certeza de que Cam no sabía que ella estaba en California. De hecho, su reubicación había venido motivada precisamente para mantenerla a salvo de tipos como él. Ella había dado al traste con todo eso.

—Yo solo... —Miró el camino de grava blanca situado detrás de Cam, que atravesaba la zona de hierba que bordeaba el acantilado— quería dar un paseo.

—No es cierto.

—Déjame en paz. —Luce intentó abrirse paso—. No tengo nada que decirte.

—Lo cual está bien, pues se supone que no deberíamos hablar. Y también se supone que no deberías estar fuera de la escuela.

De pronto, Luce se inquietó, pues intuyó que Cam sabía algo que ella desconocía.

—¿Y tú cómo sabes que voy a una escuela de por aquí?

Cam suspiró.

—Lo sé todo, ¿vale?

—Entonces estás aquí para luchar contra Daniel.

Cam empequeñeció sus ojos verdes.

—¿Por qué iba yo…? Un momento, ¿me estás diciendo que has venido aquí para verlo?

—Vamos, no te hagas el sorprendido. Somos pareja.

Parecía que Cam no había aceptado aún que ella hubiera preferido a Daniel en lugar de a él.

Cam se rascó la frente con actitud preocupada.

—¿Te ha hecho venir, Luce? —dijo atropelladamente.

Ella se sintió avergonzada y cedió ante la presión de su mirada.

—Recibí una carta.

—Déjame verla.

Luce se puso en guardia mientras examinaba la extraña expresión de Cam. Parecía tan nervioso como ella.

—Te han tendido una trampa. En las circunstancias actuales, Grigori jamás te haría llegar un mensaje.

—Yo ya no sé lo que haría por mí. —Luce se volvió deseando desaparecer muy lejos de allí y que Cam no la hubiera visto. Sintió la necesidad infantil de alardear ante Cam de que Daniel la había visitado la noche anterior, pero no era momento de jactarse. No había muchos motivos de vanagloria en los detalles de su disputa.

—Sé que él moriría si mueres, Luce. Si quieres seguir con vida, es mejor que me enseñes la carta.

—¿Me matarías por un trozo de papel?

—No, pero seguramente es lo que intenta quienquiera que te haya enviado esa nota.

—¿Qué?

Aunque la carta casi le ardía en el bolsillo, Luce se resistía a dejarle verla. Cam no podía saber de qué hablaba. Pero cuanto más la miraba él, más dudas empezaba a tener ella sobre la extraña nota: el billete de autobús, las instrucciones… el tono extrañamente técnico y rígido, nada que ver con el estilo de Daniel. Finalmente se la sacó del bolsillo con los dedos temblorosos.

Cam la agarró e hizo una mueca de disgusto al leerla. Masculló algo para sí y con los ojos recorrió el bosque situado al otro lado de la carretera. Luce también miró a su alrededor, pero no supo adivinar nada sospechoso entre los escasos pescadores que quedaban y que cargaban sus aparejos en la parte trasera de unas camionetas oxidadas.

—Vamos —dijo él al fin asiéndola por el codo—. Ya va siendo hora de acompañarte de vuelta a la escuela.

Ella se apartó con un movimiento brusco.

—No pienso ir a ningún sitio contigo. Te odio. Además, ¿qué haces aquí?

Él la agarró.

—Voy de caza.

Luce lo miró con recelo intentando que él no se diera cuenta de que la seguía intimidando. Cam parecía delgado, iba vestido como un punk y estaba desarmado.

—Ah, ¿sí? —Ella ladeó la cabeza—. ¿Y qué cazas?

Cam clavó la vista detrás de Luce, en dirección al bosque, sombrío al atardecer, e hizo una señal con la cabeza.

—A ella.

Luce se volvió para ver de quién o de qué hablaba, pero antes de que pudiera ver algo, él ya la había empujado con fuerza a un lado. Se oyó un extraño silbido en el aire, y un objeto plateado pasó rozándole la cara.

—¡Al suelo! —gritó Cam apretando los hombros de Luce hacia abajo. En el suelo del porche, sintió el peso de él encima mientras el polvo de la madera se le iba metiendo en la nariz.

—¡Sal de encima de mí! —chilló.

Mientras se debatía con indignación fue presa del terror. Quien fuera que estuviera ahí tenía que ser realmente maléfico. De lo contrario, nunca se habría visto expuesta a que fuera Cam precisamente quien tuviera que protegerla.

Al poco, Cam se lanzó a toda velocidad por el aparcamiento desierto en dirección a la muchacha. Era una chica muy atractiva, de la edad de Luce, que vestía una larga capa marrón. Sus rasgos eran delicados, llevaba la cabellera rubia, casi blanca, recogida en una coleta, y tenía una mirada extraña, ausente. Incluso de lejos, Luce se quedó paralizada de miedo.

Pero había algo más: la chica iba armada, con un arco de plata que estaba cargando precipitadamente.

Cam se encontraba ya muy cerca y sus pies crujían contra la grava del aparcamiento mientras corría hacia la chica, cuyo extraño arco de plata brillaba incluso en la niebla, como si no fuera de este mundo.

Luce apartó con dificultad la vista de la muchacha del arco, se puso de rodillas y escrutó el aparcamiento para ver si había alguien más mirando aterrado como ella. Pero el lugar se hallaba vacío y extrañamente silencioso.

Notó una sensación de opresión en los pulmones que apenas la dejaba respirar. La muchacha se movía como una autómata. Y Cam estaba desarmado. Ella tenía el arco tensado, y a Cam en su punto de mira.

Pero en décimas de segundo Cam se precipitó sobre ella y la derribó haciéndola caer de espaldas, le arrancó con fuerza el arco de las manos y le apretó el codo contra la cara hasta que ella dejó de forcejear. La muchacha gritó con una voz aguda e inocente y retrocedió en el suelo levantando la mano para pedir clemencia mientras Cam apuntaba con el arco hacia ella.

Cam le arrojó la flecha directamente al corazón.

Al otro lado del aparcamiento, Luce se mordió el puño para no gritar. Pese a que hubiera preferido encontrarse lejos de allí, se incorporó trabajosamente y se acercó corriendo. Pero extrañamente la chica no yacía desangrándose ni se debatía a gritos.

No estaba allí.

Ella y la flecha que Cam le había arrojado habían desaparecido.

Cam escudriñaba el aparcamiento, haciéndose con las flechas que ella había tirado, como si aquel fuera el cometido más acuciante de su vida. Luce se agachó en el sitio donde había caído la chica. Desconcertada y más aterrorizada de lo que había estado instantes antes, resiguió con el dedo la grava. No había indicio alguno de que hubiera caído allí una persona.

Cam regresó junto a Luce con tres flechas en una mano y el arco de plata en la otra. Instintivamente, Luce tendió la mano para tocar una. Nunca había visto nada igual y por algún extraño motivo se sentía fascinada. Se le puso la carne de gallina y la cabeza empezó a darle vueltas.

Cam le apartó las flechas.

—Son mortales.

No lo parecían; si ni tan siquiera tenían punta. Tan solo eran unas varillas de plata acabadas en un extremo romo. Sin embargo, una de ellas había hecho desaparecer a la chica.

Luce parpadeó varias veces.

—¿Qué acaba de ocurrir, Cam? —El tono de su voz era duro—. ¿Quién era?

—Una Proscrita —respondió Cam sin mirarla, con los ojos clavados en el arco de plata que llevaba en la mano.

—¿Una qué?

—Son ángeles de la peor calaña. Estuvieron de parte de Satanás durante la revuelta, pero no llegaron a pisar el mundo subterráneo.

—¿Por qué no?

—Ya conoces a ese tipo de gente. Son como las chicas que quieren que las inviten a una fiesta a la que no tienen intención alguna de asistir. —Hizo una mueca de disgusto—. Cuando terminó la batalla intentaron echarse atrás y regresar rápidamente al Cielo, pero fue demasiado tarde. En las nubes solo tienes una oportunidad. —Miró a Luce—. Al menos, la mayoría de nosotros.

—De modo que si no están en el Cielo... —A ella le seguía resultando difícil hablar con naturalidad de esas cosas—, ¿están en el Infierno?

—Para nada. Aún recuerdo cuando volvieron con el rabo entre las piernas. —Cam lanzó una risotada siniestra—. En general, aceptamos a todo el mundo, pero incluso Satanás tiene sus límites. Los expulsó de forma permanente y, como castigo a su ofensa, los dejó ciegos.

—Pero esa chica no estaba ciega —musitó Luce, recordando cómo seguía con el arco a Cam. Si no le había dado era porque él se había movido más rápido. Con todo, Luce sabía que a esa chica le faltaba algo.

—Sí, sí lo estaba. Simplemente, emplean otros sentidos para percibir el mundo. Son capaces de ver de otro modo, lo cual tiene sus limitaciones y también sus ventajas.

Cam no dejaba de escrutar la hilera de árboles. A Luce se le heló la sangre al pensar que podía haber más Proscritos agazapados en el bosque armados con arcos de plata y flechas.

—Bueno, ¿qué le ha ocurrido? ¿Dónde está ahora?

Cam la miró fijamente.

—Está muerta, Luce. *Finito*. Adiós.

¿Muerta? Luce contempló aturdida el lugar en el suelo donde había ocurrido todo. Estaba tan vacío como el resto del aparcamiento.

—Pensaba que no podíais matar a los ángeles.

—Solo con una buena arma.

Cam mostró a Luce las flechas una última vez; después las envolvió en un trozo de tela que se había sacado del bolsillo y se las metió en la chaqueta de cuero.

—Estas cosas son difíciles de conseguir. Pero deja ya de temblar, no pienso matarte.

A continuación, se dio la vuelta y empezó a comprobar una por una las puertas de los coches que quedaban en el aparcamiento; observó una camioneta de color gris y amarillo que tenía la ventana del conductor bajada y sonrió. Deslizó el brazo en su interior y desbloqueó la puerta.

—Ya puedes estar contenta de no tener que regresar a la escuela a pie. Vamos, entra.

Cam abrió la puerta del copiloto y Luce se quedó boquiabierta. Miró por la ventana abierta y vio que él estaba puenteando el vehículo.

—¿Te crees que me voy a meter en un coche robado contigo después de ver cómo matas a alguien?

—De no haberla matado —replicó él mientras manipulaba debajo del volante—, ella habría acabado contigo, ¿vale? ¿Quién crees que envió esa nota? Te hicieron salir de la escuela para matarte. ¿Acaso eso no te hace entrar en razón?

Luce se apoyó en la capota de la camioneta indecisa. Recordó la conversación que había mantenido con Daniel, Arriane y Gabbe justo antes de abandonar Espada & Cruz. Los tres le habían advertido de que la señorita Sophia y otros de su secta podrían ir tras ella.

—Pero esa chica no parecía… ¿Los Proscritos forman parte de los Ancianos?

Para entonces Cam ya había logrado poner en marcha el motor. Se apeó rápidamente, rodeó el vehículo y metió a Luce en el asiento del copiloto con brusquedad.

—¡Vamos! ¡En marcha! ¡Esto es como obligar a un gato a moverse!

Cuando por fin logró tenerla sentada, le pasó el cinturón de seguridad.

—Por desgracia, Luce, tienes más de un enemigo. Y por eso te voy a devolver ahora mismo a un lugar seguro como lo es la escuela.

Aunque a ella no le parecía inteligente estar a solas en un coche con Cam, tampoco tenía la certeza de que permanecer ahí fuera sola resultara lo más prudente.

—Un momento —dijo mientras él giraba en dirección a la Escuela de la Costa—. Si los Proscritos no forman parte del Cielo ni del Infierno, ¿a qué bando pertenecen?

—Los Proscritos son una desagradable sombra gris. Por si no te has dado cuenta, hay cosas aún peores que yo.

Luce cruzó las manos en el regazo, deseosa de regresar a su habitación, donde se podía sentir a salvo, o por lo menos fingirlo. ¿Por qué creer a Cam? A fin de cuentas, había caído en sus mentiras muchas veces antes.

—No hay nada peor que tú. Lo que quisiste... lo que intentaste hacer en Espada & Cruz fue algo horrible. —Ella negó con la cabeza—. Solo intentas volver a engañarme.

—No es cierto. —Su voz reflejaba menos enojo del que ella esperaba. Cam parecía considerado, apenado incluso. Se encontraban ya en el largo y serpenteante camino de acceso a la Escuela de la Costa.

—Nunca quise hacerte daño, Luce.

—¿Y por eso llamaste a la batalla a todas esas sombras mientras yo estaba en el cementerio?

—El bien y el mal no están tan claramente definidos como te imaginas. —Miró por la ventana hacia los edificios de la Escuela de la Costa, que en aquel momento parecían oscuros y desiertos—. Tú eres sureña, ¿no? Bueno, al menos en esta vida. Como buena sureña entenderás la libertad que se toman los vencedores en el momento de reescribir la historia. Es una cuestión semántica, Luce. Lo que tú consideras el mal es, en mi opinión, un mero problema de connotación.

—Daniel no piensa así. —A Luce le hubiera gustado afirmar que ella no pensaba así, pero aún no sabía lo suficiente. Seguía pareciéndole que ella aceptaba como mero acto de fe muchas de las explicaciones de Daniel.

Cam aparcó la camioneta en una zona de césped que había detrás de la residencia, se apeó, rodeó el vehículo y fue a abrir la puerta del acompañante.

—Daniel y yo somos las dos caras de una misma moneda. —Le tendió la mano para ayudarla a bajar, pero ella le ignoró—. Sin duda para ti debe ser doloroso oír esto.

A ella le hubiera gustado decirle que eso era imposible, que no era cierto, que no había ninguna semejanza entre Cam y Daniel, por mucho que Cam se empeñara. Sin embargo, en la semana que llevaba en la Escuela de la Costa, Luce había visto y oído cosas que contradecían lo que había creído en otros tiempos. Pensó en Francesca y Steven. Procedían del mismo lugar: hubo un tiempo, antes de la guerra y de la Caída, en que solo existía un bando. Cam no era el único en afirmar que la separación entre ángeles y demonios no era tan nítida.

En su ventana la luz estaba encendida. Luce se imaginó a Shelby sentada en su alfombrilla de color naranja, con las piernas cruzadas en la posición del loto y meditando. ¿Cómo entrar allí y hacer como si no acabara de ver morir a un ángel? ¿Cómo fingir que cuanto había ocurrido esa semana no la había dejado hecha un mar de dudas?

—Los acontecimientos de esta tarde quedarán entre tú y yo, ¿de acuerdo? —dijo Cam—. Y, de ahora en adelante, haznos a todos un favor y no vuelvas a salir del campus. Aquí no te meterás en problemas.

Ella pasó a su lado, fuera de la luz de los focos de la camioneta robada, y se sumergió en la oscuridad que cubría los muros de la residencia.

Cam volvió a la furgoneta y dio gas al motor haciendo un ruido molesto. Antes de marcharse, bajó el cristal de la ventanilla y gritó a Luce:

—¡Ha sido un placer!

Ella se volvió.

—¿El qué?

Él sonrió y apretó el acelerador.

—Salvarte la vida.

6
Trece días

—Aquí está —Una voz chillona atronó al otro lado de la puerta de Luce a primera hora de la mañana siguiente. Alguien estaba golpeándola—. ¡Por fin está aquí!

Los golpes eran cada vez más insistentes. Luce no sabía qué hora era, pero sí que era demasiado pronto para las risitas tontas que se oían al otro lado de la puerta.

—Tus amigas —exclamó Shelby desde la parte alta de la litera.

Luce salió de la cama refunfuñando. Levantó la vista hacia Shelby, que estaba tumbada boca abajo en la litera, completamente vestida con vaqueros y un chaleco rojo grueso, haciendo el crucigrama del sábado.

—¿Alguna vez duermes? —musitó Luce acercándose al armario para coger la bata de cuadros de color violeta que su madre le había hecho cuando cumplió trece años y que todavía le quedaba bien.

Apretó la cara junto a la mirilla y vio las caras deformadas y sonrientes de Dawn y Jasmine. Iban vestidas con bufandas de colores y orejeras peludas. Jasmine sostenía una bandeja con cuatro tazas de café, mientras Dawn, que llevaba una gran bolsa de papel marrón en la mano, volvía a aporrear la puerta.

—¿Piensas hacer que se marchen, o llamo al servicio de seguridad del campus? —preguntó Shelby.

Luce, sin hacerle caso, abrió la puerta, y las dos chicas entraron como una exhalación en la habitación hablando a toda prisa.

—¡Por fin! —dijo Jasmine riendo y entregando a Luce una taza de café antes de dejarse caer en la cama deshecha—. Tenemos tantas cosas de que hablar…

Aunque ni Dawn ni Jasmine la habían visitado antes en su habitación, a Luce le gustó que se comportasen como si estuvieran en su casa. Le recordaron a Penn, que había «tomado prestada» la copia de llave de la habitación de Luce para poder entrar en ella cuando surgiera la necesidad.

Luce bajó la vista hacia su café y tragó saliva, a sabiendas de que no podía ponerse sentimental ahora ante aquellas tres.

Dawn estaba en el baño hurgando en los armarios junto al lavamanos.

—Como miembro del comité de planificación, creemos que deberías participar en el discurso de bienvenida de hoy —dijo y, levantando la vista hacia Luce con incredulidad, preguntó—: ¿Cómo es que no estás vestida aún? El yate va a zarpar en menos de una hora.

Luce se frotó la frente.

—¿De qué estás hablando?

—¡Oh, vaya! —Dawn gruñó de forma exagerada—. ¿Amy Branshaw? ¿Mi compañera de laboratorio? ¿La del padre con un yate enorme? ¿Te suena algo de lo que he dicho?

Entonces a Luce le vino todo a la cabeza. La excursión en yate por la costa. Jasmine y Dawn habían presentado su fantasioso proyecto como una propuesta educativa al comité de eventos de la Escuela de la Costa, esto es, a Francesca, y, no se sabía como, habían conseguido su aprobación. Luce se había mostrado dispuesta a colaborar, pero no había hecho nada. En ese momento recordó la expresión de Daniel cuando se lo contó y cómo rechazó al instante la idea de que Luce pudiera pasárselo bien sin él.

Dawn hurgaba en el armario de Luce. Al final sacó un vestido de manga larga y de color berenjena, se lo lanzó a Luce y la empujó hacia el baño.

—No olvides ponerte leggins debajo. En el mar hace frío.

Entretanto, Luce desconectó el móvil del cargador. La noche anterior, después de que Cam la llevara a la escuela, se había sentido tan aterrorizada y sola que había roto la regla número uno del señor Cole y había enviado un mensaje de texto a Callie. Si el señor Cole supiera cuánto necesitaba escuchar una voz amiga… seguramente se enfadaría mucho con ella, pero ya era demasiado tarde.

Abrió la carpeta de los mensajes de texto y se acordó de cómo le habían temblado los dedos mientras escribía ese texto plagado de mentiras:

¡Por fin tengo móvil! Mala recepción. Llamaré cuando pueda. Aquí todo va bien, pero te echo de menos. ¡Escribe pronto!

Callie no había respondido.

¿Estaba enferma? ¿Ocupada? ¿Fuera de la ciudad?

¿La ignoraba por haberla ignorado?

Luce se miró al espejo. Tenía mal aspecto y se sentía fatal. Pero se había comprometido a ayudar a Dawn y a Jasmine, así que se puso el vestido y se recogió el pelo rubio con un par de horquillas.

Cuando salió del baño, Shelby se estaba sirviendo el desayuno que las chicas habían traído en la bolsa de papel. Realmente resultaba apetitoso: pastas danesas de cereza y buñuelos de manzana; bollos y rollitos de canela, y tres tipos de zumo distintos. Jasmine le pasó un enorme bollo de salvado y un canuto de crema de queso.

—Alimento para el cerebro.

—¿Qué es todo esto?

Miles asomó la cabeza por la puerta levemente entornada. Luce no le veía los ojos, que estaban ocultos bajo la gorra de béisbol que llevaba, pero el pelo castaño se le salía por los lados y en la cara se le dibujaban unos grandes hoyuelos al sonreír. Dawn lanzó unas cuantas risitas de inmediato por el simple motivo de que Miles era mono y de que Dawn era así.

Pero Miles, sin embargo, no se dio por enterado. De hecho, en un grupo de chicas propiamente dicho él se mostraba más relajado y tranquilo que la propia Luce. Tal vez se debiera a que tenía muchas hermanas, o algo así. No era como los otros chicos de la Escuela de la Costa, que mantenían una reserva fingida. Miles era auténtico.

—Y tú, ¿es que no tienes amigos de tu mismo género? —preguntó Shelby fingiendo estar más molesta de lo que se sentía en realidad. Ahora que Luce conocía un poco mejor a su compañera de habitación, empezaba a considerar casi encantador el humor negro de Shelby.

—Por supuesto. —Miles entró en la habitación tranquilamente—. El problema es que mis amigos no acostumbran aparecer en mi cuarto con el desayuno.

Cortó un enorme rollito de canela de la bolsa y le pegó un gran bocado.

—Estás muy guapa, Luce —dijo con la boca llena.

Luce se sonrojó, Dawn dejó de reírse, y Shelby tosió contra su manga.

—¡Qué incómodo!

Luce pegó un respingo al oír el aviso de los altavoces del pasillo. Los demás la miraron como si estuviera loca, pero ella seguía acostumbrada a los anuncios de castigo que comunicaba la secretaría del director en Espada & Cruz. En lugar de eso, la voz cristalina de Francesca se coló en la habitación.

«Buenos días, Escuela de la Costa. Para quienes queráis acompañarnos en la excursión de hoy en yate, el autobús que nos llevará al club náutico partirá dentro de diez minutos. Nos reuniremos en la entrada sur. ¡No olvidéis abrigaros!»

Miles cogió otra pasta para el camino. Shelby cogió un par de botas impermeables de topos. Jasmine se apretó la cinta de sus orejeras de color rosa y se encogió de hombros.

—¡Adiós a los preparativos! Tendremos que improvisar el discurso de bienvenida.

—¡Siéntate con nosotras en el autobús! —le ordenó Dawn—. Lo planificaremos todo camino de Noyo Point.

Noyo Point. Luce tuvo que esforzarse para tragarse un bocado del bollo de salvado. La expresión de la Proscrita muerta cuando aún estaba viva. El desagradable regreso a casa en coche con Cam… Esos recuerdos le ponían la carne de gallina. De nada servía que Cam le hubiera refregado en la cara haberle salvado la vida. Y, además, justo después de decirle que no abandonara el campus de nuevo.

Era raro que le hubiera dicho eso. Parecía casi como si él y Daniel estuvieran confabulados.

Luce se quedó sentada en el borde de la cama con gesto de incredulidad.

—¿Así que vamos todos?

Ella nunca había roto una promesa hecha a Daniel. Pero, en realidad, jamás le había prometido que no iría en yate. Esa prohibición le parecía tan severa y fuera de lugar que, por su bien, estaba decidida a no hacerle caso. Por otra parte, si accedía a seguir las normas impuestas por Daniel, tal vez no tendría que encontrarse en la desagradable situación de que alguien fuera asesinado. Pero quizá eso no eran más que paranoias suyas. Aquella nota la había hecho salir expresamente del campus. En cambio, una salida en barco con la escuela era algo totalmente distinto. Los Proscritos no iban a pilotar el yate.

—¡Pues claro que vamos todos! —Miles tomó a Luce por la mano, la hizo levantarse y la condujo hasta la puerta—. ¿Por qué no íbamos a ir?

Era el momento de elegir. Podía quedarse a salvo en el campus tal como Daniel (y Cam) le había dicho que hiciera, como si fuera una prisionera. O podía cruzar el umbral y demostrarse a sí misma que su vida le pertenecía.

Una hora y media más tarde, Luce y la mitad de los alumnos de la Escuela de la Costa se encontraban frente a un yate de lujo blanco y resplandeciente de unos cuarenta metros de eslora.

En la zona de la Escuela de la Costa el día era despejado, pero abajo, en las aguas del club náutico situado junto a los muelles, aún reinaba la fina capa de niebla del día anterior. Cuando Francesca bajó del autobús, susurró: «Ya basta», y levantó las manos al aire.

Con un gesto muy natural, como si descorriera las cortinas de una ventana, Francesca separó literalmente la niebla con los dedos, dejando a la vista una gran superficie de cielo despejado justo sobre la reluciente embarcación.

Lo hizo de un modo tan discreto que ninguno de los estudiantes o profesores no nefilim habría podido afirmar otra cosa aparte de que era obra de la naturaleza. Luce no daba crédito a lo que sus ojos habían visto, hasta que Dawn empezó a aplaudir con discreción.

—Asombroso, como siempre.

Francesca sonrió levemente.

—Sí. Así está mejor, ¿verdad?

Luce cayó en la cuenta de todos los detalles que podrían ser obra de un ángel. El trayecto en el autobús de alquiler había resultado mucho más agradable que el que había hecho ella misma bajo la lluvia en un autobús público el día anterior. Los escaparates de las tiendas parecían renovados, como si toda la localidad hubiera recibido una mano de pintura.

Los alumnos se dispusieron en fila para subir al yate, que, como todas las cosas caras, era despampanante. Su diseño elegante tenía la forma curva de una concha de mar y sus tres pisos disponían cada uno de una amplia cubierta de color blanco. Desde la cubierta de proa por la que entraron, Luce vio por los enormes ventanales tres camarotes lujosamente equipados. Bajo el cálido sol del club náutico, las preocupaciones de Luce sobre Cam y los Proscritos parecían ridículas y se sorprendió al ver que se desvanecían.

Siguió a Miles al camarote del segundo piso del yate. La estancia tenía las paredes de color marrón oscuro, muy sobrias, con unas banquetas largas de color blanco y negro apostadas en las paredes curvas. Había ya media docena de estudiantes desplomados en los asientos tapizados picando de la abundante comida que había sobre las mesitas.

En la barra, Miles abrió una lata de cola, la sirvió en dos vasos de plástico y le entregó uno a Luce.

—Y entonces el demonio le dice al ángel: «¿Demandarme? ¿Y dónde crees que vas a encontrar un abogado?». —Le dio un codazo—. ¿Lo captas? Se supone que los abogados...

Un chiste. Luce se había distraído y no se había dado cuenta de que Miles le estaba contando un chiste. Se forzó a reaccionar con una gran risotada, e incluso dio un golpecito en la barra. Miles la miró aliviado, tal vez también con cierto recelo ante aquella reacción tan exagerada.

—Uau —dijo Luce incómoda tras abandonar su risa fingida—. ¡Qué bueno!

A la izquierda de ambos, Lilith, la melliza alta y pelirroja a la que Luce había conocido el primer día de clase, se quedó a medio morder el tartar de atún.

—¿Qué asco de chiste es ese? —Miraba directamente a Luce con el ceño fruncido, y sus labios brillantes denotaban disgusto—. ¿De veras te parece divertido? ¿Acaso has estado alguna vez en el Infierno? Pues te aseguro que no tiene ninguna gracia. De Miles era de esperar, pero yo creía que tú tenías mejor gusto.

Luce se sorprendió.

—No pensaba que fuera cuestión de gusto —contestó—. En cualquier caso, estoy por completo con Miles.

—Chist. —Las manos bien cuidadas de Francesca se posaron de pronto en los hombros de Luce y de Lilith—. Sea cual sea la cuestión, recordad: estáis en un barco con setenta y tres alumnos no nefilim. La palabra del día es «discreción».

Esa seguía siendo para Luce una de las cosas más asombrosas de la Escuela de la Costa: el tiempo que pasaban con los alumnos normales de la escuela, fingiendo no hacer lo que en realidad hacían en el pabellón nefilim. Luce aún quería hablar con Francesca de las Anunciadoras, explicarle lo que había hecho días atrás en el bosque.

Francesca se marchó y Shelby apareció junto a Luce y Miles.

—Decidme, ¿hasta qué punto tengo que ser discreta para hacer que setenta y tres alumnos no nefilim metan la cabeza en el váter?

—¡Qué mala eres! —Luce se echó a reír y luego miró con sorpresa la bandeja de aperitivos que Shelby les ofrecía—. ¡Pero mira quién está compartiendo! ¡Y tú te jactas de ser hija única!

Shelby retiró bruscamente la bandeja después de que Luce tomara una aceituna.

—Sí, bueno, pero no te acostumbres.

Cuando el motor se puso en marcha, todos los alumnos estallaron en vítores. A Luce le gustaban especialmente esos momentos en la Escuela de la Costa, cuando no podía distinguir quién era nefilim y quién no. Fuera había una fila de chicas enfrentándose al frío, riéndose mientras su pelo ondeaba al viento. Unos compañeros de su clase de historia estaban organizando una partida de póquer en un rincón del camarote principal. Luce supuso que encontraría a Roland en esa mesa, pero curiosamente no lo vio por ningún lado.

Cerca del bar, Jasmine tomaba fotografías de todo, mientras Dawn, agitando al aire un papel y un bolígrafo, le hacía señas a Luce para recordarle que tenían que escribir el discurso. Luce se dispuso a ir hacia ellas cuando por el rabillo del ojo vio a Steven al otro lado de la ventana.

Estaba solo, apoyado en la barandilla, envuelto en una larga gabardina negra y tocado con un sombrero fedora que le cubría el pelo entrecano. Todavía le inquietaba pensar que era un demonio, especialmente porque al menos lo que sabía de él le gustaba. Por otra parte, su relación con Francesca confundía a Luce aún más. Formaban una unidad especial. Recordó lo que Cam había dicho la noche anterior acerca de que él y Daniel no eran tan distintos. La comparación aún le iinquietaba cuando corrió la puerta corredera de cristal tintado para abrirla y salió a cubierta.

Desde el barco, al oeste solo veía el azul infinito del océano superpuesto al azul del cielo despejado. Las aguas estaban tranquilas, pero una fuerte brisa recorría los costados de la embarcación. Al acercarse a Steven, Luce tuvo que agarrarse a la barandilla, entrecerrar los ojos por el brillo del sol y protegerse la vista con la mano. Francesca no se veía por ningún lado.

—Hola, Luce. —Steven sonrió y se quitó el sombrero cuando ella alcanzó la barandilla. Aunque era noviembre, tenía la piel bronceada—. ¿Cómo va todo?

—Menuda pregunta —respondió ella.

—¿Te has agobiado mucho esta semana? ¿Nuestra demostración con la Anunciadora te impresionó mucho? ¿Sabes?… —Bajó la voz—, eso no lo habíamos enseñado nunca.

—¿Impresionarme? No, me encantó. —Se apresuró a responder Luce—. Quiero decir… Fue difícil verlo, pero a la vez también fue fascinante. De hecho, me gustaría hablar de ello con alguien…

Mientras Steven la miraba fijamente, Luce recordó la conversación que había oído de sus dos profesores con Roland. Sabía que era Steven, y no Francesca, el más dispuesto a incluir las Anunciadoras en el programa de estudios.

—Me gustaría saberlo todo de ellas.

—¿Todo? —Steven ladeó la cabeza de modo que el sol le dio completamente en la piel ya de por sí bronceada—. Eso requiere tiempo. Existen trillones de Anunciadoras, una prácticamente por todos y cada uno de los momentos de la historia. Es un campo infinito. La mayoría de nosotros ni siquiera sabemos por dónde empezar.

—¿Y por eso no lo habíais enseñado antes?

—Es una cuestión controvertida —dijo Steven—. Hay ángeles que no conceden ningún valor a las Anunciadoras. O que creen que lo malo que con frecuencia proclaman es superior a lo bueno. Consideran que quienes las defendemos, como un servidor, somos un hatajo de ratas de la historia, demasiado obsesionados con el pasado como para prestar atención a los pecados del presente.

—Pero eso es como decir que el pasado carece de valor.

Si eso fuera cierto, significaría que todas las vidas anteriores de Luce no habían servido para nada y que su historia con Daniel carecía también de importancia. Por lo tanto, lo único que ella debía tener en cuenta era lo que sabía de Daniel en esta vida. ¿Y eso era suficiente?

No. No lo era.

Tenía que creer que había algo más que lo que sentía por Daniel: una historia valiosa y secreta con algo más que unas cuantas noches de besos felices y otras de disputas. A fin de cuentas, si el pasado carecía de valor, eso era todo lo que tenían.

—Por la cara que pones —dijo Steven—, diría que ya tengo a otra partidaria.

—Espero que no andes llenando la cabeza de Luce con alguna de esas guarradas demoníacas tuyas. —Francesca estaba detrás de ellos con los brazos en jarras y el ceño fruncido. Hasta que se echó a reír, Luce no supo si bromeaba.

—Hablábamos de las sombras… Bueno, quiero decir, de las Anunciadoras —explicó Luce—. Steven me decía que cree que hay trillones.

—Steven también cree que a él no le hace falta llamar al fontanero cuando el baño tiene un escape. —Francesca sonrió con calidez, pero en su voz había algo que incomodaba a Luce, como si hubiera hablado con demasiado atrevimiento—. ¿Tienes ganas de ver más escenas cruentas como la que vislumbramos en clase el otro día?

—No, no quería decir eso…

—Hay motivos por los que hay cosas que es mejor dejarlas en manos de los expertos. —Francesca miraba a Steven—. Igual que los escapes de agua en un baño… Me temo que las Anunciadoras, por tratarse de ventanas al pasado, son precisamente una de esas cosas.

—Por supuesto, entendemos por qué tú en particular estás tan interesada en ellas —añadió Steven, acaparando toda la atención de Luce.

Steven había dado en el blanco: sus vidas anteriores.

—Pero tienes que comprender —prosiguió Francesca— que vislumbrar sombras es tremendamente arriesgado sin el entrenamiento debido. Si te interesa, hay universidades y programas académicos rigurosos de los que me encantará hablarte en el momento oportuno. Pero por ahora, Luce, deberás disculpar el error de haberlas presentado prematuramente en una clase de instituto, así que tendrás que conformarte con cómo están las cosas.

Luce se sintió rara y escrutada; ambos mantenían la vista clavada en ella.

Al inclinarse un poco sobre la barandilla, vio a sus amigos debajo, en la cubierta principal del barco. Miles miraba por unos binoculares e intentaba señalarle algo a Shelby, que, pertrechada tras sus enormes gafas Ray-Ban, no le prestaba la menor atención. En la popa, Dawn y Jasmine estaban sentadas en un saliente con Amy Branshaw, todas ellas inclinadas sobre una carpeta y tomando notas a toda velocidad.

—Debería ir a ayudarlas con el discurso de bienvenida —dijo Luce, apartándose de Francesca y Steven. Mientras bajaba por la escalera de caracol sintió la mirada de ambos posada en su espalda. Una vez en la cubierta principal, pasó por debajo de una hilera de velas enrolladas y se abrió camino entre un grupo de estudiantes no nefilim que se encontraban de pie en un círculo aburrido en torno al señor Kramer, el delgado profesor de biología, que les explicaba algo acerca del frágil ecosistema que tenían justo a sus pies.

—¡Aquí estás! —Jasmine introdujo a Luce en el grupo—. Por fin el plan toma forma.

—¡Perfecto! ¿Qué puedo hacer para ayudaros?

—A las doce tocaremos la campana. —Dawn señaló una enorme campana de latón que colgaba de una polea en una vara blanca cerca de la proa del barco—. A continuación, daré la bienvenida a todo el mundo; luego Amy hablará de cómo surgió la idea del viaje, y Jasmine hará un repaso de los eventos sociales que van a celebrarse este semestre. Solo falta que alguien hable del medio ambiente.

Las tres dirigieron la mirada a Luce.

—¿El barco es un híbrido o algo parecido? —quiso saber Luce.

Amy se encogió de hombros y negó con la cabeza.

Dawn tuvo una idea y se le iluminó la cara.

—Podrías decir algo así como que estar aquí nos hace a todos más conscientes del medio ambiente, porque quien vive cerca de la naturaleza se comporta de acuerdo con ella.

—¿Sabes escribir poemas? —preguntó Jasmine—. Podrías hacer uno de risa.

A Luce, que se sentía culpable por no haber asumido ninguna responsabilidad real, le pareció necesario mostrarse conforme con la idea.

—Poesía medioambiental —dijo pensando que lo único que se le daba peor que la poesía y la biología marina era hablar en público—. De acuerdo, lo haré.

—¡Perfecto! ¡Uf! —Dawn se pasó la mano por la frente—. Bien, lo que yo he pensado es…

Se subió de un salto al saliente donde estaba sentada y empezó a enumerar con los dedos una serie de cosas.

Luce sabía que debía prestar atención a las propuestas de Dawn («¿No sería fantástico ponernos en fila por orden de altura, de mayor a menor?»), sobre todo considerando que en breve ella tendría que decir algo inteligente, y que rimara, sobre el medio ambiente ante un centenar de compañeros. Sin embargo, su pensamiento estaba aún muy ofuscado por la extraña conversación que había mantenido con Francesca y Steven.

«Dejar a las Anunciadoras en manos de expertos.» Si Steven estaba en lo cierto y realmente había una Anunciadora para todos y cada uno de los momentos de la historia, afirmar aquello era como decir que había que dejar todo el pasado en manos de los especialistas. Pero Luce no pretendía parecer una entendida en Sodoma y Gomorra; lo único que le interesaba era su pasado, el suyo y el de Daniel. Y si alguien tenía que ser experto en esas cuestiones, Luce entendía que tenía que ser ella misma.

Sin embargo, tal como Steven había dicho: había un trillón de sombras ahí fuera. Si ya resultaba prácticamente imposible localizar aquellas que guardaban cierta relación con ella y Daniel, menos aún podía saber qué hacer con ellas en caso de encontrarlas.

Levantó la mirada hacia la cubierta del segundo piso. Allí no se veían más que las coronillas de Francesca y Steven. Con algo de imaginación, Luce se podía figurar que estaban sumidos en una agria discusión sobre ella. Y también sobre las Anunciadoras. Probablemente estuvieran acordando no volver a hablarle de ellas nunca más.

Luce tenía la certeza de que, en las cuestiones referidas a su pasado, debía actuar sola.

Pero… un momento…

El primer día de clase, en el ejercicio para romper el hielo Shelby había dicho que…

Luce se puso de pie, ajena por completo al hecho de que se encontraba en medio de una reunión. Mientras atravesaba la cubierta oyó a su espalda un grito penetrante.

Tras girarse hacia el lugar de donde procedía el sonido, Luce vio el destello de algo blanco cayendo por la proa.

Al cabo de un segundo, la mancha desapareció.

Y luego se oyó el ruido de una salpicadura en el agua.

—¡Oh, Dios mío! ¡Dawn!

Jasmine y Amy gritaban, con el cuerpo doblado por encima de la proa y la vista clavada en el agua.

—¡Voy a buscar el bote salvavidas! —gritó Amy entrando en el camarote.

Luce subió de un salto al saliente junto a Jasmine. Lo que vio le hizo tragar saliva. Dawn había caído por la borda y se debatía en el agua. Al principio, se le veía el pelo negro y los brazos agitándose con desesperación, pero cuando levantó la vista Luce vio el terror escrito en su pálido rostro.

Un angustioso segundo más tarde, una ola enorme engulló el cuerpo diminuto de Dawn. El barco todavía se movía, apartándose cada vez más de ella. Las chicas temblaban, esperando que Dawn volviera a sacar la cabeza a la superficie.

—¿Qué ha ocurrido? —preguntó Steven, que apareció de pronto junto a ellas. Francesca, entretanto, desataba un salvavidas de espuma situado bajo la proa.

Los labios de Jasmine temblaban.

—Iba a tocar la campana para llamar la atención de todos y pronunciar el discurso. Apenas se ha inclinado hacia fuera. No sé cómo ha podido perder el equilibrio.

Luce volvió a mirar con angustia hacia la proa del barco. La caída a aquellas aguas gélidas era de unos nueve metros más o menos, y ni rastro de Dawn.

—¿Dónde está? —gritó Luce—. ¿Sabe nadar?

Sin aguardar la respuesta, arrebató el salvavidas de las manos de Francesca, pasó una mano por él y se encaramó a la proa.

—¡Luce! ¡Para!

Pero ya era demasiado tarde, Luce se precipitó al agua inspirando. Al hacerlo, pensó en Daniel y recordó su última zambullida en el lago.

Primero sintió el frío en las costillas; notó una fuerte tensión en los pulmones a causa de la diferencia térmica. Esperó a que su descenso se detuviera y luego batió los pies para salir a la superficie. Las olas le pasaban por encima de la cabeza, metiéndole sal por la boca y la nariz, pero ella asía el salvavidas con fuerza. Aunque nadar con él le resultaba molesto, sabía que cuando encontrase a Dawn, si lo conseguía, ambas necesitarían mantenerse a flote hasta que apareciera el bote salvavidas.

De lejos oía ruidos procedentes del yate; la gente corría por la cubierta gritando su nombre. Si quería ser de ayuda a Dawn, tenía que hacer oídos sordos.

Entonces a Luce le pareció atisbar la forma oscura de la cabeza de Dawn en aquellas aguas gélidas. Nadó a contracorriente hacia allí. Notó algo en el pie, tal vez una mano, pero luego desapareció y Luce no supo si había sido Dawn o no.

No podía sumergirse y sostener a la vez el salvavidas; tenía la terrible sospecha de que Dawn estaba más abajo. Aunque sabía que no podía soltar el salvavidas, si no lo hacía no podría salvar a su amiga.

Finalmente lo dejó a un lado, se llenó los pulmones de aire y se zambulló dando grandes brazadas hasta que el calor de la superficie desapareció y el agua se volvió tan fría que dolía. No veía nada, así que se limitó a intentar agarrar cualquier cosa con las manos, con la esperanza de alcanzar a Dawn antes de que fuera demasiado tarde.

Lo primero que vio Luce fue el pelo de Dawn, la fina mata de ondas cortas y oscuras. Al tantear más abajo palpó la mejilla de su amiga, luego el cuello y finalmente el hombro. Dawn se había hundido mucho en poco tiempo. Luce le pasó los brazos por debajo de las axilas y luego la aupó con todas sus fuerzas, batiendo vigorosamente las piernas hacia la superficie.

Estaban a bastante profundidad y la luz del día brillaba a lo lejos.

Dawn resultaba más pesada de lo que era, parecía que llevara un enorme lastre atado a ella que las arrastraba hacia las profundidades.

Por fin alcanzaron la superficie. Dawn escupió, arrojó agua por la boca y tosió. Tenía los ojos enrojecidos y el pelo pegado a la frente. Luce, rodeándola con un brazo por el pecho, avanzó suavemente hacia el salvavidas.

—Luce… —susurró Dawn. Bajo aquel oleaje fuerte, Luce no podía oírla, aunque logró leerle los labios—. ¿Qué ocurre?

—No lo sé. —Luce sacudió la cabeza intentando mantenerse a flote.

—¡Acércate al bote salvavidas!

El grito venía de atrás. Sin embargo, nadar era imposible. Apenas podían mantener la cabeza fuera del agua.

Entretanto, la tripulación bajó un bote salvavidas con Steven a bordo. En cuanto la embarcación tocó las aguas del océano, empezó a remar con fuerza hacia ellas. Luce cerró los ojos y dejó que con la siguiente ola la invadiera una sensación de alivio. Solo tenía que resistir un poco más para que las dos estuviesen a salvo.

—¡Agarradme de la mano! —gritó Steven a las chicas.

Luce sentía las piernas como si llevara una hora nadando. Empujó a Dawn para que saliera primero.

Steven se había quitado toda la ropa excepto los pantalones y la camisa blanca, que ahora llevaba empapada y pegada al pecho. Cuando fue a ayudar a Dawn, sus brazos musculosos estaban muy hinchados. Gruñó con el rostro enrojecido por el esfuerzo, y la levantó. En cuanto Dawn quedó colgada en la borda de forma que no podía volver a caerse, Steven se volvió y se apresuró a coger a Luce de los brazos.

Ayudada por él, a ella le pareció que no pesaba, que prácticamente se elevaba del agua. No fue hasta que su cuerpo se deslizó dentro del bote cuando se dio cuenta de lo mojada y fría que estaba.

Excepto donde Steven había puesto los dedos.

Ahí, las gotas de agua de la piel emanaban vapor.

Tras incorporarse para sentarse, se apresuró a ayudar a Steven a meter todo el cuerpo de Dawn dentro del bote. La muchacha estaba exhausta y apenas podía sostenerse. Luce y Steven tuvieron que agarrarla cada uno por un brazo para incorporarla. Cuando estaba prácticamente dentro, Luce notó como si algo tirara de Dawn tratando de sumergirla de nuevo en el agua.

Dawn abrió sus oscuros ojos y gritó mientras resbalaba hacia atrás, escurriéndose de las manos húmedas de Luce, a la que pilló desprevenida. Luce cayó repentinamente de espaldas, contra el costado del bote.

—¡Aguanta!

Steven logró agarrar a tiempo a Dawn por la cintura. Se puso de pie y la embarcación estuvo a punto de volcar. Mientras él se esforzaba en sacar a la chica del agua, Luce observó un delicado resplandor dorado que recorría la espalda del profesor.

Eran sus alas.

Asomaron al instante, casi involuntariamente, justo cuando Steven más necesitaba todas sus fuerzas. Refulgían con el destello de las joyas caras que Luce solo había visto en las joyerías. Aquellas alas no se parecían a las de Daniel. Las de Daniel eran cálidas y agradables, magníficas y atractivas. Las de Steven, en cambio, eran salvajes e intimidatorias, irregulares y temibles.

Steven resopló; con los músculos de los brazos tensados solo tuvo que batir una vez las alas para obtener el impulso vertical necesario para sacar a Dawn del agua.

Aquel aleteo fue suficiente para pegar a Luce contra el otro costado del bote. En cuanto Dawn estuvo a salvo, Steven volvió a posar los pies en el bote y replegó de inmediato las alas. Solamente quedaron dos pequeños desgarrones en la parte posterior de su elegante camisa, la única prueba de que lo que Luce había visto era real. Tenía el rostro desencajado y las manos le temblaban de forma incontrolable.

Los tres se desplomaron en el bote. Dawn no se había percatado de nada, y Luce se preguntó si alguno de los del yate se había dado cuenta de algo. Steven contempló a Luce como si lo acabara de pillar desnudo. A ella le habría gustado decirle que ver sus alas había sido asombroso. Hasta entonces no sabía que incluso el lado oscuro de los ángeles caídos podía resultar sobrecogedor.

Se acercó a Dawn, en parte esperando ver sangre en algún lugar de su piel. De hecho, parecía como si algo la hubiera agarrado con sus mandíbulas. Pero la chica no tenía ni un rasguño.

—¿Estás bien? —susurró Luce al final.

Dawn sacudió la cabeza, arrojando gotas de agua del pelo a su alrededor.

—Yo sé nadar, Luce. Te aseguro que soy una buena nadadora. Algo me… Algo…

—¿Qué crees que era? —preguntó Luce aterrada—. ¿Un tiburón o…?

Dawn se estremeció.

—Eran manos.

—¿Manos?

—¡Luce! —espetó Steven.

Ella se volvió hacia él: no parecía en absoluto la persona con la que había estado hablando minutos atrás en la cubierta. Se apreciaba una aspereza en su mirada que hasta ese momento nunca le había visto.

—Eso que has hecho hoy ha sido… —Se interrumpió. Su rostro empapado tenía un aspecto feroz. Luce contuvo el aliento, expectante. «Imprudente.» «Estúpido.» «Peligroso.»—. Muy valiente —dijo al fin relajando las mejillas y la frente, con lo que adoptó su expresión habitual.

Luce suspiró aliviada. Apenas tenía voz para darle las gracias. No podía apartar la vista de las piernas temblorosas de Dawn, ni de aquellas marcas rojas, finas y crecientes que le trepaban por los tobillos, como si fueran marcas de dedos.

—Seguro que estáis muy asustadas —añadió Steven con tono tranquilo—. Pero no hay motivo para que cunda la histeria en toda la escuela. Dejad que hable yo con Francesca. Hasta que yo os lo diga no contéis ni una palabra a nadie. ¿Dawn?

La muchacha asintió aterrada.

—¿Luce?

Ella hizo una mueca. No estaba segura de poder guardar un secreto así. Dawn había estado a punto de morir.

—Luce.

Steven la asió por el hombro, se quitó las gafas de montura cuadrada y clavó sus ojos de color marrón oscuro en los de color avellana de Luce. Mientras el bote salvavidas era aupado en el cabestrante hasta la cubierta principal donde aguardaba el resto del alumnado, él le susurró al oído.

—Ni una palabra a nadie, por seguridad.

7

Doce días

—No entiendo por qué te comportas de un modo tan raro —dijo Shelby a Luce la mañana siguiente—. ¿Cuánto llevas aquí? ¿Seis días? Y ya eres la heroína de la Escuela de la Costa. Tal vez al final consigas mejorar tu reputación.

El cielo de esa mañana de domingo estaba salpicado de cúmulos de nubes. Luce y Shelby paseaban por la diminuta playa de la Escuela de la Costa mientras compartían una naranja y un termo de té chai. El fuerte viento traía el aroma terroso de las viejas secuoyas de los bosques. La marea estaba agitada y alta y arrojaba al paso de las chicas marañas de algas negras, medusas y madera podrida a la deriva.

—No fue nada —musitó Luce.

En realidad, no era verdad. Lanzarse a esas aguas heladas para salvar a Dawn sí que había sido algo. Pero Steven —la severidad de su tono de voz, la fuerza con que la había asido del brazo— había asustado tanto a Luce que ni siquiera osaba hablar del rescate de Dawn.

Contempló la espuma salada que dejaba la estela de una ola al retirarse. Procuraba no mirar las aguas profundas y oscuras más allá para no tener que pensar en las manos que habitaban en sus profundidades gélidas. «Por seguridad.» Steven seguro que se había referido a la de todos, esto es, a la seguridad de todo el alumnado. Sin embargo, también podía haber hecho alusión solo a Luce.

—Dawn está bien —dijo ella—. Eso es lo importante.

—Hum, sí, claro, pero eso es gracias a ti, la vigilante de la playa.

—No empieces a llamarme vigilante de la playa.

—¿Prefieres verte a ti misma como la salvadora Liendre, que todo lo sabe y de nada entiende? —Shelby usaba un estilo de burla deliberadamente inexpresivo—. Francesca dice que las dos últimas noches un tipo misterioso ha estado rondando por los jardines de la escuela. Deberías darle su merecido…

—¿¿¿Cómo dices??? —Luce estuvo a punto de escupir su té—. ¿Y quién es?

—Repito: un tipo misterioso. No se sabe. —Shelby se sentó sobre la superficie de una piedra caliza desgastada y empezó a arrojar piedras al océano haciéndolas botar con habilidad—. Será algún imbécil. Oí sin querer a Francesca hablando de ello en el barco con Kramer ayer, después de todo el alboroto.

Luce se sentó junto a Shelby y empezó a hurgar en la arena en busca de piedras.

Alguien merodeaba en torno a la Escuela de la Costa. ¿Y si se trataba de Daniel?

Sería muy propio de él. Era lo bastante testarudo como para mantener su promesa de no verla, y a la vez incapaz de permanecer alejado. Pensar en Daniel hizo que deseara aún más estar con él. Se sintió prácticamente al borde del llanto. Eso era de locos. Se dijo que aquel tipo misterioso no podía ser Daniel. Tal vez fuera Cam. O cualquier otra persona. O bien podía tratarse de un Proscrito.

—¿Francesca parecía preocupada? —preguntó a Shelby.

—¿Tú no lo estarías?

—Un momento, ¿por eso anoche no te escapaste?

Aquella había sido la primera noche que Shelby no había despertado a Luce al entrar por la ventana.

—No.

El brazo con que Shelby arrojaba las piedras estaba bien tonificado gracias al yoga que practicaba. La piedra siguiente botó seis veces describiendo un arco amplio que casi dio la vuelta hacia ellas, como un bumerán.

—Por cierto, ¿adónde vas cada noche?

Shelby se metió las manos en los bolsillos de su chaleco rojo de esquí, con la vista clavada en las olas grises con tal intensidad que parecía que hubiera atisbado algo en ellas, o simplemente que ignoraba la pregunta. Luce le siguió la mirada, aliviada de no ver en las aguas nada más que olas grises y blancas hasta perderse en el horizonte.

—Shelby.

—¿Qué? No voy a ningún sitio.

Luce iba a levantarse enfadada porque Shelby no le contaba nada y empezó a sacudirse la arena húmeda de la parte posterior de las piernas cuando su compañera tiró de ella para que volviera a sentarse sobre la piedra.

—Está bien, iba a ver a mi patético novio. —Shelby suspiró con fuerza y arrojó sin más una piedra al agua que a punto estuvo de dar a una gaviota que caía en picado para atrapar un pez—. Eso era antes de que se convirtiera en mi patético ex novio.

—¡Oh, Shelby! Lo siento. —Luce se mordió el labio—. No sabía que tuvieras novio.

—Tuve que pararle los pies. Se puso muy pesado con eso de que tuviera una compañera de habitación nueva. No dejaba de insistir para que le dejara venir a nuestro cuarto por la noche. Quería conocerte. No sé qué tipo de chica se piensa que soy. Mira, no te ofendas, pero para mí tres son multitud.

—¿Quién es? —preguntó Luce—. ¿Va a esta escuela?

—Es Phillip Aves. Un alumno de último curso de la escuela principal.

Luce no creía conocerlo.

—Ese chico pálido, de pelo casi blanco —dijo Shelby—. La versión albina de David Bowie. —Torció los labios—. Por desgracia, realmente llama la atención.

—¿Por qué no me dijiste que habíais roto?

—Prefiero descargarme canciones de Vampire Weekend y luego hacer que las canto cuando no estás aquí. Es mejor para mis chacras. Por otra parte… —Dirigió entonces un dedo acusador hacia Luce—, hoy eres tú la que está taciturna y rara. ¿Daniel no te trata bien o qué?

Luce se reclinó sobre los codos.

—Para eso tendríamos que vernos, lo cual, al parecer, no nos está permitido.

Al cerrar los ojos, el sonido de las olas la transportó de vuelta a la primera noche en que había besado a Daniel. En esa vida. El húmedo abrazo de sus cuerpos en el entarimado podrido de Savannah. La presión ansiosa de sus manos al atraerla hacia sí. En ese momento todo les había parecido posible. Abrió los ojos. ¡Qué lejos estaba de todo aquello!

—Así que ese patético novio tuyo…

—No. —Shelby la hizo callar con un gesto—. No quiero hablar sobre él más de lo que me imagino que tú quieres hablar de Daniel. Cambiemos de tema.

Era justo. Con todo, no era totalmente cierto que Luce no quisiera hablar de Daniel. Pero sabía que, si empezaba a hablar de él, posiblemente no podría callar. De hecho, su cabeza ya parecía un disco rallado que no paraba de dar vueltas en torno a las... cuatro experiencias físicas que había tenido con él en esta vida. (Contando solo a partir de cuando Daniel dejó de fingir que ella no existía.) Aquello sin duda aburriría sobremanera a Shelby, que probablemente había tenido montones de novios y vivencias. En el caso de Luce, en cambio, las experiencias eran prácticamente nulas.

Solo recordaba un beso que había dado a un chico que luego había ardido y unos pocos momentos muy apasionados con Daniel. Era todo. No podía decirse que Luce fuera una experta en el amor.

De nuevo se lamentó lo injusta que era su situación: mientras que Daniel tenía recuerdos fabulosos de los dos a los que aferrarse cuando la situación se ponía difícil, ella no tenía nada.

Hasta que levantó la vista hacia su compañera de habitación.

—Oye, Shelby...

Shelby se había levantado la capucha roja y hundía un palo en la arena mojada.

—Ya te he dicho que no quiero hablar de él.

—Lo sé. Me preguntaba... ¿Te acuerdas de cuando dijiste que sabías vislumbrar tus vidas pasadas?

Era lo que había ido a preguntar a Shelby cuando Dawn cayó por la borda.

—Yo nunca he dicho eso.

El palo se hundió más profundamente en la arena. Shelby tenía el rostro ruborizado y la espesa cabellera rubia se le soltaba de la cola.

—Sí, sí lo dijiste. —Luce negó con la cabeza—. Lo escribiste en mi hoja el día del ejercicio para romper el hielo. Me la arrebataste de las manos y dijiste que sabías hablar más de dieciocho lenguas y también vislumbrar vidas pasadas, y entonces me preguntaste cuál prefería que rellenases...

—Me acuerdo de lo que dije, pero me malinterpretaste.

—Vale —dijo Luce lentamente—. Entonces...

—Que haya vislumbrado una vida pasada en una ocasión no significa que sepa hacerlo y no significa tampoco que fuera la mía.

—¿Así que no era la tuya...?

—¡Oh, no, por supuesto que no! La reencarnación es cosa de gente rara.

Con el gesto torcido, Luce metió las manos en la arena mojada, deseando hundirse en ella en ese instante.

—¡Eh, que era una broma! —Shelby dio un codazo amigable a Luce—. Especialmente pensada para una chica que ha tenido que pasar por la adolescencia miles de veces. —Hizo una mueca—. Yo con una vez he tenido bastante, gracias.

Así que Luce era esa chica, la que había tenido que pasar por la adolescencia miles de veces. Nunca lo había visto de ese modo. Resultaba casi divertido: visto desde fuera, atravesar un número infinito de pubertades parecía lo peor de su suerte. Pero era mucho más complicado. A Luce le hubiera gustado decir que tendría gustosa los granos y cambios hormonales mil veces si tenía la ocasión de ver sus vidas anteriores y de comprender más cosas sobre sí misma, pero entonces levantó la vista hacia Shelby.

—Y si no era tu vida, ¿de quién era la vida que vislumbraste?

—¡Maldita sea!, ¿por qué eres tan entrometida?

Luce notó cómo le subía la presión de la sangre.

—¡Shelby, caramba, ayúdame un poco!

—Está bien —accedió Shelby al fin haciendo un gesto con las manos para que se tranquilizara—. Fue una noche en una fiesta en Corona. El ambiente se descontroló bastante, con sesiones de espiritismo medio desnudos y toda esa mierda… Pero, bueno, esa no es la historia. Recuerdo que salí a dar un paseo para tomar un poco el aire, pero como llovía era difícil saber adónde me dirigía. Doblé la esquina de un callejón y me encontré con un tipo con aspecto andrajoso llorando inclinado sobre una esfera de oscuridad. Yo nunca había visto nada parecido. Tenía forma de globo brillante y parecía flotar encima de sus manos.

—¿Y qué era?

—En ese momento no lo sabía, pero ahora sé que era una Anunciadora.

Luce se quedó pasmada.

—¿Y viste lo que él vislumbraba de una vida pasada? ¿Qué era?

Shelby miró a Luce directamente a los ojos y tragó saliva.

—Fue bastante desagradable, Luce.

—Lo siento —dijo Luce—. Solo preguntaba porque…

Admitir lo que iba a admitir cambiaba mucho las cosas. No cabía duda de que Francesca se opondría por completo a la idea. Pero Luce necesitaba respuestas y también ayuda, sobre todo la ayuda de Shelby.

—Necesito vislumbrar algunas de mis vidas pasadas —añadió Luce—, o por lo menos intentarlo. Últimamente me han ocurrido cosas que se supone que tengo que aceptar porque no me queda más remedio, pero creo que sería mucho más positivo si supiera al menos de dónde vengo o dónde he estado. ¿Lo entiendes?

Shelby asintió.

—Necesito saber qué tuve en el pasado con Daniel para sentirme más segura de lo que tengo ahora con él. —Luce cogió aire—. Ese tipo, el del callejón... ¿viste lo que hacía con la Anunciadora?

Shelby se encogió de hombros.

—Se limitó a darle forma. Entonces yo no sabía lo que era y no sé cómo dio con ella. Por eso la demostración de Francesca y Steven me asustó tanto. Comprendí lo que había ocurrido esa noche y desde entonces intento olvidarlo. No tenía ni idea de que lo que había visto era una Anunciadora.

—Si yo fuera capaz de dar con una, ¿crees que sabrías manipularla?

—No te prometo nada —dijo Shelby—. Pero podría intentarlo. ¿Sabes localizarlas?

—No exactamente, pero no debe ser muy difícil teniendo en cuenta que llevan toda la vida acosándome.

Shelby posó su mano en la de Luce.

—Luce, quiero ayudarte, pero me da miedo. ¿Y si ves algo que... que no deberías ver?

—Cuando rompiste con tu patético novio...

—Creo que ya te he dicho que no...

—Escúchame un momento: ¿no te habría gustado saber cuanto antes lo que te llevó a romper con él? Quiero decir, en caso de que te hubieras comprometido con él o algo por el estilo y entonces...

—¡Basta! —Shelby levantó una mano para que Luce dejara de hablar—. Ya lo he captado. Vamos, busquemos una sombra.

Shelby siguió a Luce por la playa y subieron la escalera empinada de piedra, que estaba salpicada de verbenas maltrechas de color rojo y amarillo que habían logrado crecer en aquel suelo húmedo y arenoso. Atravesaron luego la cuidada zona de césped procurando no molestar a un grupo de alumnos no nefilim que jugaban a Ultimate Frisbee. Pasaron por delante de la ventana de su habitación en el tercer piso de la residencia y giraron por la parte trasera del edificio. Cuando llegaron al linde del bosque de secuoyas, Luce señaló un punto entre los árboles.

—Ahí es donde encontré una la última vez.

Shelby penetró en el bosque delante de Luce y, apartando las largas hojas de arce que, como garras, pendían entre las secuoyas, se detuvo bajo un helecho gigante.

Entre las secuoyas reinaba la más completa oscuridad y Luce se alegró de que Shelby la acompañara. Se acordó del otro día, de lo rápido que había pasado el tiempo mientras acosaba sin éxito a la sombra, y se sintió abrumada.

—Si encontramos y atrapamos una Anunciadora y logramos vislumbrar algo —elucubró—, ¿qué posibilidades crees que tenemos de que pueda revelarnos algo sobre mí y sobre Daniel? ¿Y si solo damos con otra escena horripilante de la Biblia como la que vimos en clase?

Shelby negó con la cabeza.

—Sobre Daniel no lo sé. Pero si logramos invocar a una Anunciadora y luego vislumbrarla, tendrá relación contigo. Al parecer, son específicas del que las invoca… aunque uno no siempre esté interesado en lo que tienen que decirle. Es como recibir *spam* entre mensajes electrónicos importantes: el mensaje siempre va dirigido a ti.

—¿Cómo es posible que sean específicas del que las invoca? ¿Acaso eso significa que Francesca y Steven estuvieron presentes en la destrucción de Sodoma y Gomorra?

—Bueno, así es. Llevan aquí desde siempre. Se dice que sus currículums son impresionantes. —Shelby dirigió una mirada extraña en Luce—. A ver si dejas de poner los ojos en blanco y piensas un poco. ¿Cómo si no habrían conseguido su trabajo en la Escuela de la Costa? Esta es una escuela realmente buena.

Una forma oscura y resbaladiza se deslizó hacia ellas: la envoltura pesada de una Anunciadora se estiraba perezosamente entre las sombras alargadas de una rama de secuoya.

—Ahí —indicó Luce sin pérdida de tiempo.

Se encaramó a continuación a una rama baja que se extendía detrás de Shelby. Tuvo que aguantarse con un solo pie e inclinarse por completo hacia la izquierda, pudiendo solo así rozar la Anunciadora con las yemas de los dedos.

—No llego.

Shelby entonces cogió una piña y la arrojó al centro de la sombra.

—¡Para! —susurró Luce—. La vas a fastidiar.

—Lo único que fastidia es que seas tan timorata. Extiende la mano.

Luce hizo lo que le decía con un mohín.

Observó entonces cómo la piña rebotaba en el lado expuesto de la sombra; a continuación, oyó el sonido suave y sibilante que normalmente la aterrorizaba. Un lado de la sombra se desprendió de la rama, deslizándose muy suavemente. Luego se soltó y fue a parar al brazo extendido y tembloroso de Luce, que agarró los bordes con los dedos.

Luce bajó de un salto de la rama sobre la que estaba y se acercó a Shelby con la ofrenda fría y viscosa en las manos.

—Trae —dijo Shelby—. Yo cogeré una mitad y tú la otra, igual que en clase. ¡Puaj! Es viscosa. Está bien, ahora suelta. No se irá a ninguna parte, deja simplemente que se enfríe y tome forma.

Pasó un largo rato hasta que la sombra hizo algo. Luce tuvo la sensación de estar jugando con el viejo tablero de la güija de cuando era pequeña. Notó una energía inexplicable en la punta de los dedos. Antes de apreciar alguna diferencia de forma en la Anunciadora, percibió un movimiento leve y continuo.

Entonces se produjo un zumbido: la sombra se contrajo y se replegó de nuevo en su oscuridad. Al poco había adoptado el tamaño y la forma de una caja grande y se mantenía suspendida justo encima de las yemas de sus dedos.

—¿Has visto eso? —preguntó asombrada Shelby, cuya voz apenas se oía por encima del zumbido de la sombra—. Mira el centro.

Igual que había ocurrido en clase, fue como si un velo oscuro se retirara de la Anunciadora y dejara ver un estallido asombroso de color. Luce se protegió los ojos mientras contemplaba cómo la luz brillante se acomodaba en la pantalla formada por la sombra y mostraba una imagen nebulosa y desenfocada. Luego, al fin, empezaron a apreciarse formas diferenciadas en colores apagados.

Se veía una sala de estar. La parte posterior de una butaca reclinable de cuadros de color azul con el reposapiés levantado y un borde deshilachado. Había una televisión vieja panelada en madera que emitía una reposición de *Mork and Mindy* sin volumen. Enroscado en una alfombra de patchwork redonda había un jack russell terrier rechoncho.

Luce vio oscilar la puerta de lo que parecía ser la cocina. Entró una mujer mucho mayor que la abuela de Luce cuando murió; sujetaba una bandeja con fruta cortada. Llevaba un vestido rosa y blanco, zapatillas de tenis y unas gafas gruesas que le colgaban en un cordón por el cuello.

—¿Quién es esa gente? —se preguntó Luce en voz alta.

Cuando la anciana dejó la bandeja sobre la mesita, una mano manchada asomó en la butaca y cogió un trozo de plátano.

Luce se inclinó para ver mejor, y el centro de la imagen cambió. Era como si la imagen estuviera en 3D. Luce todavía no había advertido la presencia del anciano de la butaca reclinable. Era una persona frágil, con escasos mechones de pelo blanco y manchas de edad en la frente. Movía la boca, pero Luce no lograba oír nada. Una serie de fotografías enmarcadas ocupaba toda la repisa de la chimenea.

El zumbido en los oídos de Luce se intensificó, tanto que le obligó a contraer el rostro. Mientras ella se limitaba a observar esas fotografías con asombro, la Anunciadora centró la imagen en ellas. Luce sintió una especie de latigazo, y tuvo un primer plano de una de las fotografías enmarcadas.

Era un marco fino chapado en oro que se encontraba cerca de un plato de cristal de color; la fotografía pequeña del interior tenía los bordes finamente festoneados en torno a una imagen en blanco y negro algo amarillenta. En ella se veían dos caras: la suya y la de Daniel.

Luce, conteniendo el aliento, escrutó su propia imagen. Parecía apenas un poco más joven que ahora. Melena oscura y larga hasta los hombros peinada con unas ondas anticuadas. Camisa blanca con cuello redondo estilo Peter Pan. Falda amplia acampanada hasta las pantorrillas. Manos con guantes blancos cogidas a las de Daniel, que la miraba sonriente.

La Anunciadora empezó a vibrar y temblar, y la imagen de su interior comenzó a parpadear hasta desaparecer.

—Oh, no... —exclamó Luce dispuesta a meterse dentro. Todo cuanto logró fue tocar con los hombros el borde de la Anunciadora. Una sensación gélida y amarga la empujó hacia atrás, dejándole en la piel una sensación húmeda. Notó una mano en la muñeca.

—Nada de locuras —la advirtió Shelby.

Era demasiado tarde.

La pantalla se ensombreció, y la Anunciadora se desplomó en el suelo del bosque, resquebrajándose en pedazos como un cristal roto. Luce reprimió un gimoteo. Suspiró con fuerza. Era como si una parte de ella hubiera muerto.

Se puso a cuatro patas, apretó la frente contra el suelo y rodó sobre un costado. El frío y la oscuridad eran más intensos que al principio. El reloj de pulsera señalaba que eran más de las dos de la tarde, aunque habían entrado en el bosque por la mañana. Luce volvió la vista hacia el oeste, al lindero del bosque, apreciando así la diferencia de la luz en la residencia. Las Anunciadoras engullían el tiempo.

Shelby se tumbó a su lado.

—¿Estás bien?

—Estoy tan confusa. Esa gente... —Luce se apretó las manos en la frente—. No tengo ni idea de quiénes son.

Shelby se aclaró la garganta y la miró incómoda.

—¿No te parece que... que tal vez los conocías? Hace tiempo. Tal vez eran tus...

Luce esperó a que terminara.

—¿Mis qué?

—¿De verdad que no se te ha ocurrido que tal vez esa gente fueran tus padres en otra vida? ¿Que ese es su aspecto actual?

Luce abrió la boca con asombro.

—No. Un momento. ¿Quieres decir... que he tenido padres distintos en cada una de mis vidas pasadas? Yo creía que Harry y Doreen... habían estado siempre conmigo.

De pronto se acordó de que Daniel le había dicho que su madre en una vida pasada hervía mal la col. En ese momento no le había dado mayor importancia, pero de pronto cobró sentido. Doreen era una cocinera extraordinaria. Todo el mundo al este de Georgia lo sabía.

Lo que significaba que Shelby tenía razón. Era probable que Luce tuviera toda una serie de familias que ella no recordaba en absoluto.

—¡Qué tonta soy! —exclamó.

¿Por qué no había prestado más atención a la apariencia de aquel hombre y aquella mujer? ¿Por qué no se había sentido ni remotamente relacionada con ellos? Le pareció como si acabara de darse cuenta de que era adoptada. ¿Cuántas veces había sido entregada a padres diferentes?

—Esto es... es...

—Una confusión absoluta —terminó Shelby—. Lo sé. Si lo miras desde el punto de vista positivo, si pudieras echar un vistazo a todas tus familias pasadas y vieras los problemas que tuviste con los cientos de madres antes de esta, posiblemente te ahorrarías mucho dinero en terapia.

Luce hundió la cara en las manos.

—Si es que necesitas terapia. —Shelby suspiró—. Lo siento, ¿quién está hablando de nuevo sobre sí misma? —Levantó la mano derecha y luego la bajó lentamente—. Bueno, ya sabes que Shasta no está muy lejos de aquí.

—¿Qué es Shasta?

—El monte Shasta, de California. Está a unas pocas horas en esa dirección. —Shelby dirigió su pulgar en dirección norte.

—Pero las Anunciadoras solo muestran el pasado. ¿De qué serviría ir ahora allí? Seguramente están...

Shelby negó con la cabeza.

—El pasado es una palabra de significado amplio. Las Anunciadoras muestran tanto el pasado remoto como los hechos ocurridos apenas unos segundos atrás, así como todo cuanto queda entre medio. Vi un portátil en la mesa del rincón, así que es posible... bueno, ya sabes.

—Pero si no sabemos dónde viven...

—Puede que tú no. Pero yo he enfocado la vista en una carta y he visto la dirección. La he memorizado. 1291 Shasta Shire Circle. Apartamento 34. —Shelby se encogió de hombros—. Si quisieras visitarlos, podríamos ir y venir en coche en un día.

—Está bien —rezongó Luce. Tenía muchas ganas de hacer esa visita, pero no le parecía posible—. ¿Y en qué coche?

Shelby profirió una risotada falsamente siniestra.

—Solo había una cosa que no era patética en mi patético ex novio. —Metió la mano en el bolsillo de su sudadera y sacó un llavero largo—: Su fabuloso Mercedes, que justamente está aparcado aquí, en el aparcamiento para estudiantes. Y estás de suerte, porque me olvidé de devolverle la copia de la llave.

Se marcharon antes de que alguien pudiera detenerlas.

Luce encontró un mapa en la guantera y dibujó con el dedo una línea hasta Shasta. Dio algunas indicaciones a Shelby, que conducía como alma que lleva el diablo, aunque el Mercedes granate no parecía protestar.

Se preguntó cómo Shelby era capaz de mantener tan bien la calma. Si ella hubiera roto con Daniel y hubiera «tomado prestado» su coche por la tarde, no habría podido dejar de recordar las excursiones que habían hecho, las peleas que habían tenido mientras iban al cine, o lo que habían hecho en el asiento de atrás con todas las ventanas subidas. Sin duda, Shelby pensaba en su antiguo novio. A Luce le hubiera gustado preguntar, pero su amiga ya había dejado muy claro que aquel tema estaba prohibido.

—¿Te vas a cambiar el peinado? —preguntó Luce al final, recordando lo que Shelby había dicho sobre cómo sobreponerse a las rupturas—. Si lo haces yo te podría ayudar.

Shelby hizo un mohín.

—Ese bicharraco ni siquiera se merece eso. —Tras una larga pausa añadió—: Pero gracias.

El viaje les llevó buena parte de la tarde, y Shelby se la pasó desahogándose, peleándose con la radio, buscando en el dial las cosas más raras. El aire se tornó más fresco; los árboles se volvieron menos espesos y la altura del paisaje fue subiendo. Luce se concentró en tranquilizarse mientras imaginaba cien encuentros distintos con aquellos padres. Intentó no pensar en lo que Daniel diría si supiera adónde se dirigía.

—Aquí está —indicó Shelby cuando una enorme montaña coronada de nieve apareció justo delante de la carretera—. La ciudad está a sus pies. Deberíamos llegar antes de la puesta de sol.

Luce no sabía cómo agradecer a Shelby que la hubiera acompañado hasta allí tan rápidamente. Fuera lo que fuese lo que había tras el cambio de actitud de Shelby, Luce se sentía enormemente agradecida: no habría sido capaz de hacerlo sola.

La ciudad de Shasta era estrambótica y pintoresca, llena de personas mayores paseando tranquilamente por sus amplias avenidas. Shelby bajó los cristales del coche y dejó que entrara la fresca brisa del anochecer. Aquello alivió el estómago de Luce, donde se formaba un nudo ante la perspectiva de tener que hablar con las personas que había visto en la Anunciadora.

—¿Qué se supone que he de decirles? «¡Sorpresa! Soy vuestra hija que regresa de la muerte.» —Luce ensayó en voz alta mientras aguardaban ante un semáforo.

—A menos que quieras aterrorizar por completo a una entrañable pareja de ancianos, tendremos que elaborar un plan —dijo Shelby—. ¿Por qué no finges ser una vendedora, así te podrás acercar a la puerta y tantearlos un poco?

Luce se miró los vaqueros, las zapatillas de tenis gastadas y su mochila de color morado. Su aspecto no era el de una comercial eficiente.

—¿Y qué se supone que vendo?

Shelby reanudó la marcha.

—Lavados de coche, o chorradas por el estilo. Puedes decirles que llevas unos vales en el bolso. Yo hice eso un verano yendo de casa en casa. Estuvieron a punto de dispararme. —Se estremeció y luego miró el rostro pálido de Luce—. ¡Vamos, mujer! Mamá y papá no van a dispararte. ¡Oh, mira, ya hemos llegado!

—Shelby, ¿podemos quedarnos un momento sentadas en silencio? Creo que necesito respirar.

—Lo siento. —Shelby entró en un gran aparcamiento que daba a un pequeño complejo de adosados de una sola planta—. Te dejaré respirar.

A pesar de su nerviosismo, Luce tuvo que admitir que se trataba de un lugar agradable y bonito. Se trataba de una hilera de bungalows dispuestos en semicírculo en torno a un estanque. Había un edificio de entrada principal con varias sillas de ruedas en el exterior junto a las puertas. En un gran letrero se leía BIENVENIDOS A LA RESIDENCIA PARA JUBILADOS DEL CONDADO DE SHASTA.

Se notaba la garganta tan seca que le dolía tragar saliva. No sabía si sería capaz de pronunciar dos palabras ante esas personas. Quizá, se dijo, era de esas cosas a las que no hay que dar muchas vueltas. Tal vez solo tenía que acercarse, llamar a la puerta y luego improvisar lo siguiente.

—Apartamento 34. —Shelby forzó la vista hacia un edificio cuadrado de paredes enyesadas con tejado de tejas rojas—. Parece que está por aquí. Si quieres yo podría…

—¿Esperar en el coche a que regrese? Fabuloso. Muchas gracias. ¡No estaré mucho rato!

Antes de que Luce perdiera por completo los nervios, abrió la puerta del coche y salió a toda prisa hacia la acera sinuosa que llevaba al edificio. El aire era cálido y estaba impregnado de un intenso perfume a rosas. Por todas partes había entrañables ancianos: en varios equipos en la cancha de tejo cercana a la entrada; dando un paseo vespertino por un jardín primorosamente cuidado de flores junto a la piscina. Bajo aquella luz crepuscular, Luce forzó la vista para localizar a la pareja entre los grupos, pero nadie le pareció familiar. Tuvo que dirigirse directamente a su casa.

Desde la acera que llevaba al bungalow, Luce vio luz vislumbrado en la ventana. Se acercó hasta poder ver mejor.

Era asombroso: la misma estancia que había vislumbrado antes en la Anunciadora. Incluso el pequeño perro blanco y gordo dormido en la alfombra. Oyó cómo se fregaban los platos en la cocina y vio los finos tobillos, con calcetines marrones, de quien años atrás había sido su padre.

No le parecía que fuera su padre, igual que tampoco la mujer tenía el aspecto de ser su madre. No es que tuvieran nada de malo. Parecían muy agradables. Unos perfectos y agradables… desconocidos. Si llamaba a la puerta y se inventaba una historia sobre lavados de coche, ¿le resultarían menos desconocidos?

No, decidió. Pero, además, aunque ella no reconociera a sus padres, si ellos realmente lo eran la reconocerían a ella.

Se sintió estúpida por no haber pensado antes en ello. Con solo mirarla una vez sabrían si era su hija. Sus padres eran mayores que la mayoría de la gente que había visto en la calle. El impacto podría ser demasiado para ellos. De hecho, ya resultaba chocante para Luce, no digamos para la pareja, que le llevaba unos setenta años.

Para entonces, Luce apretaba la cara contra la ventana de la sala de estar, oculta detrás de un cactus con espinas. Tenía los dedos sucios por haberlos posado en el alféizar de la ventana. Si su hija había muerto cuando tenía dieciséis años, seguramente llevaban cincuenta años llorándola. A esas alturas ya lo habrían superado. ¿O no? Lo último que necesitaban es que Luce se les apareciera inopinadamente detrás de un cactus.

Shelby se decepcionaría. La propia Luce también se sentía decepcionada. Fue doloroso percatarse de que eso sería todo lo cerca que podría estar de ellos. Agarrada del alféizar de la ventana de la casa de sus antiguos padres, Luce sintió que las lágrimas le rodaban por las mejillas. Ni siquiera sabía cómo se llamaban.

8

Once días

Para: thegaprices@aol.com

De: lucindap44@gmail.com

Fecha: Lunes, 15 de noviembre, 9.45

Asunto: Resistiendo

Queridos mamá y papá:

Siento no haberos escrito antes. En la escuela hay mucho que hacer, pero he tenido muy buenas experiencias. De momento, mi asignatura favorita es la de humanidades. Ahora hago un trabajo para subir nota que me está llevando mucho tiempo. Os echo de menos y espero veros pronto. Gracias por ser unos padres tan fabulosos. Creo que no os lo he dicho suficientes veces.

Os quiere,

Luce

Luce hizo clic en «Enviar» en el portátil y rápidamente cambió a la presentación en línea que Francesca estaba dando en clase. Todavía no se había acostumbrado a estar en una escuela en la que disponían de ordenadores y conexión inalámbrica a internet en medio de la clase. En Espada & Cruz había siete ordenadores para los alumnos y todos se encontraban en la biblioteca. Aun en el caso de disponer de la contraseña encriptada de acceso a la web, la mayoría de los sitios estaban bloqueados, excepto unos pocos de carácter académico.

El e-mail a sus padres lo había escrito movida por un sentimiento de culpa. La noche anterior había tenido la extraña sensación de que el mero hecho de acercarse en coche a la comunidad de jubilados del monte Shasta había sido una deslealtad respecto a sus padres verdaderos, los que la habían criado en esta vida. Claro que, en cierto modo, esos otros padres también eran reales. Sin embargo, la idea seguía siendo demasiado reciente y nueva como para que Luce pudiera asumirla.

Shelby al final no se había enfadado ni una décima parte de lo que podría haberlo hecho por acompañarla en coche todo ese camino para nada. En vez de eso, salió disparada con el Mercedes y condujo hasta una hamburguesería de la cadena In-N-Out, donde compró un par de bocadillos de queso asados a la parrilla con salsa especial.

—No le des más vueltas —dijo Shelby limpiándose los labios con una servilleta—. ¿Tú sabes cuántos ataques de ansiedad me ha provocado mi maldita familia? Créeme, soy la última persona en el mundo que te criticaría por ello.

En ese instante Luce recorrió la clase con la vista, vio a Shelby y se sintió enormemente agradecida hacia aquella chica que, una semana antes, la había aterrado. Shelby llevaba la espesa cabellera rubia hacia atrás cogida con una diadema de paño y tomaba apuntes de las explicaciones de Francesca con diligencia.

Todas las pantallas que Luce alcanzaba a ver con su visión periférica mostraban la presentación en PowerPoint de color azul y dorado que Francesca hacía avanzar a velocidad de tortuga. Incluso la de Dawn. La chica ese día tenía un aspecto especialmente alegre, con su vestido de punto de color rosa chillón y una cola alta. ¿Se había recuperado ya por completo de lo ocurrido en el yate? ¿O acaso disimulaba el terror que sin duda había sentido y que tal vez sentía todavía?

Luce volvió la vista hacia la pantalla de Roland e hizo una mueca de disgusto. No le sorprendía que se hubiera mantenido prácticamente invisible desde su llegada a la Escuela de la Costa, pero ahora que por fin había aparecido en clase le desagradaba ver a su antiguo compañero de reformatorio acatar las normas.

Por lo menos Roland no parecía especialmente interesado en la clase que llevaba por título «Oportunidades laborales para nefilim: tu habilidad especial te puede dar alas». De hecho, la expresión de la cara del chico era más de decepción que de otra cosa. Tenía los labios fruncidos y no dejaba de negar con la cabeza. Igualmente resultaba extraño que cada vez que Francesca establecía contacto visual con los alumnos pasara por alto a Roland.

Luce desplegó la ventana de chat de la clase para ver si Roland estaba conectado. Aquella herramienta estaba pensada para que los estudiantes intercambiaran preguntas, pero las preguntas que Luce tenía para Roland no se referían al tema tratado en clase. Él sabía algo más de lo que había dejado entrever el otro día que seguro que tenía que ver con Daniel. También quería preguntarle dónde se había metido el sábado y si había oído hablar de la caída por la borda de Dawn.

Pero Roland no estaba conectado. La única persona de la clase que estaba conectada al chat era Miles. Un cuadro de texto con su nombre escrito en él asomó en su pantalla:

«¡Hola, holaaa!».

Miles se sentaba a su lado. Incluso le oía reírse por lo bajo. Resultaba entrañable que disfrutara tanto con sus propios chistes. Era exactamente la relación divertida y burlona que a ella le hubiera gustado tener con Daniel. Si no fuera porque él se pasaba el rato rumiando, y porque no estaba allí.

Pero no estaba.

Contestó:

«¿Qué tal el tiempo por ahí?»

«Ahora empieza a salir el sol —escribió él, todavía con una sonrisa—. Eh, oye, ¿qué hiciste anoche? Pasé por tu habitación para ver si querías cenar conmigo.»

Luce levantó la vista del ordenador y la volvió hacia Miles. La expresión de sus ojos de color azul intenso parecía tan sincera que de pronto sintió la urgencia de contarle todo lo que le había ocurrido. Él había estado fabuloso el otro día escuchándola acerca de su experiencia en Espada & Cruz. Pero esa pregunta no se podía responder vía chat. Aunque le habría gustado mucho explicárselo, tampoco sabía si debía hablar de ello. Incluso incluir a Shelby en su plan secreto era un modo de buscarse problemas con Steven y Francesca.

La expresión de Miles pasó de su sonrisa despreocupada habitual a un cierto bochorno. Cuando se dio cuenta, Luce se sintió mal, a la vez que se sorprendía ligeramente por la reacción de él.

Francesca apagó el proyector. Al doblar los brazos sobre el pecho, las mangas de seda rosa de su camisa asomaron bajo su torera de cuero. Por primera vez Luce se dio cuenta de lo alejado que estaba Steven, sentado en la repisa de la ventana situada en el rincón oeste del aula. Apenas había dicho nada en todo el día.

—Vamos a ver ahora si habéis atendido —dijo Francesca sonriendo abiertamente a sus alumnos—. ¿Por qué no os ponéis por parejas y fingís que os entrevistáis el uno al otro?

Al oír que sus compañeros se levantaban de las sillas, Luce rezongó interiormente. De hecho, no había prestado la menor atención a nada de lo que Francesca había explicado y no tenía ni idea de en qué consistía el ejercicio.

Por otro lado, ella participaba de forma provisional en el plan de estudios de los nefilim. ¿Acaso era demasiado pedir a sus profesores que se acordaran de vez en cuando de que no era igual que el resto de sus compañeros?

Con un golpecito en la pantalla de su ordenador, Miles llamó la atención a Luce sobre el mensaje que le había escrito: «¿Quieres venir conmigo?». En ese instante apareció Shelby.

—Propongo hacer de la CIA o de Médicos Sin Fronteras —dijo Shelby haciendo un gesto a Miles para que le cediera el pupitre junto a Luce, pero él no se movió de su sitio.

—No pienso solicitar ni de broma una plaza para ser higienista dental.

Luce miró alternativamente a Shelby y a Miles. Los dos parecían sentirse dueños de ella, y ella no se había dado cuenta hasta entonces. En realidad, Luce quería hacer de pareja de Miles, porque no había estado con él desde el sábado. En cierto modo, lo había echado de menos como amigo. Del tipo de «vamos-a-tomar-un-café» y no del plan «paseemos-por-la-playa-al-atardecer-y-tú-me-sonríes-conesos-ojos-azules-tuyos-tan-increíbles». Desde que salía con Daniel, no pensaba en otros chicos, y para nada era de las que se sonrojaban en medio de la clase recordándose a sí mismas que no pensaban en otros chicos.

—¿Va todo bien por aquí?

Steven posó su mano bronceada en el pupitre de Luce y la invitó a hablar con una mirada.

Luce, sin embargo, seguía sintiéndose tan cohibida y nerviosa ante él por lo que les había dicho a ella y a Dawn en el bote salvavidas que ni siquiera había sacado el tema con Dawn.

—Todo va muy bien —respondió Shelby, que cogió a Luce del brazo y se la llevó hacia la terraza, donde algunos estudiantes estaban ya distribuidos en parejas y ensayando sus entrevistas—. Luce y yo íbamos a hablar de nuestros currículums.

Francesca se asomó por detrás de Steven.

—Miles —dijo—, Jasmine aún no tiene pareja. Si pudieras acercar un pupitre a su lado…

Dos mesas más abajo, Jasmine decía:

—Dawn y yo no nos poníamos de acuerdo sobre quién hacía de actriz indie y quién era… —su voz cayó unos cuantos tonos— el director de casting, y me ha dejado por Roland.

Miles parecía decepcionado.

—Director de casting —farfulló—. Por fin he encontrado mi vocación.

Luce le vio dirigirse hacia su nueva pareja.

Aclarada la situación, Francesca se llevó a Steven de vuelta a la parte delantera del aula. Aunque Steven iba detrás de Francesca, Luce notó que aún la miraba.

Volvió la vista con disimulo a su teléfono. Callie todavía no le había contestado. No era nada propio de ella, y Luce se culpó a sí misma. Tal vez fuera mejor para ambas que Luce guardase las distancias. Sería solo por poco tiempo.

Siguió a Shelby afuera y se sentaron en el banco de madera que había donde la terraza se curvaba. Aunque el sol lucía con intensidad bajo el cielo despejado, el único sitio de la terraza que no estaba repleto de estudiantes era bajo la sombra de una secuoya muy alta. Luce apartó del banco con la mano una capa de hojas aciculares de color verde pálido, y se subió un poco más la cremallera del suéter.

—Realmente estuviste fantástica anoche —dijo en voz baja—. Yo me quedé… aterrada.

—Lo sé. —Shelby se echó a reír—. Parecías… —Puso cara de zombi temblequeante.

—Venga, dame un respiro. Fue duro. La única oportunidad que tenía de saber algo de mi pasado, y va y me quedo totalmente paralizada.

—Vosotros los del sur y vuestro sentimiento de culpa. —Shelby se encogió de hombros tranquilamente—. Date un respiro. Estoy segura de que encontrarás muchos más familiares en el lugar de donde venían esos dos vejetes. Incluso puede que algunos no estén tan a las puertas de la muerte. —Antes de que el rostro de Luce se desmoronara, Shelby añadió—: Lo que digo es que, si alguna vez tienes ganas de seguir la pista a algún otro pariente, solo tienes que decírmelo. Es raro, pero me caes bien, Luce.

—Shelby —susurró Luce de pronto apretando los dientes—, no te muevas.

Al otro lado de la terraza, la Anunciadora más grande y atroz que Luce había visto en su vida cobró forma bajo la sombra alargada de la enorme secuoya.

Lentamente, siguiendo la mirada de Luce, Shelby bajó la vista al suelo. La Anunciadora utilizaba la sombra del árbol para camuflarse. Había partes de ella que no dejaban de moverse.

—Parece nauseabunda, irascible o… no sé qué —comentó Shelby torciendo el gesto—. ¿No te parece que tiene algo malo?

Luce tenía la mirada posada en la escalera que llevaba hasta la planta baja del pabellón. Debajo de ellas había un montón de soportes de madera sin pintar que apuntalaban la terraza. Si Luce conseguía hacerse con la sombra, Shelby se podría reunir con ella debajo de la terraza sin que nadie se diera cuenta de nada. Ayudaría a Luce a vislumbrar el mensaje, y luego las dos volverían arriba para unirse de nuevo a la clase.

—No puedes estar pensando lo que creo que estás pensando… —dijo Shelby—. ¿A que no?

—Vigila un momento —contestó Luce—. Estate preparada para cuando te llame.

Luce bajó unos escalones hasta que la cabeza le quedó justo a la altura de la terraza, donde los demás estudiantes seguían ocupados con sus entrevistas.

Shelby estaba de espaldas a Luce. Si alguien notaba que Luce se había marchado, ella haría una señal.

En la esquina, Luce oyó cómo Dawn charlaba improvisando con Roland:

—¿Sabe? Me quedé de piedra cuando fui nominada para el Globo de Oro…

Luce volvió a mirar la mancha oscura que yacía en el césped, sin poder evitar preguntarse antes si los demás la habrían visto. Pero ahora no tenía tiempo que perder preocupándose por ello.

La Anunciadora se hallaba a unos tres metros, cerca de la terraza, a pesar de lo cual Luce quedaba resguardada de las miradas de los demás alumnos. Dirigirse directamente hacia ella habría resultado demasiado obvio. La intentaría obligar a levantarse del suelo y dirigirse hacia ella sin utilizar las manos, si bien no tenía ni idea de cómo hacerlo.

En ese momento notó la presencia de alguien apoyado al otro lado de la secuoya, oculto de la vista de los estudiantes de la terraza.

Cam fumaba un cigarrillo, tarareando para sí como si nada, teniendo en cuenta que estaba totalmente ensangrentado. Tenía el pelo apelmazado en la frente y los brazos llenos de rasguños y moretones. Su camiseta estaba mojada y manchada de sudor, y los vaqueros salpicados. Tenía un aspecto desagradablemente sucio, como si acabara de salir de una pelea, si no fuera porque allí no había rastro de nada. Solo estaba Cam.

Él le guiñó un ojo.

—¿Qué haces aquí? —susurró ella—. ¿Qué has hecho?

La cabeza le daba vueltas a causa del hedor desagradable que emanaba de su ropa ensangrentada.

—Salvarte la vida de nuevo. ¿Cuántas llevamos? —Tiró la ceniza del cigarrillo—. Hoy eran secuaces de la señorita Sophia y la verdad es que no puedo decir que no me lo haya pasado bien. Eran unos monstruos sangrientos. También van a por ti, ya sabes. Se ha corrido la voz de que andas por la zona y que te gusta pasear por el bosque sombrío sin compañía —apuntó.

—¿Y los has matado sin más?

Luce estaba horrorizada. Levantó la vista hacia la terraza para comprobar si Shelby, o alguien, podía verlos.

—En efecto, a un par de ellos, justo ahora, con estas manos. —Cam le mostró las palmas recubiertas de una masa roja y pegajosa que ella no deseaba ver—. La verdad es que el bosque es bonito, Luce, pero también está repleto de seres que te quieren ver muerta. Así que hazme un favor…

—No. No estoy dispuesta a hacerte ningún favor. Todo lo que tenga que ver contigo me da asco.

—Está bien. —Cam le dirigió una mirada de fastidio—. Entonces hazlo por Grigori, y no te muevas del campus.

Lanzó el cigarrillo al césped, echó atrás los hombros y desplegó las alas.

—No puedo estar siempre vigilándote, Luce. Y Dios sabe que Grigori tampoco.

Las alas de Cam eran altas y estrechas y le sobresalían por detrás de los hombros, brillantes, doradas y salpicadas con franjas negras. Le habría gustado que le repugnasen, pero no era el caso. Igual que las de Steven, las alas de Cam tenían una forma irregular, áspera, y también parecían haber sobrevivido a toda una vida de luchas. Las franjas negras daban una calidad oscura y sensual a las alas de Cam. Había algo atractivo en ellas.

Pero no. Ella detestaba todo lo que tuviera que ver con Cam. Y así sería siempre.

Cam sacudió las alas, y alzó los pies del suelo. Su aleteo extraordinariamente ruidoso provocó un remolino de aire que levantó las hojas del suelo.

—Gracias —dijo Luce sin más antes de que él se deslizara por debajo de la terraza y desapareciera entre las sombras del bosque.

¿Acaso Cam era el encargado de su protección? ¿Dónde estaba Daniel? ¿La Escuela de la Costa no era segura?

Al paso de Cam, la Anunciadora que había llevado a Luce a bajar la escalera se separó en espiral de su sombra como un pequeño remolino negro.

Se fue aproximando cada vez más.

Finalmente quedó suspendida en el aire justo por encima de la cabeza de Luce.

—Shelby —susurró esta—, ¡baja!

Shelby volvió la mirada hacia Luce y hacia la Anunciadora que oscilaba en forma de ciclón sobre ella.

—¿Cómo has tardado tanto? —preguntó bajando apresuradamente por la escalera justo a tiempo para ver cómo aquella enorme Anunciadora se desplomaba… en brazos de Luce.

Luce gritó, pero por suerte Shelby le puso una mano en la boca.

—Gracias —dijo Luce con la voz amortiguada por sus dedos.

Las chicas seguían acurrucadas a tres escalones de la terraza, a la vista de cualquiera que se encaminara hacia el lado sombreado. Luce no podía estirar las rodillas por el peso de la sombra. Era la más pesada que había tocado nunca, y la que tenía el tacto más frío. No era tan negra como las demás, sino que tenía un tono desagradablemente grisáceo. Algunas partes de ella todavía se agitaban y se encendían como relámpagos de una tormenta lejana.

—No me da buena espina —dijo Shelby.

—Vamos —susurró Luce—. Yo la he invocado. Te toca vislumbrarla.

—¿Que me toca? ¿Quién ha hablado aquí de turnos? Eres tú la que me ha arrastrado hasta aquí.

Shelby sacudió las manos como si lo último que quisiera hacer en la tierra fuera tocar el monstruo que Luce sostenía en brazos.

—Sé que dije que te ayudaría a seguir la pista de tu familia, pero me parece que el familiar que hay ahí no es de los que queramos conocer.

—Shelby, por favor —suplicó Luce gimiendo por el peso, el frío y la repugnancia que le producía la sombra—. No soy nefilim. Si no me ayudas, no podré hacerlo.

—¿Se puede saber qué os habéis propuesto?

Se oyó una voz a sus espaldas desde lo alto de la escalera. Steven tenía las manos apoyadas en el pasamanos y la mirada clavada en las chicas. De pie en lo alto, parecía más corpulento que en clase, como si hubiera doblado su tamaño. Sus ojos de intenso color castaño tenían una expresión de enojo, pero Luce notó el calor que irradiaban y se asustó. Incluso la Anunciadora que tenía en los brazos tembló y retrocedió.

Se asustaron tanto que gritaron.

El ruido hizo que la sombra saliera despedida de los brazos de Luce tan rápido que no pudo detenerla, y dejó tras de sí un rastro gélido y nauseabundo.

A lo lejos sonó una campana. Luce vio cómo todos los demás iban hacia la cantina para almorzar. Miles asomó la cabeza por la barandilla y vio a Luce, pero tras observar la expresión airada de Steven, se marchó sorprendido.

—Luce —dijo Steven con más educación de la que ella esperaba—, ¿te importaría venir a hablar conmigo después de la clase?

Cuando levantó las manos de la barandilla, dejó ver que la madera de debajo estaba chamuscada.

Steven abrió la puerta antes de que Luce llamara. Llevaba la camisa gris un poco arrugada y tenía la corbata negra de piqué suelta en el cuello. Con todo, había recuperado su apariencia serena, lo cual suponía todo un esfuerzo para un demonio, como había podido constatar Luce. Steven se limpió las gafas con un pañuelo con monograma y la hizo pasar.

—Pasa, por favor.

El despacho no era grande, pero sí lo bastante amplio para albergar un escritorio grande de color negro y tres estanterías altas negras, abarrotadas con cientos de libros manidos. En cualquier caso, resultaba cómodo e incluso acogedor, ni remotamente parecido a lo que Luce había imaginado que podía ser el despacho de un demonio. En el centro había una alfombra persa. El amplio ventanal estaba orientado al este, en dirección a las secuoyas. A esa hora, a la caída de la tarde, el bosque tenía un tono etéreo, casi de color azul lavanda.

Steven tomó asiento en una silla granate e invitó con un gesto a Luce a sentarse en otra. Ella contempló las obras de arte enmarcadas que llenaban hasta el último centímetro de pared desocupada. La mayoría eran retratos en distintos grados de detalle. Luce reconoció algunos bocetos del propio Steven y varios retratos favorecedores de Francesca.

Luce tomó aire y se preguntó cómo empezar.

—Siento haber invocado a esa Anunciadora. Yo...

—Luce, ¿le has contado a alguien lo ocurrido con Dawn en el agua?

—No. Me dijiste que no lo hiciera.

—¿Se lo has contado a Shelby? ¿A Miles?

—No se lo he contado a nadie.

Él reflexionó un instante.

—¿Por qué llamaste «sombras» a las Anunciadoras el otro día en el barco?

—Se me escapó. Cuando era pequeña, siempre formaban parte de la sombra. Se separaban de ellas y se me acercaban. Era el modo en que las llamaba antes de saber qué eran. —Luce se encogió de hombros—. De hecho, es una estupidez.

—No es una estupidez.

Steven se puso de pie y se acercó a la estantería más alejada, de la que sacó un libro grueso con la cubierta roja polvorienta y lo colocó sobre la mesa: *La República*. Platón. Steven lo abrió por la página exacta que buscaba y giró el libro hacia Luce.

En él se veía una ilustración de un grupo de hombres dentro de una caverna, encadenados entre ellos y de cara a la pared. Por detrás había una hoguera ardiendo. Los hombres señalaban las sombras que proyectaban contra la pared otro grupo de hombres que andaban a sus espaldas. Bajo la imagen, se leía: «La alegoría de la caverna».

—¿Qué es esto? —preguntó Luce.

Su conocimiento sobre Platón empezaba y terminaba en que era amigo de Sócrates.

—Es la prueba de que el nombre que das a las Anunciadoras es muy apropiado. —Steven señaló la ilustración—. Imagina que estos hombres se pasan la vida viendo solo las sombras de la pared. Ellos interpretarán el mundo y lo que en él ocurre a partir de ellas, sin ver siquiera qué es lo que arroja esas sombras. No comprenderán que lo que ven son, de hecho, sombras.

Luce contempló al segundo grupo de hombres, que estaba justo detrás del dedo de Steven.

—¿Así que no pueden darse la vuelta ni ver jamás a la gente y las cosas que crean las sombras?

—Exacto. Y como no pueden ver lo que realmente arroja las sombras, suponen que lo que ven, las sombras de la pared, es la realidad. No tienen ni idea de que solo son meras representaciones y distorsiones de algo más real. —Hizo una pausa—. ¿Entiendes por qué te digo todo esto?

Luce negó con la cabeza.

—¿Quieres que deje de manipular a las Anunciadoras?

Steven cerró el libro de golpe y se fue hacia el otro lado de la estancia. A Luce le pareció como si en cierto modo le hubiera decepcionado.

—No quiero que dejes de manipular a las Anunciadoras, aunque tengo que pedirte que lo hagas. Debes entender a qué te enfrentas la próxima vez que invoques a una. Las Anunciadoras son sombras de sucesos pasados. Pueden ser útiles, pero también pueden contener distorsiones engañosas y, en ocasiones, pueden resultar peligrosas. Hay que aprender muchas cosas. Una técnica limpia y segura para invocarlas; y una vez afinado tu talento, es posible filtrar el ruido de la Anunciadora y su mensaje se puede oír claramente a través…

—¿Quieres decir ese zumbido? ¿Hay algún modo de oír a través de él?

—No importa. Todavía no. —Steven se volvió y hundió las manos en los bolsillos—. ¿Qué pretendíais Shelby y tú hoy?

Luce se ruborizó y se sintió incómoda. Aquella reunión no se estaba desarrollando como había esperado. Pensaba que la castigaría haciéndole recoger la basura.

—Intentábamos averiguar más cosas de mi familia —logró contestar al fin. Por suerte, Steven no parecía tener ni idea de que antes había visto a Cam—. Bueno, en realidad debería decir de «mis familias».

—¿Eso es todo?

—¿Estoy metida en un lío?

—¿No hacíais nada más?

—¿Qué otra cosa podía hacer?

Se le pasó por la cabeza que tal vez Steven pensaba que había intentado contactar con Daniel, enviarle un mensaje o alguna otra cosa; como si ella supiera cómo.

—Invoca a una ahora —dijo Steven abriendo la ventana. Había anochecido, y a Luce el estómago le decía que la mayoría de los alumnos estarían cenando en ese momento.

—No… no sé si sabré.

Los ojos de Steven habían adoptado una expresión más cálida.

—Invocar a las Anunciadoras es como pedir una especie de deseo, pero no es que deseemos nada material, son más bien las ansias de entender mejor el mundo, nuestra función en él, y lo que va a ser de nosotros en el futuro.

Luce pensó de inmediato en Daniel y en lo que ella quería para su relación, y no le pareció que tuviera un papel decisivo en su futuro, y quería tenerlo. ¿Acaso no era ese el motivo por el que había logrado invocar a las Anunciadoras incluso sin darse cuenta?

Nerviosa, se acomodó en su asiento y cerró los ojos. Se imaginó una sombra desprendiéndose de la alargada oscuridad que se extendía por los troncos de los árboles en el exterior, una sombra que se separaba y alzaba, ocupando el espacio de la ventana abierta. Y luego, la vio flotando hacia ella.

Primero percibió un suave olor a moho, como el de las aceitunas negras, y al notar la caricia de la oscuridad en la mejilla abrió los ojos. La temperatura de la estancia había descendido unos grados. Steven se restregaba las manos en el despacho, que súbitamente se había vuelto húmedo y ventoso.

—Así es, ya está —murmuró.

La Anunciadora se hallaba suspendida en la habitación, fina y transparente, no más grande que una bufanda de seda. Se deslizó hacia Luce y luego rodeó con un zarcillo difuminado un pisapapeles de vidrio soplado que había en el escritorio. Luce, asombrada, profirió un grito ahogado. Steven se le acercó con una sonrisa y guió la sombra hasta colocarla en vertical y convertirla en una pantalla negras.

Entonces Luce se la puso en las manos y empezó a tirar de ella cuidadosamente, como si intentara estirar una masa de hojaldre sin romperla, tal como había visto hacer a su madre por lo menos un centenar de veces. La oscuridad se arremolinó hasta adoptar una tonalidad gris apagada; a continuación, apareció una imagen borrosa en blanco y negro.

Un dormitorio oscuro con una cama. Luce —esto es, una Luce anterior— estaba tumbada sobre un costado mirando por la ventana abierta. Tendría unos dieciséis años. La puerta que había detrás de la cama se abría y una cara iluminada por la luz del pasillo se asomaba. Era su madre.

¡La madre a la que Luce había ido a visitar con Shelby! Era más joven, mucho, tal vez cincuenta años atrás, y llevaba las gafas en la punta de la nariz. Sonreía, como si le gustara ver dormida a su hija y cerraba la puerta.

Instantes después, unos dedos se agarraban a la parte baja de la ventana. Luce abrió los ojos con sorpresa mientras la Luce del pasado se incorporaba en la cama. Fuera, los dedos se tensaban para mostrar a continuación un par de manos, seguidas de dos brazos iluminados por la luz azul de la luna. Finalmente asomó el rostro brillante de Daniel entrando por la ventana.

A Luce el corazón le latía con fuerza. Le hubiera gustado poder meterse en la Anunciadora, igual que lo había querido hacer el día anterior con Shelby. Pero entonces Steven chasqueó los dedos y la imagen se desvaneció, igual que una persiana al ser levantada, luego se quebró y se desintegró.

La sombra quedó rota en pequeños fragmentos sobre la mesa. Luce fue a coger uno, pero se le deshizo en las manos.

Steven estaba sentado en su escritorio escrutándola fijamente, como queriendo adivinar qué le había provocado la visión. De pronto a Luce le pareció que lo que acababa de mostrar la Anunciadora era muy privado y no estaba segura de querer que Steven supiera lo mucho que aquello la había conmocionado. A fin de cuentas, técnicamente él pertenecía al bando contrario. En los últimos días ella había podido ver cada vez más el demonio que albergaba en su interior. No solo su carácter feroz, que iba en aumento hasta literalmente hacerle echar humo, sino también sus alas doradas, imponentes y oscuras. Steven era atractivo y encantador, como Cam, y, tal como Luce se recordó, era un demonio, igual que Cam.

—¿Por qué me ayudas con esto?

—Porque no quiero que te hagas daño —susurró Steven.

—¿Esto ocurrió de verdad?

Steven apartó la mirada.

—Es la representación de algo, y quién sabe lo distorsionada que puede estar. Es la sombra de un acontecimiento pasado, no la realidad. Aunque siempre hay algo de cierto en una Anunciadora, nunca es la simple verdad. Por eso son tan problemáticas y resultan tan peligrosas para quienes carecen de la formación adecuada.

Él miró su reloj. En el piso de abajo se oyó una puerta que se abría y se cerraba en el rellano. Steven se puso tenso cuando oyó las pisadas de unos tacones en la escalera.

Era Francesca.

Luce intentó interpretar la expresión de Steven. Él le entregó *La República* y ella se metió el libro en la mochila. Justo antes de que el rostro bello de Francesca asomara por la puerta, Steven dijo a Luce:

—La próxima vez que Shelby y tú optéis por no terminar vuestros deberes, os pediré que escribáis un trabajo de investigación de cinco páginas con citas. Esta vez os habéis librado, pero quedáis advertidas.

—Comprendo.

Luce se topó con la mirada de Francesca en la puerta.

La mujer le sonrió, pero Luce no supo adivinar si se trataba de una sonrisa de despedida, o bien de un modo amable de advertirla de que a ella no se le podía tomar el pelo. Luce se puso en pie temblando un poco, se echó la mochila al hombro, se encaminó hacia la puerta y dijo a Steven:

—Gracias.

Cuando Luce regresó a su dormitorio, Shelby había encendido la chimenea. La *fondue* china estaba enchufada junto a la lamparilla de noche en forma de Buda, y toda la habitación olía a tomate.

—Nos hemos quedado sin macarrones con queso, pero te he preparado sopa. —Shelby le sirvió un cuenco muy caliente, le echó un poco de pimienta fresca negra encima y se lo pasó a Luce, que se desplomó sobre su cama—. ¿Ha sido muy terrible?

Luce contempló el vapor que se elevaba del cuenco mientras pensaba cómo podía expresarlo. Raro, confuso, un poco terrorífico y… revelador.

Pero, no, no había sido terrible.

—Ha estado bien. —Steven parecía confiar en ella, por lo menos hasta el punto de permitirle continuar invocando a las Anunciadoras. Y los demás alumnos parecían confiar en él, incluso admirarlo. Nadie se mostraba aparentemente preocupado por sus filiaciones. Sin embargo, en el caso de Luce, él resultaba críptico y difícil de comprender.

Luce ya había confiado otras veces en la gente equivocada. «En el mejor de los casos, confiar en las personas es una actividad inútil; en el peor, es una buena forma de que te maten.» Eso era lo que la señorita Sophia le había dicho sobre la confianza la noche en que la había intentado matar.

Daniel le había aconsejado dejarse guiar por su instinto. No obstante, a Luce le parecía que sus sentimientos eran poco fiables. Se preguntó si cuando le había dicho eso él ya conocía la Escuela de la Costa, si aquel consejo había sido un modo de prepararla para aquella separación tan prolongada, cuando ella cada vez tendría menor certidumbre sobre su vida. Su familia. Su pasado. Su futuro.

Levantó la vista por encima del cuenco y miró a Shelby.

—Gracias por la sopa.

—No permitas que Steven te desbarate los planes —espetó Shelby—. Deberíamos continuar trabajando con las Anunciadoras. Estoy tan harta de todos esos ángeles y demonios y sus afirmaciones de poder: «¡Oh! Nosotros lo sabemos todo mejor que tú, porque somos ángeles completos y tú, en cambio, no eres más que el hijo bastardo de un ángel que echó una canita al aire».

Luce se echó a reír, pero recordó la minisesión sobre Platón de Steven y se dijo que el hecho de haberle dejado esa noche *La República* era todo lo contrario a una afirmación de poder. Pero por supuesto ahora no era el momento de explicarle eso a Shelby, no cuando andaba ya metida en su diatriba habitual contra la Escuela de la Costa en la cama de Luce.

—Quiero decir que… Bueno, ya sé que tú tienes una historia con Daniel —prosiguió Shelby—, pero, de verdad, ¿qué ha hecho de bueno por mí un ángel en mi vida?

Luce se encogió de hombros a modo de disculpa.

—Ya te lo diré yo: nada. Nada aparte de dejar embarazada a mi madre y luego abandonarnos a las dos antes de que yo naciera. Sin duda, una auténtica obra celestial. —Shelby resopló—. Lo sorprendente es que mi madre no deja de decirme que debería sentirme agradecida. ¿Por qué? ¿Por esos poderes diluidos y la enorme inteligencia que he heredado de mi padre? No, gracias. —Abatida, propinó una patada a la litera superior—. Daría cualquier cosa por ser normal.

—¿De verdad?

Luce se había pasado toda la semana sintiéndose inferior a sus compañeros de clase nefilim. Consciente de que lo que tienen los demás siempre parece mejor, le resultaba increíble lo que acababa de oír. ¿Qué ventaja podía ver Shelby en carecer de sus poderes de nefilim?

—Espera… —dijo Luce—. Ese patético ex novio tuyo… ¿Acaso él…?

—Estábamos meditando juntos y, no sé, de algún modo, durante el mantra, no me di cuenta y levité. No fue gran cosa, no sé, quizás un par de centímetros del suelo. Pero Phil no quería parar con el tema. No dejaba de importunarme sobre todas las cosas que era capaz de hacer, ni de preguntarme cosas muy raras.

—¿Como qué?

—No sé —dijo Shelby—. Cosas sobre ti, por ejemplo. Quería saber si me habías enseñado a levitar. Si tú también sabías.

—¿Por qué yo?

—Seguramente sería alguna de sus fantasías perversas sobre las compañeras de habitación. Deberías haber visto la cara que se le puso ese día. Me convertí en una especie de mono de feria. No me quedó más opción que cortar por lo sano.

—Eso es horrible. —Luce apretó la mano de Shelby—. Pero parece que el problema sea más suyo que tuyo. Sé que los otros chicos de la Escuela de la Costa miran a los nefilim con curiosidad, pero he estado en muchos institutos y empiezo a pensar que esa es la expresión natural de la mayoría de los chicos. Por otra parte, no hay nadie que sea «normal». Seguro que Phil tenía alguna rareza.

—De hecho, le pasaba algo extraño en los ojos. Los tenía de color azul, pero de un tono apagado, prácticamente desleído. Tenía que llevar unas lentes de contacto especiales para que la gente no se lo quedara mirando. —Shelby sacudió la cabeza a un lado—. Y luego estaba también… lo del tercer pezón.

Se echó a reír a carcajadas. Tenía el rostro enrojecido cuando Luce se le unió y prácticamente estaba llorando de risa cuando un leve toqueteo en el cristal de la ventana las hizo callar de golpe.

—Será mejor que no sea él.

Al instante Shelby adoptó un tono de voz grave, saltó de la cama, abrió la ventana y, con las prisas, hizo caer una maceta de yuca.

—Es para ti —dijo casi atontada.

Luce se acercó al instante a la ventana tras notar la presencia de él. Apoyó las palmas de las manos en el alféizar y se asomó a la brisa fresca de la noche.

Se encontró cara a cara, labio a labio, con Daniel.

Por un brevísimo instante, a Luce le dio la impresión de que él miraba detrás de ella, al interior de la habitación, a Shelby, pero entonces la besó, le cogió la cabeza por detrás con delicadeza entre las manos y la atrajo hacia sí dejándola sin aliento. Ella sintió la calidez de toda una semana recorriéndole el cuerpo, así como las disculpas silenciosas por las palabras que se habían pronunciado la otra noche en la playa.

—Hola —susurró él.

—Hola.

Daniel llevaba vaqueros y una camiseta blanca. Luce le miró el remolino del cabello. Sus enormes alas de color blanco perla se agitaban suavemente desafiando la noche oscura y cautivándola. Parecían batir contra el cielo casi al compás del corazón de Luce. Las quiso tocar, sumergirse en ellas como en la noche de la playa. Resultaba asombroso ver a Daniel suspendido en el aire frente a su ventana del tercer piso.

Él la cogió de la mano y tiró de ella para hacerla pasar por encima del alféizar de la ventana hasta sus brazos. Pero luego la dejó sobre una cornisa amplia y plana que había debajo de la ventana y que ella no había visto antes.

Cuando se sentía feliz siempre le entraban ganas de llorar.

—Aunque se supone que no deberías estar aquí, estoy muy contenta de que lo estés.

—Demuéstramelo —dijo él con una sonrisa atrayéndola de nuevo hacia su pecho hasta que la cabeza le quedó justo encima de los hombros de Luce. Le rodeó la cintura con un brazo. Sus alas irradiaban calor. Al mirar por encima de su hombro, ella no veía nada más que blanco: el mundo era blanco, todo tenía una textura suave y brillaba con la luz de la luna. Y entonces las enormes alas de Daniel empezaron a agitarse.

Luce sintió un nudo en el estómago y notó que se elevaba, que en realidad salía despedida hacia el cielo. La cornisa a sus pies se fue volviendo cada vez más pequeña, y las estrellas en el firmamento brillaban con más fuerza, y el viento le arañaba el cuerpo, enredándole el pelo en la cara.

Ascendieron hacia las alturas, se sumergieron en la noche, hasta que la escuela no fue más que un punto negro a lo lejos. Hasta que el océano se convirtió solo en una manta plateada sobre la tierra. Hasta que atravesaron una capa liviana de nubes.

No sentía ni frío ni miedo. Se sentía libre de cualquier cosa que la atrajera hacia la tierra. Lejos del peligro y del dolor que alguna vez la habían atenazado. Y también muy enamorada. La boca de

Daniel le dibujaba una línea de besos por el cuello. Él la abrazó con fuerza por la cintura y la hizo girar hacia él. Luce tenía los pies encima de los de él, igual que cuando habían bailado sobre el océano junto a la hoguera. Ya no había viento; el aire a su alrededor estaba en calma y tranquilo. Los únicos sonidos que había eran el batir de las alas de Daniel mientras se alzaban en el cielo y los latidos de su corazón.

—Momentos como este —dijo él— hacen que merezca la pena todo lo que hemos tenido que sufrir.

Y luego la besó como nunca lo había hecho antes. Con un beso largo y prolongado que parecía reclamar para siempre sus labios. Recorrió con las manos la silueta de su cuerpo, primero con delicadeza y luego de forma enérgica, deteniéndose en sus curvas. Ella se fundió en él, y él recorrió los dedos la parte posterior de sus muslos, sus caderas y sus hombros. Daniel pasó a controlar todas y cada una de las partes de su cuerpo.

Ella le acarició los músculos por debajo de su camiseta de algodón, y también sus brazos y su cuello fornidos, la cavidad en la parte baja de su espalda. Le besó el mentón, los labios. Ahí, en las nubes, con los ojos de Daniel más brillantes que nunca… ese era el sitio al que Luce pertenecía.

—¿No podríamos quedarnos aquí para siempre? —preguntó ella—. Nunca tengo bastante de esto ni de ti.

—Eso espero. —Daniel sonrió, pero al poco tiempo, demasiado pronto, movió las alas y las aplanó. Luce sabía que lo que venía a continuacion era un descenso lento.

Besó a Daniel por última vez y soltó los brazos de su cuello para prepararse para el vuelo, pero, sin darse cuenta, perdió asidero.

Y cayó.

Todo ocurrió como a cámara lenta. Luce saliendo despedida de espaldas, sacudiendo los brazos con fuerza y desesperación, y luego la ráfaga de frío y viento mientras caía y el aliento la abandonaba. Lo último que vio fueron los ojos de Daniel, que tenía el espanto escrito en la cara.

A continuación todo se aceleró y ella empezó a descender a tanta velocidad que no podía respirar. El mundo se convirtió en un vacío negro circulante. Luce se sentía mareada y asustada, le ardían los ojos a causa del aire y su visión se debilitaba cada vez más. Estaba a punto de perder el conocimiento.

Aquello era el fin.

Nunca sabría quién era en realidad, nunca sabría si todo aquello había merecido la pena. Jamás descubriría si merecía el amor de Daniel ni si él merecía el de ella. Todo había terminado. Era el fin.

El viento atronaba furioso en sus oído. Cerró los ojos y esperó el final.

Entonces él la cogió.

Notó que unos brazos fuertes la agarraban y la paraban suavemente. Ya no caía: alguien la sostenía en brazos. Daniel. Tenía los ojos cerrados, pero sabía que era él.

Empezó a sollozar, aliviada de que Daniel la hubiera atrapado y la hubiera salvado. Nunca, por muchas vidas que hubiera vivido, lo había amado tanto como en ese momento.

—¿Estás bien? —susurró Daniel con voz suave y los labios muy cerca de los de ella.

—Sí. —Luce oía el batir de sus alas—. Me has cogido.

—Yo siempre te cogeré cuando caigas.

Lentamente descendieron de regreso al mundo que habían dejado atrás. Hacia la Escuela de la Costa y el océano que rompía contra los acantilados. Al aproximarse a la residencia, él la apretó con fuerza y la dejó delicadamente sobre la cornisa, iluminada con la luz de las alas.

Luce posó los pies en ella y levantó la mirada hacia Daniel. Lo quería. Era lo único de lo que estaba segura.

—Ya está —dijo él con mirada seria. Su sonrisa se endureció y el brillo de los ojos pareció palidecer—. Espero que esto haya satisfecho tus ansias de conocer mundo al menos por un tiempo.

—¿Qué quieres decir?

—Que no paras de salir del campus. —La voz de Daniel carecía de la calidez de instantes atrás—. Tienes que dejar de hacerlo si no estoy cerca para vigilar.

—¡Oh, vamos! Solo fue una excursión estúpida. Todo el mundo estaba allí: Francesca, Steven… —Se interrumpió al recordar cómo había reaccionado Steven frente a lo que le había ocurrido a Dawn. No se atrevió a mencionar la salida con Shelby, ni el encontronazo con Cam bajo la terraza.

—Me estás poniendo las cosas muy difíciles —dijo Daniel.

—Yo tampoco estoy pasando por un momento fácil.

—Te dije que había unas normas. Te dije que no debías abandonar el campus. Pero no me escuchas. ¿Cuántas veces me has desobedecido?

—¿Desobedecido? —Ella se echó a reír, pero por dentro se sentía mareada—. ¿Quién eres tú, mi novio o mi amo?

—¿Sabes lo que ocurre cuando sales de aquí? ¿Sabes el peligro al que te expones solo porque te aburres?

—Mira, no hay secretos —dijo ella—. Cam sabe que estoy aquí.

—¡Por supuesto que Cam sabe que estás aquí! —exclamó Daniel exasperado—. ¿Cuántas veces tengo que decirte que ahora mismo él no es una amenaza? No intentará influir en ti.

—¿Por qué no?

—Porque es prudente. Y tú también deberías serlo y no escabullirte como lo haces. Hay peligros que no puedes ni imaginar.

Ella quiso abrir la boca para decir algo, pero no supo qué. Si contaba a Daniel que había hablado con Cam ese mismo día y que él había matado a varios miembros del séquito de la señorita Sophia, no haría más que confirmar lo que él le decía. Luce estalló de rabia contra Daniel, contra sus misteriosas normas, contra el modo que tenía de tratarla como a una niña. Habría dado cualquier cosa por estar con él, pero ahora tenía la mirada endurecida, sus ojos parecían dos chapas metálicas, planas y grises, y el tiempo que habían pasado en el cielo le parecía un sueño lejano.

—¿Sabes el calvario que sufro para que estés a salvo?

—¿Y cómo esperas que lo entienda si no me cuentas nada?

Las bellas facciones de Daniel compusieron una expresión de intenso temor.

—¿Es por culpa de ella? —preguntó señalando con el pulgar el dormitorio—. ¿Qué ideas siniestras te ha metido en la cabeza?

—Soy perfectamente capaz de pensar por mí misma, gracias. —Luce entornó los ojos—. Pero ¿cómo es que conoces a Shelby?

Daniel desoyó la pregunta. A Luce le costaba creer el modo en que le hablaba, como si fuera una mascota consentida. Todo el calor que la había embargado instantes atrás cuando Daniel la había besado y abrazado no bastaba para borrar la frialdad con que le hablaba.

—Tal vez Shelby esté en lo cierto —dijo ella.

Llevaba mucho tiempo sin ver a Daniel, pero el Daniel al que ella quería ver, al que ella quería más que a nada en el mundo, el que la había seguido durante miles de años porque no podía vivir sin ella… aquel quizá seguía en las nubes, pero desde luego no era ese que le daba órdenes. Posiblemente, a pesar de tantas vidas, no lo conocía de verdad.

—Tal vez los ángeles y los humanos no deberían…

Pero no pudo terminar la frase.

—Luce.

Él le rodeó la muñeca con los dedos, pero ella se los apartó. Daniel tenía los ojos abiertos y oscuros, y sus mejillas estaban blancas de frío. El corazón le decía que lo abrazara y se lo acercara para sentir su cuerpo contra el suyo, pero en su fuero interno sabía que ese tipo de luchas no se saldaban con un beso.

Pasó ante él, se dirigió a la parte más estrecha de la cornisa y abrió la ventana, sorprendida de encontrar la habitación a oscuras. Entró en ella y cuando se volvió hacia Daniel se dio cuenta de que las alas le temblaban. Parecía como si estuviera a punto de llorar. Quiso abrazarlo, consolarlo y quererlo.

Pero no podía.

Cerró los postigos y se quedó de pie y sola en la oscuridad de su dormitorio.

9

Diez días

Cuando Luce despertó la mañana del martes, Shelby ya se había marchado. La cama estaba hecha, con el edredón de patchwork doblado a los pies, y el chaleco grueso rojo y su bolsa de mano habían sido retirados del perchero junto a la puerta.

Luce, todavía en pijama, metió una taza con agua en el microondas para hacerse un té y luego se sentó para consultar el correo electrónico.

Para: Lucindap44@gmail.com
De: callieallieoxenfree@gmail.com
Fecha: Lunes, 16 de noviembre, 1.34 am
Asunto: Procurando no ofenderme

Querida Luce:

Recibí tu mensaje. Lo primero es lo primero: también te echo de menos. Sin embargo, se me ha ocurrido una cosa totalmente fuera de lugar: se llama tú-y-yo-nos-ponemos-al-día. ¡La loca de Callie y sus ideas descabelladas! Sé que andas liada. Sé que estás sometida a un control estricto y que te resulta difícil escabullirte. Lo que no sé es ni un solo detalle de tu vida. ¿Con quién almuerzas? ¿Qué asignatura es la que más te gusta? ¿Qué pasó con aquel chico? ¿Lo ves? Ni siquiera sé su nombre. Es algo que detesto.

Me alegra que tengas teléfono, pero no me escribas para decirme que vas a llamarme. Hazlo y punto. Llevo mucho tiempo sin escuchar tu voz. Pero no estoy enfadada contigo. De momento.

Besos y abrazos,

Callie

Luce cerró el mensaje. Resultaba prácticamente imposible hacer enfadar a Callie. En realidad, nunca lo había hecho. Que su amiga no sospechara que Luce mentía era una prueba más de lo distanciadas que estaban. Luce se sentía muy avergonzada, y notaba el peso de la vergüenza en los hombros.

Pasó al siguiente mensaje:

Para: lucindap44@gmail.com
De: thegaprices@aol.com
Fecha: Lunes, 16 de noviembre, 8.30 pm
Asunto: Nosotros también te queremos, cariño

Luce, pequeña:
Tus e-mails siempre nos alegran el día.

¿Qué tal va el equipo de natación? ¿Ya te secas bien el cabello ahora que empieza a hacer frío fuera? Sí, lo sé, soy una pesada pero te echo de menos.

¿Crees que en Espada & Cruz te darán permiso para abandonar el campus la semana que viene por el Día de Acción de Gracias? ¿Te parece que papá llame al director? Aunque no queremos hacernos muchas ilusiones, tu padre salió a comprar un pavo ecológico de la marca Tofurky, por si acaso. Tengo el congelador repleto de pasteles. ¿Todavía te gusta el de boniato?

Te queremos y pensamos en ti todo el día.

Mamá

La mano de Luce quedó suspendida sobre el ratón. Era martes por la mañana. El Día de Acción de Gracias se celebraría en una semana y media. Y aquella era la primera vez que se acordaba de sus vacaciones favoritas. Sin embargo, con la misma rapidez con que le vino el recuerdo a la cabeza, intentó olvidarlo. Estaba segura de que el señor Cole no le permitiría volver a su casa para el Día de Acción de Gracias.

Cuando iba a hacer clic en «Responder», reparó en un recuadro de color naranja que parpadeaba en la parte inferior de la pantalla. Miles estaba conectado e intentaba comunicarse con ella por chat.

Miles (8.08): ¡Buenos días, señorita Luce!

Miles (8.09): Me MUERO de hambre. ¿Tú te despiertas tan hambrienta como yo?

Miles (8.15): ¿Quieres desayunar? Me pasaré por tu habitación de camino. ¿5 minutos?

Luce miró el reloj. Las 8.21.

Un golpe retumbó en su puerta. Ella aún estaba en pijama. Todavía no se había peinado. Entornó la puerta.

El sol de la mañana caía sobre el suelo de madera del pasillo. Al verlo, Luce se acordó de cuando bajaba a desayunar por la escalera de madera, siempre iluminada por el sol, de la casa de sus padres y el modo en que todo el mundo parece más brillante visto desde un pasillo con luz.

Ese día Miles no llevaba su gorra de los Dodgers, de modo que aquella era una de las raras ocasiones en que Luce le pudo ver claramente los ojos. Eran de un intenso color azul, como el del cielo en verano a primera hora de la mañana. Llevaba el pelo mojado y las gotas le caían sobre los hombros de la camiseta blanca. Luce tragó saliva, incapaz de impedir que su mente se lo imaginara en la ducha. Él le sonrió, dejándole ver su hoyuelo y una sonrisa inmaculada. Ese día tenía un aspecto muy californiano, y a Luce le sorprendió lo bien que le sentaba.

—¡Ey! —Luce, todavía en pijama, se apretó todo lo que pudo contra la puerta—. Acabo de leer tus mensajes. Me gustaría desayunar contigo, pero todavía no estoy vestida.

—Puedo esperar.

Miles se apoyó en la pared del pasillo. Su estómago rugió. Cruzó los brazos sobre la cintura para amortiguar el sonido.

—Me daré prisa.

Se echó a reír y cerró la puerta. Se quedó de pie frente al armario intentando no pensar en Acción de Gracias, en sus padres, en Callie o en el motivo por el cual tanta gente importante de pronto se le escurría entre los dedos.

Sacó de un tirón un jersey gris y largo del tocador y se lo puso rápidamente junto con unos vaqueros negros. Se cepilló los dientes, se puso unos pendientes de aro grandes de plata y un chorrito de crema para las manos, cogió el bolso y se contempló un momento en el espejo.

No tenía el aspecto de una chica metida en una especie de guerra de poderes en una relación, ni el de una chica que no podía volver a casa para Acción de Gracias. En ese momento, no parecía más que una chica con ganas de abrir la puerta y encontrarse con un chico que la hiciera sentir normal y feliz y, en realidad, en cierto modo, maravillosa.

Un chico que no era su novio.

Suspiró y abrió la puerta a Miles. El rostro de él se iluminó.

Al salir al aire libre, Luce se dio cuenta de que el tiempo había cambiado. El aire matutino, aunque bañado por el sol, era tan fresco como la noche anterior en la cornisa del tejado con Daniel. Y entonces le pareció glacial.

Miles le tendió su enorme chaqueta de color caqui, pero ella la rechazó con un ademán.

—Lo único que necesito para entrar en calor es un café.

Se sentaron a la misma mesa de la semana anterior. Al instante, un par de alumnos que trabajaban como camareros se apresuraron hacia ellos. Ambos parecían tener amistad con Miles, y su actitud era despreocupada y bromista. Luce jamás disfrutaba de un trato como aquel cuando se sentaba con Shelby. Mientras los chicos acribillaban a preguntas a Miles —que cómo había ido la partida nocturna de Fantasy Football, que si había visto el vídeo en YouTube del tipo que le gastaba una broma a su novia, que si tenía algún plan para después de clase—, Luce escrutó sin éxito la terraza en busca de su compañera de habitación.

Miles respondió a todas las preguntas de los chicos, pero no se mostró interesado en prolongar mucho más la conversación. En cambio, señaló a Luce.

—Esta es Luce. Quiere una taza grande del café más caliente que tengáis y...

—Huevos revueltos —dijo Luce, doblando el pequeño menú que la cafetería de la Escuela de la Costa imprimía a diario.

—Lo mismo para mí. Gracias. —Miles devolvió los menús y centró toda su atención en Luce—. Parece que últimamente no nos vemos mucho fuera de clase. ¿Qué tal va todo?

La pregunta de Miles la cogió desprevenida, tal vez porque desde esa mañana albergaba un gran sentimiento de culpa. Le gustó no oír la apostilla de «¿Dónde te escondías?» o «¿Acaso me estás esquivando?». Solo una pregunta: «¿Qué tal va todo?».

Ella lo miró contenta, pero al responder se olvidó de sonreír y prácticamente lo hizo con una mueca dolorosa.

—Todo va muy bien.

—Hum, oh-oh.

«Una pelea horrible con Daniel.» «Mentiras a mis padres.» «Perder a mi mejor amiga.» A una parte de ella le habría gustado contárselo todo a Miles, pero sabía que no debía hacerlo. No podía. Eso llevaría su amistad a un punto que ella no sabía si era el deseable. Nunca había tenido a un hombre como amigo con el que compartirlo todo y confiar tanto como en una amiga. ¿Las cosas no se podrían... complicar?

—Miles —dijo al fin—, ¿qué hace la gente aquí por Acción de Gracias?

—No sé. Me temo que nunca he estado aquí para saberlo, aunque me hubiera gustado. El Día de Acción de Gracias en mi casa es algo odiosamente ostentoso. Somos cien personas por lo menos. Y se sirven como diez platos. Y, además, hay que ir de etiqueta.

—¿Bromeas?

Negó con la cabeza.

—Ojalá. Hablo en serio. Incluso tenemos que contratar aparca-coches.

Hizo una pausa antes de proseguir:

—Oye, pero ¿por qué me lo preguntas? ¿Necesitas un lugar adonde ir?

—Bueno…

—Estás invitada. —Él se echó a reír al ver su expresión de asombro—. Te lo ruego. Mi hermano, mi única cuerda de salvamento, está en la universidad y no irá a casa este año. Te enseñaré la zona de Santa Bárbara. Podemos librarnos del pavo y conseguir los mejores tacos del mundo en Super Rica. —Arqueó una ceja—. Tenerte conmigo hará que todo sea mucho menos temible. Puede que incluso sea divertido.

Mientras Luce reflexionaba sobre su propuesta, notó una mano en la espalda. A esas alturas conocía ya el tacto tranquilizador, casi terapéutico, de Francesca.

—Esta noche he hablado con Daniel —dijo Francesca.

Luce intentó mostrarse impasible cuando la profesora se inclinó hacia ella. ¿Acaso Daniel había ido a verla después de que Luce lo dejara plantado? La idea le hizo sentirse celosa, pero en realidad no sabía por qué.

—Está preocupado por ti. —Francesca se interrumpió, como si escrutara el rostro de Luce—. Le dije que vas muy bien, considerando que te encuentras en un entorno nuevo. Y también que estoy a tu disposición para cualquier cosa que necesites. Por favor, deberías acudir a mí si tienes alguna duda.

Su mirada se volvió más adusta, más dura. «Acude a mí en lugar de ir a Steven», era lo que parecía decir sin palabras.

Francesca se marchó con la misma rapidez con que había aparecido, con el forro de seda de su abrigo blanco de lana agitándose contra sus medias negras.

—Así que... Acción de Gracias —dijo al fin Miles frotándose las manos.

—Vale, vale. —Luce se tomó el café que le quedaba—. Me lo pensaré.

Shelby no apareció por el pabellón nefilim para las clases de la mañana, que consistieron en una sesión acerca de cómo invocar a antepasados angelicales, que era algo parecido a enviar un mensaje celestial de voz. A la hora del almuerzo, Luce empezó a inquietarse. Sin embargo, cuando iba a clase de matemáticas vislumbró el chaleco grueso rojo y se dirigió corriendo hacia ella.

—¡Eh! —dijo tirando de la espesa cola rubia de su compañera de habitación—. ¿Dónde estabas?

Shelby se volvió lentamente. La expresión de su rostro devolvió a Luce a su primer día en la Escuela de la Costa. Shelby tenía los orificios de la nariz a punto de estallar y sus cejas estaban totalmente encorvadas.

—¿Estás bien? —preguntó Luce.

—Sí.

Shelby se giró y empezó a manipular la consigna que le quedaba más a mano, pulsó una combinación y la abrió. En el interior había un casco de fútbol americano y aproximadamente toda una caja de botellas de Gatorade. En el dorso de la puerta había un póster de las animadoras de los Lakers.

—¿Esta es tu consigna? —preguntó Luce.

No conocía ningún nefilim que usara consigna, pero Shelby hurgó en aquella y arrojó descuidadamente por encima del hombro unos calcetines sudados y sucios.

Shelby cerró la puerta de golpe y pasó a la combinación de la siguiente consigna.

—¿Es que ahora te dedicas a juzgar lo que hago?

—No. —Luce negó con la cabeza—. Shelby, ¿qué te ocurre? Has desaparecido toda la mañana, no has ido a clase…

—Pero ahora estoy aquí, ¿no? —suspiró Shelby—. Francesca y Steven son mucho menos estrictos a la hora de conceder un día por asuntos personales que los humanoides de por aquí.

—¿Para qué necesitas un día asuntos personales? Anoche estabas bien hasta que…

Hasta que apareció Daniel.

Justo en el momento en que apareció Daniel por la ventana, Shelby había palidecido y se había ido directamente a la cama sin decir nada y…

Mientras Shelby la miraba como si de pronto su coeficiente intelectual hubiera descendido a la mitad, Luce se percató del ambiente que reinaba en el resto del pasillo. Había chicas junto a las paredes grises donde terminaba la hilera de consignas de color teja: Dawn, Jasmine y Lillith; las pijas de chaqueta de punto como Amy Branshaw de las clases de la tarde de Luce; unas chicas de aspecto punk y con piercings, que se parecían un poco a Arriane, aunque no eran tan divertidas como ella, y otras a las que Luce no había visto antes; todas se apretaban los libros contra el pecho, hacían globos de chicle y dirigían la mirada al suelo alfombrado, al techo de vigas de madera y a las demás. Miraban en cualquier dirección excepto a Luce y a Shelby. Sin embargo, era evidente que todas ellas estaban pendientes de su conversación.

Comenzó a dilucidar el porqué con una sensación molesta en el estómago. Aquel era el mayor enfrentamiento entre un nefilim y un no nefilim que Luce había visto hasta el momento en la Escuela de la Costa. Todas las chicas del pasillo habían caído en la cuenta antes que ella.

Shelby y Luce estaban a punto de pelearse por un chico.

—¡Oh! —Luce tragó saliva—. Tú y Daniel...

—Sí. Estamos juntos. Desde hace tiempo. —Shelby no levantó la mirada hacia ella.

—Muy bien.

Luce se centró en respirar. Podía hacer frente a esa situación. Pero las murmuraciones que recorrían el muro de chicas le erizaron la piel y se puso a temblar.

—Lamento que esa idea te desagrade tanto —dijo Shelby con aire burlón.

—No, no es eso. —Pero Luce sentía desagrado hacia sí misma—. Siempre pensé que yo era la única...

Shelby se puso las manos en jarra.

—¿Pensabas que cada vez que desaparecías durante diecisiete años Daniel no hacía nada? ¡Despierta de una vez, Luce! Daniel tiene un tiempo previo a ti. O un intermedio. O lo que sea. —Se interrumpió y dirigió una mirada de soslayo a Luce—. ¿De verdad eres tan egocéntrica?

Luce se había quedado sin habla.

Shelby gruñó y se volvió hacia las chicas del pasillo.

—Este campo de fuerza plagado de estrógenos ha de disiparse —espetó sacudiendo los dedos hacia las chicas—. Vamos, moveos todas. ¡Ya!

Mientras las chicas se marchaban a toda prisa, Luce apretó la cabeza contra la consigna metálica y fría y deseó poder meterse y ocultarse dentro.

Shelby apoyó la espalda contra la pared que había junto a la cara de Luce.

—¿Sabes? —dijo con un tono de voz más suave—. Daniel es un novio de mierda. Y un mentiroso. Te miente.

Luce se incorporó con las mejillas enrojecidas para pegar a Shelby. Por muy enfadada que estuviera ella con Daniel en ese instante, nadie iba a hablar mal de él.

—Ay. —Shelby se zafó—. ¡Por Dios, cálmate!

Se deslizó por la pared hasta dejarse caer en el suelo.

—Mira, no debería haber hablado de esto. Fue una noche estúpida de hace mucho tiempo, y era evidente que el tío se sentía muy mal sin ti. Yo entonces no os conocía a ninguno de los dos y toda la leyenda sobre vosotros dos me parecía… tremendamente aburrida. Lo cual, por si te interesa, explica el enorme resentimiento que te he tenido.

Dio una palmadita en el suelo a su lado y Luce se deslizó por la pared para sentarse. Shelby esbozó una sonrisa tímida.

—Te lo juro, Luce. Nunca pensé que te conocería. Y desde luego, nunca creí que serías tan… guay.

—¿Guay? ¿Me tienes por guay? —preguntó Luce sonriendo para sus adentros—. Tenías razón cuando decías que solo estoy pendiente de mí misma.

—Hum, justo lo que pensaba. Eres del tipo de personas con las que es imposible estar enfadada, ¿no? —suspiró Shelby—. Está bien. Siento haber ido tras tu novio y, ya sabes, haberte odiado antes de conocerte. No volveré a hacerlo.

Era raro que lo que habría podido separar al instante a dos amigas las acercara aún más. Shelby no tenía ninguna culpa. Y si Luce sentía el menor enfado al respecto, lo tenía que tratar con... Daniel. Shelby había hablado de «una noche estúpida». Pero ¿qué había ocurrido en realidad?

Al atardecer Luce descendió por la escalera que llevaba a la playa. Hacía cada vez más frío conforme se aproximaba al agua. Los últimos rayos del sol se colaban por entre la fina capa de nubes y teñían el océano de color naranja, rosa y azul pastel. El mar en calma se extendía ante ella como un camino hacia el Cielo.

Solo supo lo que hacía allí cuando alcanzó el amplio círculo de arena aún ennegrecida por la hoguera de Roland. Al poco se encontró agachada detrás de la gran piedra de lava desde donde Daniel se la había llevado. Donde los dos habían bailado y habían malgastado sus preciosos y escasos momentos juntos peleándose por algo tan estúpido como el color de su pelo.

Callie había tenido un novio en Dover con el que había terminado por culpa de una tostadora. Uno de ellos había atascado el aparato tras querer meter en él un bollo enorme, y el otro se enfadó de forma bárbara. Luce no recordaba todos los detalles, pero sí que se había preguntado: «¿Quién puede separarse por culpa de un electrodoméstico?».

Pero Callie le dijo que en realidad no habían terminado por eso: la tostadora solo había sido un símbolo de todo cuanto iba mal entre ellos.

Luce detestaba pelearse con Daniel. La disputa de la playa, sobre pelo teñido, le recordaba la historia de Callie. Le parecía como un adelanto de una discusión de mayor envergadura y más desagradable.

Al arroparse para resguardarse del viento, Luce cayó en la cuenta de que había bajado hasta allí para averiguar en qué se habían equivocado esa noche. Se había pasado el rato buscando como una idiota indicios en el agua, alguna prueba grabada en la áspera roca volcánica. Había rebuscado por todas partes menos en ella misma. Porque lo que Luce albergaba en su interior era precisamente el enorme enigma de su pasado. Quizá las respuestas estuvieran en algún lugar dentro de las Anunciadoras, pero por el momento quedaban lejos de su alcance.

No quería culpar a Daniel, la ingenua había sido ella al suponer que su relación siempre había sido exclusiva. Sin embargo, él tampoco le había dado a entender nunca lo contrario. En cierto modo, había permitido que se topara con esa sorpresa tan desagradable. Eso le resultaba muy molesto. Era un punto más en la larga lista de cosas que Luce creía que merecía saber y que Daniel no consideraba oportuno contarle.

Entonces notó algo parecido a la lluvia, una especie de llovizna en las mejillas y en las yemas de los dedos de tacto caliente en vez de frío. Tenía una consistencia ligera como el polvo y no era húmedo. Volvió el rostro al cielo y quedó deslumbrada por una intensa luz de color violeta. Como no quería protegerse la vista, continuó mirando incluso cuando la luz aumentó y resultó dolorosa. Las partículas oscilaron lentamente en dirección a las aguas, al borde justo de la costa, formando un dibujo y delimitando una silueta que ella reconocería en cualquier sitio.

Estaba más atractivo si cabía. Se aproximaba a la orilla con los pies desnudos suspendidos a unos pocos centímetros del agua. Sus amplias alas blancas parecían ribeteadas por una luz de color violeta y se agitaban de un modo casi imperceptible bajo el fuerte viento. Resultaba injusto el modo en que mirarlo la hacía sentir: pasmada, eufórica y un poco asustada. Apenas podía pensar en nada. Todos los enojos o enfados se desvanecían, dando paso a una atracción irreprimible hacia él.

—No dejas de aparecerte —susurró ella.

La voz de Daniel recorrió las aguas.

—Te dije que quería hablar contigo.

Luce notó que fruncía la boca.

—¿Sobre Shelby?

—Sobre el peligro al que te expones.

Daniel hablaba sin rodeos. Pensaba que la mención de Shelby le haría reaccionar, pero se limitó a ladear la cabeza. Llegó a la orilla húmeda de la playa, donde el agua se volvía espuma y se alejaba, y permaneció flotando sobre la arena ante ella.

—¿A qué te refieres con Shelby?

—¿En serio vas a fingir que no lo sabes?

—Un momento.

Daniel fue a posar los pies en el suelo y dobló las rodillas en cuanto rozó la arena con los talones desnudos. Al enderezarse de nuevo, sus alas retrocedieron, apartándose de su cara y levantando una ráfaga de aire. Por primera vez Luce se figuró que debían de ser muy pesadas.

Aunque a Daniel no le llevó más de un par de segundos alcanzarla, nunca sería lo bastante rápido para rodear a Luce por la espalda con sus brazos y atraerla hacia sí.

—No volvamos a empezar —dijo él.

Luce cerró los ojos y dejó que la aupara. La boca de Daniel encontró la suya, y ella levantó la cara hacia el cielo dejando que su roce la inundara. No había oscuridad ni frío, solo la fabulosa sensación de estar bañada en su luz de color violeta. Incluso el fragor de las aguas del océano se vio anulado por un murmullo suave, la energía que recorría el cuerpo de Daniel.

Se asió al cuello de él con fuerza y le acarició los firmes músculos de los hombros y trazó el contorno blando y espeso de sus alas. Eran potentes, blancas y relucientes, y siempre le parecían mucho mayores de como las recordaba. Eran como dos velas enormes a cada costado, y cada centímetro de ellas era perfecto y suave. Ejercían cierta tensión al tacto, una tensión semejante a la de un lienzo bien extendido, aunque en este caso, la sensación era mucho más sedosa y deliciosamente suave y aterciopelada. Las alas parecían reaccionar a sus caricias, e incluso se extendían hacia delante para rozarla y acercarla más, hasta que Luce quedó sumergida en ellas, acurrucada cada vez más en su interior y, sin embargo, sin llegar a sentirse satisfecha por completo.

Daniel se estremeció.

—¿Estás bien? —susurró ella, pues él a veces se inquietaba cuando las cosas entre ellos empezaban a subir de temperatura—. ¿Te duele?

Pero aquella noche la mirada de él era ansiosa.

—Es fabuloso. No hay nada igual.

Y él entonces le deslizó los dedos hasta la cintura, y los metió por debajo del jersey. Por lo común, las más suave de las caricias de Daniel hacía que Luce perdiera la cabeza. Pero en esa ocasión su modo de tocarla era más enérgico. Casi violento. Luce no sabía qué le había pasado, pero le gustaba.

Daniel le recorrió la boca con los labios y luego prosiguió hacia arriba, por el puente de la nariz hasta llegar cariñosamente a sus párpados. Cuando se separaron, ella abrió los ojos y lo miró.

—¡Qué bonita eres! —susurró él.

Aunque aquellas palabras eran exactamente las que a la mayoría de las chicas les hubieran gustado oír, en cuanto Daniel las hubo pronunciado, a Luce le pareció como si le hubieran arrebatado el cuerpo y se lo hubieran sustituido por el de otra persona.

Por el de Shelby.

Y no solo el cuerpo de Shelby. A fin de cuentas, ¿qué posibilidades había de que solo hubiera sido ella? ¿Había habido otros ojos, narices y mejillas que hubieran sido besados por Daniel? ¿Y otros cuerpos que se hubieran arrimado a él en una playa? ¿Y otros labios a los que se hubiera aferrado? ¿Otros corazones palpitantes? ¿Habría intercambiado otros susurros de halagos?

—¿Qué te ocurre? —preguntó él.

Luce se sentía mal. Aunque podían llegar a empañar las ventanas con sus besos, en cuanto utilizaban la boca para otras cosas como hablar, todo se complicaba.

Ella apartó la cara.

—Me has mentido.

Contrariamente a lo que ella esperaba y deseaba, Daniel no se burló ni se enfadó. Se sentó en la arena, apoyó las manos en las rodillas y se quedó mirando las olas espumosas.

—¿En qué exactamente?

En cuanto las palabras salieron de su boca, Luce lamentó el curso que tomaba la conversación.

—Podría hacer lo mismo que tú y no decirte nada nunca más.

—No puedo contarte lo que sea que quieras saber si no me dices qué es lo que te molesta.

Ella pensó en Shelby, pero cuando se imaginó en el papel de celosa para que entonces él la tratara como a una niña, se sintió ridícula. En lugar de ello dijo:

—Tengo la impresión de que somos dos desconocidos. Es como si yo a ti no te conociera más que a cualquier otra persona.

—Oh.

El tono de voz de Daniel era tranquilo, y suy rostro conservaba una expresión enojosamente impasible, hasta el punto de que Luce llegó a desear poder sacudirle. No había nada que lo sacara de sus casillas.

—Daniel, me tienes secuestrada aquí. No sé nada. No conozco a nadie. Estoy sola. Cada vez que te veo levantas nuevos muros y no me dejas ir nunca más allá. Nunca. Me has arrastrado hasta aquí...

Aunque pensaba en California, era mucho más que eso. Su pasado, por limitada que fuera la idea que tenía de él, se desplegó en su mente como si fuera el rollo de una película que, al caer, rodara por el suelo.

Daniel la había arrastrado mucho más allá de California. La había arrastrado a lo largo de siglos de luchas como esta. Por muertes agónicas que provocaban dolor a todo su entorno: como esos agradables ancianos que había visto la semana anterior. Daniel había arruinado la vida de aquella pareja, matando a su hija. Y todo por ser una especie de ángel célebre que había visto algo que le apetecía y quería conseguir.

No. Él no solo la había arrastrado hasta California. La había arrastrado a una eternidad maldita. Una carga que debería haber soportado él solo.

—Por culpa de tu maldición sufro yo, y todas las personas que me quieren.

Daniel se estremeció como si acabara de encajar un golpe.

—Quieres volver a casa —dijo.

Ella dio una patada en la arena.

—Quiero volver atrás. Quiero que retires lo que fuera que hiciste y que me metió en este atolladero. Lo único que quiero es vivir una vida normal, y romper con gente normal por problemas normales, como una tostadora, y no por misterios sobrenaturales del universo que tú ni siquiera me confías.

—Espera.

Daniel había palidecido por completo. Tenía los hombros rígidos y le temblaban las manos. Incluso las alas, que instantes atrás parecían poderosas, presentaban ahora un aspecto frágil. A Luce le hubiera gustado extender la mano y tocarlas, como si, de algún modo, ellas pudieran hacerle ver si el dolor que ella veía en los ojos de Daniel era genuino, pero se contuvo.

—¿Estamos rompiendo? —preguntó él en voz baja.

—¿Estamos juntos, Daniel?

Él se puso de pie y le tomó la cabeza con las palmas de las manos. Antes de que ella pudiera separarse de él, notó que el calor le abandonaba las mejillas. Cerró los ojos e intentó resistirse al magnetismo de su contacto, pero era muy potente, más que cualquier otra cosa.

Aquello disipó su enfado, y dejó su identidad hecha añicos. ¿Quién era ella sin él? ¿Por qué la atracción hacia Daniel superaba cualquier cosa que la distanciase de él? La sensatez, la prudencia, el instinto de supervivencia: nada de eso podía competir con él. Seguramente, parte del castigo de Daniel consistía en que ella permaneciera atada a él para siempre, como la marioneta a su titiritero. Luce sabía que no debía desearlo con toda el alma, pero no podía evitarlo. Era verlo, sentir sus caricias… y el resto del mundo pasaba a un segundo plano.

Tan solo deseaba que quererlo no fuera tan duro.

—¿De qué iba eso de la tostadora? —le susurró Daniel al oído.

—Supongo que no sé lo que quiero.

—Yo sí. —Con actitud resuelta, la miraba intensamente—. Yo te quiero a ti.

—Lo sé, pero…

—Nada cambiará nunca esto, oigas lo que oigas, ocurra lo que ocurra.

—Pero yo necesito algo más que ser querida. Necesito que estemos juntos de verdad.

—Eso será pronto, te lo prometo. Todo esto es provisional.

—Eso ya me lo has dicho. —Luce observó que la luna se había alzado sobre sus cabezas. Era de color naranja intenso y estaba en fase menguante—. ¿De qué querías hablarme?

Daniel le colocó un mechón rubio detrás de la oreja y se lo quedó mirando un buen rato.

—De la escuela —dijo, con una vacilación que hizo pensar a Luce que no estaba siendo sincero—. Le pedí a Francesca que estuviera pendiente de ti, pero lo quería comprobar con mis propios ojos. ¿Aprendes alguna cosa? ¿Lo pasas bien?

De pronto Luce sintió muchas ganas de alardear ante él de su trabajo con las Anunciadoras, de su conversación con Steven y de las ocasiones en que había vislumbrado a sus padres. Pero el rostro de Daniel parecía más ansioso y abierto de lo que lo había estado en toda la velada. Parecía esforzarse por evitar una disputa, así que Luce decidió hacer lo mismo.

Cerró los ojos y le dijo lo que él quería oír. Que la escuela estaba bien. Y que ella estaba bien. Los labios de Daniel se posaron de nuevo en los de ella, fervientes, y Luce sintió que un cosquilleo le recorría todo el cuerpo.

—Tengo que marcharme —dijo él al fin poniéndose de pie—. Ni siquiera debería estar aquí, pero no puedo mantenerme lejos de ti. Me preocupo por ti sin cesar. Te quiero, Luce. Por mucho que duela.

Ella cerró los ojos contra el embate de sus alas y la arena que levantó al emprender el vuelo.

10
Nueve días

Una serie repetida de chasquidos y golpes metálicos interrumpían el canto de las águilas pescadoras. Un prolongado y sonoro sonido de metal contra metal, y el ruido de una fina hoja de plata al rebotar en la cazoleta del oponente.

Francesca y Steven luchaban.

Bueno, no; en realidad practicaban esgrima. Estaban haciendo una demostración para sus alumnos antes de que se enfrentaran en combate.

—Saber cómo blandir una espada, tanto si se trata de un florete de poco peso como estos de hoy como de algo tan peligroso como un sable corto, es una habilidad muy valiosa —dijo Steven con voz grave rasgando el aire con la punta de su arma efectuando movimientos breves, como si estuviera utilizando un látigo—. Los ejércitos del Cielo y del Infierno pocas veces se enzarzan en combates, pero cuando lo hacen… —Sin mirar, desplomó bruscamente su arma a un lado en dirección a Francesca, y ella, también sin mirar, alzó la espada y detuvo el golpe—. Siguen ajenos a la artillería moderna. Las dagas, los arcos y las flechas, las enormes espadas ardientes… esas son nuestras armas eternas.

El combate que tuvo lugar a continuación solo era de exhibición, una mera lección. Francesca y Steven ni siquiera llevaban las máscaras.

Era ya la última hora de la mañana del miércoles, y Luce estaba sentada entre Jasmine y Miles en el amplio banco de la terraza. Toda la clase, incluidos los profesores, se habían cambiado de ropa e iban ataviados con la vestimenta blanca habitual de los practicantes de esgrima. La mitad de la clase sostenían en la mano unas máscaras negras con rejilla. Luce había llegado al armario de material para coger una justo después de que alguien se llevara la última, pero eso no le había preocupado en absoluto. Confiaba en poder zafarse de la vergüenza de demostrar frente a toda la clase su ineptitud: por el modo en que los demás manejaban las armas en la terraza era evidente que lo habían hecho antes.

—La idea es ofrecer al adversario el menor blanco posible —explicó Francesca al corro de estudiantes que tenía alrededor—. Así que hay que desplazar el peso sobre un pie y avanzar con el pie de la espada. Y, luego, balancearse atrás y adelante hasta penetrar en la línea de tiro y retroceder.

De pronto ella y Steven se lanzaron a una carga de embestidas y paradas, provocando un repiqueteo intenso al repeler de forma ágil los embates de cada uno. Francesca descargó un golpe oblicuo a la izquierda y entonces él atacó hacia delante; ella se balanceó hacia atrás, de modo que alzó rápidamente la espada y la giró y la posó en la muñeca de él.

—*Touché!* —exclamó ella riéndose.

Steven se volvió hacia la clase.

—*Touché* en francés significa «tocado». En esgrima los puntos se cuentan por toques.

—De haber luchado de verdad —siguió Francesca—, me temo que ahora la mano de Steven yacería en el suelo ensangrentada. Lo siento, cariño.

—Está bien —dijo él—. Está bien.

Entonces arremetió contra ella de lado y fue casi como si se separara del suelo. En el estrépito que siguió, Luce perdió de vista la espada de Steven mientras atravesaba el aire una y otra vez, hasta casi cortar a Francesca, la cual lo esquivó de forma lateral a tiempo y apareció detrás de él.

Pero él la esperaba y le apartó el arma antes de desplomar la punta de su espada contra el empeine de la mujer.

—Me temo, querida, que te has levantado con mal pie.

—Eso ya se verá.

Francesca levantó una mano y se arregló el pelo. Los dos se miraban con furia.

Cada ronda de combate violento provocaba la alarma en Luce. Ella estaba acostumbrada a sentirse inquieta, pero curiosamente el resto de la clase también estaban nerviosos. Era una inquietud mezclada con excitación. Nadie podía mantener la calma contemplando a Francesca y Steven.

Hasta ese día, Luce se había preguntado a menudo por qué los nefilim no formaban parte de los equipos destacados de la Escuela de la Costa. Jasmine, de hecho, había respondido con una mueca de disgusto cuando Luce le había propuesto presentarse junto con Dawn a las pruebas para entrar en el equipo de natación. Hasta que esa mañana había oído decir a Lilith en el vestuario que todos los deportes, excepto la esgrima, eran «tremendamente aburridos», Luce había creído que los nefilim simplemente no eran dados a los deportes. Pero no era así. Simplemente, escogían con esmero a qué juego querían jugar.

Luce se estremeció al imaginarse a Lilith —que conocía la traducción al francés de todos los vocablos referidos a la esgrima y que Luce ni siquiera sabía en inglés— lanzándose al ataque con su porte esbelto y su carácter malintencionado. Si el resto de la clase fuese apenas una décima parte de hábiles que Francesca y Steven, al final de la clase Luce sin duda quedaría reducida a un montón de extremidades cercenadas.

Sus profesores eran claramente unos expertos, y rechazaban y lanzaban embestidas con agilidad. La luz del sol se reflejaba en sus espadas y en su vestimenta acolchada de color blanco. Las ondas espesas y rubias del cabello de Francesca caían en cascada formando un halo precioso sobre sus hombros al girar hacia Steven. Sus pies dibujaban unos pasos tan bellos y elegantes en el suelo que el combate parecía una danza.

Ambos tenían una expresión obstinada en la cara, y reflejaban una determinación brutal de vencer. Tras los primeros toques, quedaron empatados. Seguramente estaban cansados. Llevaban combatiendo más de diez minutos sin apuntarse ningún tanto. Empezaron a luchar con tanta fiereza que los filos de las armas dejaron de verse; solo quedó un encono magnífico, un suave zumbido en el aire y el chasquido incesante de las espadas al chocar entre ellas.

Con cada choque de espadas empezaron a saltar chispas. ¿Chispas de amor o de odio? En algunos momentos, casi parecían ambas cosas.

Y aquello inquietó a Luce. Se suponía que el amor y el odio debían ocupar espacios claramente opuestos en el espectro. La distinción resultaba tan clara como… bueno, como la que en otros tiempos le había parecido que existía entre ángeles y demonios. Pero eso ya no era así. Observó a sus profesores con reverencia y temor, mientras en su mente se abría paso el recuerdo de la disputa de la noche anterior con Daniel. Los sentimientos de amor y de odio —que, aunque sin ser exactamente odio, sí era una sensación de enfado creciente— se mezclaban en su interior.

Entonces se oyó una ovación de sus compañeros de clase. A Luce le parecía que apenas había apartado la vista, y sin embargo no lo había visto. La punta de la espada de Francesca había tocado el pecho de Steven. Cerca del corazón. Ella apretaba su fina arma contra él hasta casi arquearla. Los dos permanecieron en silencio durante un instante mirándose fijamente. Luce no sabía si eso también formaba parte de la demostración.

—Justo al corazón —dijo Steven.

—Como si tuvieras corazón —musitó Francesca.

Por un momento los dos parecieron ajenos al hecho de que la terraza estaba llena de alumnos.

—Una victoria más para Francesca —declaró Jasmine. Volvió la cabeza hacia Luce y bajó la voz—: Pertenece a una larga saga de ganadores. ¿Steven? No tanto.

Aquel comentario parecía estar cargado de connotaciones, pero Jasmine se acomodó con un leve salto en el banco, se puso la máscara y se ajustó la cola, preparada para el combate.

Mientras los demás estudiantes alborotaban a su alrededor, Luce intentó imaginarse algo parecido entre ella y Daniel: con ella sacando ventaja y teniéndolo a merced de su espada, igual que Francesca tenía a Steven. En realidad, resultaba prácticamente imposible de imaginar. Y eso la preocupaba, no porque quisiera dominar a Daniel, sino porque no quería estar siempre sometida. La noche anterior se había sentido a merced de él. El recuerdo de aquel beso la inquietaba, la sonrojaba y la abrumaba, pero no del modo en que tendría que hacerlo.

Ella quería a Daniel, pero...

Debería poder pronunciar esa frase sin necesidad de esa conjunción horrible; sin embargo, le resultaba imposible. Lo que en ese momento tenían no era lo que quería. Y sí las normas del juego iban a ser siempre así, entonces ella no sabía si quería jugar. ¿Qué clase de pareja era ella para Daniel? ¿Qué clase de pareja era él para ella? Si alguna vez se había sentido atraído por otras chicas... seguramente se lo había planteado también. ¿Habría alguien que pudiera proporcionar condiciones de igualdad a cada uno?

Cuando Daniel la besaba, Luce sabía en lo más profundo de su ser que él era su pasado. Bajo su abrazo, luchaba con desesperación para que él se convirtiera en su presente. Pero en cuanto sus labios se separaban, la certeza de que él fuera su futuro se desvanecía. Necesitaba tener la libertad para tomar esa decisión. Ni siquiera sabía qué había más allá.

—Miles —exclamó Steven, que había asumido de nuevo por completo su papel de profesor, y envainaba la espada en un estuche estrecho de cuero negro a la vez que señalaba con la cabeza la esquina orientada al noroeste de la terraza—. Tú te enfrentarás a Roland allí.

Miles, sentado a la izquierda de Luce, se inclinó hacia ella y susurró:

—Tú y Roland os conocéis de hace tiempo, ¿cuál es su talón de Aquiles? No pienso perder contra el nuevo.

—Hum. Pues no lo sé, la verdad.

Luce se quedó en blanco. Volvió la mirada hacia Roland, que ya tenía el rostro tapado por la máscara, y se dio cuenta de las pocas cosas que sabía de él: el catálogo de productos del mercado negro; que tocaba la armónica y también que había hecho reír mucho a Daniel en su primer día en Espada & Cruz. De hecho, nunca pudo averiguar de qué habían hablado... Ni tampoco qué hacía Roland en la Escuela de la Costa. En lo tocante al señor Sparks, Luce estaba totalmente perdida.

Miles le dio un golpecito en la rodilla.

—Luce, estaba bromeando. Es prácticamente imposible que ese tipo no me dé una patada en el culo. —Se puso en pie entre risas—. Deséame suerte.

Francesca se había encaminado hacia el otro lado de la terraza, cerca de la entrada al pabellón, y tomaba sorbos de una botella de agua.

—Kristy y Millicent, a esa esquina —indicó a dos nefilim peinadas con coleta y con zapatillas de deporte negras iguales—. Shelby y Dawn, venid a mediros aquí. —Luego hizo un gesto hacia el rincón de la terraza en el que se encontraba Luce—. Los demás vais a mirar.

Luce se sintió aliviada de que no hubieran mencionado su nombre. Cuanto más presenciaba el método de enseñanza de Francesca y Steven, menos lo comprendía. Una demostración amedrantadora sustituía cualquier formación verdadera. No se trataba de mirar y aprender, sino de mirar y lucirse directamente.

Cuando los seis primeros alumnos ocuparon sus posiciones en la terraza, Luce sintió una gran necesidad de aprender todo el arte de la esgrima de una vez.

—*En garde!* —gritó Shelby al tiempo que arremetía con un golpe de fondo para luego quedarse agachada con las piernas flexionadas y la punta de la espada a pocos centímetros de Dawn, cuya espada seguía envainada.

Los dedos de Dawn zigzagueaban por su cabello corto y negro mientras se lo recogía con horquillas en forma de mariposa.

—No puedes gritar *en garde* mientras me preparo para un combate, Shelby. —Su voz era incluso más aguda cuando se enfadaba—. ¿Acaso te criaste entre lobos? —resopló con el último pasador de plástico aún entre los dientes—. Vale —dijo entonces sacando la espada—. Ya estoy lista.

Shelby, que había guardado su posición de fondo baja durante toda la sesión de peluquería de Dawn, se incorporó entonces y se miró las uñas.

—Un momento, ¿me da tiempo a hacerme la manicura? —dijo provocando a Dawn lo suficiente para que adoptase una postura de ofendida y blandiera la espada.

—¡Qué grosera! —espetó Dawn. Pero, para sorpresa de Luce, su arte en esgrima mejoró al instante: rasgó el aire con la espada muy hábilmente y asestó un golpe en un costado a Shelby. Dawn era una luchadora fabulosa.

Jasmine, junto a Luce, se partía de risa.

—Un combate infernal.

Una sonrisa asomó también al rostro de Luce; jamás había conocido a nadie tan inquebrantablemente optimista como Dawn. Al principio, Luce había sospechado cierta falsedad, una fachada. En el Sur, de donde era ella, aquella actitud de felicidad constante no se consideraba auténtica. Sin embargo, Luce se había quedado impresionada ante lo rápido que Dawn se había recuperado de aquel día en el yate. El optimismo de Dawn parecía no tener límites. A esas alturas, a Luce le costaba estar junto a la chica y no reír. Y resultaba especialmente difícil cuando Dawn concentraba su animosidad infantil en propinar una paliza a alguien tan diametralmente opuesto a ella como Shelby.

La situación entre Luce y Shelby seguía siendo un poco extraña. Ella lo sabía, Shelby lo sabía, e incluso la lamparilla de noche en forma de Buda de su habitación parecía saberlo. La verdad es que Luce en cierto modo disfrutaba viendo cómo Shelby luchaba por su vida mientras Dawn la atacaba alegremente.

Shelby era una luchadora firme y paciente. Mientras la técnica de Dawn resultaba llamativa y vistosa, con las extremidades girando en un auténtico baile por la terraza, Shelby era muy prudente en las embestidas, y parecía casi como si las racionara. Mantenía las rodillas dobladas y no se rendía ante nada.

En cambio, había dicho a Luce que había dejado a Daniel después de pasar juntos una noche. Se había apresurado a explicar que había sido porque los sentimientos de Daniel hacia Luce interferían con cualquier otra cosa. Pero Luce no se lo creía. Había algo raro en la confesión de Shelby: algo que no cuadraba con la reacción de Daniel cuando Luce sacó a colación el tema la noche anterior. Él había actuado como si no hubiera nada que decir.

Un golpe sordo llamó la atención de Luce.

Al otro lado de la terraza Miles había caído de espaldas al suelo y Roland estaba literalmente sobre él. De hecho, volaba.

Las enormes alas que se habían desplegado de sus hombros eran como una capa gigantesca y estaban cubiertas de plumas, como si fueran las de un águila, pero mostraban un bello jaspeado dorado entretejido en las plumas de vuelo oscuras. Seguramente en su atuendo de esgrima tenía las rasgaduras finas que Daniel llevaba en su camiseta. Luce nunca había visto las alas de Roland y, como los demás nefilim, no podía apartar la vista de ellas. Shelby le había contado que solo unos pocos nefilim tienen alas, y ninguno de ellos iba a la Escuela de la Costa. Ver el porte de Roland al luchar, aunque se tratara de un combate de prácticas de esgrima, provocó una oleada de excitación en el grupo.

Las alas eran tan llamativas que Luce necesitó un momento para observar que la punta de la espada de Roland se alzaba justo encima del esternón de Miles y que lo mantenía pegado al suelo. El traje de esgrima de Roland, de un color blanco intenso, y sus alas doradas realzaban su silueta severa frente a los árboles oscuros y espesos que rodeaban la terraza. Con la máscara negra, Roland aún resultaba más intimidatorio, más amenazador, que si se le hubiera podido ver el rostro. Luce deseó que su expresión fuera de diversión, porque tenía a Miles en una posición realmente vulnerable. Se puso de pie para ir hacia él, y le sorprendió notar que le temblaban las rodillas.

—¡Oh, Dios mío, Miles! —exclamó Dawn desde el otro lado de la terraza. Dejó de lado su propio combate, de modo que Shelby le entró con un toque con *coupé*, tocó el pecho desprotegido de Dawn y ganó el punto de la victoria.

—No es el modo más deportivo de ganar —dijo Shelby enfundando la espada—, pero a veces es el único posible.

Luce se apresuró por delante de ellas y del resto de los nefilim que no estaban enzarzados en duelos, y se encaminó hacia Roland y Miles. Los dos resollaban. Roland ya había vuelto a posar los pies en el suelo y tenía las alas retraídas en la piel. Miles parecía estar bien; Luce era la única que no podía dejar de temblar.

—Me has ganado. —Miles rió nervioso, apartando a un lado la punta de la espada—. No he visto venir tu arma secreta.

—Lo siento, tío —dijo Roland con sinceridad—. No pretendía desplegar las alas en tu contra, pero me ocurre a veces cuando me dejo llevar.

—Bueno, ha sido un buen combate, hasta entonces, al menos. —Miles levantó la mano derecha para que le ayudara a levantarse—. ¿Se dice eso de «un buen combate» en esgrima?

—No, nadie lo dice. —Roland se levantó la máscara con una mano y, esbozando una sonrisa, dejó caer la espada de la otra. Agarró la mano de Miles y la alzó con un solo gesto rápido—. Ha sido un buen combate.

Luce suspiró aliviada. Roland, por supuesto, no haría daño a Miles. Roland era extravagante y poco convencional, pero no era peligroso, aunque hubiera estado del bando de Cam la última noche en el cementerio de Espada & Cruz. Pero si no había motivo para temerle, ¿por qué se había puesto tan nerviosa? ¿Por qué no lograba detener los latidos de su corazón?

Entonces supo por qué. Era por Miles. Porque era el amigo más cercano que tenía en la Escuela de la Costa. De hecho, últimamente cada vez que estaba con Miles pensaba en Daniel y en el montón de cosas que resultaban ser un impedimento entre ellos. A veces deseaba en secreto que Daniel fuera un poco como Miles: alguien alegre y sin complicaciones, una persona atenta y genuinamente cariñosa, menos acosada por problemas como ser víctima de una maldición desde los albores del tiempo.

Un destello blanco pasó por delante de Luce y se desplomó en brazos de Miles.

Era Dawn, que se abalanzó sobre el chico con los ojos cerrados y una sonrisa enorme dibujada en la boca.

—¡Estás vivo!

—¿Vivo? —Miles la dejó de nuevo en el suelo—. Si me he quedado sin aliento… ¡Menos mal que nunca has venido a verme jugar al fútbol americano!

Detrás de Dawn, observando cómo esta acariciaba a Miles por donde la espada había rozado su chaqueta blanca, Luce se sintió incómoda. No, no era que ella quisiera acariciar a Miles, ¿vale? Ella solo quería… bueno, no sabía lo que quería.

—¿La quieres? —Roland asomó a su lado y le entregó la máscara que había utilizado—. Eres la siguiente, ¿no?

—¿Quién, yo? No, no. —Ella negó con la cabeza—. La campana está a punto de sonar.

Roland negó a su vez.

—Buen intento. Basta con que te lo creas y nadie sabrá que nunca antes has practicado esgrima.

—Lo dudo mucho. —Luce tocó la máscara de malla fina—. Roland, tengo que preguntarte algo…

—No. No pretendía hacer daño a Miles. ¿Por qué todo el mundo se ha asustado tanto?

—Eso ya lo sé. —Intentó sonreír—. Es sobre Daniel.

—Luce, ya conoces las normas.

—¿Qué normas?

—Puedo conseguir muchas cosas, pero no puedo conseguirte a Daniel. Solo tienes que esperar.

—Espera un momento, Roland. Ya sé que él no puede estar aquí ahora mismo. Pero ¿qué normas son esas? ¿A qué te refieres?

Él señaló detrás de Luce. Francesca le hacía señas para que se acercara. Todos los demás nefilim habían tomado asiento en el banco, excepto unos cuantos que parecían prepararse para el siguiente combate. Jasmine y una chica coreana de nombre Sylvia; dos chicos altos y delgados cuyos nombres Luce nunca lograba recordar, y Lilith, de pie y sola, que examinaba la punta roma de goma de su espada con escrupulosidad.

—¿Luce? —dijo Francesca con voz grave, señalando el espacio libre ante Lilith—. A tu sitio.

—La prueba de fuego. —Roland silbó dándole una palmadita en la espalda—. Sin miedo.

A pesar de que solo había otros cinco alumnos en el centro de la terraza, a Luce le parecieron cien.

Francesca estaba de pie con los brazos cruzados de forma relajada sobre el pecho. Tenía una expresión calmada, pero para Luce su serenidad era forzada. Tal vez quería que Luce perdiera en el combate más brutal e incómodo posible. ¿Por qué si no la enfrentaba a Lilith, que era unos treinta y cinco centímetros más alta que Luce, y cuyo pelo rojo y enmarañado le salía por detrás de la máscara como si fuera la melena de un león?

—Nunca he practicado —adujo Luce con poca convicción.

—No te preocupes, Luce. No pretendemos que seáis duchos en este deporte —le contestó Francesca—. Intentamos medir vuestra capacidad relativa. Basta con que recuerdes lo que Steven y yo os hemos mostrado al inicio de la sesión y todo irá bien.

Lilith se rió, y dibujó una gran C en el aire con la punta del florete.

—La marca del Cero, perdedora —dijo.

—¿Ahora te dedicas a alardear del número de amigos que tienes? —replicó Luce.

Recordó lo que Roland le había dicho sobre no demostrar miedo. Se colocó la máscara y tomó el florete que Francesca le tendía. Ni siquiera sabía cómo se agarraba. Asió con torpeza la empuñadura y se preguntó si emplear la mano derecha o la izquierda. Ella escribía con la derecha, pero jugaba a los bolos y bateaba con la izquierda.

Lilith la miraba como si quisiera verla muerta, y Luce sabía que no se podía permitir el tiempo de hacer un swing para probarla con ambas manos. ¿En esgrima había swings?

Francesca se colocó detrás de ella sin decir nada. Sus hombros acariciaron la espalda de Luce y prácticamente envolvió con su cuerpo diminuto a la chica; luego le cogió la mano izquierda y la espada entre su mano.

—Yo también soy zurda —explicó.

Luce fue a decir algo, sin saber si debía protestar o no.

—Como tú.

Francesca se inclinó sobre ella para verle la cara y dedicarle una mirada de complicidad. Al recolocarle la empuñadura, una sensación cálida y tremendamente relajante fluyó a través de los dedos de Francesca hacia Luce. Fuerza, tal vez coraje… Luce no supo cómo funcionaba eso, pero se sintió agradecida por ello.

—Es mejor un agarre ligero —dijo Francesca, llevándole los dedos hacia la empuñadura de detrás de la cazoleta—. Empleas demasiada fuerza, la dirección del filo se vuelve menos hábil y los movimientos defensivos, más limitados. Si el agarre es demasiado flojo, entonces el arma se te puede caer.

Con un gesto tranquilo y elegante, Francesca colocó los dedos de Luce en torno a la empuñadura detrás de la cazoleta. Con una mano en la espada y la otra en el hombro de Luce, Francesca se apartó ligeramente a un lado bloqueando el movimiento.

—Paso adelante.

Luce fue hacia delante apuntando con la espada hacia Lilith.

La pelirroja se pasó la lengua por los dientes y dirigió una mirada celosa a Luce.

—Pase.

Francesca retiró a Luce como si fuera una pieza de ajedrez. Dio un paso atrás, le dio la vuelta para verle la cara y le susurró:

—El resto, simplemente, está de más.

Luce tragó saliva. «¿De más?»

—*En garde!* —gritó Lilith. Tenía las largas piernas dobladas y sostenía el florete directamente apuntado a Luce con la mano derecha.

Luce se retiró con dos pasos rápidos; cuando se sintió a una distancia bastante segura, arremetió hacia delante con el arma extendida.

Lilith se agachó con destreza hacia la derecha de la espada de Luce, giró sobre sus talones y atacó desde abajo con la suya, que fue a chocar contra el hierro de Luce. Las dos espadas se deslizaron entre sí hasta que llegaron al punto medio y se detuvieron. Luce tuvo que emplear toda su fuerza para detener el florete de Lilith ejerciendo presión con el suyo. Le temblaban los brazos, pero le sorprendió comprobar que era capaz de repeler a Lilith desde su posición. Finalmente, su contrincante se apartó y retrocedió. Luce la vio agacharse y girar varias veces, y empezó a intuirla.

Lilith jadeaba mucho por el esfuerzo, pero también como táctica de despiste. Así, emitía un gran ruido mientras hacía un amago en una dirección, y luego con la punta del florete cambiaba vertiginosamente dibujando un arco alto para sobrepasar la defensa de Luce.

Luce decidió hacer lo mismo. Cuando viró hacia atrás la punta de su florete para conseguir su primer tanto, justo por debajo del corazón de Lilith, esta soltó un rugido ensordecedor.

Luce se estremeció y retrocedió. Ni siquiera creía haberla tocado con fuerza.

—¿Estás bien? —gritó a punto de quitarse la máscara.

—No está herida. —En vez de Lilith respondió Francesca con un sonrisa en los labios—. Está enfadada porque la estás ganando.

Luce no tenía tiempo de preguntarse qué podía significar el que Francesca de pronto pareciera pasárselo tan bien, ya que Lilith volvía a atacar apuntándola con la espada. Luce levantó la suya para chocar con la de Lilith y luego giró tres veces la muñeca antes de soltarse.

Luce tenía el pulso acelerado pero se sentía bien. Notaba que le recorría el cuerpo una energía que no había sentido en mucho tiempo. En realidad, aquello se le daba bien, casi tanto como a Lilith, que parecía nacida para empalar a la gente con objetos punzantes. A un solo punto, Luce, que jamás había sostenido una espada, se percató de que tenía opciones de ganar.

Oía que los demás alumnos lanzaban vítores, y que algunos incluso gritaban su nombre. Reconoció la voz de Miles y le pareció oír a Shelby, lo cual realmente la animó. Sin embargo, el ruido de sus voces se mezclaba con algo más que emitía un sonido estático a un volumen demasiado alto. Lilith luchaba con más encono todavía, pero de pronto a Luce le empezó a resultar difícil concentrarse. Retrocedió, parpadeó y volvió la vista al cielo. El sol permanecía oculto por los enormes árboles, pero eso no era todo. Una armada creciente de sombras avanzaban desde las ramas, como manchas de tinta extendiéndose justo por encima de la cabeza de Luce.

No. Ahora no. No con todo el mundo mirando. Y no cuando le podía costar el combate. Sin embargo, nadie más había reparado en ellas, y eso parecía imposible. Hacían tanto ruido que Luce no podía hacer otra cosa más que taparse los oídos e intentar no oírlas. Se llevó las manos a los oídos con un gesto que hizo que la punta de la espada se dirigiera hacia el cielo y confundiera a Lilith.

—¡No dejes que te asuste, Luce! ¡Es como un veneno! —gritaba Dawn con voz cantarina desde el banco.

—¡Usa el *prise de fer*, la toma de hierro! —gritaba Shelby—. ¡Lilith lo odia! Perdón: Lilith lo odia todo, ¡pero sobre todo la toma de hierro!

Y así, había muchas más voces que gente en la terraza. Luce hizo una mueca de asombro y se esforzó por no oír nada. Sin embargo, una voz se impuso por encima de la algarabía, aunque se manifestó como un susurro en su oído, justo detrás de su cabeza. Era la voz de Steven:

—Criba el ruido, Luce. Localiza el mensaje.

Ella giró rápidamente la cabeza a su alrededor, pero él se hallaba al otro lado de la terraza, mirando los árboles. ¿Se refería a los nefilim? ¿A todo el ruido y alboroto que estaban haciendo? Les miró los rostros, pero ni siquiera hablaban. Entonces, ¿quién era? Por un instante, cruzó la mirada con Steven y él levantó la barbilla hacia el cielo, como si señalara las sombras.

En los árboles que tenía sobre la cabeza, las Anunciadoras hablaban.

Y ella podía oírlas. ¿Llevaban mucho tiempo hablando?

Latín, ruso, japonés. Inglés con acento sureño. Francés chapurreado. Susurros, cantos, malas indicaciones, versos rimados. Y un prolongado grito de auxilio que helaba la sangre. Sacudió la cabeza a la vez que mantenía a raya la espada de Lilith, y las voces en lo alto se detuvieron con ella. Miró a Steven y luego a Francesca. Aunque no lo demostraran, ella sabía que lo escuchaban. Y también sabía que ellos sabían que ella también escuchaba.

El mensaje escondido tras el ruido.

Toda la vida había oído ese mismo ruido cuando las sombras se aproximaban: era un zumbido desagradable, si bien ahora era distinto.

Clash.

La espada de Lilith chocó contra la de Luce. La chica resoplaba como un toro enfadado. Luce se oyó a sí misma respirar tras la máscara, jadeaba mientras intentaba resistir la espada de Lilith. Entonces fue capaz de escuchar entre las voces. De pronto se pudo concentrar en ellas. Para alcanzar el equilibrio, lo único que tenía que hacer era diferenciar el ruido estático de lo verdaderamente importante, pero ¿cómo?

«*Il faut faire le coup double. Après ça, c'est facile à gagner*», le susurró una de las Anunciadoras en francés.

Luce apenas había hecho dos cursos de francés en el instituto, pero esas palabras llegaron a algún rincón de su cerebro. No solo su mente comprendió el mensaje, sino que en cierto modo su cuerpo también lo entendió. Caló en su interior hasta el tuétano, y recordó:

en otro tiempo había estado en un lugar como aquel, en un combate a espada como ese, en un punto muerto igual.

La Anunciadora le recomendaba hacer un tocado doble, un movimiento de esgrima complicado en el que se combinan, uno detrás de otro, dos ataques individuales.

Su espada se deslizó por la de su contrincante, y ambas se separaron. Un instante antes de que lo hiciera Lilith, Luce arremetió hacia delante con un único gesto limpio e intuitivo, orientando la punta de la espada hacia la derecha, seguido de otro hacia la izquierda, y luego precipitándose hacia un lado de las costillas de Lilith. Los nefilim jaleaban, pero Luce no se detuvo. Se separó y luego arremetió de nuevo, hundiendo la punta de su espada en la guata a la altura del vientre de Lilith.

Ese era el tercer punto.

Lilith arrojó la espada al suelo de la terraza, se quitó la máscara con enojo y, antes de encaminarse a toda prisa al vestidor, dirigió a Luce una mirada aterradora. El resto de la clase se puso en pie, y Luce advirtió que sus compañeros la rodeaban. Dawn y Jasmine la abrazaban y le daban unos apretones suaves y delicados. Shelby se acercó para darle un palmetazo con la mano, y Luce observó que Miles aguardaba pacientemente detrás de ella. Cuando le llegó el turno, él la sorprendió levantándola del suelo y dedicándole un largo y estrecho abrazo.

Ella le devolvió el abrazo sin poder olvidar lo rara que se había sentido al dirigirse hacia él tras el combate y encontrarse con que Dawn se le había adelantado. En ese momento, simplemente se sintió feliz de tenerlo, feliz por su auténtico apoyo.

—Quiero que me des clases de esgrima —dijo él riendo.

Todavía en sus brazos, Luce elevó la mirada al cielo, a las sombras que pendían de las largas ramas. Sus voces ahora eran más suaves, menos nítidas, pero aun así más claras que en otras ocasiones; era como si ella por fin hubiera conseguido sintonizar una radio con ruido estático que llevaba escuchando durante años, si bien no sabía decir si aquello era motivo de alegría o de temor.

11
Ocho días

—Espera un momento. —La voz de Callie retumbó al otro lado de la línea—. Deja que me pellizque para comprobar que no estoy...

—No, no estás soñando —contestó Luce desde el teléfono que le habían prestado. Pese a que la recepción era mala desde su posición en el lindero del bosque, el sarcasmo de Callie se percibía de forma nítida y clara—. Soy yo, de verdad. Siento ser tan mala amiga.

Era jueves, después de cenar, y Luce se encontraba apoyada contra un robusto tronco de secuoya. A su izquierda había una colina ondulada, más allá el acantilado y, tras este, el océano. Encima de las aguas el cielo todavía brillaba con luz de color ámbar. Se dijo que posiblemente todos sus amigos estaban en el pabellón haciendo *s'mores*,* y contándose cuentos de demonios junto a la chimenea. Era una actividad de Dawn y Jasmine que formaba parte de las Noches Nefilim que Luce se suponía que ayudaba organizar, aunque en realidad

---

* Postre típico de los campamentos de verano en Estados Unidos y Canadá consistente en un bocadillo de galletas Graham, con relleno de nubes dulces y chocolate fundidos *(N. de la T.)*

lo único que había hecho había sido encargar una cuantas bolsas de nubes y algo de chocolate negro en la cantina.

Luego se había escapado al lindero oscuro del bosque a fin de evitar a toda la gente de la Escuela de la Costa y retomar un par de asuntos importantes.

Sus padres. Callie. Las Anunciadoras.

Había esperado hasta la noche para llamar a casa. Los jueves en *chez* Price era el día que su madre salía a jugar al mahjong a casa de los vecinos y su padre acudía al teatro municipal para asistir a una transmisión simultánea de la función de la ópera de Atlanta. Luce se veía capaz de hacer frente a sus voces grabadas en el contestador hacía más de diez años y dejar grabado en él que seguía insistiendo sin cesar al señor Cole que le permitiera salir del campus para Acción de Gracias y que los quería mucho.

Callie no le pondría las cosas tan fáciles.

—Creía que solo llamabas los miércoles —decía esta. Luce se había olvidado de la estricta normativa sobre llamadas telefónicas de Espada & Cruz—. Primero dejé de hacer planes los miércoles para esperar tus llamadas —prosiguió su amiga—. Pero al cabo de un tiempo dejé de hacerlo. Por cierto, ¿cómo has conseguido el móvil?

—¿Eso es todo? —preguntó Luce—. ¿Que cómo he conseguido un móvil? ¿No estás enfadada conmigo?

Callie suspiró.

—¿Sabes? Consideré la posibilidad de enfadarme. Llegué incluso a imaginar en mi mente toda la pelea. Pero las dos salíamos perdiendo. —Se interrumpió—. Y lo cierto es que te echo de menos, Luce. Así que me dije: «¿Para qué perder el tiempo enfadándome?».

—Gracias —musitó Luce a punto de llorar de alegría—. Dime, ¿qué has estado haciendo?

—Hum… Soy yo la que dirige la conversación. Será mi castigo por haberme dejado de lado. Y lo que quiero saber es: ¿qué ocurre con ese chico? ¿Creo que su nombre empezaba por C?

—Cam —gimió Luce. ¿Cam era el último chico del que había hablado con Callie?—. Resultó que no era… el tipo de persona que imaginaba. —Calló un instante—. Ahora me estoy viendo con otro y las cosas van bastante… —Recordó el rostro brillante de Daniel y lo rápido que se ensombreció durante su último encuentro, fuera en la ventana.

Luego pensó en Miles, en el cálido y formal Miles, tan agradable y poco dado a los dramas, el que la había invitado a su casa para el Día de Acción de Gracias; el que pedía pepinillos en las hamburguesas de la cantina aunque no le gustaban solo para poder sacarlos y dárselos a Luce; el chico que levantaba la cabeza cuando se reía, de modo que ella podía ver el brillo de sus ojos ocultos tras la gorra de los Dodgers.

—Las cosas van bien —dijo al fin—. Salimos juntos a menudo.

—Oh, vaya, ya veo, vas de un chico de reformatorio a otro. Es un sueño hecho realidad, ¿verdad? Pero esto suena más serio; te lo noto en la voz. ¿Vais a estar juntos por Acción de Gracias? ¿Piensas traértelo a casa para enfrentarlo a la cólera de Harry? ¡Ja, ja!

—Hum. Sí, tal vez —farfulló Luce sin saber si en realidad hablaba de Daniel o de Miles.

—Mis padres insisten en hacer la semana que viene una especie de gran reunión familiar en Detroit —dijo Callie— que estoy boicoteando. Me hubiera gustado hacerte una visita, pero me imagino que estarás encerrada en Villa Reformatorio. —Guardó silencio un instante, y Luce se la imaginó acurrucada en la cama de su habitación en Dover. Le pareció como si hubiera pasado toda una vida desde que ella iban juntas a la escuela. Habían cambiado tantas cosas—. Si vienes a casa, y además con tu chico del reformatorio, no habrá nada que me detenga.

—De acuerdo, Callie, pero…

Un grito agudo interrumpió a Luce.

—¿Quedamos de verdad? Imagínatelo: en una semana nos acurrucaremos en tu sofá y nos pondremos al día. Yo haré mis famosas palomitas de azúcar para que nos ayuden a soportar el aburrido pase de diapositivas de tu padre. Y ese caniche loco tuyo se pondrá como una fiera…

De hecho, Luce nunca había estado en la casa de ladrillo rojo de Callie en Filadelfia y Callie nunca había visitado la casa de Luce en Georgia. Lo único que habían visto eran fotografías. La visita de Callie era una perspectiva perfecta, justo lo que Luce necesitaba en ese momento. Pero también parecía completamente imposible.

—Ahora mismo consultaré los vuelos.

—Callie…

—Te envío un e-mail, ¿vale? —Callie colgó antes de que Luce pudiera responder siquiera.

Aquello no era bueno. Luce cerró el móvil. No debería molestarse por que Callie se hubiera autoinvitado a Acción de Gracias. En realidad, debería pensar que era maravilloso que su amiga todavía tuviera ganas de verla. Sin embargo, Luce no se sentía más que impotente, añorada de su casa y culpable por perpetuar aquel estúpido ciclo de mentiras.

¿Podría volver a ser una persona normal y feliz algún día? ¿Qué hacía falta en esta tierra, o fuera de ella, para que Luce se pudiera sentir tan satisfecha de su vida como Miles parecía estarlo de la suya? Su mente no dejaba de dar vueltas en torno a Daniel. Y tenía la respuesta: el único modo de poder sentirse despreocupada de nuevo sería no haber conocido nunca a Daniel, no haber conocido el amor verdadero.

Entonces algo se agitó entre las copas de los árboles y la asaltó un viento gélido. Aunque no se había concentrado en una Anunciadora en concreto, se dio cuenta de que, tal como Steven le había contado, su deseo de obtener respuestas había invocado a una.

No. No era una sola.

Se estremeció al levantar la cabeza y descubrir en el enramado cientos de sombras furtivas, tenebrosas y malolientes.

Se deslizaban juntas por las elevadas ramas de la secuoya que tenía sobre la cabeza. Era como si alguien en las nubes hubiera vertido un enorme frasco de tinta negra por el cielo y esta hubiera ido a caer encima de aquella bóveda arbolada, empapando una rama tras otra hasta convertir el bosque en una capa sólida de oscuridad. Al principio casi resultaba imposible distinguir dónde terminaba una sombra y empezaba la siguiente, qué sombra era auténtica y cuál era una Anunciadora.

Pero al poco empezaron a cambiar de forma y a definirse con más claridad; al principio con timidez, como si se movieran inocentemente bajo la luz débil del día, pero luego con mayor intensidad. Se soltaron de las ramas que habían ocupado y fueron extendiendo sus zarcillos de oscuridad cada vez más hacia abajo, aproximándose a la cabeza de Luce. ¿Le hacían señas para que se acercase o estaban amenazándola? Se armó de valor, pero no lograba recobrar el aliento. Había demasiadas. Quiso tomar una bocanada de aire, intentando no dejarse llevar por el pánico a sabiendas de que era demasiado tarde.

Echó a correr.

Tomó dirección sur, de regreso a la residencia. Pero aquel remolino negro y abisal se limitó a seguirla, susurrando en las ramas bajas de las secuoyas mientras se aproximaba. Luce notó los pinchazos gélidos de su tacto en los hombros. Gritó al sentirse manoseada, apartándolas con las manos desnudas.

Cambió de rumbo, tomó la dirección opuesta y se encaminó hacia el pabellón nefilim, al norte. Allí encontraría a Miles, a Shelby o incluso a Francesca. Pero las Anunciadoras no la dejaban marchar. De inmediato se deslizaron para adelantarla y se irguieron ante ella, absorbiendo la luz e impidiéndole el paso al pabellón. Su zumbido amortiguó el murmullo distante de la hoguera de los nefilim, haciendo que los amigos de Luce parecieran irremediablemente alejados.

Luce se obligó a detenerse e inspirar profundamente. Sabía mucho más de las Anunciadoras que antes, razón por la cual debería tenerles menos miedo. ¿Qué problema había? Tal vez sabía que estaba acercándose a algún recuerdo o información que podía cambiar el rumbo de su vida. Y su relación con Daniel. Lo cierto es que no solo le aterraban las Anunciadoras, sino que tenía pánico a lo que pudiera ver en ellas.

O lo que pudiera oír.

El día anterior por fin había surtido efecto el consejo de Steven de aplacar el ruido de las Anunciadoras, y Luce ya podía escuchar sus vidas anteriores. Era capaz de dejar de lado el ruido estático y centrarse en lo que deseaba saber. En lo que necesitaba saber. Seguramente, Steven había querido darle esa ayuda, y seguramente sabía que ella escucharía y aprendería algo de las Anunciadoras.

Luce se volvió y regresó a la soledad oscura de los árboles cuando el zumbido de las Anunciadoras se calmó y disminuyó.

La oscuridad de debajo de las ramas la envolvió en un abrazo frío y de olor putrefacto a causa de las hojas en descomposición. Bajo la luz crepuscular, las Anunciadoras se deslizaron hacia delante y se acomodaron a la luminosidad mortecina que la rodeaba, camuflándose de nuevo entre las sombras naturales. Algunas se movían rápidas y rígidas, como soldados; otras, en cambio, tenían una elegancia ágil. Luce se preguntó si su apariencia era indicativa de los mensajes que contenían.

Con todo, había muchas cosas de las Anunciadoras que las hacían impenetrables. Sintonizarlas no era intuitivo, no era como manipular el dial de una radio antigua. Lo que había oído el día anterior, esa voz entre la algarabía, le había llegado por accidente.

Tal vez el pasado le había parecido insondable en otros tiempos, pero ella ahora notaba que presionaba por aflorar contra esas superficies oscuras, esperando salir a la luz. Luce cerró los ojos, ahuecó las manos y las juntó. Allí, en la oscuridad, con el corazón latiéndole agitado, deseó que salieran. Invocó a esas cosas frías y oscuras y les pidió que le devolvieran su pasado a fin de iluminar su historia y la de Daniel. Las invocó para resolver el misterio de quién era él y por qué la había escogido a ella.

Aunque la verdad le rompiera el corazón.

En el bosque se oyó una risa femenina. Era una risa tan clara que parecía rodear a Luce y resonar en las ramas de los árboles. Intentó ver de dónde procedía, pero había tantas sombras reunidas que Luce no sabía cómo localizar la fuente. Y entonces se le heló la sangre.

La risa era suya.

En realidad, había sido suya cuando era niña. Antes de Daniel, antes de Espada & Cruz, antes de Trevor… Antes de una vida llena de secretos y mentiras y de tantas preguntas sin respuesta. Antes de que viera a un ángel. Era una risa inocente, demasiado despreocupada para pertenecerle ahora.

Una ráfaga de viento se agitó en las ramas que tenía sobre la cabeza y un buen número de hojas de secuoya se desprendieron y se precipitaron al suelo. Parecían gotas de lluvia mientras se unían con sus miles de antecesoras en el suelo blando del bosque. Entre ellas cayó también una hoja grande.

Gruesa pero ligera como una pluma, totalmente intacta, descendía lentamente, ajena a la fuerza de la gravedad. Era negra en vez de marrón. Y, en lugar de caer al suelo, fue a posarse en la palma extendida de Luce.

No era una hoja. Se trataba de una Anunciadora. Cuando Luce se inclinó para observarla con mayor atención, oyó de nuevo la risa. En algún lugar dentro de ella, otra Luce se reía.

Suavemente, Luce estiró los extremos de la Anunciadora, que era más flexible de lo que se esperaba, si bien al tacto era fría como el hielo y pegajosa. Cuando alcanzó un tamaño de poco menos de un metro, Luce la soltó y se alegró de ver que se mantenía a la altura de su vista. Hizo un gran esfuerzo para concentrarse: en atender y desentenderse de cuanto la rodeaba.

Al principio no notó nada, pero luego…

Otra risa creciente se oyó en el interior de la sombra. A continuación, el velo de oscuridad se rasgó y mostró una imagen en el interior.

En esta ocasión, Daniel fue el primero en aparecer.

Aunque fuera a través de una Anunciadora, verlo era una delicia. Llevaba el pelo un poco más largo que ahora. Estaba bronceado: tenía los hombros y la nariz de un intenso color marrón dorado. Llevaba un bañador azul marino ceñido que le quedaba muy bien, del tipo que había visto en las fotografías de familia de los años setenta.

Detrás de Daniel se veía el lindero de un bosque tropical espeso y denso, exuberante y repleto de bayas y flores blancas que Luce no había visto antes. Se encontraba al borde de un acantilado pequeño pero no menos impresionante que daba a un estanque de agua espumosa. Sin embargo, Daniel no dejaba de mirar hacia arriba, al cielo.

La risa de nuevo. Y luego la voz de Luce, entrecortada por unas risitas.

—¡Rápido! ¡Tírate de una vez!

Luce se inclinó hacia delante para acercarse más a la ventana de la Anunciadora y vio a su antiguo yo flotando en el agua con un biquini amarillo anudado detrás del cuello. Su larga cabellera flotaba en torno a su cara en la superficie del agua, como un halo de intenso color negro. Daniel la miraba, pero no dejaba de dirigir la vista hacia lo alto. Tenía los músculos del pecho tensos. Luce se sintió mal al presentir por qué.

El cielo se estaba llenando de Anunciadoras que, como una bandada de cuervos negros, formaban una nube tan espesa que taparon el sol. La antigua Luce no se daba cuenta de nada en el agua, no veía nada. Pero cuando la Luce del bosque vio en la imagen de una Anunciadora todas aquellas Anunciadoras revoloteando y arremolinándose en el aire húmedo de aquel bosque tropical, se sintió súbitamente mareada.

—¡Me estás haciendo esperar mucho! —gritaba la Luce del pasado a Daniel—. Dentro de poco me voy a congelar.

Daniel apartó la vista del cielo y miró abajo con expresión consternada. Le temblaban los labios y tenía el rostro pálido como un fantasma.

—No te congelarás —le dijo.

¿Lo que Daniel se estaba secando eran lágrimas? Él cerró los ojos y se estremeció. Luego, tras arquear las manos por encima de la cabeza, se dio impulso desde la roca y se zambulló.

Salió a la superficie al cabo de un momento, y Luce nadó hacia él. Lo abrazó por el cuello con una expresión alegre y feliz. En el bosque, Luce miraba la escena con una mezcla de horror y complacencia. Deseó que su antiguo yo hubiera disfrutado al máximo de Daniel, que hubiera sentido la cercanía inocente y extasiada de estar con la persona amada.

Pero ella sabía, igual que Daniel, igual que el enjambre de Anunciadoras, lo que iba a ocurrir en cuanto Luce posara sus labios en los de él. Daniel tenía razón: no se congelaría. Moriría carbonizada en una horrible llamarada.

Y a Daniel no le quedaría más remedio que llorarla.

Pero no sería el único. Esa chica había tenido una vida, amigos, una familia que la quería y que quedaría destrozada si la perdían.

De pronto Luce sintió mucha rabia. Se sintió furiosa por la maldición a la que ella y Daniel estaban condenados. Ella era inocente, no tenía ningún poder: no entendía nada de lo que iba a ocurrir. Y seguía sin comprender por qué ocurría, por qué siempre tenía que morir tan rápidamente después de encontrar a Daniel.

Y por qué no había muerto aún en esta vida.

La Luce del agua seguía viva. Luce no iba a permitir, no podía permitir que muriera.

Asió con fuerza a la Anunciadora, apretando con los puños sus extremos. La retorció y la dobló deformando la imagen de los nadadores como si se tratara de un espejo en un parque de atracciones. Dentro de la pantalla, las sombras descendían. Los nadadores se estaban quedando sin tiempo.

Luce gritó enfadada y asestó un puñetazo a la Anunciadora: primero una vez, luego otra, arrojó una lluvia de golpes contra la escena que se desarrollaba ante ella. Golpeó una y otra vez, con la respiración entrecortada y gritando mientras intentaba parar lo que iba a ocurrir.

Entonces ocurrió: su puño derecho atravesó la imagen y el brazo se le hundió hasta el codo. Al instante, notó el cambio brusco de temperatura. El calor de una puesta de sol veraniega le recorría la palma de la mano. La gravedad cambió. Luce no podía decir si iba hacia arriba o hacia abajo. Notó que se le encogía el estómago y temió salir despedida.

Podía atravesar la imagen. Podía salvar a su antiguo yo. Extendió con prudencia hacia delante el brazo izquierdo, que también desapareció dentro de la Anunciadora: era como atravesar una gelatina brillante y pegajosa que se arrugaba y se extendía como si la dejara pasar.

—Es lo que quiere que haga —dijo en voz alta—. Lo puedo hacer. Puedo salvarla. Puedo salvar mi vida.

Se inclinó un poco hacia atrás y luego arrojó su cuerpo dentro de la Anunciadora.

Hacía sol, tanto que tuvo que cerrar los ojos; el calor era tan tropical que de inmediato sintió el sudor en la piel. Y la invadió una sensación muy desagradable con el centro de gravedad cayendo en picado, como si estuviera zambulléndose desde lo alto.

En un instante ella se dejaría caer...

Pero entonces algo la asió del tobillo izquierdo y luego del derecho. Algo tiraba a Luce hacia atrás con mucha fuerza.

—¡No! —gritó Luce, porque en ese instante vislumbró a lo lejos un estallido amarillo en el agua. Demasiado intenso para tratarse del biquini. ¿Acaso la Luce del pasado ya estaba siendo consumida por las llamas?

Luego todo se desvaneció.

Luce se encontró de pronto de vuelta en la zona fría y sombría de secuoyas que había detrás de la residencia de la Escuela de la Costa. Notaba la piel fría y pegajosa, había perdido por completo el sentido del equilibrio y se desplomó de bruces sobre la suciedad y las hojas de secuoya que había en el suelo del bosque. Se dio la vuelta y vio dos siluetas ante ella, aunque su visión daba tantas vueltas que ni siquiera podía distinguir quiénes eran.

—Pensé que estarías aquí.

Shelby. Luce sacudió la cabeza y parpadeó un par de veces. No solo estaba Shelby. También estaba Miles. Los dos parecían agotados. Luce estaba agotada. Miró el reloj sin sorprenderse por el tiempo que se había pasado contemplando a la Anunciadora. Eran más de la una de la madrugada. ¿Qué andaban haciendo Miles y Shelby a esas horas por ahí?

—Pe-pe-pero ¿qué pretendías hacer…? —balbuceó Miles señalando el lugar donde había estado la Anunciadora.

Luce miró por encima del hombro. La sombra había estallado en cientos de hojas negras aciculadas que iban cayendo al suelo, lo bastante quebradizas como para convertirse en ceniza al tocar el suelo.

—Creo que voy a vomitar —musitó volviéndose a un árbol cercano. Tuvo unas cuantas arcadas, pero no salió nada. Cerró los ojos sintiéndose culpable. Había sido demasiado débil y había llegado demasiado tarde para salvarse a sí misma.

Una mano fría se le acercó y le apartó los mechones rubios de la cara. Luce vio los desgastados pantalones negros de yoga de Shelby y las chanclas y se sintió invadida por una sensación de gratitud.

—Gracias —dijo. Al cabo de un buen rato, se pasó la mano por la boca y se incorporó algo tambaleante—. ¿Estáis enfadados conmigo?

—¿Enfadados? Estoy orgullosa de ti. Lo has hecho solita. ¿Para qué necesitas más a alguien como yo? —Shelby se encogió de hombros sin dejar de mirar a Luce.

—Shelby…

—No. Te diré para qué me necesitas —espetó Shelby—. Para mantenerte a salvo de desastres como en el que has estado a punto de meterte. Te guste o no, me atrevo a añadir: ¿qué pretendías hacer? ¿Sabes qué le ocurre a la gente que entra en las Anunciadoras?

Luce negó con la cabeza.

—¡Pues yo tampoco, pero seguro que no es nada bueno!

—Solo tienes que saber lo que te traes entre manos —intervino Miles de pronto a sus espaldas. Tenía el rostro extrañamente pálido. Sin duda, Luce lo había asustado mucho.

—Oh, de acuerdo. ¿Así que se supone que tú sí sabes lo que te traes entre manos? —le desafió Shelby.

—No —musitó él—. Pero un verano mis padres me apuntaron a un taller de un ángel mayor que sí sabía cómo hacerlo, ¿vale? —Se volvió hacia Luce—. Y lo que tú estabas haciendo no se acercaba siquiera. Me has asustado mucho, Luce.

—Lo siento. —Luce estaba sorprendida. Shelby y Miles se comportaban como si los hubiera traicionado por ir ahí sola—. Creía que estaríais detrás del pabellón, junto a la hoguera del campamento.

—Pensábamos que irías —replicó Shelby—. Hemos estado un rato por ahí, pero entonces Jasmine ha empezado a gritar que Dawn había desaparecido, y los profesores se comportaban de un modo muy raro, sobre todo cuando han visto que tú tampoco estabas, así que la fiesta se ha acabado. Entonces le he dicho a Miles que tenía una vaga idea de lo que podrías andar haciendo y he salido a buscarte, y va y de repente se convierte en una especie de señor Lapa...

—Un momento —interrumpió Luce—. ¿Dawn ha desaparecido?

—Lo más probable es que no —sugirió Miles—. Ya sabes lo veleidosas que son Jasmine y ella.

—Pero esa era su fiesta —dijo Luce—. Nunca se perdería su propia fiesta.

—Eso es lo que Jasmine no dejaba de repetir —explicó Miles—. Anoche no fue a su habitación y esta mañana tampoco estaba en la cantina, así que al final Francesca y Steven nos han ordenado irnos a nuestras habitaciones, pero...

—Me apuesto veinte pavos a que está besuqueándose con algún bola de sebo no nefilim en los bosques de por aquí. —Shelby lanzó una mirada de picardía.

—No.

Luce tenía un mal presagio. Dawn estaba muy emocionada por la hoguera del campamento. Había encargado camisetas por internet porque no había habido modo de convencerla de que ningún nefilim se prestaría a llevarlas. No podía haber desaparecido, al menos no por voluntad propia.

—¿Cuánto tiempo lleva desaparecida?

Cuando los tres salieron del bosque, Luce se sentía todavía más alterada. No era solo por Dawn, también era por lo que había visto en la Anunciadora. Contemplar cómo la muerte se acercaba a un antiguo yo era una agonía, y era la primera vez que lo había atestiguado. Daniel, por otra parte, había tenido que presenciarlo cientos de veces. Ahora comprendía por qué había actuado con tanta frialdad la primera vez que se encontraron: para ahorrar a ambos el trauma de volver a pasar por la experiencia de una muerte horrible. La realidad de la situación de Daniel empezó a abrumarla y se sintió desesperada por verlo.

Al cruzar el jardín que llevaba a la residencia, Luce tuvo que protegerse los ojos de unas potentes luces que barrían el campus. Un helicóptero zumbaba a lo lejos, mientras su foco de localización recorría la costa, escudriñando la playa de un lado a otro. Una amplia línea de hombres con uniformes oscuros recorría el camino desde el pabellón nefilim hasta la cantina, escrutando lentamente el suelo.

Miles dijo:

—Es la formación habitual de las partidas de búsqueda. Forman una línea y no dejan ni un centímetro del suelo sin mirar.

—¡Oh, Dios mío! —murmuró Luce en voz baja.

—Ha desaparecido de verdad. —Shelby parpadeó—. No tengo un buen karma.

Luce echó a correr hacia el pabellón nefilim. Miles y Shelby la siguieron. El camino, tan bonito a la luz del día, lleno de flores, ahora aparecía cubierto de sombras. Ante ellos, la hoguera del campamento se había apagado y solo quedaban unas pocas ascuas, pero en el pabellón y en la terraza todas las luces estaban encendidas. El enorme edificio en forma de A refulgía, formidable en la noche oscura.

Luce vio las caras asustadas de muchos nefilim que estaban sentados en los bancos alrededor de la terraza. Jasmine lloraba con su gorra de lana hundida en la cabeza. Sostenía la mano rígida de Lilith para encontrar apoyo mientras dos policías con libretas le hacían una serie de preguntas. Luce se sintió muy próxima a la chica. Sabía lo horrible que podía ser ese trámite.

Los policías iban de un lado a otro de la terraza repartiendo fotocopias en blanco y negro de una fotografía reciente y ampliada de Dawn que alguien había encontrado en internet. Al mirar la imagen de baja resolución, Luce se sorprendió de lo mucho que Dawn se parecía a ella, por lo menos antes de teñirse el cabello, y se acordó de la charla que habían mantenido la mañana después de teñírselo, cuando Dawn había dicho que ya no eran clavaditas.

Luce ahogó un grito. La cabeza empezó a dolerle en cuanto cayó en la cuenta de muchas cosas en las que no había reparado hasta ese instante.

El momento horroroso en el bote de salvamento. La dura advertencia de Steven sobre mantenerlo en secreto. La paranoia de Daniel acerca de unos «peligros» que nunca le había explicado. El Proscrito que la había sacado del campus, la amenaza del bosque que Cam había liquidado. Su gran parecido con Dawn en aquella borrosa fotografía en blanco y negro.

Quien fuera que se había llevado a Dawn se había equivocado. En realidad, buscaba a Luce.

12

Siete días

El viernes por la mañana, Luce se restregó los ojos antes de abrirlos y posó la vista en el reloj. Las 7.30. Apenas había podido conciliar el sueño: estaba hecha un lío, se sentía tremendamente preocupada por Dawn y seguía enfadada por la vida anterior que había presenciado un día antes a través de la Anunciadora. Había resultado espeluznante ver los momentos previos a su muerte. Se preguntó si todos habrían sido como aquel. En su mente no dejaba de dar vueltas a la misma pregunta una y otra vez.

Si no fuera por Daniel…

… ¿habría tenido la oportunidad de vivir una vida normal, entablar una relación con otra persona, casarse, tener hijos y envejecer como el resto del mundo? Si Daniel no se hubiera enamorado de ella hace tanto tiempo, ¿estaría Dawn ahora desaparecida?

Pero todas esas preguntas al final iban a parar a la cuestión principal: ¿sería distinto el amor si lo sintiera por otra persona? Se suponía que el amor era algo natural, ¿no? Entonces, ¿por qué se sentía tan atormentada?

La cabeza de Shelby asomó desde la litera superior y su espesa cola rubia cayó detrás de ella como si fuera una soga.

—¿Estás alucinando tanto como yo con todo esto?

Luce dio una palmadita en su cama para que Shelby bajara y se sentara a su lado. Vestida aún con su grueso pijama de franela, Shelby se deslizó hasta la cama de Luce con dos tabletas grandes de chocolate negro.

Luce iba a decir que no podía comer nada, pero en cuanto el olor del chocolate le llegó a la nariz, quitó el papel brillante de la envoltura y dirigió una pequeña sonrisa a Shelby.

—Es lo que necesitamos —afirmó Shelby—. ¿Te acuerdas de lo que dije anoche acerca de Dawn besuqueándose con algún bola de sebo? Me siento fatal por eso.

Luce negó con la cabeza.

—Shelby, no lo sabías. No deberías sentirte mal por eso.

Ella, en cambio, sí tenía motivos para sentirse mal por lo que le había ocurrido a Dawn. Luce ya llevaba mucho tiempo considerándose responsable de las muertes de personas cercanas a ella: primero Trevor, después Todd y luego la pobre Penn. Se le hizo un nudo en la garganta al pensar que tal vez debería añadir a Dawn a su lista. Se secó una lágrima antes de que Shelby la viera. Empezaba a plantearse que tal vez sería mucho mejor guardar cuarentena y permanecer apartada de cualquier persona a la que quisiera para no ponerla en peligro.

Un golpecito en la puerta les hizo dar un respingo tanto a Luce como a Shelby. La puerta se abrió lentamente. Era Miles.

—Han encontrado a Dawn.

—¿Qué? —preguntaron Luce y Shelby incorporándose a la vez.

Miles acercó la silla del escritorio de Luce a la cama y se quedó sentado mirando a las chicas. Se quitó la gorra y se frotó la frente. Estaba bañado de sudor, como si hubiera atravesado corriendo todo el campus para contárselo.

—No he podido pegar ojo en toda la noche —dijo mientras daba vueltas a la gorra entre las manos—. Me he levantado temprano y he salido a dar una vuelta. Me he encontrado a Steven y él me ha dado la buena noticia. Los que se la llevaron la devolvieron al salir el sol. Está asustada, pero sana y salva.

—Es un milagro —murmuró Shelby.

Luce era más escéptica.

—No lo entiendo. ¿La han devuelto? ¿Sana y salva? ¿Desde cuándo ocurren esas cosas?

¿Y cuánto tiempo había necesitado quienquiera que fuese para darse cuenta de que se habían llevado a la chica equivocada?

—No fue tan sencillo —admitió Miles—. Steven intervino. Él la salvó.

—¿De quién? —prácticamente gritó Luce.

Miles se encogió de hombros y se balanceó sobre las patas traseras de la silla.

—¡Ni idea! Estoy seguro de que Steven lo sabe, pero no soy lo que se dice su mejor confidente.

Aquello hizo gritar de alegría a Shelby. El hecho de que Dawn hubiera sido hallada sana y salva parecía tranquilizar a todo el mundo menos a Luce, que tenía el cuerpo entumecido. No podía dejar de pensar: «Debería haber sido yo».

Salió de la cama y cogió una camiseta y unos vaqueros de su armario. Tenía que encontrar a Dawn. Ella era la única persona que podía contestar a sus preguntas. Y, aunque Dawn nunca lo entendería, Luce sabía que le debía una disculpa.

—Steven dice que la gente que se la llevó no volverá jamás —añadió Miles observando a Luce con preocupación.

—¿Y tú te lo crees? —le preguntó Luce en tono burlón.

—¿Por qué no debería hacerlo? —se oyó preguntar a una voz desde la puerta abierta.

Francesca estaba apoyada en el umbral, vestida con una gabardina de color caqui. Irradiaba tranquilidad, pero no parecía realmente contenta de verlos.

—Dawn ya está a salvo en casa.

—Quiero verla —dijo Luce, sintiéndose ridícula al verse de pie con la camiseta raída y los pantalones de deporte con los que había dormido.

Francesca frunció la boca.

—La familia de Dawn ha venido a recogerla hace una hora. Regresará a la Escuela de la Costa cuando sea el momento oportuno.

—¿Por qué os comportáis como si no hubiera ocurrido nada? —Luce levantó los brazos—. Como si Dawn no hubiera sido secuestrada…

—No la secuestraron —le corrigió Francesca—. La tomaron prestada y resultó ser un error. Steven se encargó de todo.

—Hum, ¿se supone que esto nos hará sentirnos mejor? ¿Pensar que la tomaron prestada? ¿Para qué?

Luce escrutó el rostro de Francesca y no apreció en él más que tranquilidad. Pero entonces algo cambió en los ojos azules de la mujer: se entornaron para luego abrirse, y Luce comprendióla súplica silenciosa de Francesca: que no manifestara sus sospechas en presencia de Miles o de Shelby. Aunque no sabía muy bien por qué, Luce confiaba en Francesca.

—Steven y yo pensamos que estaréis todos bastante conmocionados —prosiguió Francesca, incluyendo en su mirada a Miles y a Shelby—. Hemos suspendido las clases de hoy y estaremos en nuestros despachos si queréis pasaros a charlar.

Sonrió de ese modo angelical y deslumbrante tan característico suyo. Giró sobre sus talones y se marchó taconeando por el pasillo.

Shelby se levantó y cerró la puerta tras Francesca.

—¿Os podéis creer que haya hablado de «tomar prestado», haciendo referencia a un ser humano? ¿Acaso Dawn es un libro de la biblioteca? —Dobló las manos en puños—. Tenemos que hacer algo para distraernos. Mirad, me alegro de que Dawn esté a salvo, y creo que confío en Steven, pero, aun así, sigo completamente horrorizada.

—Tienes razón —dijo Luce mirando hacia Miles—. Vamos a distraernos un poco. Podríamos salir a pasear.

—Es demasiado peligroso. —Los ojos de Shelby iban de un lado a otro.

—Ver una película…

—Demasiado tranquilo. Eso no apaciguará mi mente.

—Eddie dijo algo sobre un partido de fútbol a la hora del almuerzo —apuntó Miles.

Shelby se puso la mano en la frente.

—¿Es que tengo que recordaros que yo he acabado con los chicos de la Escuela de la Costa?

—¿Y un juego de mesa…?

Finalmente, la mirada de Shelby se iluminó.

—¿Y qué tal el juego de la vida? Por ejemplo… ¿de tus vidas anteriores? Podríamos dedicarnos a seguir de nuevo la pista a tus familiares. Yo podría ayudarte…

Luce se mordió el labio. Haber penetrado en aquella Anunciadora el día anterior la había conmocionado profundamente. Seguía sintiéndose físicamente desorientada y emocionalmente agotada, por no hablar de cómo se sentía respecto a Daniel.

—No lo sé —dijo.

—¿Te refieres a seguir haciendo más de lo que hacías ayer? —preguntó Miles.

Shelby volvió la cabeza y se quedó mirando a Miles.

—¿Todavía estás aquí?

Miles recogió una almohada que había caído al suelo y se la tiró. Ella se la devolvió con un golpe, aparentemente impresionada por sus propios reflejos.

—Vale, de acuerdo. Miles se queda. Las mascotas siempre son de utilidad. Quizá necesitemos a un cabeza de turco, ¿verdad, Luce?

Luce cerró los ojos. En efecto, se moría de ganas de conocer más cosas sobre su pasado, pero ¿y si resultaba tan difícil de asimilar como lo había sido el día anterior? Aunque contara con Miles y con Shelby, tenía miedo de volver a intentarlo.

Pero entonces se acordó del día en que Francesca y Steven habían mostrado a la clase la Anunciadora de Sodoma y Gomorra. Después de la exhibición, mientras que los demás alumnos se tambaleaban, Luce no dejaba de pensar que lo importante no era si habían vislumbrado o no aquella escena tan cruenta. El hecho es que había ocurrido. Igual que su pasado.

Por el bien de sus antiguos yoes, Luce no podía dejarlo ahora.

—Hagámoslo —dijo a sus amigos.

Miles dio a las chicas unos minutos para que se vistieran antes de encontrarse en el pasillo. Pero Shelby se negó a ir al bosque donde Luce había invocado a las Anunciadoras.

—No me miréis así. Acaban de atrapar a Dawn, y el bosque es oscuro y tenebroso. No quiero ser la próxima, ¿vale?

Entonces Miles insistió en que sería bueno que Luce intentara practicar el arte de invocar a las Anunciadoras en algún lugar nuevo como su habitación.

—Basta con que silbes, y las Anunciadoras vendrán —aseguró—. Somételas. Ya sabes que eso es lo que quieren.

—No quiero que empiecen a acechar por aquí —dijo Shelby volviéndose hacia Luce—. No te ofendas, pero una necesita intimidad.

Luce no se sintió ofendida. Las Anunciadoras no dejarían de acosarla, independientemente de cuándo las invocara. Igual que Shelby, no quería que las sombras aparecieran sin más en su dormitorio.

—La cuestión con las Anunciadoras es demostrar control. Es como adiestrar a un cachorro. Lo único que hay que enseñarles es quién es el amo.

Luce volvió la cabeza hacia Miles.

—¿Desde cuándo sabes tantas cosas sobre Anunciadoras?

Miles se sonrojó.

—Puede que no sea muy aplicado en clase, pero sé hacer un par de cosas.

—Ah, ¿sí? ¿Qué cosas? ¿Se puede poner aquí e invocarlas? —preguntó Shelby.

Luce se puso de pie en el centro de la habitación sobre la alfombra de yoga con los colores del arco iris de Shelby y pensó en lo que Steven le había enseñado.

—Abramos una ventana —propuso.

Shelby se levantó para abrir la ventana y dejó que entrara una ráfaga fresca de brisa marina.

—Buena idea. Resulta más acogedor.

—Y también más frío —dijo Miles levantándose la capucha de la sudadera.

A continuación los dos se sentaron en la cama mirando a Luce, como si fuera una artista en un escenario.

Cerró los ojos, procurando no sentirse en el punto de mira, pero en lugar de centrarse en las sombras, en lugar de invocarlas mentalmente, no dejaba de pensar en Dawn y en lo aterrada que tenía que haber estado la noche anterior y en cómo se sentiría ahora estando de vuelta con su familia. Se había recuperado muy pronto de aquel horrible accidente en el yate, pero eso era mucho más serio. Y era culpa de Luce. En realidad, de Luce y también de Daniel por llevarla hasta allí.

Daniel no dejaba de decir que la llevaba a un lugar más seguro, y ella no podía por menos de preguntarse si en realidad lo que había logrado era convertir la Escuela de la Costa en un lugar más peligroso.

Un grito ahogado de Miles le hizo abrir los ojos. Miró justo encima de la ventana, donde una gran Anunciadora oscura como el carbón se apretaba contra el techo. A primera vista parecía una sombra normal arrojada por la lámpara de suelo que Shelby ponía en la esquina cuando practicaba *vinyasa*. Pero entonces empezó a extenderse por el techo hasta que pareció como si la habitación estuviera revestida de una pintura letal, dejando una estela fría y maloliente sobre la cabeza de Luce. Estaba fuera de su alcance.

Esa Anunciadora, a la que ella ni siquiera había invocado y que podía contener cualquier cosa, la estaba provocando.

Inspiró con nerviosismo y recordó lo que Miles le había dicho sobre el control. Se concentró tan intensamente que le empezó a doler la cabeza. Tenía el rostro rojo y los ojos tan apretados que temió tener que abandonar. Pero entonces…

La Anunciadora se dobló y se deslizó a los pies de Luce como si fuera un grueso rollo de tela caído. Con los ojos entornados, vio una sombra de color marrón, más pequeña y redonda, que se levantaba sobre la más grande y oscura siguiendo sus movimientos, casi igual que un gorrión volando en línea con un halcón. ¿Qué significaba esa nueva sombra?

—Es increíble —murmuró Miles.

Luce quiso interpretar las palabras de Miles como un cumplido. Eso que la había aterrorizado toda la vida, eso que la había hecho sentirse tan mal; eso que tanto miedo le había dado, ahora se sometía ante ella. Era algo que ciertamente resultaba increíble. Jamás se le habría ocurrido verlo así hasta que descubrió el asombro en el rostro de Miles, y por primera vez se sintió fabulosa.

Controló la respiración y se tomó un tiempo para levantarla del suelo y ponérsela en las manos. En cuanto la gran Anunciadora gris estuvo a su alcance, la sombra pequeña se echó al suelo como una curva dorada de luz procedente de la ventana, camuflándose con las tablas de madera.

Luce tomó los extremos de la Anunciadora y contuvo el aliento al tiempo que rezaba para que el mensaje que albergaba fuera más inocente que el del día anterior. Tiró de la sombra y le sorprendió que presentara más resistencia que las otras que había manipulado.

A pesar de su apariencia delicada e insustancial, en sus manos resultaba rígida. Cuando logró formar con ella una pantalla de aproximadamente un metro, le dolían los brazos.

—Es lo máximo que puedo hacer —dijo a Miles y a Shelby, que se pusieron de pie y se acercaron.

El velo gris del interior de la Anunciadora se levantó o, por lo menos, a Luce se lo pareció; sin embargo, observó que en el interior había otro velo grisáceo. Forzó la vista para ver que la textura gris se enturbiaba y se movía; entonces se dio cuenta de que no estaba vislumbrando la sombra: aquel velo grisáceo era una nube espesa de humo de tabaco. Shelby tosió.

Aunque la humareda no se disipó por completo, los ojos de Luce se acostumbraron a ella; al poco se fue materializando una amplia mesa en forma de media luna con un tablero de fieltro rojo. Encima se veían varias cartas de una baraja dispuestas en filas ordenadas. A un lado había un grupo de personas extrañas sentadas: algunas parecían ansiosas y nerviosas, como un hombre calvo que no dejaba de aflojarse la corbata de topos y silbaba para sí; otras parecían agotadas, como la mujer repeinada que echaba la ceniza de su cigarrillo en un vaso medio lleno de algo. El pastoso rímel se le desprendía de las pestañas y le dejaba un veteado de polvo negro debajo de los ojos.

Al otro lado de la mesa, un par de manos revoloteaban sobre una baraja de cartas, lanzando con pericia una carta a cada persona de la mesa. Luce se acercó a Miles para ver mejor. La distrajeron las brillantes luces de neón de los miles de máquinas tragaperras que había más allá de las mesas. Pero eso fue antes de que viera a la persona que repartía las cartas.

Creía que estaba acostumbrada a ver versiones de sí misma en las Anunciadoras. Una imagen joven, llena de esperanza, inocente incluso. Pero esta vez era distinto. La mujer que repartía cartas en aquel casino sórdido llevaba camisa blanca, pantalones negros ajustados y un chaleco también negro abierto por la zona del pecho. Tenía unas uñas largas y rojas, decoradas con unas lentejuelas brillantes que no dejaba de emplear para apartarse el pelo negro de la cara. Su atención se elevaba apenas por encima de la cabeza de los jugadores, de forma que no miraba nunca a nadie directamente a los ojos. Le triplicaba la edad a Luce, pero compartía algo con ella.

—¿Esa eres tú? —susurró Miles esforzándose por no parecer horrorizado.

—¡No! —respondió Shelby con rotundidad—. Esta tipeja es vieja. Y Luce solo vive hasta los diecisiete. —Dirigió una mirada nerviosa hacia Luce—. Quiero decir, en el pasado, hasta ahora ha sido así. Sin embargo, esta vez seguro que vivirás hasta la edad adulta, e incluso puede que logres ser mayor que esa mujer. Lo que quiero decir…

—Ya basta, Shelby —la interrumpió Luce.

Miles negó con la cabeza.

—Tengo que ponerme al día en muchas cosas.

—Muy bien, pues si no soy yo, al menos sí tenemos que estar… No sé, relacionadas de algún modo.

Luce observó cómo esa mujer canjeaba las fichas del calvo de la corbata. Tenía unas manos parecidas a las de Luce. También la forma de la boca era bastante semejante.

—¿Os parece que podría ser mi madre? ¿O mi hermana?

Shelby tomaba notas a toda velocidad en la cubierta de un manual de yoga.

—Solo hay un modo de descubrirlo. —Enseñó rápidamente la anotación a Luce—. «Las Vegas. Hotel y Casino Mirage. Turno de noche. Mesa cerca del espectáculo del tigre de Bengala. Vera con uñas postizas marca Lee».

Volvió a mirar a la mujer que repartía las cartas. Shelby era muy buena advirtiendo los detalles en los que Luce nunca reparaba. El nombre de la identificación de empleada decía VERA en letras blancas y algo inclinadas. Pero entonces la imagen empezó a temblar y a desvanecerse. Al poco rato se disgregó en trozos diminutos de sombra que cayeron al suelo y se retorcieron como la ceniza de un papel ardiendo.

—Un momento… ¿acaso esto no es el pasado? —quiso saber Luce.

—No lo creo —dijo Shelby—. Por lo menos, no es algo muy remoto en el tiempo. Había un anuncio del nuevo espectáculo del Cirque du Soleil al fondo. Así que ¿qué te parece?

¿Ir hasta Las Vegas para encontrar a esa mujer? Sin duda, resultaría más fácil acercarse a una hermana de mediana edad que a unos padres bien entrados en los ochenta, pero aun así… ¿Y si se marchaban hasta Las Vegas y Luce se volvía a bloquear?

Shelby le dio un codazo suave.

—Realmente me tienes que caer muy bien para que esté de acuerdo en acompañarte a Las Vegas. Mi madre trabajó de camarera allí durante unos años cuando yo era pequeña. Te lo prometo: es el Infierno en la tierra.

—¿Cómo vamos a ir hasta allí? —preguntó Luce sin querer pedirle a Shelby si podrían volver a tomar prestado el coche de su patético ex novio—. Por cierto, ¿a cuánto queda Las Vegas de aquí?

—Demasiado para ir en coche —intervino Miles—. Pero a mí me viene muy bien, porque siempre he tenido ganas de practicar la transposición.

—¿Quieres decir pasar al otro lado?

—Eso mismo.

Miles se puso de rodillas y recogió con las manos los fragmentos de la sombra. Aunque parecían hechos añicos, no dejó de amasarlos con los dedos hasta que obtuvo una bola grande y descuidada.

—Como os he dicho, esta noche no podía pegar ojo. Así que, de algún modo, me colé en el despacho de Steven a través de la vidriera del montante que hay encima de la puerta.

—Sí, claro —le espetó Shelby—. Pero si suspendiste en levitación. No eres lo bastante bueno para elevarte y atravesar esa ventana.

—Y tú no tienes fuerza para arrastrar la estantería de libros hasta ahí —replicó Miles—. Pero yo sí, y tengo esto que lo demuestra. —Sonrió y sostuvo un libro grueso y negro titulado *Manual sobre Anunciadoras: invocarlas, vislumbrarlas y viajar en diez mil sencillos pasos*—. Tengo también un enorme moretón provocado por la salida mal planificada a través de la parte superior de la puerta, pero en cualquier caso… —Se volvió hacia Luce, que a duras penas podía contenerse para no arrebatarle el libro de las manos—. Pensé que con tu talento para vislumbrar y mi conocimiento superior…

Shelby resopló.

—¿Y qué habrás podido leer tú? ¿Un 0,3 por cien del libro?

—Un 0,3 por cien muy útil —dijo Miles—. Creo que tal vez podremos hacerlo sin perdernos para siempre.

Shelby ladeó la cabeza con suspicacia, pero no dijo nada más. Miles no dejaba de manipular a la Anunciadora con las manos y em-

pezó a extenderla. Al cabo de uno o dos minutos, se había convertido en una masa de color gris que casi tenía el tamaño de una puerta.
Los extremos estaban algo tambaleantes y era casi traslúcida, pero en
cuanto él se la separó un poco del cuerpo pareció adquirir una forma más sólida, como un molde de yeso después de secarse. Miles
acercó la mano al lado izquierdo de aquel rectángulo oscuro, palpan-
do la superficie en busca de algo.

—¡Qué raro! —murmuró mientras seguía toqueteando a la Anunciadora—. El libro dice que, si logras expandir lo suficiente la extensión de la Anunciadora, la tensión de la superficie se reduce a un ra-
tio que permite la penetración. —Suspiró—. Se supone que debería
haber…

—Un libro fantástico, Miles. —Shelby hizo una mueca—. Ahora
ya eres un auténtico experto.

—¿Qué buscas? —quiso saber Luce, acercándose a Miles. De
pronto, al observar cómo las manos de él se desplazaban por la superficie lo vio.

Un cerrojo.

Luce parpadeó sorprendida y la imagen se desvaneció, pero ella
sabía dónde se encontraba. Se acercó a Miles y apoyó la mano contra
el lado izquierdo de la Anunciadora. El tacto le hizo proferir un grito ahogado.

Era como uno de esos cerrojos de metal pesado con pasador y
manija que se utilizaban para cerrar las puertas del jardín. Estaba helado y tenía un tacto áspero a causa del óxido invisible.

—Y ahora, ¿qué? —dijo Shelby.

Miró a sus dos amigos boquiabiertos, se encogió de hombros,
manipuló la manija y finalmente corrió el pasador invisible.

En cuanto se soltó, la puerta de la sombra se abrió de golpe y estuvo a punto de echar a los tres al suelo.

—Lo hemos conseguido —susurró Shelby.

Ante ellos se abría un pasillo largo y profundo de color rojo y negro. Su interior era pegajoso y olía a moho y a cócteles aguados hechos con licores baratos. Luce y Shelby se miraron con inquietud. ¿Dónde estaba la mesa de blackjack? ¿Y la mujer a la que habían visto antes? Un fulgor rojo se encendía y se apagaba desde el interior, y Luce entonces oyó el sonido de las máquinas tragaperras, y el ruido de las monedas al caer en las bandejas de premio.

—¡Qué guay! —dijo Miles a Luce cogiéndola de la mano—. He leído sobre esta parte. Se llama fase de transición. No tenemos más que seguir andando.

Luce tendió la mano hacia Shelby y la asió con fuerza mientras Miles entraba en el interior de aquella oscuridad pegajosa y tiraba de ellas para que entraran.

Solo anduvieron un par de metros, en realidad lo justo para llegar a la puerta de la habitación de Luce y Shelby. En cuanto la puerta gris y nebulosa de la Anunciadora se cerró detrás de ellos produciendo un inquietante sonido, su habitación en la Escuela de la Costa desapareció. Lo que a lo lejos había sido un profundo y brillante color rojo aterciopelado de pronto pasó a ser un blanco intenso. La luz blanca avanzó rápidamente hacia ellos, los envolvió y les llenó los oídos de sonido. Los tres se tuvieron que proteger los ojos. Miles iba al frente y arrastraba a Luce y a Shelby detrás de él. De no ser así, Luce se podría haber quedado paralizada. Cogida a sus amigos, se notaba las palmas de las manos sudadas. Oía un único acorde musical, alto e intenso.

Luce se frotó los ojos, pero la cortina nebulosa de la Anunciadora le oscurecía la visión. Miles extendió el brazo hacia delante y describió un suave gesto circular hasta que la cortina empezó a desconcharse, como si se tratara de trozos de pintura antigua cayendo del techo. Por cada una de las laminillas que caía penetraban en aquel ambiente frío y húmedo ráfagas del aire del desierto que calentaban la piel de Luce. Cuando la Anunciadora se deshizo en pedazos a sus pies, la vista que tenían ante sí de pronto adquirió sentido: se encontraban frente a la Strip de Las Vegas. Aunque Luce solo la había visto en fotografías, la punta de la Torre Eiffel del hotel Paris Las Vegas se erguía ahora a lo lejos a la altura de su vista.

Eso significaba que se encontraban muy arriba. Luce se atrevió a mirar abajo: estaban de pie en el exterior, en el tejado de algún sitio, con el borde situado a apenas un par de metros de sus pies. Y más allá: el bullicio del tráfico de Las Vegas, las copas de una hilera de palmeras y una piscina cuidadosamente iluminada. Todo ello situado a al menos treinta pisos del suelo.

Shelby se soltó de la mano de Luce y empezó a recorrer con cuidado los límites del tejado marrón de cemento. Tres alas de longitud idéntica y forma rectangular se extendían desde un punto central. Luce giró sobre sí misma y abarcó trescientos sesenta grados de luces de neón intensas y, más allá de la Strip, a lo lejos, una cordillera de montañas desérticas, iluminadas de forma desagradable por la polución lumínica de la ciudad.

—¡Maldita sea, Miles! —exclamó Shelby saltando por encima de las claraboyas para escudriñar otras partes del tejado—. Esta translocalizacón ha sido fabulosa. Ahora mismo me siento casi, casi atraída hacia ti.

Miles se metió las manos en los bolsillos.

—Hummm… Gracias.

—¿Dónde estamos exactamente? —preguntó Luce.

La diferencia entre su voltereta dentro de la Anunciadora y aquella experiencia era como la noche y el día. Había sido mucho más civilizado. No había hecho vomitar a nadie. Además, había funcionado, o al menos eso le parecía.

—¿Qué ha ocurrido con la vista de antes?

—He tenido que alejarme un poco de la escena —dijo Miles—. Pensé que resultaría bastante raro que los tres apareciéramos de una nube en medio de un casino.

—Sí, pero no demasiado —admitió Shelby forcejeando con una puerta cerrada—. ¿Alguna idea brillante para salir de aquí?

Luce hizo una mueca. La Anunciadora temblaba fragmentada a sus pies. No podía imaginar que tuviera fuerza suficiente para ayudarles ahora. No había modo de salir de aquel tejado, ni tampoco de regresar a la Escuela de la Costa.

—¡Tanto da! ¡Soy un genio! —exclamó Shelby desde el otro lado del tejado.

Se encontraba encorvada sobre una de las claraboyas manipulando una cerradura. La abrió con un gruñido y luego levantó una hoja de cristal con bisagra. Introdujo la cabeza e hizo un gesto para que Luce y Miles la siguieran.

Luce escrutó con cuidado la claraboya abierta y vio un enorme y lujoso cuarto de baño. Había cuatro compartimentos bastante espaciosos a un lado, y una hilera de lavamanos de mármol levantados ante un espejo dorado en el otro. Delante de un tocador había una lujosa butaca de color malva con una mujer sentada mirándose en el espejo. Luce solo le veía la parte alta del peinado, que llevaba recogido hacia arriba y ahuecado, pero su reflejo mostraba un rostro muy maquillado, un flequillo espeso y manicura francesa en unas manos que aplicaban de nuevo una capa adicional e innecesaria de pintalabios rojo.

—En cuanto Cleopatra se marche a través del tubo de su pintalabios, bajamos sin más —susurró Shelby.

Debajo de ellos, Cleopatra se levantó del tocador, juntó los labios, se quitó una mancha roja de los dientes y se encaminó hacia la puerta.

—A ver si lo he entendido bien —dijo Miles—, ¿queréis que me meta en el baño de señoras?

Luce miró de nuevo el tejado desolado. En realidad, solo había un modo de entrar.

—Si alguien te ve solo tienes que fingir que te has equivocado.

—O que vosotros dos os estabais dando el lote en una de las cabinas —añadió Shelby—. ¿Qué pasa? Esto es Las Vegas.

—No le demos más vueltas. Vamos.

Miles se sonrojó al descolgarse por la ventana. Extendió lentamente los brazos hasta que los pies le quedaron justo encima del elevado recubrimiento de mármol del tocador.

—Ayuda a Luce a bajar —exclamó Shelby.

Miles cerró la puerta del baño y luego levantó los brazos para coger a Luce. Ella intentó imitar la técnica suave que él había empleado, pero sus brazos estaban flojos cuando se descolgó por la claraboya. Aunque no podía ver gran cosa bajo los pies, notó la fuerza de las manos de Miles en torno a su cintura antes de lo que había esperado.

—Puedes soltarte —le dijo él. Cuando lo hizo, la bajó con elegancia hasta el suelo. Extendió los dedos por los costados de ella sobre la camiseta fina que los separaba del contacto con la piel. Seguía con los brazos en torno a ella cuando Luce posó los pies en las baldosas del suelo. Iba a darle las gracias, pero cuando le miró a los ojos se sintió muy cohibida.

Se apartó de él demasiado rápido, farfullando una disculpa por haberlo pisado. Ambos se apoyaron contra el tocador, tratando con nerviosismo de no mirarse a los ojos y manteniendo la mirada clavada en la pared.

Eso no debería haber ocurrido. Miles solo era un amigo.

—¡Hooola! ¿Alguien piensa ayudarme?

Las piernas enfundadas en medias de Shelby se agitaban en la claraboya pataleando con impaciencia. Miles se colocó debajo de la ventana y la asió con brusquedad del cinturón para luego bajarla suavemente tomándola por la cintura. Luce se dio cuenta de que dejaba a Shelby con más rapidez que a ella.

Shelby se apresuró por el suelo de baldosas doradas y abrió la puerta.

—¡Eh, vosotros, vamos! ¿A qué esperáis?

Al otro lado de la puerta, unas camareras muy bien maquilladas y vestidas de negro iban y venían sobre tacones altos de lentejuelas, con bandejas de cocteleras que apoyaban en el antebrazo. Unos Hombres embutidos en trajes oscuros y caros se arremolinaban en torno a las mesas de blackjack, donde jaleaban como adolescentes cada vez que se arrojaba una mano. Allí no se oía el soniquete incesante de ninguna máquina tragaperras. Reinaba un peculiar aire de silencio y exclusividad, y resultaba tremendamente excitante. Pero no tenía nada que ver con la escena que habían presenciado en la Anunciadora.

Una camarera se les acercó.

—¿Os puedo ayudar en algo? —Bajó su bandeja de acero para escrutarlos.

—¡Oh, vaya! Pues caviar —dijo Shelby sirviéndose tres blinis y pasando uno a cada uno—. ¿Estáis pensando lo mismo que yo?

Luce asintió.

—Solo íbamos abajo.

Cuando las puertas del ascensor se abrieron en el deslumbrante vestíbulo del casino, Miles tuvo que empujar a Luce para que saliera, a sabiendas de que al fin habían llegado al lugar adecuado.

Las camareras eran mayores en aquel lugar, parecían más cansadas y enseñaban mucha menos carne. No parecían deslizarse por la alfombra naranja manchada, sino que andaban pesadamente por ella. Y la clientela era más semejante a la que atestaba las mesas en la visión: autómatas con sobrepeso, de clase media, mediana edad, tristes, que se vaciaban las carteras. Ahora no tenían más que encontrar a Vera.

Shelby los condujo por el laberinto repleto de máquinas tragaperras, los hizo pasar junto a grupos de gente arremolinada en las mesas de la ruleta que gritaban a la bola diminuta mientras esta giraba; mesas cuadradas con gente que soplaba a los dados, los lanzaba y finalmente celebraba el resultado; pasaron una serie de mesas de póquer y otros juegos raros como el pai gow hasta que finalmente llegaron a unas mesas en las que se jugaba al blackjack.

La mayoría de los repartidores de cartas eran hombres: altos, encorvados, con el pelo lustroso; hombres con bigote gris y gafas; uno de ellos llevaba mascarilla. Shelby no se detuvo para mirar a ninguno, e hizo bien: en el rincón más alejado del casino se encantaba Vera.

Llevaba el pelo negro recogido en lo alto en un moño asimétrico. Su cara parecía fina y hundida. Luce no sintió la misma emoción que cuando había visto a su otra familia de otra vida en Shasta. De todos modos, ella aún no sabía quién era Vera para ella excepto una mujer cansada de mediana edad que sostenía una baraja de cartas ante una mujer pelirroja y medio dormida para que la cortara. La mujer partió la baraja por el centro de forma descuidada, y a continuación las manos de Vera empezaron a volar.

Las otras mesas del casino se hallaban abarrotadas, pero la pelirroja y su diminuto marido eran las dos únicas personas que estaban con Vera. Con todo, ella desplegaba todas sus habilidades y daba las cartas con tanta soltura que parecía que ese trabajo no requiriera esfuerzo alguno. Luce advirtió entonces en Vera una elegancia y unas aptitudes para el espectáculo que no había notado antes.

—Bueno —dijo Miles junto a Luce mientras cambiaba el peso de un pie al otro—, ¿vamos a…?

De pronto las manos de Shelby se posaron sobre los hombros de Luce, y prácticamente la hundieron en uno de los asientos de piel que había junto a la mesa.

Aunque se moría por mirarla, al principio Luce evitó el contacto visual. Le inquietaba que la mujer la reconociera antes de que ella tuviera alguna oportunidad. Sin embargo, Vera escrutó a cada uno de ellos con el mínimo interés y Luce se acordó entonces de lo diferente que ella parecía ahora con el pelo teñido. Tiró de sus mechones nerviosamente sin saber qué hacer a continuación.

Miles plantó un billete de veinte dólares ante Luce y esta se acordó del juego al que se suponía que tenía que jugar. Deslizó el dinero por la mesa.

Vera arqueó una ceja perfilada.

—¿Tienes carné?

Luce negó con la cabeza.

—¿Nos dejaría mirar?

Al otro lado de la mesa, la señora pelirroja se había traspuesto y apoyó la cabeza en el hombro rígido de Shelby. Vera abrió los ojos con sorpresa al ver la escena y devolvió el dinero a Luce a la vez que señalaba el letrero de neón que anunciaba el Cirque du Soleil.

—Niños, ahí está el circo.

Luce suspiró. Iban a tener que esperar a que Vera terminara su trabajo. Y para entonces posiblemente se mostraría aún menos dispuesta a hablar con ellos. Luce, abatida, se dispuso a devolverle el dinero a Miles. Vera apartó los dedos en el preciso instante en que Luce iba a coger el billete, de modo que las yemas de sus dedos se tocaron. Las dos volvieron rápidamente la cabeza. Aquel sobresalto extraño cegó a Luce por un momento. Contuvo el aliento y clavó su mirada en los grandes ojos color avellana de Vera.

Y lo vio todo:

Una casa de madera de dos pisos en una nevada ciudad de Canadá. Telarañas de hielo en las ventanas, el viento agitando los cristales. Una niña de diez años viendo la televisión en la sala de estar y meciendo un bebé en el regazo. Es Vera. Una niña pálida y bonita vestida con vaqueros al ácido y botas Doc Martens, un grueso jersey de cuello alto de color azul marino que le llega hasta la barbilla, y una manta barata de lana arrugada entre ella y el respaldo del sofá. Sobre la mesilla, un cuenco de palomitas convertidas ya en un puñado de granos fríos y sin explotar. Un gato gordo de piel anaranjada rondando por la repisa de la chimenea bufando al radiador. Y Luce. Luce es su hermana, la niña pequeña a la que sostiene en brazos.

Luce sintió que se balanceaba en su asiento del casino, muy dolida al recordar todo aquello. Rápidamente, la impresión se desvaneció y fue sustituida por otra.

Luce de pequeña, siguiendo a Vera arriba y abajo de la escalera con unos escalones amplios y gastados por sus pasos fuertes; el pecho a punto de estallar de risa al oír el timbre de la puerta. Llega un chico guapo con el pelo corto, viene a recoger a Vera para una cita y ella se para y se compone la ropa y se vuelve de espaldas y se marcha…

Un instante después, y Luce es ya una adolescente, con una melena negra alborotada de mechones rizados que le llegan hasta el hombro. Tumbada sobre el cubrecama de tela tejana de Vera; el tejido áspero de algún modo le resulta cómodo.

Luce hojea el diario secreto de Vera. «Me quiere», ha escrito Vera una y otra vez mientras su caligrafía se vuelve cada vez más grotesca. Y luego las páginas arrancadas, el rostro enfadado de su hermana, la señal visible de haber llorado…

Y aún otra escena distinta con una Luce algo mayor, de tal vez diecisiete años, que se preparaba para lo que iba a ocurrir.

La nieve cae con fuerza del cielo como si fuera una suave interferencia blanca. Vera y unos cuantos amigos patinan sobre el hielo que cubre un estanque detrás de su casa; se deslizan dibujando círculos rápidos, felices y entre carcajadas. En el borde helado del estanque, Luce está agachada y siente que el frío le cala la fina ropa mientras se ata los patines deprisa, como siempre, para alcanzar a su hermana. Junto a ella, una presencia cálida que no necesita mirar para identificar: Daniel está en silencio, taciturno, y lleva ya los patines bien atados. Siente las ganas de besarlo, pero no ve ninguna sombra. La noche y todo alrededor están plagados de estrellas que, llenas de posibilidades, refulgen con una nitidez infinita.

Luce buscó la presencia de sombras y luego se dio cuenta de que era normal que no estuvieran, pues ese era un recuerdo de Vera. Por otra parte, la nieve impedía distinguirlo todo bien. De todos modos, Daniel seguramente lo sabía, igual que lo había sabido al zambullirse en el lago. Sin duda lo había presentido en todas y cada una de las ocasiones. ¿Alguna vez le había importado lo que les pasaba a personas como Vera después de que Luce muriera?

A continuación, se oyó un estallido procedente de la orilla del lago donde Luce se hallaba, semejante al de un paracaídas al soltarse. Y luego: una llamarada intensa de fuego de color rojo en medio de una ventisca. Una gran columna de llamas anaranjadas refulgentes alzándose contra el cielo en el borde del estanque. Donde había estado Luce. Los demás patinadores se apresuraron hacia allí por el lago. Pero el hielo se estaba fundiendo muy rápidamente, de forma catastrófica, de modo que los patines se hundían en las frías aguas de debajo. El grito de Vera retumbó esa noche azul y su mirada agónica fue todo cuanto Luce pudo ver.

En el casino, Vera apartó la mano como si se hubiera quemado. Los labios le temblaron un poco antes de decir: «Eres tú». Luego negó con la cabeza: «Pero eso es imposible».

—Vera —susurró Luce tendiendo de nuevo la mano hacia su hermana. Le hubiera gustado abrazarla, llevarse todo el dolor que Vera había sentido y hacérselo suyo.

—No. —Vera negó con la cabeza y retrocedió con un gesto admonitorio hacia Luce—. No, no, no.

Reculó hasta que dio con el repartidor de cartas de la mesa de detrás, tropezó con él y volcó una enorme pila de fichas de póquer que tenía sobre la mesa. Los discos de colores se deslizaron por el suelo provocando exclamaciones entre los jugadores, que saltaron de sus asientos para recogerlos.

—¡Maldita sea, Vera! —atronó un hombre rechoncho por encima del barullo.

Mientras él se dirigía balanceándose hacia la mesa con su traje barato de poliéster gris y zapatos negros, Luce cruzó una mirada de preocupación con Miles y Shelby. Los tres menores de edad no querían tener nada que ver con el jefe de sala. Sin embargo, él seguía regañando a Vera, dibujando una mueca de disgusto con los labios.

—¿Cuántas veces…?

Vera había recuperado el equilibrio, pero, aterrada, no apartaba la vista de Luce, como si fuera el demonio en lugar de su hermana en otra vida. Los ojos perfilados de Vera estaban blancos de terror mientras farfullaba:

—Ella, ella, ella n-n-no puede estar aquí.

—Por Dios —musitó el jefe de sala viendo a Luce y a sus amigos.

Luego habló por el walkie-talkie—. Seguridad, tengo aquí a un par de gamberros menores de edad.

Luce se escurrió entre Miles y Shelby, la cual, con los dientes apretados dijo:

—Miles, ¿y si hicieras una de esas *translocaciones* tuyas?

Antes de que Miles pudiera contestar, tres hombres de muñecas y cuellos enormes aparecieron ante ellos con porte amenazador. El jefe de sala sacudió las manos.

—A la cárcel. Así veremos en qué otros problemas han estado metidos.

—¡Yo tengo una idea mejor! —dijo una voz femenina con tono desafiante por detrás del muro de guardias de seguridad.

Todas las cabezas se volvieron para localizar la voz, pero solo la cara de Luce se iluminó:

—¡Es Arriane!

La diminuta muchacha dirigió una sonrisa a Luce mientras se abría paso con ligereza entre la multitud. Con unos zapatos de plataforma de unos doce centímetros de alto, el pelo alborotado y los ojos prácticamente ocultos por la raya de un perfilador negro, Arriane se acoplaba a la perfección con la extraña clientela del casino. Nadie parecía saber muy bien qué pensar de ella, y menos aún Shelby y Miles.

El jefe de sala se volvió para encararse con Arriane, que apestaba a betún y jarabe contra la tos.

—¿Vamos a tener que llevarla también a usted al calabozo, señorita?

—¡Oh, bueno, parece divertido! —Arriane abrió los ojos—. Pero, por desgracia, esta noche estoy totalmente ocupada. Tengo entradas de primera fila para ver al Blue Man Group y luego también, cómo no, está la cena con Cher después del espectáculo. Y sé que hay algo más que tengo que hacer... —Se dio una palmadita en la frente y luego miró a Luce—. ¡Ah, sí! ¡Sacar a estos tres de aquí! Si nos disculpan... —Lanzó un beso al enojado jefe de sala, hizo un gesto de disculpa hacia Vera y luego chasqueó los dedos.

Entonces todas las luces se apagaron.

13
Seis días

Mientras se apresuraba con ellos por el laberinto formado por aquel casino a oscuras, Arriane se movía como si tuviera visión nocturna.

—Vosotros tres, tranquilizaos —dijo con voz cantarina—. Os sacaré de aquí en un instante.

Llevaba a Luce bien asida por la muñeca, y ella, su vez, agarraba a Miles; Miles tenía cogida por la mano a Shelby, la cual se lamentaba de la indignidad de tener que huir por piernas.

Arriane los guiaba sin equivocarse y, aunque Luce no veía lo que hacía, se oía a personas refunfuñar y quejarse cuando Arriane los apartaba con un empellón. «¡Lo siento!», exclamaba. «Perdón» y «Disculpe».

Los llevó por pasillos oscuros llenos de turistas nerviosos que utilizaban sus móviles como linternas. Subieron escaleras sin luz, llenas de polvo por el desuso y repletas de cajas de cartón vacías. Finalmente, abrió de una patada la salida de emergencia, los condujo por ella y llegaron a un callejón oscuro y estrecho.

La callejuela se encontraba entre el Mirage y otro hotel gigantesco. De una hilera de contenedores de basuras emanaba el hedor putrefacto de la comida en descomposición. Un reguero de agua de alcantarilla de color verde ácido dibujaba una especie de riachuelo repugnante que dividía el callejón en dos. Delante de ellos, en medio de la iluminada y animada Strip con sus luces de neón, un reloj negro anticuado dio las doce.

—¡Ah! —Arriane inspiró profundamente—. El comienzo de otro glorioso día en la Ciudad del Pecado. Me gustaría iniciarlo directamente con un gran desayuno. ¿Quién tiene hambre?

—Hummm... bueno —farfulló Shelby mirando a Luce, luego a Arriane y finalmente al casino en general—. ¿Qué es...? ¿Cómo...?

La mirada de Miles estaba clavada en la cicatriz brillante y marmórea que recorría un lado del cuello de Arriane. Luce ya estaba acostumbrada a ella, pero era evidente que sus amigos no sabían qué pensar.

Arriane señaló con el dedo a Miles.

—Este parece capaz de zamparse tantos gofres como pesa. ¡Vamos, conozco una cafetería repugnante!

Mientras recorrían el callejón para salir a la calle, Miles se volvió hacia Luce y articuló con los labios:

—¡Es impresionante!

Luce asintió. Era todo cuanto podía hacer para mantenerse al ritmo de Arriane mientras esta cruzaba a toda carrera la Strip. Vera. No se la podía quitar de la cabeza. Todos los recuerdos que había vislumbrado en un instante habían sido dolorosos y asombrosos, por lo que se hacía una ligera idea de lo que habían representado para Vera. Sin embargo, para Luce también habían resultado profundamente satisfactorios. En mucha mayor medida que en cualquier otra de sus visiones a través de las Anunciadoras, esta vez había podido sentir una de sus vidas anteriores. Curiosamente había visto también algo en lo que nunca antes había reparado: sus antiguos yoes tenían una vida. Llevaban vidas completas e importantes antes de que Daniel apareciera.

Arriane los condujo hasta una cafetería de la cadena IHOP situada en un edificio marrón, bajo y estucado tan antiguo que podría ser anterior a cualquier otra cosa que hubiera en la Strip. El establecimiento parecía más claustrofóbico y triste que cualquier otro IHOP.

Shelby fue la primera en entrar, empujó las puertas de cristal, que hicieron sonar las campanillas baratas que colgaban en lo alto pendidas con cinta adhesiva. Tomó un puñado de pastillitas de menta que había en un cesto junto a la caja y luego se hizo con un compartimiento situado en el rincón posterior de la sala. Arriane se deslizó junto a ella mientras que Luce y Miles ocuparon el otro asiento de cuero desgastado de color naranja.

Con un silbido y un rápido gesto circular, Arriane pidió una ronda de café a una camarera rechoncha y guapa, que llevaba el lápiz en el pelo.

Los demás se concentraron en leer el menú, que era grueso y estaba encuadernado en espiral. Volver las páginas era una batalla contra los restos de sirope de arce que lo pegaban todo y también un buen modo de evitar hablar sobre el problema del que se acababan de librar por los pelos.

Finalmente Luce tuvo que preguntar:

—¿Qué haces aquí, Arriane?

—Pedir algo que tenga un nombre raro. El Rooty Tooty, creo, como aquí no tienen los bocadillos Moons Over My Hammy... Siempre me cuesta decidirme.

Luce hizo una mueca. Arriane no tenía ninguna necesidad de actuar de un modo tan evasivo. Era obvio que su acción de rescate no había sido una coincidencia.

—Ya sabes a qué me refiero.

—Vivimos tiempos muy extraños, Luce. Pensé que era mejor pasarlos en una ciudad igualmente extraña.

—Sí, pero pronto terminarán, ¿no? Según el calendario de la tregua...

Arriane dejó su taza de café en la mesa y apoyó la barbilla en la palma de la mano.

—Bueno, aleluya. Parece que, después de todo, aprendes algo en esa escuela.

—Sí y no —respondió Luce—. Hace poco oí a Roland decir que Daniel estaba contando los minutos, y que tenía que ver con la tregua, pero no sabía exactamente de cuántos minutos estábamos hablando.

A su lado Miles pareció ponerse en tensión al oír mencionar el nombre de Daniel. Cuando la camarera se acercó para tomar nota él fue el primero en pedir con voz muy alta y prácticamente arrojándole el menú.

—Bistec y huevos, poco hechos.

—¡Oh! ¡Qué varonil! —exclamó Arriane dirigiendo una mirada aprobatoria a Miles mientras escogía lo que quería a pito pito colorito—. Un Rooty Tooty Fresh 'N Fruity —anunció con expresión circunspecta, articulando cada sílaba como si fuera la mismísima reina de Inglaterra.

—Para mí, bollos rellenos de salchicha —dijo Shelby—. Bueno, no, mejor una tortilla de clara de huevo sin queso. Pero ¡qué caray! No, no, mejor bollos rellenos con frankfurt.

La camarera se volvió hacia Luce.

—¿Y tú, bonita?

—Un desayuno normal. —Luce sonrió disculpándose por sus amigos—. Los huevos revueltos sin carne.

La camarera asintió, y se encaminó tranquilamente hacia la cocina.

—Muy bien. ¿Y qué más oíste decir? —preguntó Arriane.

—Hummm. —Luce empezó a juguetear con el frasco de sirope que había junto a la sal y la pimienta—. Hubo una conversación sobre… ya sabes, el fin del mundo.

Shelby, con una risita burlona, se puso tres tubos pequeños de crema de leche en el café.

—¡El fin del mundo! ¿De verdad os creéis esa chorrada? Decidme, ¿cuántos milenios llevamos esperándolo? ¡Y los humanos se creen pacientes y apenas llevan dos mil años! ¡Ja! Como si fuera a cambiar alguna cosa.

Arriane tenía cara de estar a punto de poner a Shelby en su sitio, pero entonces dejó el café en la mesa.

—¡Qué maleducada por no haberme presentado a tus amigos, Luce!

—Hummm. Ya sabemos quién eres —dijo Shelby.

—Sí. Había todo un capítulo dedicado a ti en mi libro de historia de los ángeles de octavo —añadió Miles.

Arriane dio unas palmaditas.

—¡Y pensar que me dijeron que ese libro había sido prohibido!

—¿En serio? ¿Apareces en un libro de texto? —Se rió Luce.

—¿De qué te sorprendes? ¿No te parezco histórica? —Arriane se volvió hacia Shelby y Miles—. Bueno, habladme de vosotros. Necesito saber con quién anda mi chica.

—Con una nefilim incrédula no practicante. —Shelby levantó la mano.

Miles tenía la mirada clavada en su comida.

—El inútil ta-ta-taranieto en octavo grado de un ángel.

—No es cierto. —Luce dio una palmadita en el hombro de Miles—. Arriane, deberías haber visto cómo nos ha ayudado esta noche a pasar a través de la sombra. Ha estado fabuloso. Por eso estamos aquí, porque leyó ese libro y además él podía…

—Sí, eso me preguntaba yo —repuso Arriane con tono sarcástico—. Pero lo que más me preocupa es esta chica. —Hizo un gesto en dirección a Shelby. El rostro de Arriane adoptó una expresión más grave de la que Luce estaba acostumbrada a ver en ella. Incluso sus frenéticos ojos de color azul claro parecieron aquietarse—. No son estos buenos tiempos para ser una no practicante de lo que sea. Todo está cambiando constantemente, pero al final se pasarán cuentas. Y no tendrás más remedio que optar por uno u otro bando. —Arriane miró fijamente a Shelby de forma deliberada—. Todos tenemos que saber dónde estamos.

Antes de que alguien pudiera responder, la camarera reapareció con una gran bandeja de plástico de color marrón con comida.

—Bueno, ¿qué os parece un servicio tan rápido? —preguntó—. A ver, ¿quién de vosotros quería las salchichas…?

—¡Yo! —Shelby sorprendió a la camarera con su rapidez para alcanzar el plato.

—¿Alguien querrá ketchup?

Negaron con la cabeza.

—¿Extra de mantequilla?

Luce señaló la bola helada de mantequilla de sus tortitas:

—Estamos servidos. Gracias.

—Si necesitamos algo —respondió Arriane con la mirada clavada en la cara feliz que había dibujada con nata en su plato—, pegaremos un grito.

—Oh, seguro que lo haréis. —La camarera soltó una risita tímida mientras se colocaba la bandeja debajo del brazo—. Gritaréis como si el mundo se fuera a acabar, que lo hará.

En cuanto se marchó, Arriane fue la única que se puso a comer. Cogió un arándano que había en la nariz de la tortita, se lo echó a la boca y se relamió los dedos con placer. Luego miró la mesa en su conjunto.

—¡Al ataque! —dijo—. Un bistec o unos huevos fríos no valen nada. —Suspiró—. Vamos, chicos, habéis leído libros de historia. Ya sabéis lo que se dice…

—Yo no —replicó Luce—. Yo no sé nada.

Arriane chupó reflexivamente su tenedor.

—Es cierto. En tal caso, permíteme que te presente mi versión, que, de hecho, es mucho más divertida que la que ofrecen los libros de historia, porque no voy a censurar las grandes peleas, las palabras malsonantes ni las escenas de sexo. Mi versión tiene de todo excepto que no está en 3D, aunque esto último, en mi opinión, está sobrevalorado. ¿Habéis visto esa película de…? —Entonces advirtió la perplejidad de sus caras—. ¡Oh, bueno, no importa! De acuerdo, empezó hace milenios atrás. A ver, ¿es preciso que te ponga al día sobre Satanás?

—Fue el primero en enfrentarse a Dios. —La voz de Miles era monótona, como si repitiera una lección de tercero mientras pinchaba un trozo de bistec con su tenedor.

—Pero antes habían estado superunidos —añadió Shelby mientras rebañaba el sirope con un bollo—. Quiero decir que Dios llamaba a Satanás su «lucero de la mañana». Por lo tanto, no es que Satanás no fuera apreciado o querido.

—Pero prefirió reinar en el Infierno que servir al Cielo —intervino Luce. Ella no había leído las historias de los nefilim, pero sí *El Paraíso perdido*, o, por lo menos, CliffNotes.

—¡Es muy bonito! —Arriane sonrió inclinándose hacia Luce—. ¿Sabes? En otro tiempo Gabbe era muy buena amiga de las hijas de Milton. Le gusta atribuirse el mérito de esa frase, y yo siempre le digo que si no le basta con el número de admiradores que tiene. Pero bueno. —Arriane pasó a atacar con el tenedor los huevos de Luce—. Caramba, ¡qué ricos! ¿Nos podríais traer un poco de salsa picante? —gritó en dirección a la cocina—. Muy bien, ¿dónde nos habíamos quedado?

—En Satanás —dijo Shelby con la boca llena de tortita.

—Exacto. En fin, se pueden decir muchas cosas del Diablo Grande, pero en cierto modo él... —Arriane sacudió la cabeza— fue quien introdujo la idea del libre albedrío entre los ángeles. Quiero decir que realmente nos dio a los demás algo en que pensar. ¿Hacia qué bando te inclinas? Puestos a escoger, un buen número de ángeles cayeron.

—¿Cuántos? —preguntó Miles.

—¿Ángeles caídos? Los suficientes como para provocar un empate. —Arriane adoptó una actitud reflexiva por un instante, luego hizo una mueca y gritó a la camarera—: ¡Salsa picante! ¿Acaso no hay en este maldito local?

—¿Y los ángeles que cayeron pero que no se aliaron con...?

Luce se interrumpió al pensar en Daniel. Se dio cuenta de que hablaba entre susurros, pero le parecía que aquella era una conversación realmente importante como para tratarla en una cafetería, aunque fuera el establecimiento más vacío de la noche.

Arriane también bajó el tono de voz.

—Bueno, hay muchos ángeles que cayeron pero que técnicamente siguen estando aliados con Dios. Pero están también los que se aliaron con Satanás. A estos los llamamos demonios, aunque en realidad no son más que ángeles caídos que realmente tomaron una mala decisión.

»Yo no digo que haya sido fácil para nadie. Desde la Caída, los ángeles y los demonios han ido empatados, codo a codo, a la par. —Untó la mantequilla en la nariz de la tortita—. Pero todo eso puede estar a punto de cambiar.

Luce bajó la mirada hacia los huevos, incapaz de comer.

—Antes has dado a entender que mi postura tenía algo que ver con todo esto, ¿verdad? —Shelby parecía menos vacilante de lo normal.

—No la tuya exactamente. —Arriane negó con la cabeza—. Sé que parece que todos estamos pendientes de un hilo. Pero al final un ángel poderoso tomará partido por un bando. Cuando esto ocurra, la balanza se inclinará hacia un lado. Y entonces importará mucho en qué bando te encuentras.

Las palabras de Arriane recordaron a Luce que cuando estuvo encerrada en el callejón que conducía a la pequeña capilla con la señorita Sophia esta no dejaba de decir que el destino del universo tenía algo que ver con ella y Daniel. Aquellas palabras de un ser maligno como la señorita Sophia en ese momento le habían parecido totalmente descabelladas. Aunque Luce no estaba muy segura sobre qué hablaba exactamente, sabía que tenía que ver con el regreso de Daniel.

—Es Daniel —musitó ella—. El ángel capaz de inclinar la balanza es Daniel.

Aquello explicaba su continuo pesar, que acarreaba como si fuera una maleta de dos toneladas. Explicaba por qué llevaba apartado de ella tanto tiempo. Lo único que no aclaraba era por qué parecía que la mente de Arriane albergase algunas reservas sobre el bando por el que se inclinaría la balanza. El bando que ganaría la guerra.

Arriane se dispuso a contestar, pero en lugar de hacerlo volvió a atacar el plato de Luce.

—¡Eh, camarera! ¿Me harás el favor de traer la salsa picante de una vez? —gritó.

Una sombra se desplomó sobre su mesa.

—Yo te daré algo realmente picante.

Luce se volvió y se estremeció ante lo que vio: un chico muy alto vestido con una gabardina marrón y larga desabrochada tras la que se veía el destello de algo plateado metido en el cinturón. Llevaba la cabeza rapada, tenía la nariz fina y recta, y lucía unos dientes perfectos.

Y sus ojos eran blancos. Unos ojos completamente vacíos de color. Sin iris, sin pupilas. Nada.

Su expresión extraña y vacua le recordó a la Proscrita. Entonces Luce no había podido ver bien a la chica y observar qué le pasaba en los ojos, pero ahora se podía hacer una idea bastante aproximada de ello.

Shelby miró al chico, tragó saliva con fuerza y se concentró en su desayuno.

—Yo no he sido —farfulló.

—Ya no hace falta —dijo Arriane al chico—. Te la podrás poner en el primer bocadillo que te serviré.

Luce observó con los ojos como platos cómo la figura diminuta de Arriane se ponía de pie y se restregaba las manos en los vaqueros.

—Ahora mismo vuelvo, chicos. ¡Oh, Luce! Recuérdame que te riña cuando regrese.

Antes de que Luce pudiera preguntar qué tenía que ver ese chico con ella, Arriane lo había cogido por la oreja, se la había retorcido con fuerza y le había golpeado la cabeza contra el mostrador de cristal junto a la barra.

El ruido rompió la tranquilidad nocturna del restaurante. El chico gritaba como un niño mientras Arriane le retorcía la oreja en la otra dirección y se le subía encima. Aullando de dolor, empezó a doblar su cuerpo enclenque hasta que se desembarazó con fuerza de Arriane y la arrojó contra una vitrina de cristal.

Ella rodó en todo lo largo y se detuvo al final dando contra un enorme pastel de merengue de limón; luego se incorporó apoyándose en la barra. Dio una voltereta hacia atrás en dirección hacia él y lo atrapó con una llave de cabeza con las piernas. A continuación, empezó a golpear la cabeza del chico con sus puños pequeños.

—¡Arriane! —gritó la camarera—. ¡No me toquéis los pasteles! ¡Intento ser tolerante, pero tengo que ganarme la vida!

—¡Vale, está bien! —gritó Arriane—. Ya continuaremos en la cocina.

Soltó al chico, bajó al suelo y le dio un puntapié con su zapato de plataforma. Él tropezó torpemente contra la puerta que llevaba a la cocina del restaurante.

—Vosotros tres, venid —les dijo a los de la mesa—. A lo mejor incluso aprendéis algo.

Miles y Shelby arrojaron sus servilletas de un modo que a Luce le recordó a los alumnos de Dover cuando arrojaban todas las cosas y salían corriendo al pasillo al grito de «¡Pelea! ¡Pelea!» en cada ocasión que se producía el mínimo indicio de pelea.

Luce los siguió un poco más vacilante. Si Arriane insinuaba que ese tipo había aparecido por culpa de Luce, eso le planteaba muchas otras preguntas espeluznantes. ¿Y la gente que se había llevado a Dawn? ¿Y aquella Proscrita que arrojaba flechas a la que había matado Cam en Noyo Point?

En el interior de la cocina se oyó un golpe fuerte, y tres hombres ataviados con delantales sucios se apresuraron a salir de ella presas del miedo. Cuando Luce pasó junto a ellos por la puerta batiente, Arriane tenía inmovilizado al muchacho con un pie en la cabeza mientras Miles y Shelby le ataban con el cordel de cocina. Él tenía los ojos vacíos dirigidos hacia Luce, pero parecía mirar a través de ella.

Lo amordazaron con un trapo de cocina, por lo que, cuando Arriane se mofó preguntándole «¿Querrás refrescarte un poco? ¿Qué tal en la sala de refrigeración de la carne?», no pudo más que gruñir. Había dejado de oponer resistencia.

Arriane lo agarró por el cuello, lo arrastró por el suelo, lo llevó a la sala refrigerada, le propinó un par de patadas por si acaso y luego cerró la puerta tranquilamente. Se restregó las manos como queriendo desempolvarlas y se volvió hacia Luce con expresión de enojo.

—¿Quién me persigue, Arriane? —Luce tenía la voz temblorosa.

—Mucha gente, pequeña.

—¿Ese era … —Luce recordó su encuentro con Cam— un Proscrito?

Arriane carraspeó. Shelby tosió.

—Daniel me dijo que no podía estar conmigo porque llamaba demasiado la atención. Me dijo que estaría a salvo en la Escuela de la Costa, pero ellos también fueron allí…

—Solo porque te interceptaron saliendo del campus. Tú también llamas la atención, Luce. Y cuando sales al mundo colándote en casinos y cosas parecidas nosotros lo notamos, y también los malos. Por eso, principalmente, es por lo que estás en la escuela.

—¿Qué? —Era Shelby—. ¿La escondéis con nosotros? ¿Y qué hay de nuestra seguridad? ¿Qué pasaría si los Proscritos aparecieran en el campus?

Miles no decía nada, solo miraba alarmado alternativamente a Luce y a Arriane.

—¿No entiendes que los nefilim te camuflan? —preguntó Arriane—. ¿Acaso Daniel no te habló de su… coloración protectora?

La mente de Luce retrocedió hasta la noche en que Daniel la había dejado en la Escuela de la Costa.

—Tal vez dijo algo sobre un escudo, pero… —Aquella noche le habían pasado tantas cosas por la cabeza… Había tenido bastante intentando asimilar que Daniel la abandonaba. Ahora sintió una nauseabunda sensación de culpa—. No lo entendí. Él no entró en detalles, se limitó a decir que tenía que permanecer en el campus. Yo pensé que estaba siendo demasiado protector.

—Por lo general, Daniel sabe lo que se hace. —Arriane se encogió de hombros y sacó la lengua a un lado de la boca en actitud reflexiva—. Bueno, a veces. De vez en cuando.

—¿Estás diciendo que quien sea que la persigue no la puede ver si está con un grupo de nefilim? —Esta vez era Miles, que parecía haber recuperado el habla.

—En realidad, los Proscritos no ven nada en absoluto —explicó Arriane—. Se volvieron ciegos durante la Revuelta. Ahora iba a hablar sobre esa parte de la historia. ¡Es muy buena! Lo de la extracción de los ojos y todo ese rollo edípico. —Suspiró—. ¡Oh, vaya! Sí, los Proscritos. Ellos ven la llama del alma, lo cual resulta más difícil de ver si te hallas en un grupo de nefilim.

Los ojos de Miles se agrandaron. Shelby se mordía las uñas con nerviosismo.

—Así que por eso confundieron a Dawn conmigo.

—Y por eso te ha encontrado el chico del refrigerador esta noche —aclaró Arriane—. ¡Y qué caramba! También es así como te he podido encontrar yo. Aquí eres como una vela en una cueva oscura. —Cogió un frasco de nata montada de la encimera y se echó un chorro directamente en la boca—. Me gusta tomar reconstituyente vegetariano tras una pelea. —Bostezó, y eso hizo que Luce consultara la hora en el reloj digital verde que había en la encimera. Eran las 2.30 de la mañana.

—Bueno, por mucho que me guste dar sopapos y cargarme a gente, habéis superado de largo vuestro toque de queda. —Arriane silbó y una espesa mancha de Anunciadora se desprendió de las sombras de debajo de las mesas de preparación.

—Esto no lo hago nunca, ¿vale? Si me lo piden, nunca lo hago. Viajar por las Anunciadoras es muy peligroso. ¿Lo has oído, héroe? —dijo pegándole un coscorrón a Miles en la frente. A continuación, abrió los dedos. La sombra adoptó de golpe la forma perfecta de una puerta en medio de la cocina—. Pero voy contrarreloj y este es el modo más rápido de llevaros a casa y poneros a salvo.

—Entendido —dijo Miles como si estuviera tomando apuntes.

Arriane lo miró y negó con la cabeza.

—Ni se te ocurra. Os voy a devolver a la escuela y allí os quedaréis… —Miró fijamente a cada uno de ellos—. O tendréis que responder ante mí.

—¿Vas a venir con nosotros? —preguntó Shelby mostrando al fin un poco de respeto hacia Arriane.

—Eso parece. —Arriane hizo un guiño a Luce—. Estás hecha una petarda, y alguien tiene que vigilaros.

La transposición con Arriane resultó más tranquila que el viaje de ida a Las Vegas. Fue como entrar en un sitio fresco después de haber estado al sol: la luz era un poco más apagada al pasar por la puerta, por lo que fue preciso parpadear un poco y acostumbrar la vista.

Luce se sintió casi decepcionada al verse de nuevo en su habitación después de las luces y la excitación de Las Vegas. Pero entonces pensó en Dawn y en Vera. Miró los objetos conocidos que indicaban que ya estaban de vuelta: dos camas de litera deshechas, las plantas en la repisa, las alfombrillas de yoga de Shelby apiladas en la esquina, la copia de Steven de *La República* con el punto de lectura en el escritorio de Luce… Y algo que no contaba con ver.

Daniel, vestido completamente de negro, atendiendo el fuego de la chimenea.

—¡Ah! —gritó Shelby arrojándose en brazos de Miles—. ¡Menudo susto! ¡Y en mi propio refugio! ¡Eso no está bien, Daniel!

Dirigió una mirada de enojo a Luce, como si ella tuviera algo que ver con aquella aparición.

Daniel no hizo caso de Shelby y se limitó a decir tranquilamente a Luce:

—¡Bienvenida!

Luce no sabía si correr hacia él o echarse a llorar.

—Daniel...

—¿Daniel? —Arriane profirió un grito ahogado. Tenía los ojos como platos, como si hubiera visto un fantasma.

Daniel se quedó helado. Era evidente que él tampoco contaba con encontrarse a Arriane.

—Solo la necesitaré un instante. Luego me iré. —Su voz sonaba culpable, incluso asustada.

—Vale —dijo Arriane asiendo a Miles y a Shelby por el pescuezo—. Ya nos íbamos. —Ninguno de nosotros te ha visto aquí. —Hizo pasar a los dos delante de ella—. Nos vemos luego, Luce.

Shelby parecía tener una prisa tremenda por salir del dormitorio. Miles tenía una mirada tempestuosa y no apartó la vista de Luce hasta que Arriane prácticamente lo arrojó al pasillo y cerró la puerta detrás de ellos con un gran golpe.

Daniel se acercó entonces a Luce. Ella cerró los ojos y dejó que su proximidad la reconfortara. Aspiró su olor y se sintió feliz de estar en casa. No en la Escuela de la Costa, sino en el lugar en que Daniel la hacía sentirse como en su hogar, aunque fuera el más extraño de los lugares y su relación fuera un auténtico embrollo.

Como parecía ser ahora.

No la besó, ni siquiera la había abrazado. A Luce le sorprendió desear que lo hiciera aun después de lo que había visto. La falta de caricias por parte de él le provocó un dolor agudo en el corazón. Cuando abrió los ojos, Daniel se hallaba a pocos centímetros de ella, escrutando cada centímetro de su ser con sus ojos color violeta.

—Me has asustado.

Luce nunca le había oído decir eso, acostumbrada como estaba a ser ella la asustada.

—¿Estás bien? —preguntó él.

Ella negó con la cabeza. Daniel la tomó de la mano y la condujo sin decir nada a la ventana, lejos del calor del fuego y de regreso al frío de la noche, en la cornisa de la ventana por donde en otra ocasión había acudido a ella.

La luna se mostraba oblonga y baja en el cielo. Los búhos dormían en las secuoyas. Desde allí arriba Luce podía ver las olas batiendo suavemente la orilla; al otro lado del campus, brillaba una única luz en lo alto del pabellón nefilim, pero no podía decir si era el despacho de Francesca o de Steven.

Daniel y ella se sentaron en la cornisa con las piernas colgando. Se apoyaron en la leve inclinación del tejado que había detrás de ellos y miraron las estrellas que brillaban apagadas en el cielo, como si estuvieran cubiertas por una capa finísima de nubes. Al poco tiempo Luce se echó a llorar.

Porque él estaba loco por ella o ella por él. Porque su cuerpo había pasado por tantas cosas, entrando y saliendo de Anunciadoras, atravesando estados, y yendo de un pasado reciente al presente. Porque su corazón y su cabeza estaban confundidos y estar cerca de Daniel complicaba aún más las cosas. Porque Miles y Shelby parecían odiarlo. Por el horror patente en el rostro de Vera al reconocer a Luce. Por todas las lágrimas que su hermana había vertido por ella, y por el daño que Luce le había vuelto a hacer al aparecer en su mesa de blackjack. Por todas sus otras familias desconsoladas, hundidas en la tristeza porque sus hijas habían tenido la mala suerte de ser la reencarnación de una estúpida chica enamorada. Porque pensar en esas familias hacía que Luce echara tremendamente de menos a sus padres en Thunderbolt. Porque era la auténtica responsable del secuestro de Dawn. Porque tenía diecisiete años y todavía estaba viva contra todo pronóstico. Porque sabía lo suficiente para temer lo que el futuro pudiera depararle. Porque entretanto eran las 3.30 de la mañana y llevaba días sin dormir y no sabía qué más podía hacer.

Entonces él la abrazó, inundándole el cuerpo con su calor, atrayéndola hacia él y meciéndola en sus brazos. Ella sollozaba e hipaba, y deseó tener un pañuelo para limpiarse la nariz. Se preguntó cómo era posible sentirse tan mal por tantas cosas a la vez.

—Chissst —susurró Daniel—. Chissst.

El día anterior Luce se había sentido muy mal al ver a Daniel queriéndola hasta el olvido en aquella Anunciadora. La violencia insoslayable que parecía formar parte de su relación le había parecido infranqueable. Pero ahora, y sobre todo después de haber hablado con Arriane, Luce presentía que algo grande estaba a punto de ocurrir, algo que tal vez alteraría el mundo entero y que amenazaba a Luce y a Daniel. Los rodeaba, en el éter, y afectaba al modo en que ella se veía a sí misma y también a Daniel.

La mirada de impotencia que había visto en los ojos de Daniel poco antes de morir… ahora le parecía que formaba parte del pasado. Le hizo pensar en la forma en que la había mirado después de su primer beso en esta vida, en la playa cercana a Espada & Cruz. El sabor de sus labios en los suyos, el roce de su respiración en el cuello, sus manos fuertes en torno a ella: todo había sido maravilloso… excepto el terror que se leía en sus ojos.

Pero hacía tiempo que Daniel no la miraba de esa forma. Su mirada ahora era implacable, como si ella irremediablemente fuera a permanecer con él. Las cosas eran distintas en esta vida. Todo el mundo lo decía, y Luce también lo notaba: era una revelación cada vez más creciente en su interior. Se había visto morir y había sobrevivido. Daniel no tendría que sobrellevar él solo su castigo nunca más. Era algo que podían hacer juntos.

—Quiero decirte algo —confesó ella con la cara hundida en la camisa de él mientras se secaba los ojos con la manga—. Quiero hablar antes de que empieces tú.

Notó su barbilla acariciándole la coronilla cuando él asintió.

—Sé que tienes que ser muy cuidadoso con lo que me cuentas. Ya sé que otras veces he muerto. Pero no me voy a ir a ningún sitio esta vez, Daniel. Lo presiento. O, por lo menos, no lo haré sin oponer resistencia. —Intentó esbozar una sonrisa—. Creo que sería bueno para los dos que dejaras de tratarme como si fuera una pieza delicada de cristal. Así que te pido como amiga, novia, y como el amor de tu vida que soy, que me tengas más en cuenta. De lo contrario, me siento sola, nerviosa y…

Él le cogió la barbilla con el dedo y le hizo levantar la cabeza. La miraba con curiosidad. Luce supuso que la interrumpiría, pero no lo hizo.

—No me fui de la Escuela de la Costa para enojarte —prosiguió—. Me fui porque no comprendía la importancia de permanecer aquí. Y al hacerlo puse en peligro a mis amigos.

Daniel sostuvo su cara frente a la suya. El color violeta de sus ojos prácticamente refulgía.

—Te he fallado muchas veces antes —susurró él—. Y puede que en esta vida me haya pasado de prudente. Debería haber sabido que pondrías a prueba cualquier límite que se te impusiera. No serías la chica que quiero si no lo hicieras. —Luce supuso que le sonreiría, pero no lo hizo—. En esta ocasión hay tanto en juego y he estado tan centrado en...

—¿Los Proscritos?

—Son los que se llevaron a tu amiga —explicó Daniel—. Apenas saben distinguir la derecha de la izquierda, y mucho menos de qué parte están. —Luce pensó en la chica a la que Cam había disparado con la flecha de plata, y en el muchacho atractivo de mirada vacía de la cafetería.

—Están ciegos.

Daniel bajó la mirada hacia sus manos y se restregó los dedos. Parecía sentirse mal.

—Sí, están ciegos, pero son brutales. —Levantó una mano y recorrió con el dedo uno de los rizos rubios de ella—. Fuiste lista al teñirte el pelo. Te mantuvo a salvo cuando yo no podía llegar a tiempo.

—¿Lista? —Luce estaba horrorizada—. Dawn hubiera podido morir solo porque a mí se me ocurrió manipular un frasco de lejía barata. ¿Cómo puedes considerar inteligente algo así? Si... si mañana me tiñera el pelo de negro, ¿tú crees que de pronto los Proscritos podrían encontrarme?

Daniel negó con la cabeza con brusquedad.

—No deberían haber entrado en el campus. Jamás deberían haber puesto sus manos en ninguno de vosotros. Trabajo día y noche para mantenerlos alejados de ti y de toda la escuela. Alguien los ayuda y no sé quién.

—Cam.

¿Qué otra cosa podía hacer él allí?

Pero Daniel negó con la cabeza.

—Sea quien sea lo lamentará.

Luce se cruzó de brazos. Todavía se notaba la cara enrojecida por el llanto.

—Me figuro que esto significa que no voy a poder ir a casa por Acción de Gracias. —Cerró los ojos intentando no imaginarse la cara de decepción de sus padres—. No, mejor no me lo digas.

—Por favor. —Daniel estaba serio—. No será por mucho tiempo.

Ella asintió.

—Lo que dura la tregua.

—¿Qué? —Él la agarró por los hombros—. ¿Cómo sabes...?

—Lo sé. —Luce deseaba que él no se diera cuenta de que había empezado a temblar y que el temblor aumentaba conforme intentaba actuar con más seguridad de la que sentía—. Y sé que pronto llegará un momento en que tú inclinarás la balanza entre el Cielo y el Infierno.

—¿Quién te ha dicho eso?

Daniel arqueó los hombros hacia atrás, en un intento de evitar que se le abrieran las alas.

—Lo he deducido. Cuando no estás aquí ocurren muchas cosas.

Por un instante la mirada de Daniel dejó entrever algunos celos. Al principio, a Luce le pareció casi reconfortante ser capaz de provocar algo así en él, pero no quería que se sintiera celoso, y menos aún cuando se traía entre manos tantas cosas importantes.

—Lo siento —dijo ella—. Lo último que ahora necesitas es que te distraiga. Parece que eso que haces… es realmente serio.

Ella lo dejó ahí, esperando que con ello Daniel se sintiera más cómodo y le contara más cosas. Tal vez aquella era la conversación más franca, honesta y madura que habían mantenido jamás.

Pero muy pronto un nubarrón que no creía siquiera que la pudiera amenazar cruzó el rostro de Daniel.

—Quítate todo eso de la cabeza. No tienes ni idea de lo que crees que sabes.

Luce fue presa de la decepción. Él seguía tratándola como a una niña. Un paso adelante, y diez atrás.

Recogió las piernas y se puso de pie en la cornisa.

—Hay una cosa que sí sé, Daniel —dijo bajando la mirada hacia él—. Que, si de mí dependiera, no habría dudas. Que, si el universo me esperara para inclinar la balanza, optaría por el bando del bien.

Daniel tenía sus ojos de color violeta clavados en el bosque oscuro.

—Optarías por el bando del bien —repitió. Su voz parecía entumecida a la vez que desesperadamente triste. Más triste de lo que ella le había oído jamás.

Luce tuvo que contener el impulso de agacharse y pedir disculpas. En lugar de ello, se dio la vuelta y dejó a Daniel. ¿Acaso no era obvio que él tenía que optar por el bien? ¿No es eso lo que haría cualquiera?

14
Cinco días

Alguien los había delatado.

El domingo por la mañana, mientras el resto del campus aún permanecía extrañamente silencioso, Shelby, Miles y Luce se encontraron sentados en fila a un lado del despacho de Francesca, a la espera de ser interrogados.

El despacho de la profesora era más grande que el de Steven. También era más luminoso, tenía el techo alto e inclinado y tres enormes ventanas que daban al bosque en dirección al norte, cada una de ellas adornada con unas cortinas gruesas de terciopelo de color lavanda descorridas para mostrar un cielo asombrosamente azul. La única obra de arte de la estancia era una gran fotografía enmarcada de una galaxia que colgaba sobre un magnífico escritorio con revestimiento de mármol. Las sillas de estilo barroco en las que estaban sentados eran bonitas pero incómodas. Luce no conseguía dejar de moverse.

—Una nota anónima, ¡y un huevo! —musitó Shelby haciendo referencia al seco e-mail que había recibido cada uno de ellos de parte de Francesca esa mañana—. Esa desgraciada cotorra inmadura de Lilith.

Luce no creía que Lilith ni ningún otro alumno hubiera podido saber que habían abandonado el campus. Alguien más había puesto sobre aviso a sus profesores.

—¿Por qué tardan tanto?

Miles señaló con la cabeza en dirección al despacho de Steven, que estaba al otro lado de la pared y en el que se oían las voces de sus profesores discutiendo en voz baja.

—Es como si estuvieran decidiendo el castigo antes de escuchar nuestra versión de los hechos. —Él se mordió el labio inferior—. Por cierto, ¿cuál es nuestra versión de los hechos?

Pero Luce no lo escuchaba.

—Realmente no creo que pueda ser tan difícil —murmuró ella, más para sí que para los demás—. Basta con adoptar una postura y actuar en consecuencia.

—¿Cómo? —preguntaron Miles y Shelby a la vez.

—Lo siento —contestó Luce—. Es solo… ¿Os acordáis de lo que Arriane explicó anoche sobre inclinar la balanza hacia un lado? Pues se lo comenté a Daniel, y él se puso muy raro. En serio, ¿acaso no es obvio que hay una respuesta correcta y otra equivocada?

—Para mí, sí —dijo Miles—. Hay una opción buena y otra mala.

—¿Cómo podéis decir algo así? —preguntó Shelby—. Es precisamente ese modo de pensar el que nos ha metido en este embrollo. ¡La fe ciega! ¡La aceptación sin más de una dicotomía prácticamente obsoleta! —El rostro se le enrojeció y levantó tanto la voz que posiblemente Francesca y Steven podían oírla—. Estoy tan cansada de ángeles y demonios que toman partido. Todo ese bla, bla, bla de si esos son malos o son lo demás, como si supieran qué es lo mejor para el universo entero.

—¿Insinúas que Daniel tomará partido por el mal? —se mofó Miles—. ¿Que traerá el fin del mundo?

—Me importa un carajo lo que Daniel haga —repuso Shelby—. Y, la verdad, me resulta difícil creer que todo dependa de él.

Pero tenía que ser así. A Luce no se le ocurría ninguna otra explicación.

—Mira, tal vez las líneas no sean tan claras como nos han contado —prosiguió Shelby—. Quiero decir, ¿quién dice que Lucifer sea tan malo…?

—Tal vez… ¿todo el mundo? —apuntó Miles buscando una mirada de apoyo de Luce.

—¡Error! —refutó Shelby—. Un grupo de ángeles muy persuasivos que intentan conservar su *status quo*. Solo porque hace mucho tiempo ellos vencieron en una batalla, se creen que tienen la razón.

Luce miró cómo las cejas de Shelby se arqueaban cuando se desplomaba contra el respaldo rígido de la silla. Esas palabras hicieron pensar a Luce en algo que había oído en otra parte…

—Los vencedores reescriben la historia —murmuró. Eso era lo que Cam le había dicho aquel día en Noyo Point. ¿No era eso lo que Shelby quería decir? ¿Que los perdedores entonces adquieren mala fama? Sus puntos de vista eran parecidos. Lo único es que Cam, como no podía ser de otro modo, era legítimamente malévolo, y Shelby, en cambio, solo hablaba.

—Exacto. —Shelby asintió mirando a Luce—. Un momento. ¿Qué…?

En ese instante, Francesca y Steven entraron por la puerta. Francesca se acomodó en el asiento negro giratorio de su escritorio. Steven se puso en pie detrás de ella, con las manos ligeramente posadas en el respaldo del asiento. Con sus vaqueros y su camisa blanca limpia y almidonada, Steven parecía tan despreocupado como Francesca parecía severa con su vestido entallado negro de cuello cuadrado y rígido.

Aquello hizo reflexionar a Luce sobre la charla de Shelby acerca de las líneas difusas y las connotaciones de palabras como «ángel» y «demonio». Evidentemente, era superficial hacer juicios de valor atendiendo únicamente a la vestimenta de Steven y Francesca, pero de nuevo no se trataba solo de eso. En muchos sentidos, resultaba fácil olvidar cuál de ellos era qué.

—¿Quién quiere ser el primero? —preguntó Francesca mientras posaba sus cuidadas manos sobre la base de mármol—. Sabemos todo lo que ha ocurrido, así que no hace falta entrar en detalles. Ahora tenéis la ocasión de contarnos el motivo.

Luce tomó aire. Aunque no esperaba que Francesca les cediera la palabra tan rápidamente, no quería que Miles o Shelby intentaran encubrirla.

—Fue culpa mía —dijo—. Yo quería… —Miró la cara ojerosa de Steven y bajó la cabeza—. Vislumbré algo en las Anunciadoras, algo sobre mi pasado y quise saber más.

—Por lo tanto, ¿te expusiste a un viaje peligroso, el acceso prohibido a una Anunciadora, poniendo además en peligro a dos compañeros que realmente deberían haber sido más juiciosos, justo al día siguiente de que otra compañera de clase hubiera sido secuestrada? —preguntó Francesca.

—Eso no es justo —replicó Luce—. Tú misma quitaste importancia a lo que le había ocurrido a Dawn. Creímos que solo íbamos a ver algo, pero…

—Pero ¿qué? —intervino Steven—. ¿Os disteis cuenta de lo estúpido que es pensar así?

Luce se agarró al reposabrazos de la silla intentando contener las lágrimas. Francesca estaba enfadada con los tres, mientras que el enojo de Steven parecía recaer exclusivamente en Luce, lo cual no era justo.

—Vale, sí. Salimos de la escuela y nos fuimos a Las Vegas —admitió al fin—. Pero si nos pusimos en peligro fue solo porque vosotros me teníais a oscuras. Vosotros sabíais que había alguien que me perseguía y es posible que incluso sepáis por qué. Yo no habría abandonado el campus si me lo hubierais dicho.

Steven miraba a Luce con los ojos como brasas.

—Si de verdad insinúas que nosotros tenemos que ser así de explícitos contigo, Luce, entonces me siento muy decepcionado. —Posó una mano sobre el hombro de Francesca—. Tal vez tenías razón acerca de ella, querida.

—Un momento —dijo Luce.

Pero Francesca la detuvo con un gesto de la mano.

—¿Tenemos que ser explícitos también sobre el hecho de que la oportunidad que se te ha dado en la Escuela de la Costa para un crecimiento educativo y personal es en tu caso una experiencia única en mil vidas? —Se le sonrojaron las mejillas—. Nos has puesto en una situación muy incómoda. La escuela principal —señaló entonces la parte sur del campus— tiene sus castigos y sus programas de servicio a la comunidad para los estudiantes que se pasan de la raya. Pero Steven y yo no tenemos definido ningún sistema de castigo. Hasta ahora hemos tenido la fortuna de contar con unos alumnos que no han ido más allá de nuestros límites, que son realmente laxos.

—Eso ha sido hasta ahora —dijo Steven con la vista clavada en Luce—. Pero Francesca y yo estamos de acuerdo en que es preciso hacer un cambio y fijar un castigo severo.

Luce se inclinó hacia delante en su asiento.

—Pero Shelby y Miles no…

—Exacto —asintió Francesca—. Por ello, cuando acabemos, Shelby y Miles se presentarán ante el señor Kramer en la escuela principal para prestar servicios a la comunidad. La recogida de alimentos para la Fiesta Anual de la Cosecha empieza hoy, así que seguro que encontraréis una tarea adecuada para vosotros.

—¡Qué mier…! —espetó Shelby mirando a Francesca—. Quiero decir que la Fiesta de la Cosecha es mi diversión favorita.

—¿Y Luce? —quiso saber Miles.

Steven tenía los brazos cruzados y a través de la montura de concha de color carey de sus gafas atravesaba a Luce con sus ojos endemoniados de color avellana.

—Luce, estás castigada.

¿Castigada? ¿Eso era todo?

—Clase. Comida. Habitación —recitó Francesca—. Hasta nueva orden, y a menos que te encuentres bajo una vigilancia estricta, es lo único que te está permitido. Y nada de sumergirse en más Anunciadoras. ¿Lo has comprendido?

Luce asintió.

Steven añadió:

—No nos pongáis a prueba de nuevo. Incluso nosotros podemos llegar a perder la paciencia.

La combinación clase-comida-habitación no daba muchas opciones a Luce en una mañana de domingo. El pabellón estaba oscuro, y la cantina no se abría hasta las once para el almuerzo. Después de que Miles y Shelby se marcharan de mala gana al campo de adiestramiento para el servicio a la comunidad del señor Kramer, Luce no tuvo más opción que regresar a su habitación. Bajó el estor de la ventana que a Shelby le gustaba dejar levantado y se desplomó en la silla de su escritorio.

Podría haber sido peor. En comparación con las historias de celdas estrechas hechas con bloques de cemento destinadas a la reclusión individual de Espada & Cruz, a Luce le parecía que había salido bien parada. Nadie le había colocado ninguna pulsera de localización. De hecho, Steven y Francesca le habían impuesto las mismas restricciones que Daniel. La diferencia era que sus profesores realmente podían vigilarla día y noche, y Daniel no debía estar allí para nada.

Enfadada, encendió el ordenador, suponiendo que tendría cancelado su acceso a internet. Sin embargo, se pudo conectar y encontró tres mensajes de sus padres y uno de Callie. Al menos estando castigada podría comunicarse más con sus amigos y su familia.

Para: Lucinda44@gmail.com
De: thegaprices@aol.com
Fecha: Viernes, 20 de noviembre, 8.22
Asunto: El perro-pavo

¡Mira la fotografía! Con motivo de la fiesta vecinal para celebrar el otoño vestimos a Andrew de pavo. Como puedes ver por las marcas de mordiscos en las plumas, le encantaron. ¿Qué te parece? ¿Quieres que se lo volvamos a poner cuando vengas para Acción de Gracias?

Para: Lucinda44@gmail.com

De: thegaprices@aol.com

Fecha: Viernes, 20 de noviembre, 9.06

Asunto: Léelo

Tu padre acaba de leer mi e-mail y cree que tal vez te haya hecho sentirte mal. No queremos que te sientas culpable, cariño. Si te dejan venir a casa para Acción de Gracias, estaremos muy contentos. Si no, lo cambiaremos para otro día. Te queremos.

Para: Lucinda44@gmail.com

De: thegaprices@aol.com

Fecha: Viernes, 20 de noviembre, 12.12

Asunto: Sin asunto

¿Nos dirás algo? Besos,

Mamá

Luce sostuvo la cabeza entre las manos. Se había equivocado. Ni todos los castigos del mundo le facilitarían la tarea de responder a sus padres. ¡Por Dios! ¡Si habían llegado incluso a disfrazar al perro de pavo! Le rompía el corazón la idea de decepcionarlos. Así que dejó el asunto para más tarde y abrió el e-mail de Callie.

Para: lucinda44@gmail.com

De: callieallieoxenfree@gmail.com

Fecha: Viernes, 20 de noviembre, 16.14

Asunto: ¡AQUÍ ESTÁ!

Creo que la reserva de avión que envío a continuación habla por sí sola. Dime tu dirección y tomaré un taxi en cuanto llegue el jueves por la mañana. ¡Es la primera vez que voy a Georgia! ¡Y con mi gran amiga, a la que hace tanto tiempo que no veo! ¡Va a ser fabuloso! ¡Nos vemos en SEIS DÍAS!

En menos de una semana, el Día de Acción de Gracias, la mejor amiga de Luce aparecería en casa de sus padres, que la estarían esperando a ella, mientras que Luce seguiría exactamente allí, castigada en su habitación. Sintió una tristeza enorme. Habría dado cualquier cosa por estar con ellos y pasar unos días con sus seres queridos, que le darían un respiro después de las extenuantes y confusas semanas que había pasado confinada entre esas paredes de madera.

Abrió un nuevo e-mail y escribió un mensaje apresurado:

Para: cole321@swordandcross.edu
De: lucinda44@gmail.com
Fecha: Domingo, 22 de noviembre, 09.33
Asunto: (Sin asunto)

Hola, señor Cole.

No se preocupe, no le voy a suplicar que me deje ir a casa por Acción de Gracias. Sé que es un esfuerzo inútil y no merece la pena. Sin embargo, no tengo valor para decírselo a mis padres. ¿Podría comunicárselo usted mismo? Dígales que lo siento mucho.

Aquí todo va bien. Echo de menos mi hogar.

Luce

Un golpe fuerte en la puerta hizo que Luce diera un respingo e hiciera clic en «Enviar» sin comprobar primero si tenía errores tipográficos o incómodos sentimentalismos.

—¡Luce! —Shelby la llamaba desde el otro lado de la puerta—. ¡Abre! Tengo las manos ocupadas con esa porquería de la fiesta del otoño. ¡Ten piedad!

Los golpes secos continuaban al otro lado de la puerta, cada vez más fuertes, acompañados de algún gruñido ocasional y algún que otro quejido.

Al abrir la puerta, Luce se encontró a Shelby resoplando, doblada por el peso de una enorme caja de cartón. Llevaba varias bolsas de plástico entre los dedos. Las rodillas le temblaban al entrar trabajosamente en el cuarto.

—¿Te ayudo?

Luce cogió una ligera cornucopia de mimbre que Shelby llevaba en la cabeza a modo de sombrero.

—Me han puesto en la sección de decoración —masculló Shelby dejando la caja en el suelo—. Habría dado lo que fuera por estar en limpieza, como Miles. ¿Sabes lo que ocurrió la última vez que alguien me obligó a usar una pistola de pegamento?

Luce se sentía responsable de los castigos de Shelby y de Miles. Se imaginó a Miles recorriendo la playa con una de esas varas para recoger la suciedad que había visto utilizar en Thunderbolt a los convictos en los márgenes de la carretera.

—Ni siquiera sé lo que es la Fiesta de la Cosecha.

—Es algo asquerosamente pretencioso, eso es lo que es —dijo Shelby revolviendo en la caja y arrojando al suelo bolsas de plástico con plumas, tubos de purpurina y un paquete de cartulinas—. Fundamentalmente, es un gran banquete al que acuden todos los donantes de la Escuela de la Costa a fin de recaudar dinero para el centro. Todo el mundo vuelve a casa sintiéndose muy caritativo después de haberse sacado de encima unas pocas latas viejas de guisantes y haberlas donado a un banco de alimentos de Fort Bragg. Ya lo verás mañana por la noche.

—Lo dudo —dijo Luce—. ¿Recuerdas que estoy castigada?

—No te preocupes, te harán ir. Algunos de los mayores donantes son abogados de causas nobles, así que Francesca y Steven han de hacer el papel, lo cual significa que todos los nefilim tenemos que estar presentes con la mejor de nuestras sonrisas.

Luce torció el gesto tras comprobar su imagen no nefilim en el espejo. Un motivo más para quedarse donde estaba.

Shelby maldijo en voz baja.

—Me he olvidado el estúpido centro de mesa con forma de pavo en el despacho del señor Kramer —se quejó poniéndose de pie, antes de dar una patada a la caja de elementos decorativos—. Tengo que volver.

Cuando Shelby se abrió paso para dirigirse a la puerta, Luce perdió el equilibrio, se tambaleó y tropezó con la caja dando con el pie en algo frío y húmedo al caer.

Fue a parar de bruces al suelo. Lo único que amortiguó su caída fue la bolsa de plástico de las plumas, que estalló y arrojó todo el plumerío de colores debajo de ella. Luce miró atrás para ver el estropicio que había causado y esperando ver a Shelby con las cejas arqueadas y un gesto de exasperación. Pero su compañera estaba inmóvil y señalaba con una mano el centro de la habitación, donde había suspendida una Anunciadora de color marrón.

—¿No te parece un poco arriesgado invocar a una Anunciadora una hora después de haber sido castigada por invocar a una Anunciadora? —preguntó Shelby—. Realmente pasas de todo, ¿verdad? En cierto modo, me parece admirable.

—Yo no la he invocado —insistió Luce poniéndose de pie y quitándose las plumas de la ropa—. Me he tropezado y estaba ahí, esperando o algo.

Se acercó para examinar de cerca aquella lámina nebulosa de color pardo. Era lisa como una hoja de papel y no muy grande para ser una Anunciadora; sin embargo, el modo en que estaba suspendida en el aire frente a su cara, casi desafiándola a que la rechazara, inquietó a Luce.

No parecía necesitar que le diera forma. Apenas se movía en el aire y tenía la apariencia de haber estado flotando todo el día.

—Un momento —murmuró Luce—. Esta vino con la otra el otro día. ¿Te acuerdas?

Era la extraña sombra marrón que había acompañado a la sombra oscura que los había llevado hasta Las Vegas. Habían entrado las dos por la ventana el viernes por la tarde; y luego esta había desaparecido. Luce se había olvidado de ella hasta ese mismo momento.

—Bueno —dijo Shelby apoyándose en la escalera de su litera—. ¿Vas a vislumbrarla o qué?

La Anunciadora tenía el color de una habitación con humo, un desagradable tono marrón, y su tacto era parecido al de la neblina. Luce acercó la mano hacia ella y pasó los dedos por sus bordes húmedos. Notó que aquel aliento nebuloso le acariciaba el pelo. El aire en torno a la Anunciadora era húmedo, incluso un poco salobre. Un grito lejano de gaviota retumbó en el interior.

No debía vislumbrarla. No pensaba hacerlo.

Pero la Anunciadora pasó de ser como una tela de color marrón y brumosa a convertirse en algo claro y discernible con independencia de Luce. El mensaje de la sombra estaba tomando cuerpo.

Era la vista aérea de una isla. Al principio se encontraban en lo alto, así que Luce no podía ver más que un pequeño bulto de roca negra empinada rodeada de finos pinos. Lentamente, la Anunciadora fue enfocando más de cerca, como si fuera un pájaro que descendiera para posarse en las copas de los árboles, y así la imagen se centró en una pequeña playa desierta.

El agua estaba turbia a causa de la arena plateada y arcillosa. Unas cuantas rocas hacían frente a las suaves embestidas de la marea. De pie, oculto entre las rocas más altas…

Daniel contemplaba el mar, con una rama de árbol cubierta de sangre en la mano.

Luce dio un grito ahogado al acercarse y ver lo que Daniel miraba. No era el mar, sino la silueta ensangrentada de un hombre. Un cadáver que yacía rígido sobre la arena. Cada vez que las olas alcanzaban el cuerpo, se apartaban manchadas de un intenso color rojo oscuro. Luce no podía ver la herida que había matado al hombre. Alguien más, vestido con una gabardina oscura y larga, estaba inclinado sobre el cuerpo y lo ataba con una cuerda gruesa trenzada.

Con el corazón latiéndole a toda prisa, Luce volvió a mirar a Daniel. Su expresión era tranquila, pero le temblaban los hombros.

—Date prisa. Estás perdiendo el tiempo. La marea está bajando.

Tenía una voz tan fría que Luce se estremeció.

Un segundo más tarde, la escena de la Anunciadora desapareció. Luce contuvo el aliento hasta que la sombra se desplomó en el suelo formando un montón de cenizas. Al otro lado de la habitación, el estor que Luce había bajado antes se abrió con una sacudida. Luce y Shelby se miraron inquietas y vieron cómo una ráfaga de viento atrapaba a la Anunciadora, la levantaba y se la llevaba por la ventana.

Luce asió con fuerza a Shelby de la muñeca.

—Tú que te fijas en todo, ¿quién era el que estaba con Daniel? ¿El que estaba agachado sobre ese… —se estremeció— hombre?

—Por Dios, Luce, no lo sé. Me distraje con el cadáver, por no hablar de la rama ensangrentada que tenía agarrada tu novio. —El intento de Shelby por parecer sarcástica quedó amortiguado por el terror que denotaba su voz—. Así que… ¿él lo mató? —preguntó a Luce—. ¿Daniel mató a esa persona, quienquiera que fuera?

—No lo sé. —Luce hizo una mueca de disgusto—. No lo digas de ese modo. Tal vez tiene una explicación lógica…

—¿Qué piensas de lo que ha dicho al final? —preguntó Shelby—. He visto que movía los labios, pero no he podido entenderlo. Es algo que odio en las Anunciadoras.

«Date prisa. Estás perdiendo el tiempo. La marea está bajando.»

¿Shelby no lo había oído? ¿No se había dado cuenta de lo insensible y despiadado que Daniel había parecido?

Entonces Luce cayó en la cuenta de que no hacía mucho que ella tampoco podía escuchar a las Anunciadoras. Antes, los ruidos que las acompañaban eran solo eso, ruidos: crujidos y zumbidos espesos y húmedos por las copas de los árboles. Había sido Steven el que le había explicado cómo escuchar las voces que contenían. En cierto modo, Luce deseó que no lo hubiera hecho.

Tenía que haber más en ese mensaje.

—Tengo que vislumbrarlo de nuevo —dijo Luce acercándose a la ventana abierta, pero Shelby la retuvo.

—¡Ah, no! ¡No lo harás! A estas alturas, la Anunciadora podría estar en cualquier sitio y tú estás castigada en tu cuarto, ¿recuerdas? —Shelby obligó a Luce a sentarse de nuevo en la silla de su escritorio—. Te vas a quedar aquí quieta mientras yo bajo al despacho de Kramer para recuperar mi pavo. Y luego las dos vamos a olvidarnos de que esto ha ocurrido. ¿De acuerdo?

—De acuerdo.

—Perfecto. Volveré en cinco minutos, así que no te me escapes.

Pero en cuanto se hubo cerrado la puerta, Luce ya había salido por la ventana y se había encaramado a la parte plana de la cornisa en la que ella y Daniel habían estado sentados la noche anterior. Era imposible borrar de su mente lo que acababa de ver, aunque eso la metiera en más problemas y tuviera que ver algo que no le gustara.

La última hora de la mañana se había vuelto ventosa, y Luce tuvo que inclinarse y sostenerse en los postigos de madera inclinados para guardar el equilibrio. Tenía las manos frías y sentía el corazón entumecido. Cerró los ojos. Cada vez que intentaba invocar a una Anunciadora, se acordaba de la poca formación que tenía para hacerlo. Siempre había tenido suerte, si bien era dudoso considerarse afortunada tras ver cómo tu novio se queda mirando a alguien a quien acaba de matar.

Una caricia húmeda le recorrió los brazos. ¿Sería la sombra marrón, esa cosa horrible que le había mostrado algo más horrible aún? Abrió los ojos.

En efecto, lo era. Se le había encaramado a los hombros como si fuera una serpiente. Se la quitó de encima y la sostuvo ante ella, intentando darle la forma de una pelota. La Anunciadora le rehuía el tacto, y retrocedía en el aire, fuera de su alcance, manteniéndose más allá del extremo del tejado.

Bajó la vista a los dos pisos que la separaban del suelo. Una hilera de alumnos abandonaban el edificio de la residencia para dirigirse a la cantina para el desayuno: una corriente abigarrada de gente que atravesaba el césped de intenso color verde. Luce se tambaleó. El vértigo la venció y se dejó caer hacia delante.

Pero entonces la sombra se apresuró como un jugador de fútbol y la derribó de espaldas de nuevo contra el tejado inclinado. Luce se quedó clavada contra las tablas de madera jadeando mientras la Anunciadora se volvía a abrir.

El velo de humo se desvaneció y se mostró iluminado. Luce regresó con Daniel y la rama ensangrentada. Volvió a los graznidos de las gaviotas que volaban en círculo en lo alto y al hedor a espuma putrefacta de la costa, a la visión de las olas gélidas rompiendo contra la playa. Y de nuevo también a los dos personajes del suelo. El cadáver estaba atado. El vivo estaba de pie frente a Daniel.

Era Cam.

No. Eso tenía que ser un error. Ellos se odiaban. Iban de una pelea a otra. Luce podía aceptar que Daniel ejecutara actos siniestros para protegerla de la gente que le iba a la zaga. Pero ¿qué cosa tan terrible podía llevarle a echar mano de Cam? ¿A colaborar con Cam, que tanto disfrutaba matando?

Estaban enzarzados en una discusión acalorada, pero Luce no podía entender las palabras. No oía nada por culpa del reloj de la cantina, que acababa de dar las once. Aguzó el oído y esperó a que las campanadas cesaran.

—Déjame llevarla a la Escuela de la Costa —oyó que suplicaba Daniel.

Aquello tenía que haber ocurrido justo antes de que llegara a California. Pero ¿por qué Daniel tenía que pedir permiso a Cam? A menos que…

—De acuerdo —decía Cam impertérrito—. Llévala a la escuela y después búscame. ¡No la fastidies! Estaré vigilando.

—¿Y luego? —Daniel parecía inquieto.

Cam escrutó a Daniel.

—Tú y yo tenemos trabajo.

—¡Oh, no! —gritó Luce golpeando la sombra con enfado.

Pero en el momento en que vio que había roto con las manos la superficie fría y resbaladiza lo lamentó. Se rompió en fragmentos que se acumularon formando un montón de cenizas a su lado. Ahora no podría ver nada más. Intentó recopilar los fragmentos tal como había visto hacerlo a Miles, pero se agitaban sin reaccionar.

Tomó un puñado de aquellos restos y sollozó.

Steven había dicho que en ocasiones las Anunciadoras distorsionaban la realidad, como las sombras arrojadas contra la pared de la caverna, pero que siempre contenían algo de verdad. Luce percibía la verdad en esos fragmentos fríos y húmedos, incluso cuando los estrujó firmemente como intentando liberar todo su dolor.

Daniel y Cam no eran enemigos. Eran aliados.

15

Cuatro días

—¿**M**ás pavo ecológico? —Connor Madson, un muchacho rubio de la clase de biología de Luce y también
uno de los camareros de la Escuela de la Costa, estaba frente a ella
con una bandeja de plata en el curso de la Fiesta de la Cosecha del
lunes por la noche.

—No, gracias. —Luce señaló el montón tibio de lonchas de carne que tenía aún en el plato.

—Quizá más tarde.

Connor, como el resto del personal becado del servicio en la Escuela de la Costa, iba vestido con esmoquin y un gorro ridículo de
peregrino con motivo de la Fiesta de la Cosecha. Se deslizaban por la
zona ajardinada de la cantina, que estaba irreconocible y había dejado de ser aquel lugar informal pero vistoso donde tomar unas tortitas antes de ir a clase para transformarse en un salón de banquetes de
categoría al aire libre.

Shelby no dejaba de refunfuñar yendo de mesa en mesa recolo-
cando las tarjetas y volviendo a encender las velas. Tanto ella como el
resto del comité de decoración habían hecho un trabajo muy bonito:
habían esparcido hojas de seda de color rojo y naranja sobre los lar-

gos manteles blancos de las mesas; dentro de las cornucopias pintadas de dorado habían colocado los panecillos recién horneados, y unas
estufas de exterior se encargaban de mitigar la fresca brisa del océano. Incluso los centros de mesa con forma de pavo y pintados por
número tenían estilo.

Todo el alumnado, el personal docente y una cincuentena de donantes habían asistido a la fiesta vestidos con sus mejores galas.
Dawn y sus padres se habían acercado en coche hasta allí para pasar
la velada. Aunque Luce todavía no había tenido ocasión de hablar
con la chica, parecía recuperada, feliz incluso, y había saludado alegremente con la mano a Luce desde su sitio junto a Jasmine.

La mayoría de los aproximadamente veinte nefilim se sentaban
juntos en dos mesas circulares adyacentes, excepto Roland, que se
encontraba sentado en un rincón alejado con una acompañante misteriosa. Cuando esta se levantó, alzó su sombrero de ala ancha con
forma de capullo de rosa y dirigió un saludo furtivo a Luce.

Era Arriane.

Luce sonrió a regañadientes, pero un segundo después sintió ganas de llorar. Al verlos a los dos juntos riéndose, Luce se acordó de
la escena siniestra y nauseabunda que había vislumbrado en la Anunciadora el día anterior. Al igual que Cam y Daniel, se suponía que
Arriane y Roland pertenecían a bandos opuestos, pero todo el mundo sabía que eran un equipo.

De todos modos, eso era distinto.

La Fiesta de la Cosecha estaba pensada para que fuera un día divertido antes de Acción de Gracias y de que terminaran las clases.
Luego todo el mundo celebraría el verdadero Día de Acción de Gracias con sus familias, pero para Luce, en cambio, ese sería el único

que iba a tener. El señor Cole todavía no le había respondido. Después del castigo del día anterior y de la revelación que había tenido en el tejado, realmente le resultaba difícil sentirse agradecida por algo.

—Casi no comes —dijo Francesca sirviendo una gran cucharada de puré de patatas en el plato de Luce. Se había acostumbrado al brillo estremecedor que se posaba en todas las cosas cuando Francesca hablaba. Francesca tenía un carisma sobrenatural por el simple hecho de ser un ángel.

Miró a Luce como si no se hubieran visto en el despacho el día anterior, como si Luce no estuviera castigada en su habitación.

A Luce se le había dado un puesto de honor al lado de Francesca en la gran mesa principal del cuerpo docente. Los donantes se acercaban de uno en uno a saludar a los profesores. Los otros tres alumnos de la mesa principal —Lilith, Beaker Brady y una chica coreana con un peinado al estilo paje a la que no conocía— habían logrado los asientos tras un concurso de ensayos. Luce, en cambio, solo había tenido que importunar a sus profesores lo bastante como para que temieran perderla de vista.

La cena tocaba a su fin cuando Steven se inclinó hacia delante en su asiento. Igual que Francesca, no demostraba ni un atisbo del enojo del día anterior.

—Asegúrate de que Luce se presente al doctor Buchanan.

Francesca se metió el último pedazo de bollo con mantequilla en la boca.

—El doctor Buchanan es uno de los principales donantes de la escuela —le explicó a Luce—. ¿Has oído hablar de su programa de Demonios en el Extranjero?

Luce se encogió de hombros mientras los camareros aparecían de nuevo para retirar los platos.

—Él y su ex esposa tenían linaje de ángeles, pero después del divorcio él cambió algunas de sus alianzas. De todos modos —Francesca miró a Steven—, es una persona que merece la pena conocer. ¡Oh! ¡Hola, señora Fisher! ¡Qué bien que haya venido!

—Sí, hola.

Una mujer bien entrada en años con un afectado acento británico, un abrigo grande de visón y más diamantes en torno al cuello que todos los que Luce había visto en su vida, tendió la mano enguantada de blanco hacia Steven, que se puso de pie para saludarla. Francesca también se levantó y se acercó para saludar a la mujer con un beso en cada mejilla.

—¿Dónde está Miles? —preguntó la señora.

Luce se levantó de golpe.

—¡Oh! ¡Usted tiene que ser la abuela de Miles!

—¡Oh, no, por Dios, no! —exclamó la mujer retrocediendo—. No tengo hijos. Nunca me casé, ay, pobrecita de mí. Soy la señora Ginger Fisher, de la rama familiar de Carolina del Norte. Miles es mi sobrino mayor. ¿Y tú eres…?

—Lucinda Price.

—Lucida Price, sí.—La señora Fisher miró a Luce entornando los ojos—. He leído un par de historias sobre ti. Pero ahora no me acuerdo exactamente de qué es lo que hacías…

Antes de que Luce pudiera responder, las manos de Steven se posaron en sus hombros.

—Luce es una de las alumnas que menos tiempo hace que se ha incorporado —dijo él con voz contundente—. Sin duda, a usted le alegrará saber que Miles se ha esforzado mucho para que ella se sienta cómoda aquí.

La señora Fisher posó entonces la mirada algo más allá de donde estaban y escrutó la zona ajardinada repleta de gente. Los invitados habían terminado de comer, y Shelby encendía las antorchas de bambú que estaban colocadas en el suelo. Cuando se iluminó la antorcha más próxima a la mesa principal, la luz iluminó a Miles, que estaba inclinado en la mesa del lado retirando unos platos.

—¿Acaso mi sobrino mayor está… atendiendo las mesas? —La señora Fisher se llevó una mano enguantada a la frente.

—En realidad —dijo Shelby entrometiéndose en la conversación con el encendedor de antorchas en la mano— se encarga de retirar la bas…

—Shelby —la interrumpió Francesca—, me parece que la antorcha que hay cerca de las mesas de los nefilim se acaba de apagar. ¿Podrías encargarte de ella ahora mismo?

—¿Sabe? —dijo Luce a la señora Fisher—. Iré a buscar a Miles y le haré venir. Sin duda, los dos tienen muchas cosas que contarse.

Miles se había cambiado la gorra de los Dodgers y la sudadera por unos pantalones de color marrón y una camisa naranja abotonada. Aunque era una opción atrevida, le quedaba bien.

—¡Eh!

Él la saludó con la mano que no sostenía la pila de platos sucios. A Miles no parecía importarle encargarse de las mesas. Sonreía de oreja a oreja, estaba en su elemento, hablando con todos los asistentes al banquete mientras les retiraba los platos.

Cuando Luce se acercó, dejó los platos a un lado y la abrazó dándole un apretón más fuerte al final.

—¿Estás bien? —preguntó ladeando la cabeza y provocando que el pelo castaño le cayera sobre los ojos. No parecía acostumbrado al modo en que se le movía el cabello sin la gorra, así que se lo apartó rápidamente—. No tienes buen aspecto. Bueno, no. Estás preciosa. No quería decir eso. Ese vestido me gusta mucho. Y llevas un peinado muy bonito. Pero también pareces un poco… —Torció el gesto algo inseguro— abatida.

—Pues resulta molesto —contestó Luce dando una patada en el césped con la punta de su zapato de tacón negro—. Porque justo ahora es cuando mejor me siento en toda la noche.

—¿De veras? —El rostro de Miles se iluminó el rato que se tomó aquello como un cumplido. Luego puso cara larga—. Sé que estar castigada tiene que fastidiarte. Si me permites opinar, me parece que Francesca y Steven se han extralimitado teniéndote bajo su control toda la noche…

—Lo sé.

—No mires ahora, pero estoy seguro de que nos vigilan. ¡Oh, perfecto! —gimió—. ¿Esa es mi tía Ginger?

—Acabo de tener el placer de conocerla —contestó Luce riendo—. Quiere verte.

—Ya lo imagino. Por favor, no creas que toda mi familia es como ella. Cuando conozcas al resto del clan el Día de Acción de Gracias…

El Día de Acción de Gracias con Miles. Luce lo había olvidado por completo.

—¡Oh! —Miles se percató de la expresión de su cara—. ¿No pensarás que Francesca y Steven te obligarán a quedarte aquí por Acción de Gracias?

Luce se encogió de hombros.

—Me imagino que eso es lo que significa «hasta nueva orden».

—Así que esto es lo que te pone triste. —Posó una mano sobre el hombro desnudo de Luce. Ella había lamentado ir sin mangas hasta ese momento, cuando sintió los dedos de él en su piel. No era como el tacto de Daniel, que siempre resultaba electrizante y mágico, pero en cualquier caso resultaba reconfortante.

Miles se acercó y bajó su cara hasta la de ella.

—¿Qué ocurre?

Luce levantó la vista y contempló sus ojos azules. Él aún tenía la mano sobre su hombro. Sintió cómo separaba los labios para contarle la verdad o, en todo caso, lo que ella creía que era la verdad, y se dispuso a desahogarse.

Que Daniel no era el que ella creía que era. Lo cual, a su vez, tal vez quería decir que ella tampoco era la que creía ser. Que todo lo que había sentido por Daniel en Espada & Cruz seguía vivo —de hecho, la mareaba pensar en ello—, pero que ahora las cosas eran muy diferentes. Y que todo el mundo no dejaba de repetir que en esa vida todo era distinto, que era el momento de romper el círculo, pero que nadie era capaz de explicarle qué significaba eso. Decirle que tal vez todo aquello no terminara con Luce y Daniel juntos. Que tal vez se suponía que ella tenía que liberarse y hacer algo por su cuenta.

—Es difícil expresarlo con palabras —dijo al fin.

—Lo sé —repuso Miles—. Yo también he pasado una mala temporada. De hecho, hay algo que hace bastante tiempo que quería decirte…

—Luce. —Francesca apareció de pronto, interponiéndose prácticamente entre los dos—. Es hora de irse. Te acompañaré a tu habitación.

Adiós a hacer algo por cuenta propia.

—Miles, a tu tía Ginger y a Steven les gustaría verte.

Miles dedicó una última sonrisa comprensiva a Luce y luego atravesó el jardín para acercarse trabajosamente hacia su tía.

Las mesas se estaban despejando, pero Luce vio a Arriane y a Roland riéndose a carcajadas cerca de la barra. Había un grupo de chicas nefilim en torno a Dawn. Shelby estaba junto a un chico alto de cabello muy rubio y piel muy pálida, casi blanca.

Era el novio patético. Seguro. Estaba inclinado hacia Shelby, claramente interesado por ella, pero era evidente que la chica seguía molesta. Lo estaba tanto que ni siquiera se dio cuenta de que Luce y Francesca pasaban a su lado, a diferencia de su ex novio, que clavó la mirada en Luce. El color pálido, no del todo azul, de sus ojos resultaba inquietante.

Entonces alguien gritó que el fin de fiesta se trasladaba a la playa. Shelby llamó la atención de su patético novio dándole la espalda y diciéndole que era mejor que no la siguiera.

—¿Te gustaría poder ir con ellos? —preguntó Francesca mientras se alejaban del barullo de la zona ajardinada.

El alboroto y el aire remitieron conforme avanzaban por el camino de grava de vuelta a la zona de la residencia y pasaban junto a hileras de buganvilias de color rosa intenso. Luce se preguntó si Francesca era quizá la responsable de esa tranquilidad sobrecogedora.

—No.

A Luce le gustaban mucho las fiestas, pero si tuviera que decir lo que le «gustaría», desde luego no sería ir a una fiesta en la playa. A ella lo que le gustaría… bueno, no estaba muy segura. Alguna cosa que tuviera que ver con Daniel, sí, pero ¿qué? Tal vez que él le contara lo que ocurría. O que en lugar de protegerla ocultando información le contara la verdad. Por supuesto, seguía queriendo a Daniel. Él la conocía mejor que nadie. Su corazón latía deprisa cada vez que lo veía. Lo echaba mucho de menos. La cuestión era en qué medida ella lo conocía a él.

Francesca fijó la vista en el césped que bordeaba el camino que llevaba a la residencia. Con mucha sutileza, levantó los brazos a ambos lados con un gesto parecido al de las bailarinas en la barra.

—Ni azucenas, ni rosas —murmuró en voz baja mientras las puntas de los dedos le empezaban a temblar—. ¿Qué era entonces?

En ese momento se produjo un crujido suave, como cuando se arrancan de cuajo las raíces de una planta; de pronto, de forma milagrosa, apareció un arriate de flores blancas a ambos lados del camino. No eran unas flores cualesquiera. Eran densas, lozanas y de casi treinta centímetros de altura.

Se trataba de peonias salvajes, unas plantas poco comunes y muy delicadas, con capullos grandes como pelotas. Eran las flores que Daniel había llevado a Luce cuando estuvo en el hospital, y tal vez en ocasiones anteriores. Colocadas en el margen del camino de la Escuela de la Costa, brillaban en la noche como estrellas.

—¿A qué viene esto? —preguntó Luce.

—Es para ti —dijo Francesca.

—¿Por qué?

Francesca le acarició la mejilla.

—En ocasiones las cosas bonitas llegan a nuestra vida como salidas de la nada. No siempre las podemos entender, pero tenemos que confiar en ellas. Sé que quieres cuestionarlo todo, pero a veces es bueno limitarse a hacer un acto de fe.

Hablaba de Daniel.

—Mírame a mí con Steven. Sé que puede resultar bastante confuso. ¿Lo quiero? Sí. Pero cuando llegue la batalla final, voy a tener que matarlo. Esa es nuestra realidad. Ambos sabemos exactamente dónde estamos.

—Pero ¿no confías en él?

—Sé que él será fiel a su naturaleza de demonio. Tienes que confiar en que quienes te rodean serán fieles a su naturaleza, aunque parezca que están traicionando lo que son.

—¿Y si eso no fuera tan fácil?

—Eres fuerte, Luce, y eres independiente. Me di cuenta por cómo reaccionaste ayer en mi despacho. Me hizo sentirme muy… contenta.

Luce no se sentía fuerte, sino como una completa idiota. Daniel era un ángel, así que su auténtica naturaleza tenía que ser bondadosa. ¿Y se suponía que ella tenía que aceptar eso con los ojos cerrados? ¿Y su propia naturaleza? No todo era blanco o negro. ¿Acaso Luce era el motivo por el que las cosas entre ellos resultaban tan complicadas? Mucho después de haber entrado en su habitación y haber cerrado la puerta, seguía sin poder quitarse de la cabeza las palabras de Francesca.

Al cabo de aproximadamente una hora, un golpecito en la ventana hizo que Luce diera un respingo mientras contemplaba el fuego que se extinguía en la chimenea. Antes incluso de lograr ponerse de pie, oyó otro golpeteo en el cristal, aunque esta vez parecía más vacilante. Luce se incorporó y fue hacia la ventana. ¿Qué hacía Daniel de nuevo por ahí? Después de tantos aspavientos sobre lo inseguro que era verse, ¿por qué no dejaba de aparecerse?

Ni siquiera sabía qué quería de ella, a menos que fuera atormentarla como le había visto hacer a las otras versiones de ella en las Anunciadoras. Aunque en palabras de él fuera quererla. Esa noche lo único que Luce quería de él era que la dejara tranquila.

Abrió los postigos de madera, levantó el cristal e hizo caer otra de los miles de plantas de Shelby. Apoyó las manos en el alféizar y luego sacó la cabeza a la noche, dispuesta a reprender a Daniel.

Pero en la cornisa bajo la luz de la luna no estaba Daniel.

Era Miles.

Se había cambiado y ya no llevaba su ropa elegante, pero no se había puesto la gorra de los Dodgers. La mayor parte de su cuerpo estaba sumida en la sombra, pero el contorno de sus amplias espaldas se adivinaba claramente recortado contra el azul intenso de la noche. Su sonrisa tímida fue respondida por otra de ella. Miles sostenía una cornucopia dorada llena de lirios naranjas que se había llevado de uno de los centros de mesa de la Fiesta de la Cosecha.

—Miles —dijo Luce.

Su nombre le sonó extraño al pronunciarlo. Tenía un deje de sorpresa agradable cuando instantes atrás su intención era ser algo desagradable. El corazón le empezó a latir deprisa, y no dejaba de sonreír.

—¿Qué locura es esta que me hace andar de la cornisa de mi ventana a la de la tuya?

Luce negó con la cabeza, sorprendida ella también. Jamás había estado en la habitación de Miles, que estaba en el ala para chicos de la residencia. De hecho, no sabía ni dónde se encontraba.

—¿Lo ves? —prosiguió él con una sonrisa aún más amplia—. Si no nos hubieran castigado, nunca lo habríamos sabido. Esto de aquí fuera es muy bonito, Luce. Deberías venir. No te dan miedo las alturas, ¿verdad?

Luce quería acercarse a la cornisa con Miles. Pero no quería que eso le recordara las ocasiones en que había estado allí con Daniel. Ambos eran tan distintos... Miles era una persona formal, dulce, sensible. Daniel... era el amor de su vida. Ojalá todo fuera tan simple y fácil de definir. Compararlos era injusto, a la vez que imposible.

—¿Cómo es que no estás en la playa con todo el mundo? —preguntó ella.

—No todo el mundo está en la playa. —Miles sonrió—. Tú estás aquí. —Agitó la cornucopia de flores en el aire—. Las he cogido de la cena para ti. Shelby tiene muchas plantas en su lado de habitación. Pensé que tú podrías poner estas en tu mesa.

Miles sacudió el cuerno de mimbre por la ventana en dirección hacia ella. Estaba repleto de flores brillantes de color naranja. Sus estambres de color negro temblaban a merced del viento. No eran perfectas, algunas incluso estaban mustias, pero eran mucho más tiernas que las peonias gigantes que Francesca había hecho florecer. «En ocasiones, las cosas bonitas llegan a nuestra vida como salidas de la nada.»

Tal vez ese era el detalle más bello que alguien había tenido con ella en la Escuela de la Costa, aparte de cuando Miles se había escabullido dentro del despacho de Steven para robar el libro y ayudar a Luce a pasar al interior de la sombra. O cuando Miles la invitó a tomar el desayuno el mismo día que la había conocido. O lo rápido que había sido Miles al incluirla en sus planes para Acción de Gracias. O la falta absoluta de resentimiento en la expresión de Miles cuando le asignaron al servicio de limpieza después de que ella lo hubiera metido en un lío por escaparse. O cómo Miles…

Se dio cuenta de que podía seguir con la enumeración toda la noche. Tomó las flores, las metió en su habitación y las colocó sobre su escritorio.

Cuando regresó, Miles le tendía la mano para ayudarla a salir por la ventana. Podía inventarse una excusa, una chorrada como la de no querer romper las normas de Francesca, o limitarse simplemente a cogerle la mano cálida y fuerte y dejarse llevar y por un segundo olvidarse de Daniel.

Fuera, el cielo era una explosión de estrellas que brillaban en la noche oscura igual que los diamantes de la señora Fisher, pero más bellas incluso. Desde donde se encontraba, la cubierta de ramas de secuoyas al este de la escuela parecía espesa, oscura y aprensiva; al oeste se oía el batido incesante de las olas y se veía el fulgor lejano de la hoguera ardiendo en la playa ventosa. En otras ocasiones Luce ya había advertido estas cosas desde la cornisa. El océano. El bosque. El cielo. Pero en esas otras ocasiones en que había estado ahí fuera, Daniel había acaparado toda su atención. La había casi encegado, hasta el punto de que jamás había podido asimilar la totalidad de la escena.

Resultaba de veras sobrecogedor.

—Seguramente te preguntas por qué he venido aquí. —Cuando Miles habló, Luce se dio cuenta de que ambos habían guardado silencio un rato—. Antes había empezado a decírtelo, pero… no lo he hecho… No estoy seguro…

—Me alegra que hayas venido. La verdad es que estaba comenzando a ser aburrido eso de mirar el fuego. —Ella le dedicó una media sonrisa.

Miles se metió las manos en los pantalones.

—Mira, ya sé que tú y Daniel…

Luce gruñó sin querer.

—Tienes razón. No debería haber sacado el tema.

—No, no me quejaba de eso.

—Bueno, solo es que… Sabes que me gustas, ¿verdad?

—Hum.

Por supuesto que ella le gustaba a Miles. Eran buenos amigos.

Luce se mordió el labio. Se estaba haciendo la tonta y eso nunca era buena señal de nada. Ella le gustaba a Miles de verdad. Y a ella él también le gustaba. Solo había que verlo: sus ojos del color del océano, y esa pequeña risita que se oía cada vez que sonreía. Además, era con diferencia la persona más agradable que Luce había conocido jamás.

Pero estaba Daniel, y antes que él Daniel también estaba, y Daniel una y otra vez… y eso era tremendamente complicado.

—La estoy fastidiando… —Miles hizo un gesto de incomodidad—. Lo único que quería era desearte buenas noches.

Luce alzó la vista hacia él y vio que la miraba. Miles se sacó las manos de los bolsillos, tomó las de ella y se las estrechó en su pecho. Se inclinó lentamente con parsimonia, para que Luce tuviera oportunidad de sentir la espectacular noche que los envolvía.

Sabía que Miles iba a besarla. Sabía que ella no debía permitírselo. Por Daniel, claro, pero también por cuanto había ocurrido cuando besó a Trevor. Su primer beso. El único beso que le había dado alguien que no fuera Daniel. ¿Y si el hecho de estar con Daniel había sido el motivo de la muerte de Trevor? ¿Y si en el instante en que ella besaba a Miles él...? No se atrevía siquiera a pensarlo.

—Miles —dijo ella rechazándolo—, no deberías hacer eso. Besarme es... —tragó saliva— peligroso.

Él se rió suavemente. Claro que iba a continuar; no sabía nada sobre Trevor.

—Bueno, creo que me arriesgaré.

Ella intentó echarse atrás, pero Miles tenía el don de hacerla sentirse bien por todo. Incluso por eso. Cuando su boca se posó sobre la de ella, Luce contuvo el aliento esperando lo peor.

Pero no ocurrió nada.

Los labios de Miles eran suaves como plumas, y la besaron con una delicadeza que hizo que ella lo sintiera como un buen amigo pero también con una pasión que le dejaba entrever que en su interior albergaba mucha más si ella quería.

Pero aunque no hubo llamaradas, ni piel chamuscada, ni muerte o destrucción —¿y por qué no?—, se suponía que ese beso no estaba bien. Durante mucho tiempo los labios de Luce no habían querido otra cosa más que los labios de Daniel. A menudo había soñado con su beso, su sonrisa, sus fabulosos ojos de color violeta, y el abrazo de sus cuerpos. No se suponía que pudiera haber nadie más.

¿Y si estaba equivocada respecto a Daniel? ¿Y si podía ser más feliz, o simplemente feliz, con otro chico?

Miles se apartó con una expresión de felicidad y tristeza a la vez.

—En fin, buenas noches.

Se giró casi como si fuera a salir disparado de regreso a su habitación, pero se volvió y cogió a Luce de la mano.

—Si alguna vez te parece que las cosas no funcionan con... —Levantó la vista al cielo—. Yo estoy aquí. Solo quiero que lo sepas.

Luce asintió, debatiéndose ya en una enorme oleada de confusión. Miles le apretó la mano y se fue en dirección opuesta, saltando por el tejado inclinado de madera de vuelta a su habitación.

Cuando se quedó sola, se palpó los labios, en los que hacía unos instantes se habían posado los de Miles. Se preguntó si la próxima vez que viera a Daniel sería capaz de contárselo. Le empezó a doler la cabeza a causa de los muchos altibajos del día, y deseó meterse en la cama a descansar. Cuando se deslizó de nuevo por la ventana de su habitación se volvió una última vez para admirar la vista y recordar lo que había ocurrido esa noche y que tantas cosas había cambiado.

Sin embargo, en lugar de las estrellas, los árboles y las olas rompientes, los ojos de Luce se posaron en algo que había detrás de una de las muchas chimeneas del tejado. Algo blanco y ondeante. Unas alas iridiscentes.

Era Daniel. Estaba agachado, medio oculto, a menos de medio metro del lugar donde ella y Miles se habían besado. Tenía la espalda vuelta hacia ella y estaba cabizbajo.

—¡Daniel! —exclamó ella.

Cuando volvió el rostro hacia ella, su expresión era de gran dolor, como si Luce le hubiera roto el corazón. Dobló las rodillas, desplegó las alas y echó a volar en la noche.

Un instante después, no era más que otra estrella en el firmamento negro y centelleante.

16
Tres días

En el desayuno de la mañana siguiente, Luce apenas pudo probar bocado.

Era el último día de clase antes de que la Escuela de la Costa despidiera a sus alumnos para las vacaciones de Acción de Gracias, y Luce se sentía sola. La soledad estando rodeada de personas era la peor que existía, pero no podía evitarlo. A su alrededor todos los alumnos hablaban contentos de su regreso a casa y de la visita a la familia; del chico o chica a quien no habían visto desde las vacaciones de verano; de las fiestas que sus mejores amigos celebrarían durante el fin de semana.

La única fiesta a la que Luce asistiría el fin de semana sería la de la autocompasión, que celebraría en la soledad de su cuarto.

Como no podía ser de otro modo, eran pocos los alumnos de la escuela principal que se quedaban durante las vacaciones: Connor Madson, que había llegado a la Escuela de la Costa procedente de un orfanato de Minnesota; Brenna Lee, cuyos padres estaban en China. Francesca y Steven —¡sorpresa!— también se quedaban, y el jueves por la noche iban a dar una cena en la cantina para los alumnos que no se marchaban.

Luce se aferraba a una única esperanza: que la amenaza de Arriane de tenerla vigilada incluyera las vacaciones de Acción de Gracias. A fin de cuentas, apenas la había visto desde que devolvió a los tres a la Escuela de la Costa, salvo muy brevemente durante la Fiesta de la Cosecha.

Todos los demás se disponían a partir en uno o dos días. Miles, para asistir a la fiesta con más de cien personas de su familia. Dawn y Jasmine, para el encuentro de sus dos familias en la mansión de Jasmine en Sausalito. Incluso Shelby, que no había dicho nada a Luce sobre su regreso a Bakersfield, había estado hablando por teléfono entre gruñidos con su madre el día anterior. «Sí, lo sé. Estaré allí.»

Era el peor momento para quedarse sola. Su propia confusión iba en aumento cada día que pasaba, hasta el punto de que ya no sabía qué sentía por Daniel ni por nadie más. No podía dejar de recriminarse lo estúpida que había sido la noche anterior al permitir que Miles llegara tan lejos.

Durante toda la noche no había dejado de llegar a la misma conclusión: aunque estaba enfadada con Daniel, lo que había ocurrido con Miles no era culpa de nadie más que de ella misma. Ella era la que había sido infiel.

Le hacía sentirse físicamente muy mal pensar que Daniel había estado sentado ahí mirando sin decir nada mientras ella y Miles se besaban; imaginar cómo se había sentido al salir volando desde el tejado. Posiblemente, igual que se sintió ella cuando supo acerca de lo que fuera que había ocurrido entre Daniel y Shelby, aunque, claro, tenía que ser peor porque aquel había sido un engaño sin mala intención. Una cosa más que añadir a la lista de pruebas que demostraban que ella y Daniel no parecían comunicarse.

Una risa suave la devolvió a su desayuno sin tocar.

Francesca se deslizaba entre las mesas ataviada con una larga capa de topos blancos y negros. Cada vez que Luce la miraba, la profesora lucía esa sonrisa dulzona en la cara y se encontraba enfrascada en conversaciones profundas con uno u otro estudiante; a pesar de todo, Luce seguía sintiéndose bajo un control férreo. Parecía como si Francesca fuera capaz de penetrar en su mente y supiera exactamente qué le había hecho perder el apetito. Igual que aquellas peonias blancas salvajes, que habían desaparecido sin dejar rastro durante la noche, la confianza de Francesca en la fortaleza de Luce podía desaparecer.

—¿Por qué estás triste? —Shelby le dio un buen bocado al donut—. Créeme, no te perdiste gran cosa anoche.

Luce no le respondió. La hoguera en la playa era lo último que tenía en la cabeza. Acababa de ver a Miles acercándose pesadamente a desayunar, con un retraso notable respecto a la hora habitual. Llevaba su gorra de los Dodgers bien calada sobre los ojos y sus hombros parecían algo caídos. Sin quererlo, Luce se llevó los dedos a los labios.

Shelby estaba haciéndole señas de forma ostentosa, con los brazos sobre la cabeza.

—¿Qué le pasa? ¿Está ciego? ¡Eh, la Tierra llamando a Miles!

Cuando por fin logró captar su atención, Miles dirigió un saludo torpe a su mesa y prácticamente estuvo a punto de tropezar con el bufé de comida para llevar. Volvió a saludarlas y luego desapareció tras la cantina.

—¿Soy yo, o es que Miles últimamente actúa como un idiota?

Torció el gesto e imitó el traspié ridículo de Miles.

Pero Luce se moría de ganas de salir corriendo tras él y…

¿Y qué? ¿Decirle que no se sintiera violento? ¿Que ese beso también había sido un error suyo? ¿Que enamorarse de alguien tan complejo como ella solo podía acabar mal? ¿Que a ella él le gustaba, pero que su amor era imposible? ¿Que incluso aunque ella y Daniel ahora mismo estaban enfadados nada en realidad podía amenazar su verdadero amor?

—En fin, lo que decía —prosiguió Shelby volviendo a servir café a Luce con la cafetera de bronce que había en la mesa—. Hogueras, hedonismo, bla, bla, bla. Ese tipo de cosas pueden resultar aburridas. —Shelby torció los labios hasta dibujar una media sonrisa—. Especialmente, ya sabes, cuando tú no estás.

Luce se sintió un poco más aliviada. De vez en cuando, Shelby dejaba pasar diminutos rayos de luz. Pero a continuación su compañera de habitación se encogió de hombros, como queriendo decir: «Que no se te suba a la cabeza».

—Nadie más sabe apreciar mi imitación de Lilith, eso es todo.

Shelby enderezó la espalda, sacó pecho e hizo temblar el lado derecho de su labio superior con una mueca de desaprobación.

La imitación que hacía Shelby de Lilith siempre arrancaba las risas de Luce, pero ese día lo único que logró fue una sonrisa apagada.

—Hum —dijo Shelby—. Tampoco creo que te importase mucho haberte perdido la fiesta. Vi a Daniel sobrevolando la playa anoche. Sin duda teníais muchas cosas que contaros.

¿Shelby había visto a Daniel? ¿Por qué no lo había dicho antes? ¿Alguien más lo había visto?

—Ni siquiera hablamos.

—Eso no me lo creo. Normalmente acude a ti con un montón de órdenes que darte…

—Shelby. Miles me besó —le interrumpió Luce. Tenía los ojos cerrados. Por algún extraño motivo, de este modo le resultaba más fácil confesarlo—. Fue ayer por la noche. Y Daniel lo vio todo. Alzó el vuelo antes de que pudiera…

—Ya me lo imagino. —Shelby dejó oír un silbido grave—. Esto es muy fuerte.

A Luce le ardía la cara de vergüenza. No podía quitarse de la cabeza la imagen de Daniel levantando el vuelo. La había marcado de una forma tan intensa…

—A ver, ¿y ahora tú y Daniel habéis terminado?

—No. Nunca. —Luce no podía oír esas palabras sin estremecerse—. No lo sé.

No había contado a Shelby el resto de lo que había visto en la Anunciadora, que Daniel y Cam estaban colaborando. Al parecer, eran compañeros secretos. Por otra parte, Shelby no sabía quién era Cam y aquella historia era muy complicada. Luce, además, no se veía capaz de soportar a Shelby, con sus opiniones deliberadamente controvertidas sobre los ángeles y los demonios, intentando defender la idea de que una asociación entre Daniel y Cam no era algo bueno.

—Sabes que Daniel estará muy fastidiado ahora mismo. ¿O acaso lo más grande que tiene Daniel no es la devoción inmortal que compartís?

Luce se puso tensa en su silla de hierro colado.

—No pretendía ser sarcástica, Luce. No sé si es posible que Daniel haya estado con otra gente. Todo resulta bastante impreciso.

Como dije antes, la cuestión es que a él nunca se le pasó por la cabeza cuestionar si tú eras la única que importaba.

—¿Y con eso pretendes que me sienta mejor?

—No pretendo que te sientas mejor, solo intento presentar un hecho. A pesar del molesto distanciamiento de Daniel, que es mucho, el chico guarda una actitud claramente devota. La pregunta es: ¿y tú? Por lo que Daniel sabe, tú podrías abandonarlo en cuanto aparezca otra persona. Y Miles ha aparecido y es evidente que es un chico magnífico. Un poco sentimental para mi gusto, pero…

—Yo nunca dejaría a Daniel —repuso Luce en voz alta con un deseo ferviente de creérselo.

Pensó en el horror que a él se le había dibujado en la cara la noche en que discutieron en la playa. A ella le había sorprendido que preguntara rápidamente si iban a cortar, como si sospechara que existía la posibilidad. Como si ella no se hubiera creído toda aquella historia demencial sobre su amor infinito que él le había contado bajo los melocotoneros en Espada & Cruz. Ella se la había creído en un acto de fe, se la había tragado con todas sus fisuras, esos fragmentos rotos carentes de significado que había sentido la urgencia de creer. Ahora a diario uno de ellos le carcomía por dentro. Notó cómo una de sus mayores dudas brotaba de su garganta.

—La mayor parte del tiempo, ni siquiera sé por qué le gusto.

—Vamos —rezongó Shelby—. No seas como esas chicas que dicen: «Es demasiado bueno para mí, bua, bua, bua». Si lo haces tendré que echarte de una patada y lanzarte a la mesa de Jasmine y Dawn. Y esa es su especialidad, no la mía.

—No me refería a eso. —Luce se inclinó y bajó la voz—. Quiero decir, en otros tiempos, cuando Daniel estaba, bueno… ahí arriba y me escogió a mí. A mí precisamente, entre todas las demás personas de la Tierra…

—Bueno, lo más probable es que hubiera muchísimas menos opciones de escoger en esos tiempos. ¡Au! —Luce le había propinado un golpe—. ¡Solo pretendía calmar un poco los ánimos!

—Shelby, me prefirió a mí antes que desempeñar un papel importante en el Cielo y ocupar una posición elevada. Eso es algo bastante serio, ¿no te parece? —Shelby asintió—. Tuvo que haber algo más aparte de considerarme una chica mona.

—¿Y no sabes lo que era?

—Se lo he preguntado, pero nunca me ha contado lo que ocurrió. Cuando saqué el tema, Daniel más bien hizo como si no se acordara. Y eso es una locura, porque significa que los dos actuamos sin más, por pura rutina, siguiendo un cuento de hadas de miles de años que ninguno de nosotros recuerda siquiera.

Shelby se rascó el mentón.

—¿Y qué otras cosas no te ha contado Daniel?

—Es lo que me he propuesto averiguar.

A su alrededor, en el jardín de la cantina, el tiempo seguía avanzando: la mayoría de los alumnos se dirigían a clase y los camareros becados se apresuraban a llevarse las bandejas. En la mesa más cercana al océano, Steven tomaba café a solas. Tenía las gafas plegadas sobre la mesa. Entonces intercambió una mirada con Luce y la sostuvo durante un buen rato, tanto que, incluso cuando ella se levantó para ir a clase, su expresión vigilante se le quedó grabada, lo cual probablemente, era su intención.

Tras el documental más largo y tedioso que había visto en su vida acerca de la división celular, Luce salió de la clase de biología, bajó la escalera del edificio principal de la escuela y salió al exterior, sorprendiéndose al ver la zona de aparcamiento completamente abarrotada: padres, hermanos mayores y un buen número de chóferes formaban una larga cola de vehículos de un tipo que Luce no había visto más que en el carril de transporte compartido que daba acceso a su escuela de secundaria en Georgia.

Los alumnos se apresuraban a salir de clase, zigzaguear entre los coches y arrastrar las maletas a su paso. Dawn y Jasmine se abrazaron para despedirse antes de que Jasmine entrara en un coche lujoso y los hermanos de Dawn le hicieran sitio a esta en la parte trasera de un todoterreno. En realidad, solo se separaban por unas pocas horas.

Luce volvió a entrar cabizbaja en el edificio y se deslizó por la puerta trasera, que raramente se utilizaba, para atravesar los jardines y dirigirse a su habitación. En ese momento no se veía capaz de enfrentarse a ninguna despedida.

Mientras andaba bajo el cielo grisáceo, Luce se seguía sintiendo culpable, aunque la conversación que había mantenido con Shelby le había dejado una mayor sensación de control. Sabía que lo había fastidiado todo, pero el hecho de haber besado a otra persona también le hacía sentir que por fin ella tenía algo que decir en su relación con Daniel. Posiblemente ahora, para variar, obtendría una reacción por parte de él. Ella se podría disculpar. Él se podría disculpar. Tal vez podrían hacer que ese mal trago tuviera también su parte positiva o lo que fuera. Lograr al fin quitarse de encima toda esa mierda y empezar a hablar con sinceridad.

En ese instante, sonó el teléfono. Un mensaje del señor Cole:

Asunto resuelto.

El señor Cole, por lo tanto, ya había comunicado la noticia de que Luce no iba a volver a casa. Sin embargo, había sido muy hábil, y en su mensaje no decía si sus padres aún le dirigían la palabra. Llevaba días sin tener noticias de ellos.

Aquella era una situación sin vencedores ni vencidos: si le escribían, ella se sentiría culpable por no responderles. Si no le escribían, ella se sentiría responsable de ser el motivo por el que no pudieran contactar con ella. Aún no había pensado qué podía hacer con Callie.

Subió ruidosamente la escalera de la residencia vacía. Cada paso que daba resonaba en aquel edificio grande y tenebroso. No había nadie a la vista.

Cuando llegó a su cuarto, esperaba encontrarse con que Shelby también se hubiera marchado ya, o por lo menos con su maleta lista esperando junto a la puerta.

Pero aunque Shelby no estaba en el cuarto, su ropa seguía desparramada por su lado de la habitación. El chaleco rojo seguía en el colgador y su equipo de yoga aún estaba amontonado en un rincón. Quizá no se iba hasta la mañana siguiente.

Antes de que Luce hubiera cerrado la puerta tras de sí, alguien dio un golpecito al otro lado, y ella asomó la cabeza al pasillo.

Era Miles.

Luce notó que se le humedecían las palmas de las manos y que el corazón se le aceleraba. Se preguntó qué aspecto tenía su pelo y si se había acordado de hacer la cama esa mañana, y cuánto tiempo llevaría él andando detrás de ella. Se preguntó también si la habría visto esquivar la caravana de las despedidas de Acción de Gracias o habría observado la expresión de dolor en su rostro al leer el mensaje de texto.

—Hola —dijo él suavemente.

—Hola.

Miles llevaba un jersey grueso de color marrón sobre una camisa blanca. Vestía los vaqueros con el agujero en la rodilla, esos que hacían que Dawn saltara siempre para seguirlo para que luego ella y Jasmine pudieran derretirse por él.

Miles esbozó una sonrisa nerviosa.

—¿Quieres hacer algo?

Tenía los pulgares debajo de las correas de su mochila azul marino y su voz resonó en las paredes de madera. A Luce se le ocurrió de pronto que tal vez ella y Miles eran las dos únicas personas en todo el edificio, y aquella idea le resultó emocionante e inquietante a la vez.

—Estoy castigada para la eternidad, ¿recuerdas?

—Por esto te traigo un poco de diversión.

Al principio a Luce le pareció que Miles se refería a sí mismo, pero entonces se bajó la mochila del hombro y abrió el compartimento principal. Era la cueva del tesoro de los juegos de mesa: Boggle, cuatro en raya, parchís, el juego de *High School Musical*. Tenía incluso un Scrabble de viaje. Era algo agradable, y para nada violento. Luce pensó que se echaría a llorar.

—Creía que te ibas a casa hoy —le dijo—. Todo el mundo se marcha.

Miles se encogió de hombros.

—Mis padres dijeron que no pasaba nada si me quedaba. Volveré a casa en un par de semanas y, además, tenemos opiniones distintas so-

358

bre las vacaciones perfectas. Las suyas consisten en cualquier cosa que merezca una reseña en la sección de Tendencias del *New York Times*.

Luce se rió.

—¿Y la tuya?

Miles rebuscó un poco más en la mochila, y sacó un par de envases de zumo de manzana, una caja de palomitas para microondas y un DVD de la película de Woody Allen *Hannah y sus hermanas*.

—Es sencilla, pero es lo que hay. —Sonrió—. Te pedí que pasaras el Día de Acción de Gracias conmigo, Luce. Que hayamos cambiado de sitio no significa que tengamos que cambiar de planes.

Ella esbozó una sonrisa y abrió la puerta para que Miles pudiera entrar. Sus hombros se rozaron cuando pasó, y se miraron a los ojos por un instante. Le pareció que Miles se balanceaba un poco sobre los talones, como si fuera a inclinarse y besarla. Ella tensó el cuerpo, expectante.

Pero Miles se limitó a sonreír, dejó caer la mochila al suelo y empezó a sacar las cosas para Acción de Gracias.

—¿Tienes hambre? —preguntó agitando un paquete de palomitas.

Luce hizo una mueca.

—Soy un desastre haciendo palomitas.

No pudo evitar recordar la ocasión en que ella y Callie estuvieron a punto de incendiar su habitación en la residencia de Dover. El recuerdo hizo que echara de menos a su mejor amiga.

Miles abrió la puerta del microondas y levantó un dedo.

—Soy capaz de pulsar cualquier botón con este dedo y cocino prácticamente cualquier cosa con el microondas. Tienes suerte de que sea tan bueno en ello.

Le resultaba raro haberse sentido mal antes por haber besado a Miles. Se dio cuenta de que él era lo único capaz de hacerla sentir mejor. De no haber ido a su habitación, ella se encontraría ahora sumida en una espiral de culpabilidad sin fin. Aunque no se podía imaginar besándolo de nuevo —y no porque no quisiera, sino porque sabía que no era lo correcto, que no le podía hacer algo así a Daniel—, la presencia de Miles la hacía sentir extraordinariamente reconfortada.

Jugaron al Boggle hasta que Luce entendió las reglas, al Scrabble hasta que se dieron cuenta de que al juego le faltaban la mitad de las fichas, y al parchís hasta que el sol bajó en la ventana y fue preciso encender la luz para ver el tablero. Entonces Miles se levantó, encendió la chimenea y puso *Hannah y sus hermanas* en el reproductor de DVD del ordenador de Luce. El único lugar donde sentarse y ver la película era la cama.

De pronto, Luce se sintió nerviosa. Hasta entonces se habían comportado como dos amigos jugando a juegos de mesa por la tarde. Pero ahora habían salido las estrellas, la residencia estaba vacía, el fuego chisporroteaba en la chimenea y… ¿en qué lugar los dejaba eso?

Se sentaron uno al lado del otro en la cama de Luce; ella no dejaba de pensar dónde tenía las manos, si parecería forzado que las mantuviera replegadas en el regazo o si rozarían las yemas de los dedos de Miles al colocarlas a los lados. Observó por el rabillo del ojo cómo el pecho de él se alzaba con la respiración. Le oyó rascarse la nuca. Se había quitado la gorra de béisbol y Luce percibía el champú de olor a limón de su delicado pelo castaño.

Hannah y sus hermanas era una de las pocas películas de Woody Allen que no había visto aún, pero no lograba concentrarse. Ya antes de que aparecieran las letras de crédito había cruzado y descruzado las piernas tres veces.

Entonces la puerta se abrió de repente. Shelby entró en la habitación como en una exhalación, echó un vistazo al monitor del ordenador de Luce y exclamó:

—¡La mejor película de Acción de Gracias del mundo! ¿Puedo verla...? —Entonces reparó en que Luce y Miles estaban sentados en la cama en penumbra—. ¡Oh!

Luce se levantó de un salto de la cama.

—¡Por supuesto que puedes! ¡No sabía cuándo te marchabas a casa...!

—Nunca. —Shelby se arrojó en la litera superior, provocando un pequeño seísmo sobre las cabezas de Luce y Miles en la litera inferior—. Mamá y yo nos hemos peleado. No preguntéis, es terriblemente aburrido. Por otra parte, prefiero estar con vosotros.

—Pero, Shelby... —Luce no podía imaginarse una pelea capaz de impedirle regresar a casa para Acción de Gracias.

—Disfrutemos en silencio de la genialidad de Woody —ordenó Shelby.

Miles y Luce intercambiaron una mirada de complicidad.

—¡Eso mismo! —exclamó Miles a Shelby, a la vez que dirigía una sonrisa a Luce.

La verdad es que aquello hizo que Luce se sintiera aliviada. Cuando se volvió a acomodar en su asiento, rozó los dedos de Miles, y él se los apretó. Solo fue un instante, pero bastó para que Luce supiera que, por lo menos durante el fin de semana de Acción de Gracias, las cosas irían bien.

17
Dos días

Luce se despertó con el ruido de una percha agitándose en la barra de su armario. Antes de ver quién podía ser la persona responsable de aquel alboroto, fue bombardeada por un montón de ropa. Se incorporó en la cama, apartando una montaña de vaqueros, camisetas y jerséis. Se quitó un calcetín de rombos de la cabeza.

—¿Arriane?

—¿Cuál te gusta más, el rojo o el negro? —Arriane sostenía dos vestidos de Luce contra su cuerpo menudo, balanceándose como si los llevara puestos.

Los brazos de Arriane no lucían la horrible pulsera de localización que había tenido que llevar en Espada & Cruz. Luce no se había dado cuenta hasta entonces, y se estremeció al recordar el cruel voltaje que se hacía pasar a Arriane cuando traspasaba los límites. Cada día que Luce pasaba en California, sus recuerdos de Espada & Cruz se volvían más difusos, hasta que de pronto cosas como esa la devolvían de golpe a la agitación de su estancia allí.

—Elizabeth Taylor dice que solo un tipo de mujer puede llevar el color rojo —prosiguió Arriane—. Tiene que ver con el escote y el color de la piel. Por suerte, tú tienes ambas cosas.

Sacó el vestido rojo de la percha y lo arrojó al montón.

—¿Qué haces aquí? —preguntó Luce.

Arriane se llevó las manos diminutas a las caderas.

—Pues ayudarte a hacer la maleta, boba. Te vas a casa.

—¿Que me voy a casa? ¿A qué casa? ¿Qué quieres decir? —balbuceó Luce.

Arriane se echó a reír y se acercó para cogerla de la mano y sacarla de la cama.

—A Georgia, tesoro. —Le dio una palmadita en la mejilla—. Con los buenos de Harry y Doreen. Y parece ser que una amiga tuya va también en avión.

Callie. ¿Vería de verdad a Callie? ¿Y a sus padres? Luce se tambaleó donde estaba sin saber de pronto qué decir.

—¿No quieres pasar Acción de Gracias con tu familia?

Luce intentó recuperar el aliento.

—¿Y qué hay de...?

—No te preocupes —dijo Arriane tirándole de la nariz—. Fue idea del señor Cole. Tendremos que seguir con la farsa de que sigues muy cerca de casa de tus padres. Y este parecía el modo más simple y divertido de hacerlo.

—Pero en su mensaje de texto de ayer decía que...

—No quería darte falsas esperanzas hasta haber ultimado todos los detalles, incluyendo —dijo con un saludo cortés— al acompañante perfecto. A uno de ellos, por lo menos. Roland estará aquí en cualquier momento.

Se oyó un golpe en la puerta.

—¡Es tan bueno! —Arriane señaló el vestido rojo que seguía en la mano de Luce—. ¡Ponte este, muñeca!

Luce se puso el vestido a toda prisa y luego se metió en el cuarto de baño para cepillarse los dientes y peinarse. Arriane acababa de aparecer con una de esas situaciones en las que no se puede hacer otra cosa más que dejarse llevar. No había que dar vueltas a nada. Solo actuar.

Salió del baño esperando encontrarse con Roland y Arriane haciendo algo propio de ellos, como uno subido a su maleta y el otro intentando correr la cremallera para cerrarla.

Pero quien había llamado a la puerta no era Roland.

Eran Steven y Francesca.

¡Mierda!

Luce tenía ya en la punta de la lengua la expresión «Os lo puedo explicar todo». El problema era que no se le ocurría nada que decir que la excusara de esa situación. Miró a Arriane en busca de ayuda, pero esta seguía metiendo las zapatillas de deporte de Luce en la maleta. ¿Acaso no se había dado cuenta de la magnitud del problema en el que estaban a punto de meterse?

Francesca dio un paso adelante y Luce se preparó para hacerle frente. Pero entonces las mangas anchas y acampanadas del jersey de cuello alto de color carmesí de Francesca envolvieron a Luce en un abrazo inesperado.

—Hemos venido a desearte buen viaje.

—Claro que te echaremos de menos mañana en lo que cariñosamente llamamos «la cena de los desplazados» —dijo Steven tomando la mano a Francesa y apartándola de Luce—. Pero siempre es mejor para los alumnos que estén con su familia.

—No entiendo nada —respondió Luce—. ¿Vosotros lo sabíais? Creía que estaba castigada hasta nueva orden.

—Esta mañana hemos hablado con el señor Cole —dijo Francesca.

—Y no te castigamos para reprenderte, Luce —explicó Steven—. Era el único modo de asegurarnos de que estuvieras a salvo bajo nuestra tutela. Sin embargo, con Arriane estarás en buenas manos.

Francesca, que nunca permanecía más tiempo del debido en un sitio, se llevó a Steven hacia la puerta.

—Hemos oído decir que tus padres tienen muchas ganas de verte. Al parecer, tu madre tiene un congelador repleto de tartas. —Hizo un guiño a Luce y luego tanto ella como Steven se despidieron con un saludo y se marcharon.

El corazón de Luce estaba henchido de felicidad ante la perspectiva de ir a casa y ver a su familia.

Sin embargo, se sentía triste por Miles y Shelby. Sin duda les sabría mal que ella se fuera a Thunderbolt y los abandonara allí. Ni siquiera sabía dónde estaba Shelby. No podía irse sin…

Roland asomó la cabeza por la puerta abierta de la habitación de Luce. Tenía un aspecto profesional, con su traje oscuro de raya diplomática y su camisa blanca. Se había cortado un poco las rastas negras y doradas, eran más de punta, lo que hacía que sus ojos oscuros y profundos resaltaran todavía más.

—¿Hay moros en la costa? —preguntó mientras dirigía a Luce su habitual sonrisa diabólica—. Se nos ha colgado un parásito. —Hizo un gesto con la cabeza hacia alguien que estaba detrás de él, que al instante asomó con una bolsa de viaje en la mano.

Era Miles.

Dirigió a Luce una sonrisa maravillosamente natural y se sentó al borde de la cama. Luce se imaginó presentándoselo a sus padres: se quitaría la gorra de la cabeza, les daría la mano a ambos, felicitaría a mamá por su labor casi terminada...

—Roland, ¿qué parte de la expresión «misión secreta» no has entendido? —preguntó Arriane.

—Es culpa mía —admitió Miles—. Vi a Roland dirigiéndose hacia aquí... le obligué a que me lo contara todo. Por eso ha llegado tarde.

—En cuanto el tío oyó las palabras «Luce» y «Georgia» —Roland dirigió el pulgar hacia Miles—, hizo la maleta en un nanosegundo.

—Habíamos hecho una especie de pacto para Acción de Gracias —dijo Miles clavando la mirada en Luce—. No podía permitir que ella lo incumpliera.

—No. —Luce reprimió una sonrisa—. No podía.

—Hum... —Arriane levantó una ceja—. Me pregunto qué dirá Francesca de esto. Tal vez deberíamos preguntar primero a tus padres, Miles...

—Vamos, Arriane. —Roland sacudió la mano con un gesto de desdén—. ¿Desde cuándo consultamos a las autoridades? Yo me encargo del muchacho. No se meterá en ningún problema.

—¿Meterse en ningún problema? ¿Dónde? —Shelby se abrió paso en su habitación con la esterilla de yoga balanceándose de una cuerda que le cruzaba la espalda—. ¿Adónde vamos?

—A casa de Luce, en Georgia, para Acción de Gracias —dijo Miles.

En el pasillo, detrás de Shelby, se alzó una cabeza de pelo muy rubio. Era el ex novio de Shelby. Tenía la piel pálida, fantasmal. Shelby tenía razón: le pasaba algo raro en los ojos. Eran muy pálidos.

—Por última vez, Phil. Ya te lo he dicho: ¡adiós! —Shelby le cerró rápidamente la puerta en la cara.

—¿Quién era ese?

—Mi asqueroso ex novio.

—Parece un chico interesante —dijo Roland mirando la puerta, distraído.

—¿Interesante? —rezongó Shelby—. Una orden de alejamiento sí sería interesante.

Miró la maleta de Luce, luego la bolsa de viaje de Miles y a continuación empezó a arrojar al azar sus pertenencias en un baúl negro pequeño.

Arriane puso las manos en alto.

—¿Es que no puedes hacer nada sin llevar séquito? —preguntó a Luce. Luego se volvió hacia Roland—. ¿Me imagino que asumirás también la responsabilidad por ella?

—¡Es el espíritu de las vacaciones! —exclamó Roland entre risas—. Vamos a ir a casa de los Price para Acción de Gracias —le dijo a Shelby, cuya cara se iluminó al instante—. Cuantos más seamos, más divertido.

A Luce le costaba creerse lo bien que cuadraba todo. Un Día de Acción de Gracias con su familia, Callie, Arriane y Roland, Shelby y Miles. No podía ser mejor.

Solo le preocupaba una cosa. Y mucho.

—¿Y qué hay de Daniel?

En realidad, lo que quería preguntar era: «¿Está informado sobre esta salida?» y «¿Qué historia se traen de verdad él y Cam?». Y: «¿Sigue enfadado conmigo por ese beso?». Y: «¿Está mal que Miles también venga?». Y: «¿Qué posibilidades hay de que Daniel aparezca en casa de mis padres mañana a pesar de que dice que no puede verme?».

Arriane carraspeó.

—Sí, ¿qué hay de Daniel? —repitió despacio—. El tiempo lo dirá.

—¿Tenemos billetes de avión o algo? —preguntó Shelby—. Porque si vamos a viajar en avión tengo que llevarme mi kit de serenidad, los aceites esenciales y mi esterilla eléctrica. No quisiera encontrarme sin ellos a treinta y cinco mil pies de altura.

Roland chasqueó los dedos.

A sus pies, la sombra que arrojaba la puerta abierta se levantó del suelo de madera y se levantó como una trampilla que llevara a un sótano. Una ráfaga de frío se alzó del suelo seguida de un estallido lóbrego de oscuridad. Olía a heno mojado mientras se iba convirtiendo en una esfera pequeña y compacta. Entonces, tras una indicación de cabeza de Roland, se agrandó y se convirtió en una gran puerta negra. Se parecía a las puertas oscilantes de las cocinas de los restaurantes con un cristal redondo de vidrio en lo alto. La diferencia es que esta estaba hecha de neblina oscura de Anunciadora, y lo que se veía a través de ella era un remolino de oscuridad lúgubre e inhóspita.

—Es igual a una que vi en el libro —dijo Miles, claramente impresionado—. Yo lo único que logré hacer fue una especie de ventana trapezoidal muy rara. —Dirigió una sonrisa a Luce—. De todos modos, logramos que funcionara.

—Tú, muchacho, no te separes de mí —dijo Roland—, y verás lo que es viajar con estilo.

Arriane hizo una mueca.

—¡Mira que es fanfarrón!

Luce volvió la cabeza hacia Arriane.

—Pero creí que habías dicho…

—Lo sé. —Arriane levantó una mano—. Sé que repetí todo ese rollo de lo peligroso que es viajar con Anunciadoras. Y no quiero ser uno de esos ángeles odiosos que dicen «Haz lo que digo, no lo que hago». Pero todos, Francesca, Steven, el señor Cole, todo el mundo… estuvimos de acuerdo con ello.

¿Todo el mundo? Luce no podía imaginárselos a todos juntos sin echar de menos una parte deslumbrante. ¿Qué pintaba Daniel en eso?

—Por otra parte —Arriane sonrió con orgullo—, estamos en presencia de un maestro. Roland es uno de los mejores transportadores por Anunciadora. —Y añadió, susurrando en un aparte hacia Roland—: No dejes que esto se te suba a la cabeza.

Roland abrió la puerta de la Anunciadora, que crujió y chirrió sobre sus goznes de sombra y se abrió mostrando un pozo frío y grande de vacío.

—Hum. ¿Qué es lo que hace que viajar por las Anunciadoras sea tan peligroso? —quiso saber Miles.

En la habitación Arriane señaló la sombra que había debajo de la lámpara del escritorio, detrás de la estera de yoga de Shelby. Todas las sombras temblaban.

—Un ojo no experto no sabe distinguir en qué Anunciadora es posible transponerse. Y créenos cuando os decimos que siempre hay acechadores indeseables a la espera de que alguien las abra por accidente.

Luce se acordó de la desagradable sombra marrón con que había tropezado. Aquella acechadora indeseable le había brindado la desagradable visión de Cam y Daniel en la playa.

—Si escoges una Anunciadora equivocada, fácilmente te puedes perder —explicó Roland— y no tener ni idea de adónde, o en qué tiempo, vas a transportarte. Si no os separáis de nosotros, no tenéis de qué preocuparos.

Nerviosa, Luce señaló el vientre de la Anunciadora. No recordaba que las otras sombras en las que se habían metido tuvieran una apariencia tan siniestra y oscura. O quizá era solo que entonces ella no conocía las consecuencias de sus actos.

—Espero que no aparezcamos en medio de la cocina de mi casa, porque si no mi madre tendrá un susto de muerte…

—Por favor… —Arriane chasqueó con la lengua haciendo que Luce, luego Miles y finalmente Shelby se colocaran frente a la Anunciadora—, ten un poco de fe.

Fue como abrirse paso en una niebla fría y húmeda, pegajosa y desagradable. Se deslizaba y enroscaba por la piel de Luce y se le adhería a los pulmones cuando respiraba. En el túnel retumbaba el eco de un ruido blanco incesante, similar al de una cascada. En las dos ocasiones anteriores en que había viajado en Anunciadora, Luce se había sentido torpe y con prisas, catapultada en la oscuridad para salir en algún sitio iluminado. En esta ocasión fue distinto. Perdió la noción del espacio y el tiempo, e incluso de quién era y adónde se dirigía.

Luego sintió una mano fuerte que tiraba de ella.

Cuando Roland la soltó, el estrépito de la cascada pasó a ser un goteo, y un tufillo a cloro le inundó la nariz. Vio un trampolín. Un trampolín que conocía, situado bajo un enorme techo arqueado flanqueado por vidrieras de colores rotas. El sol había pasado ya por esas ventanas elevadas, pero su luz seguía arrojando delicados prismas de colores a la superficie de una piscina olímpica. En las paredes, las velas chisporroteaban en hornacinas de piedra vertiendo una luz muy tenue. Habría reconocido aquel gimnasio-iglesia en cualquier parte.

—¡Dios mío! —susurró Luce atónita—. Hemos vuelto a Espada & Cruz.

Arriane escrutó la sala rápidamente sin dejar entrever ninguna emoción.

—En lo que respecta a tus padres cuando vengan a recogernos mañana por la mañana, has pasado todo el tiempo aquí. ¿Lo captas?

Arriane actuaba como si volver a Espada & Cruz para pasar una noche no fuera muy distinto a acomodarse en un motel anodino. Sin embargo, aquel regreso brusco a esa parte de su vida a Luce le sentó como un bofetón en la cara. Aquello no le gustaba. Espada & Cruz era un sitio miserable, pero en él le habían ocurrido cosas. Allí era donde se había enamorado y había visto morir a una amiga muy cercana. Y, más que en cualquier otro lugar, era un lugar donde ella había cambiado.

Cerró los ojos y soltó una risa amarga. Comparado con el presente, en esos tiempos ella no sabía nada. Sin embargo, entonces se sentía más segura de sí misma y de sus emociones de lo que se podía imaginar que volvería a sentir.

—¿Qué diablos es este sitio? —preguntó Shelby.

—Mi última escuela —dijo Luce mirando a Miles.

Él parecía intranquilo y se arrimó a Shelby contra la pared. Luce se acordó: eran buena gente, y aunque ella nunca les había hablado mucho de su estancia allí, sin duda la fábrica de rumores de los nefilim fácilmente podía haber proporcionado a sus mentes detalles suficientemente vívidos como para esbozar la perspectiva de una noche de terror en Espada & Cruz.

—Ejem… —dijo Arriane mirando a Shelby y Miles—. Y si los padres de Luce preguntan, vosotros también venís a esta escuela.

—Explícame cómo se supone que esto es una escuela —dijo Shelby—. ¿Qué hacéis, nadar y rezar a la vez? Roza un grado de eficacia estrafalaria nunca visto en la costa Oeste. Creo que echo de menos mi casa.

—Pues si esto no te gusta —respondió Luce—, deberías ver el resto del campus.

Shelby torció el gesto. Luce no la podía culpar por ello. Comparado con la Escuela de la Costa, aquel lugar era una especie de Purgatorio truculento. Por lo menos, a diferencia del resto de los alumnos que había allí, ellos se marcharían tras pasar la noche.

—Parecéis agotados —dijo Arriane—. Eso está bien, porque le prometí a Cole que seríamos muy discretos.

Roland había permanecido apoyado en el trampolín, frotándose las sienes y con los fragmentos de Anunciadora agitándose a sus pies. Entonces se incorporó y empezó a dar órdenes.

—Miles, tú dormirás conmigo en mi antigua habitación. Luce, tu habitación sigue vacía. Prepararemos una cama para Shelby. Vamos a dejar nuestro equipaje. Nos encontraremos en mi cuarto. Usaré mis antiguos contactos en el mercado negro para encargar una pizza.

La mención de una pizza bastó para sacar de su postración a Miles y a Shelby; a Luce, en cambio, le llevó más tiempo adaptarse. No le extrañaba que su habitación siguiera vacía. De hecho, contó que llevaba algo menos de tres semanas fuera de ese sitio. Con todo, parecía que hubiera pasado mucho más tiempo, como si cada día hubiera sido un mes y a Luce le resultaba imposible imaginar Espada & Cruz sin ninguna de esas personas, ángeles o demonios, que habían formado parte de su vida allí.

—No te preocupes. —Arriane estaba junto a Luce—. Este sitio es como la puerta oscilante del rechazo. La gente entra y sale todo el tiempo por ella, ya sea por cuestiones de libertad condicional, padres locos, lo que sea. Randy tiene la noche libre. Nadie más se interesará por nada. Si alguien se te queda mirando, lo único que tienes que hacer es devolverle la mirada. O me lo envías a mí. —Dobló la mano en un puño—. ¿Estás lista para salir ahí fuera? —preguntó señalando a los demás, que seguían a Roland por la puerta.

—Ahora mismo voy —dijo Luce—. Antes hay algo que necesito hacer.

Situada en el rincón más alejado en la zona este del cementerio, junto a la sepultura de su padre, la tumba de Penn era sencilla pero cuidada.

La última vez que Luce había visto el cementerio estaba cubierto por una espesa capa de polvo. Daniel le había dicho que eran las secuelas de las guerras entre ángeles. Luce no sabía si el viento se había llevado ese polvo o si el polvo de los ángeles desaparecía con el tiempo, pero el hecho es que el cementerio parecía haber recuperado su aire descuidado habitual. Asediado como siempre por un ejército en continuo avance de robles estrangulados por kudzu trepadoras. Yermo y agotado como siempre bajo un cielo sin color. Pero había una cosa que faltaba, algo que Luce no podía tocar y que sin embargo la hacía sentirse sola.

Una capa rala de mortecinas hierbas verdes había crecido en torno a la tumba de Penn de forma que ahora no desentonaba mucho entre las sepulturas centenarias que la rodeaban. Había un ramo de azucenas recién cortadas frente a una lápida sencilla de color gris que Luce se inclinó para leer:

PENNYWEATHER VAN SYCKLE-LOCKWOOD

AMIGA QUERIDA

1991-2009

Luce tomó aire con dificultad y las lágrimas asomaron a sus ojos. Había abandonado Espada & Cruz antes de poder enterrar a Penn, pero Daniel se había ocupado de ello. Por primera vez tras varios días, su corazón palpitó por él con añoranza. Porque había sabido mejor que ella el aspecto que debía tener la lápida de Penn. Luce se arrodilló sobre la hierba, llorando amargamente y acariciando inútilmente la hierba.

—Estoy aquí, Penn —susurró—. Siento haber tenido que abandonarte. Siento sobre todo haberte metido en todo esto. Merecías algo mejor, una amiga mejor.

Deseó que su amiga estuviera allí y poder hablar con ella. Sabía que la muerte de Penn era culpa suya, y eso casi le resquebrajaba el corazón.

—Ya no sé lo que me hago y tengo miedo.

Hubiera querido decir que extrañaba a Penn a todas horas, pero lo que realmente echaba de menos era la idea de una amiga a la que podría haber conocido mejor si la muerte no se la hubiera llevado tan pronto. Nada de eso era bueno.

—¡Hola, Luce!

Tuvo que secarse las lágrimas antes de poder ver al señor Cole de pie al otro lado de la tumba de Penn. Ella se había acostumbrado tanto a la elegancia de los profesores de la Escuela de la Costa que el señor Cole le pareció anodino, con su traje arrugado de color marrón claro, su bigote y su cabello negro con la raya perfecta justo encima de la oreja izquierda.

Luce se puso de pie trabajosamente mientras se restregaba la nariz con la muñeca.

—Hola, señor Cole.

Él sonrió con amabilidad.

—Me cuentan que las cosas por allí te van bien. Todo el mundo dice que lo estás haciendo muy bien.

—Oh, no… —balbuceó—. No sé.

—Pues yo sí que lo sé. Y también sé que tus padres están muy contentos de verte. Es fantástico cuando se pueden conseguir estas cosas.

—Gracias —contestó ella, esperando que él entendiera lo muy agradecida que se sentía.

—Hay una pregunta que no puedo dejar de hacerte.

Luce supuso que le preguntaría algo profundo y siniestro sobre Daniel y Cam, el bien y el mal, lo correcto y lo incorrecto, la confianza y el engaño… Pero él se limitó a preguntar:

—¿Qué te has hecho en el pelo?

Luce tenía la cabeza metida en el lavamanos del cuarto de baño de chicas que había al final del pasillo de la cantina de Espada & Cruz. Shelby sostenía dos porciones de pizza de queso en un plato de papel para Luce. Arriane tenía en sus manos un frasco de tinte negro barato para el pelo, lo mejor que Roland había podido conseguir en tan poco tiempo, pero bastante parecido al color natural de Luce.

Ni Arriane ni Shelby habían cuestionado la decisión repentina de cambiar de imagen, lo cual Luce agradecía enormemente. Pero ahora se daba cuenta de que en realidad se habían limitado a esperar a que ella estuviera en una posición vulnerable para iniciar el interrogatorio mientras se teñía.

—Supongo que a Daniel le gustará —dijo Arriane con un tono de voz discreto pero inquisitivo—. Porque esto lo haces por él, ¿verdad?

—Arriane… —le advirtió Luce, que esa noche no estaba dispuesta a caer en la trampa.

Pero Shelby sí lo estaba.

—¿Sabes qué es lo que siempre me ha gustado de Miles? Que le gustas por ser quien eres y no por lo que te haces en el pelo.

—Ya veo que las dos estáis claramente a favor del uno o el otro. ¿Qué tal si os ponéis cada una la camiseta del Equipo Daniel y el Equipo Miles?

—Deberíamos encargarlas —dijo Shelby.

—La mía la tengo en la lavandería —repuso Arriane.

Luce intentó no escucharlas y se concentró en el agua caliente y en la extraña confluencia de cosas que le pasaban por la cabeza, se le colaban en el cuero cabelludo y finalmente se iban por el desagüe: los dedos rechonchos de Shelby la habían ayudado con el primer cambio de color cuando Luce pensó que era el único modo de empezar de nuevo. La primera prueba de amistad de Arriane hacia Luce fue ordenarle que le cortara el pelo negro para parecerse a ella. Y ahora eran sus manos las que masajeaban la cabeza de Luce, justamente en el cuarto de baño donde Penn le había limpiado el pastel de carne que Molly le había arrojado a la cabeza el primer día de su estancia en Espada & Cruz.

Era agridulce, y bonito, y Luce no sabía explicar qué significaba aquello. Lo único que sabía es que no quería esconderse más, ni de sí misma, ni de sus padres, ni de Daniel, ni siquiera de aquellos que le querían mal.

Recién llegada a California, había buscado una transformación facilona, pero ahora se daba cuenta de que el único modo válido de cambiar era ganándose el cambio. Aunque teñirse el pelo de negro no era la respuesta, y era consciente de que todavía no había llegado a ese punto, desde luego sí suponía un paso en la dirección correcta.

Arriane y Shelby dejaron de discutir sobre qué chico era el alma gemela de Luce. Las dos la miraron en silencio y asintieron. Lo notó incluso antes de ver su reflejo en el espejo: la pesada carga de la melancolía que había soportado, y en la que hasta entonces no había reparado, la había abandonado.

Volvía a ser ella misma. Estaba lista para regresar a casa.

18
Acción de Gracias

Cuando Luce entró por la puerta de la casa de sus padres en Thunderbolt, lo encontró todo exactamente igual.

El perchero del vestíbulo seguía dando la impresión de estar a punto de desplomarse por el exceso de chaquetas. El olor a toallitas para la secadora y al limpiador Pfledge hacía que la casa pareciera todavía más limpia de lo que estaba. El sofá de flores de la sala de estar estaba descolorido a causa del sol de la mañana que se colaba por los estores. Un montón de revistas de decoración sureña manchadas de té cubrían la mesita, con las páginas favoritas marcadas con puntos de lectura hechos con tíquets de la compra, para cuando se hiciera realidad el sueño de sus padres de pagar la hipoteca y disponer por fin de un poco de dinero extra para la remodelación.

Andrew, el caniche diminuto de su madre, se acercó trotando hacia los invitados para olerlos y dar el mordisco acostumbrado en la parte posterior del tobillo de Luce.

El padre de Luce dejó su bolsa de viaje en el vestíbulo y le pasó el brazo por el hombro. Ella observó su imagen reflejada en el estrecho espejo de la entrada: padre e hija.

Las gafas sin montura de él le resbalaron por la nariz al besarle la coronilla, cuyo pelo volvía a ser negro.

—Bienvenida a casa, Luce —dijo—. Te hemos echado mucho de menos por aquí.

Luce cerró los ojos.

—Yo también os he echado mucho de menos. —Era la primera vez en semanas que no mentía a sus padres.

Su casa tenía un ambiente acogedor y estaba repleta de los aromas embriagadores típicos de Acción de Gracias. Luce tomó aire y al instante se imaginó todos y cada uno de los platos envueltos en papel de alumnio que se mantenían calientes en el horno. Pavo frito relleno de setas, la especialidad de su padre; salsa de arándanos y manzana, *vol-au-vents* y una cantidad de tartas de pastel de calabaza y nueces pacanas —la especialidad de su madre— suficiente para alimentar a todo el estado. Seguramente llevaba cocinando toda la semana.

La madre de Luce la cogió por las muñecas. Sus ojos de color avellana estaban ligeramente vidriosos.

—¿Cómo estás, Luce? —le preguntó—. ¿Estás bien?

Era todo un alivio estar en casa. Luce notó que sus ojos también se le humedecían los ojos. Luego asintió y se abalanzó sobre ella para darle un abrazo.

Su madre llevaba el pelo negro cortado a la altura de la barbilla; estaba muy bien peinado y marcado con laca, como si el día anterior hubiera ido a la peluquería, lo que, conociéndola, era lo más probable que hubiera hecho. Tenía un aspecto más joven y atractivo del que Luce recordaba. Comparada con los padres ancianos que había querido visitar en el monte Shasta, e incluso comparada con Vera, la madre de Luce parecía feliz y vivaracha, y no estaba marcada por el dolor.

Esto se debía a que no había tenido que pasar por lo que habían pasado los demás: la pérdida de una hija. Perder a Luce. Sus padres habían organizado su vida en torno a ella. Si ella muriera, quedarían destrozados.

No podía morir como en vidas anteriores. No podía arruinar la vida de sus padres en esta ocasión, ahora que conocía más cosas sobre su pasado. Estaba dispuesta a hacer todo lo posible para que ellos fueran felices.

Su madre recogió los abrigos y los gorros de los demás chicos en el vestíbulo.

—Espero que tus amigos hayan venido con hambre.

Shelby señaló con el pulgar a Miles.

—Vaya con cuidado con esos deseos.

A los padres de Luce no les molestaba acoger en su mesa de Acción de Gracias a unos cuantos invitados de última hora.

Cuando, justo antes del mediodía, el Chrysler New Yorker de su padre había rebasado las altas puertas de hierro de Espada & Cruz, Luce ya lo estaba esperando. No había podido dormir en toda la noche. Entre la extrañeza que le provocaba regresar a Espada & Cruz y su nerviosismo por juntar a un grupo tan variopinto de personas por Acción de Gracias al día siguiente, su mente no podía descansar.

Por fortuna, la mañana pasó sin ningún incidente; tras dar a su padre el abrazo más largo y afectuoso que le había dado a nadie, le dijo que tenía algunos amigos que no sabían dónde pasar las vacaciones.

Al cabo de cinco minutos, ya estaban todos metidos en el coche.

Ahora se encontraban en el hogar de la infancia de Luce, contemplando fotografías enmarcadas de ella a distintas edades, mirando a través de las mismas ventanas por las que ella había mirado durante más de una década mientras tomaba cuencos de cereales. Parecía un poco surrealista. Mientras Arriane iba a la cocina para ayudar a su madre a montar la nata, Miles abrumaba a preguntas a su padre sobre el enorme telescopio que tenía en su despacho. Luce se sintió muy orgullosa de sus padres por hacer que todo el mundo se sintiera bienvenido.

El sonido de una bocina en la calle le hizo dar un respingo.

Se sentó en el borde del sofá hundido y levantó una tablilla del estor. En la calle, un taxi de color rojo y blanco se detenía frente a la casa, echando bocanadas de humo en el frío aire otoñal. Aunque tenía las ventanas tintadas, el pasajero solo podía ser una persona.

Callie.

Una de las botas de piel rojas hasta la rodilla de Callie asomó por la puerta trasera y se apoyó en la acera de asfalto. Un segundo más tarde, apareció el rostro en forma de corazón de su mejor amiga. La piel de porcelana de Callie estaba algo sonrojada, llevaba el pelo caoba un poco más corto, cortado en un ángulo elegante a la altura de la barbilla. Los ojos de color azul pálido le brillaban. Por algún motivo, no dejaba de mirar al interior del taxi.

—¿Qué miras? —preguntó Shelby levantando otra tablilla para poder mirar. Roland se deslizó al otro lado de Luce y también miró fuera.

Justo a tiempo para poder ver salir del taxi a Daniel...

Seguido de Cam, en el asiento delantero.

Los dos chicos llevaban unos abrigos largos y oscuros, parecidos a los que vestían en la escena de la orilla que ella había vislumbrado. Tenían el pelo brillante bajo la luz del sol. Y por un instante, solo por un instante, Luce se acordó de por qué al principio en Espada &

Cruz los dos le habían llamado tanto la atención. Eran bellos. No se podía decir de otro modo. Eran fabulosos y extraordinarios, de un modo casi antinatural.

Pero ¿qué hacían allí?

—Justo a tiempo —murmuró Roland.

Al otro lado de Luce, Shelby preguntó:

—¿Quién los ha invitado?

—Eso mismo estaba pensando yo —dijo Luce sin poder evitar sentir cierto desvanecimiento al ver a Daniel a pesar de lo complicadas que estuvieran las cosas entre ellos.

—Luce —Roland se rió al ver la cara de ella mirando a Daniel—, ¿no te parece que deberías abrir la puerta?

Sonó el timbre.

—¿Es Callie? —exclamó la madre de Luce desde la cocina por encima del ruido de la batidora.

—¡Ya voy! —gritó Luce con el pecho encogido.

Por supuesto que quería ver a Callie. Pero superior a su alegría por ver a su mejor amiga era su anhelo por ver a Daniel. Por tocarlo, abrazarlo y olerlo. Por presentárselo a sus padres.

Ellos se darían cuenta, ¿verdad? Ellos verían que Luce había encontrado a la persona que le había cambiado la vida para siempre.

Abrió la puerta.

—¡Feliz Día de Acción de Gracias! —exclamó una voz con un fuerte acento sureño. Luce parpadeó varias veces hasta que su cerebro logró relacionar esa voz con la imagen que se le ofrecía ante sus ojos.

Gabbe, el ángel más bello y de modales más correctos de Espada & Cruz, se encontraba de pie en el porche de su casa con un vestido de punto de color rosa. Su pelo rubio era un frenesí fabuloso de trenzas, recogidas en pequeños remolinos en lo alto de la cabeza. Su piel tenía un brillo suave y delicado, no muy distinto al de Francesca. En una mano sostenía un ramo de gladiolos, y en la otra, una fiambrera de plástico blanco.

A su lado, con el pelo teñido de rubio pero con las puntas marrones, estaba el demonio Molly Zane. Sus vaqueros negros desgastados combinaban con un jersey negro deshilachado, como si todavía siguiera las normas de vestimenta de Espada & Cruz. Molly había multiplicado sus piercings faciales desde la última vez que Luce la había visto. Balanceándose sobre el antebrazo, llevaba una pequeña cazuela negra de hierro forjado. Tenía la mirada clavada en Luce.

Luce vio cómo los demás enfilaban el largo acceso a la casa. Daniel llevaba al hombro la maleta de Callie, pero Cam era el que estaba inclinado y sonreía con una mano posada en el antebrazo derecho de la chica mientras charlaba con ella. Callie no sabía si mostrarse nerviosa o totalmente encantada.

—Pasábamos por aquí… —Gabbe sonrió abiertamente tendiéndole las flores a Luce—. Yo he hecho un helado de vainilla, y Molly ha traído un aperitivo.

—Langostinos picantes Diablo. —Molly levantó la tapa de la cazuela y Luce olió el caldo picante de ajo—. Receta de la familia.

Molly cerró la tapa, pasó junto a Luce para entrar en el vestíbulo y allí se tropezó con Shelby.

—¡Se dice perdón! —dijeron con brusquedad las dos al unísono mirándose con suspicacia.

—¡Qué bien! —Gabbe se inclinó para dar un abrazo a Luce—. Molly acaba de hacer una amiga.

Roland acompañó a Gabbe a la cocina, y entonces Luce pudo ver bien a Callie. Cuando sus miradas se cruzaron, no pudieron evitarlo: las dos chicas sonrieron de oreja a oreja y corrieron a abrazarse.

El impacto del cuerpo de Callie dejó casi sin aliento a Luce, pero no le importó. Se abrazaron con fuerza y hundieron la cara en sus cabellos; la dos se reían como solo es posible entre amigas tras una larga separación.

Luce se separó a su pesar y se volvió hacia los dos chicos que se se encontraban un poco rezagados. Cam tenía el aspecto de siempre: controlado, a gusto, elegante y guapo.

Daniel, en cambio, parecía incómodo, y tenía buenos motivos para estarlo. No se habían hablado desde que la había visto besando a Miles, y ahora se encontraban ante la mejor amiga de Luce y ante Cam, el ex enemigo... o lo que fuera, de Daniel.

Sin embargo...

Daniel estaba en su casa. A muy pocos metros de la casa de sus padres. ¿Perderían la cabeza si supieran quién era él en realidad? ¿Cómo podía presentarles a un chico que era responsable de miles de muertes y hacia el que ella se sentía atraída prácticamente siempre como un imán? ¿Alguien imposible, escurridizo, misterioso y a veces incluso miserable cuyo amor ella no comprendía? ¿Alguien que colaboraba con el diablo, ¡maldita sea!, y a quien —si creía que presentarse allí sin ser invitado y con ese demonio era una buena idea— tal vez no la conocía tan bien?

—¿Qué hacéis aquí?

Habló en un tono de voz seco, porque no podía hablar con Daniel sin hablar también con Cam y no podía hablar con Cam sin desear arrojarle algo pesado a la cabeza.

Cam habló primero.

—¡Feliz Día de Acción de Gracias para ti también! Nos dijeron que el mejor sitio para pasar este día era tu casa.

—Hemos conocido a tu amiga en el aeropuerto —añadió Daniel con el tono insípido que usaba cuando él y Luce estaban en público.

Era un modo de hablar muy formal y de inmediato ella ansió estar a solas con él para ser ellos de verdad. Así, ella le agarraría por la solapa de aquel estúpido abrigo y le sacudiría hasta que se lo contara todo. Aquello había ido demasiado lejos.

—Nos pusimos a hablar y compartimos el taxi —prosiguió Cam haciéndole un guiño a Callie.

Callie sonrió a Luce.

—Yo me imaginaba cómo sería una reunión íntima en casa de los Price, pero esto es mucho mejor. Así podré hacerme una mejor idea de todo.

Luce notó que su amiga le escrutaba la cara intentando saber qué pensar de esos dos chicos. Sin duda ese Día de Acción de Gracias se estaba volviendo incómodo a toda velocidad. No era así como se suponía que tenían que ir las cosas.

—¡Es la hora del pavo! —gritó su madre desde la puerta. Su sonrisa se truncó en una mueca de confusión al ver la gente que había fuera—. Luce, ¿qué ocurre?

Llevaba su viejo delantal de rayas verdes y blancas anudado en torno a la cintura.

—Mamá —dijo Luce haciendo un gesto con la mano—, esta es Callie, y Cam y…

Le hubiera gustado extender la mano para tocar a Daniel, o hacer algo, cualquier cosa que indicara a su madre que él era alguien especial, alguien único. Y también para hacerle saber a él también que todavía lo quería, que todo cuanto había entre ellos iba a salir bien. Pero lo único que hizo fue quedarse parada.

—Este es Daniel.

—Está bien. —Su madre miró a los recién llegados con suspicacia—. Bueno, pues, hum, ¡bienvenidos! Luce, cariño, ¿puedo hablar contigo un momento?

Luce se acercó a su madre hasta la puerta después de levantar un dedo a Callie para indicarle que regresaría en un instante. Siguió a su madre por el vestíbulo, por el pasillo a oscuras decorado con fotografías enmarcadas de la infancia de Luce, y hasta el acogedor dormitorio de sus padres, que estaba iluminado con una lámpara. Su madre se sentó sobre la cama blanca y cruzó los brazos.

—¿No tienes que contarme nada?

—Lo siento mamá —dijo Luce desplomándose en la cama.

—Mira, no quiero excluir a nadie de una comida de Acción de Gracias, pero ¿no te parece que hay un momento en que hay que poner un límite? ¿No te bastaba con un coche lleno de gente?

—Tienes razón, mamá —dijo Luce—. Yo no he invitado a toda esa gente. Estoy tan sorprendida como tú de que hayan aparecido todos.

—Es que tenemos tan poco tiempo para estar contigo… Nos encanta conocer a tus amigos —dijo la madre de Luce acariciándole el pelo—, pero nos hacía más ilusión pasar un rato contigo.

—Sé que es una gran imposición, mamá. —Luce volvió la mejilla hacia la palma abierta de su madre—. Daniel es especial. No sabía que iba a venir, pero como está aquí, necesito pasar un poco de tiempo con él, igual que contigo y con papá. ¿Te parece bien?

—¿Daniel? —repitió su madre—. ¿Ese rubio tan guapo? ¿Vosotros estáis…?

—Sí. Estamos enamorados.

Por algún extraño motivo, Luce temblaba. A pesar de las dudas que tenía sobre su relación, decir en voz alta a su madre que quería a Daniel lo hacía más verdadero, le recordaba que, pese a todo, ella lo quería de verdad.

—Entiendo. —Su madre asintió sonriendo sin que sus rizos color castaño peinados con laca se movieran—. Bueno, tampoco podemos echar a patadas a todo el mundo menos a él, ¿no?

—Gracias, mamá.

—Dale las gracias también a tu padre. Y, cariño, la próxima vez avísanos con un poco más de tiempo. De haber sabido que traías a casa a un chico especial, habría bajado del desván el álbum de fotografías de cuando eras un bebé.

Le hizo un guiño y estampó un beso en la mejilla de Luce.

De regreso a la sala de estar, Luce se dirigió primero a Daniel.

—Me alegro de que al final hayas podido estar con tu familia —dijo él.

—Espero que no estés enfadada con Daniel por haberme traído —intervino Cam. Luce quiso ver cierta altanería en la voz, pero no la encontró—. Estoy seguro de que a los dos os gustaría que yo no estuviera, pero —miró a Daniel— un pacto es un pacto.

—Desde luego —respondió Luce en tono frío.

La cara de Daniel no delataba nada hasta que se ensombreció. Miles acababa de entrar del comedor.

—Hum… Oye, tu padre está a punto de hacer un brindis. —Miles tenía los ojos clavados en Luce de un modo que ella pensó que posiblemente lo hacía para no cruzar la mirada con Daniel—. Tu madre me ha pedido que te pregunte dónde quieres sentarte.

—Oh, en cualquier sitio. ¿Tal vez al lado de Callie?

Luce sintió cierto pánico cuando pensó en todos los invitados y en la urgencia de mantenerlos a la máxima distancia posible entre ellos. Y a Molly, lejos de todos.

—Debería haber hecho tarjetas para la mesa.

Roland y Arriane se habían apresurado a colocar la mesa de jugar a las cartas junto a la de comer de tal modo que ahora el banquete llegaba incluso a la sala de estar. Alguien había puesto un mantel de color dorado y blanco, y sus padres incluso habían sacado la vajilla de cuando se casaron. Las velas estaban encendidas, y las jarras, llenas de agua. Al poco, Shelby y Miles sacaron unos cuencos humeantes de judías verdes y puré mientras Luce se sentaba entre Callie y Arriane.

La cena de Acción de Gracias, pensada en principio como una comida íntima, había pasado a ser para doce comensales: cuatro humanos, dos nefilim, seis ángeles caídos (tres de cada bando, del Bien y del Mal) y un perro disfrazado de pavo con su cuenco con sobras debajo de la mesa.

Miles fue a sentarse delante de Luce, pero Daniel lo fulminó con una mirada amenazadora. Él entonces retrocedió y, cuando Daniel iba a tomar asiento, Shelby le quitó el sitio. Con una sonrisa y cierta actitud triunfante, Miles se sentó a la izquierda de Shelby y delante de Callie mientras que Daniel, con una actitud algo molesta, se acomodó a la derecha, frente a Arriane.

Alguien daba patadas a Luce por debajo de la mesa, intentando llamar su atención, pero ella no apartaba la vista del plato.

En cuanto todo el mundo estuvo sentado, el padre de Luce se puso de pie en la cabecera de la mesa mirando a la madre al otro lado, e hizo chocar el tenedor contra la copa de vino tinto.

—Tengo fama de dirigir uno o dos discursos interminables en estas fechas. —Se rió—. Pero nunca hemos recibido a tanta gente joven y hambrienta en casa, así que iré al grano. Quiero dar las gracias a mi querida esposa Doreen, a mi adorada hija Luce y a todos vosotros por acompañarnos. —Fijó la vista en Luce y dibujó una mueca especial que hacía cuando se sentía especialmente orgulloso—. Es maravilloso ver cómo progresas, que te has convertido en una jovencita muy guapa con muchos y fantásticos amigos. Esperamos que todos vuelvan de nuevo. Salud para todos. Por la amistad.

Luce se esforzó por sonreír, esquivando las miradas furtivas que se dirigían todos sus «amigos».

—Tiene toda la razón. —Daniel rompió el silencio incómodo que siguió y alzó la copa—. ¿Qué tiene de bueno la vida sin amigos en quienes confiar?

Miles apenas lo miró, y hundió la cuchara de servir en el puré de patatas.

—Dicho por el mismísimo señor Confianza.

Los Price estaban demasiado ocupados haciendo pasar las bandejas a los extremos opuestos de la mesa como para darse cuenta de la mirada severa que Daniel dirigió a Miles.

Molly empezó a servir en el plato de Miles una buena ración de su aperitivo de langostinos picantes, que nadie había probado aún.

—Di «basta» cuando tengas suficiente.

—Uau, Molly, guarda un poco de ese picante para mí. —Cam alargó el brazo para coger la cazuela de langostinos—. Dime, Miles, Roland me contó que hiciste un buen alarde de habilidad en esgrima hace unos días. Supongo que eso volvió locas a las chicas. —Se inclinó hacia delante—. Luce, tú estabas allí, ¿no?

Miles se quedó a medio gesto en el aire con el tenedor. Sus grandes ojos azules parecían confusos acerca de las intenciones de Cam, como si este esperara oír decir a Luce que sí, que las chicas, incluida ella, se volvieron realmente locas.

—Roland también dijo que Miles perdió —comentó Daniel plácidamente, y pinchó un poco del relleno.

Al otro extremo de la mesa, Gabbe mitigó la tensión con un ronroneo intenso de satisfacción.

—Dios mío, señora Price, estas coles de Bruselas son un bocado celestial. ¿No te parece, Roland?

—Hummm —asintió Roland—. Realmente me transportan a tiempos más sencillos.

Entonces la madre de Luce empezó a recitar la receta mientras su padre se extendía acerca de la producción local. Luce, por su parte, intentó disfrutar de aquel extraño tiempo con su familia, y Callie se inclinó para decirle que todo el mundo parecía fabuloso, sobre todo Arriane y Miles. Sin embargo, había muchas cosas que había que atender. Luce sentía como si tuviera que desactivar una bomba en cualquier momento.

Unos minutos más tarde, tras pasar por segunda vez el relleno entre los comensales, la madre de Luce dijo:

—¿Sabes? Tu padre y yo nos conocimos cuando teníamos tu edad.

Luce había oído esa historia unas trescientas cincuenta veces.

—Él era *quarterback* del Athens High. —Su madre hizo un guiño a Miles—. En esa época los tipos atléticos también volvían locas a las chicas.

—Sí. En efecto, había doce Trojans y dos que estábamos en el primer equipo. —El padre de Luce se echó a reír, y ella esperó a que dijera la frase de siempre—. Solo tuve que demostrarle a Doreen que fuera del campo no era un tipo tan duro.

—Me parece fabuloso que ustedes tengan un matrimonio tan sólido —dijo Miles mientras cogía otro de los famosos bollos de levadura de la madre de Luce—. Luce tiene suerte de tener unos padres tan sinceros y francos con ella y con los demás.

La madre sonrió encantada.

Pero antes de que pudiera decir nada, Daniel intervino:

—El amor es mucho más que eso, Miles. Señor Price, ¿no le parece que una relación de verdad es algo más que simple diversión y juegos? ¿Que exige algo de esfuerzo?

—Claro, claro. —El padre de Luce se limpió los labios con la servilleta—. ¿Por qué si no se habla del compromiso del matrimonio? Si duda, el amor tiene altibajos. Así es la vida.

—Bien dicho, señor Price —dijo Roland con un apasionamiento que no cuadraba con su cara tersa de adolescente—. Yo también he vivido mis altibajos.

—Oh, vamos —intervino Callie para sorpresa de Luce. La pobre creía que todos eran lo que aparentaban—. Hacéis que todo parezca muy grave.

—Callie tiene razón —dijo la madre de Luce—. Sois jóvenes y alegres, deberíais pasarlo bien.

Pasarlo bien. ¿Así que ese ahora era el objetivo? ¿Acaso alguna vez pasarlo bien había sido posible para Luce? Se quedó mirando a Miles, que sonreía.

—Yo me lo paso bien —dijo articulando cada sílaba para que Luce le leyera los labios.

Aquello cambiaba las cosas por completo para Luce, que no dejaba de mirar una y otra vez alrededor en la mesa y se daba cuenta de que, pese a todo, ella también se lo estaba pasando bien. Roland fingía sacarle la lengua a Molly enseñándole un langostino en su lugar y ella se reía, quizá por primera vez en la vida. Cam intentaba halagar a Callie, ofreciéndose incluso a untarle la mantequilla en el bollo, algo que ella declinó con una mueca de sorpresa y una negación tímida de cabeza. Shelby comía como si estuviera entrenándose para una competición. Y alguien le seguía acariciando los pies por debajo de la mesa. Ella cruzó la mirada con los ojos de color violeta de Daniel. Él le guiñó un ojo y ella sintió un cosquilleo en el estómago.

Aquella reunión tenía algo de extraordinario. Era el Día de Acción de Gracias más animado desde que la abuela de Luce murió y los Price dejaron de ir a la zona pantanosa de Louisiana para pasar las vacaciones. Ahora esa era su familia: toda esa gente, ángeles, demonios, o lo que quiera que fuesen. Para bien o para mal, en tiempos complicados con sus altibajos, e incluso para momentos de diversión. Como su padre acababa de decir: así era la vida.

Para ser una chica con cierta experiencia en la muerte, la vida —y punto— era la cosa por la que Luce de pronto se sintió más completamente agradecida.

—Bueno. Ya estoy harta —anunció Shelby al cabo de unos minutos—, de tanta comida, claro. ¿Los demás estáis llenos? Vamos a recoger todo esto. —Soltó un silbido y dibujó un lazo en el aire con un dedo—. Ya tengo ganas de volver a ese reformatorio al que vamos todos, hum...

—Ayudaré a quitar la mesa. —Gabbe de puso de pie de inmediato y empezó a apilar platos, mientras arrastraba a la malhumorada Molly a la cocina con ella.

La madre de Luce seguía dirigiéndoles miradas furtivas a todos, intentando ver el encuentro desde la perspectiva de su hija. Lo cual era imposible. Había captado la idea de Daniel con rapidez y no dejaba de mirar a los dos de un lado a otro. Luce quería una oportunidad para demostrar a su madre que lo que ella y Daniel compartían era algo sólido y maravilloso, distinto a cualquier otra cosa en el mundo, pero tenían demasiada gente alrededor. Lo que debería haber parecido fácil resultaba difícil.

Andrew dejó de mordisquear las plumas de fieltro que tenía en torno a la nuca y empezó a emitir gañidos en dirección a la puerta. El padre de Luce se puso de pie y fue a buscar la correa del perro. Fue un alivio.

—Hay alguien a quien le apetece dar su paseo después de la cena —anunció.

La madre de Luce también se puso de pie, y Luce la siguió hasta la puerta y la ayudó a ponerse la gabardina. Luego pasó la bufanda a su padre.

—Gracias por haber estado tan estupendos esta noche. Lavaremos los platos mientras estáis fuera.

Su madre sonrió.

—Tú nos haces sentir muy orgullosos, Luce. Por cualquier cosa. Recuérdalo.

—Me gusta ese Miles —dijo su padre mientras colocaba la correa al collar de Andrew.

—Y Daniel es… bueno, extraordinario —comentó la madre a su padre con un tono de voz especial.

Luce se sonrojó y miró de nuevo hacia la mesa. Volvió entonces la mirada hacia sus padres como suplicando: «Ahora no me abochornéis».

—¡Muy bien! ¡Que tengáis un largo y bonito paseo!

Luce sostuvo la puerta abierta y los vio salir en la noche con el perro inquieto y prácticamente ahogado por la correa. El aire frío que se colaba a través de la puerta resultaba refrescante. La casa estaba caldeada con tanta gente. Justo antes de que sus padres desaparecieran por la calle, a Luce le pareció vislumbrar un destello en el exterior.

Algo parecido a un ala.

—¿Habéis visto eso? —dijo sin saber a quién se lo decía.

—¿Qué? —preguntó su padre volviéndose. Parecía tan satisfecho y feliz que a Luce casi se le partió el corazón.

—Nada.

Luce esbozó una sonrisa forzada mientras cerraba la puerta. Sintió que tenía alguien a su espalda.

Era Daniel. La calidez que la hacía tambalear en cualquier sitio.

—¿Qué has visto?

Su voz era glacial, aunque no de rabia, sino de miedo. Ella volvió su mirada hacia él, fue a cogerlo de las manos, pero él se volvió en otra dirección.

—¡Cam! —exclamó—. ¡Saca el arco!

Al otro lado de la habitación, Cam levantó la cabeza.

—¡¿Ya?!

Un zumbido en el exterior de la casa lo hizo callar. Se apartó de la ventana y rebuscó en su abrigo. Luce vio entonces el destello plateado y se acordó: las flechas que había recogido de la Proscrita.

—Avisa a los demás —dijo Daniel antes de volver la cara hacia Luce. Separó entonces los labios y su mirada desesperada hizo pensar a Luce que tal vez tenía intenciones de besarla. Sin embargo, lo único que dijo fue—: ¿Tenéis un sótano de refugio para las tormentas?

—Dime lo que ocurre —pidió Luce.

Oyó el agua en la cocina, donde Arriane y Gabbe cantaban *Heart and Soul* a varias voces con Callie mientras limpiaban los platos. Vio la expresión asustada de Molly y Roland mientras despejaban la mesa. Y, de pronto, Luce se dio cuenta de que aquella cena de Acción de Gracias no había sido más que una pantomima. Una tapadera. El problema es que no sabía de qué.

Miles asomó junto a Luce.

—¿Qué ocurre?

—Nada que te concierna —respondió Cam. No lo dijo con brusquedad sino constatando un hecho—. Molly. Roland.

Molly apartó el montón de platos.

—¿Qué quieres que hagamos?

Daniel fue el que respondió, dirigiéndose a Molly como si de pronto pertenecieran al mismo bando.

—Avisa a los demás. Y buscad escudos. Irán armados.

—¿Quiénes? —preguntó Luce—. ¿Los Proscritos?

Los ojos de Daniel se posaron en ella y mostró un gesto apesadumbrado.

—Se suponía que no nos encontrarían esta noche. Sabíamos que era posible, pero de verdad no quería que esto ocurriera aquí. Lo siento.

—Daniel —le interrumpió Cam—, ahora lo que importa es defenderse.

Un golpeteo fuerte sacudió la casa. Cam y Daniel se dirigieron por instinto hacia la puerta delantera, pero Luce negó con la cabeza.

—Es la puerta de atrás —susurró—. En la cocina.

Se quedaron quietos un instante, atendiendo al crujido de la puerta trasera al abrirse. Entonces se oyó un grito largo y penetrante.

—¡Callie!

Luce se echó a correr por la sala de estar, estremecida al imaginarse la escena en que se encontraba su mejor amiga. Si Luce hubiera sabido que los Proscritos iban a aparecer, no habría permitido que Callie viniera. Ella jamás habría regresado a casa. Si ocurría algo malo, Luce nunca se lo perdonaría.

Al pasar por la puerta de la cocina, Luce vio a Callie escudada por el cuerpo diminuto de Gabbe. Estaba a salvo, por lo menos por ahora. Luce suspiró aliviada, y casi cayó contra la muralla de músculos que detrás de ella habían erigido Daniel, Cam, Miles y Roland.

Arriane estaba de pie en el umbral encalado, sosteniendo en lo alto una enorme tabla de cortar. Parecía dispuesta a golpear a alguien que Luce aún no podía distinguir.

—Buenas noches.

Era una voz masculina, engolada y formal.

Cuando Arriane bajó la tabla, apareció en la entrada un chico alto y enjuto ataviado con una gabardina marrón. Estaba muy pálido, tenía el rostro muy fino y una nariz prominente. Sus facciones le resultaron familiares. El pelo muy rubio y muy corto, los ojos blancos e inexpresivos…

Era un Proscrito.

Pero Luce lo había visto en algún otro sitio antes.

—¡¿Phil?! —exclamó Shelby—. ¿Qué diablos haces aquí? ¿Y qué les pasa a tus ojos? ¿Están…?

Daniel se volvió hacia Shelby.

—¿Conoces a este Proscrito?

—¿Un Proscrito? —A Shelby se le rompió la voz—. No es un… es mi patético… Él…

—Él te ha utilizado —dijo Roland, como si supiera algo que los demás no sabían—. Debí darme cuenta. Debí haberlo reconocido como tal.

—Pero no lo hiciste —replicó el Proscrito con un tono de voz extrañamente tranquilo.

Palpó en el interior de su gabardina y sacó un arco de plata de un bolsillo interior. Luego sacó de otro bolsillo una flecha de plata y la colocó rápidamente. Apuntó a Roland y recorrió a todo el grupo apuntándolos a todos.

—Por favor, disculpad la intromisión. He venido a llevarme a Lucinda.

Daniel se acercó al Proscrito.

—Tú no te llevarás a nadie ni nada —dijo—, excepto una muerte rápida si no te marchas ahora mismo.

—Lo siento, pero no puedo hacer lo que me pides —repuso el muchacho con sus brazos musculados sosteniendo aún el arco tenso—. Llevamos mucho tiempo preparando esta noche de bendita restitución. No nos iremos con las manos vacías.

—¿Cómo has podido, Phil? —gimoteó Shelby, volviéndose hacia Luce—. No lo sabía… De verdad, Luce. No lo sabía. Pensé que era solo un desgraciado.

Los labios del muchacho dibujaron una sonrisa. Sus horribles e insondables ojos parecían salidos de una pesadilla.

—O me la entregáis sin oponer resistencia, o ninguno de vosotros sobrevivirá.

Cam soltó una risotada prolongada y profunda que sacudió la cocina e hizo que el muchacho de la puerta esbozara una mueca de incomodidad.

—¿Tú y qué ejército? —dijo Cam—. ¿Sabes? Creo que eres el primer Proscrito que conozco con sentido de humor. —Echó una mirada a la estrecha cocina—. ¿Por qué no salimos fuera tú y yo y solucionamos este asunto?

—Encantado —respondió el muchacho con una sonrisa en sus labios pálidos.

Cam giró los hombros hacia atrás, como si deshiciera un nudo y del punto justo donde sus omóplatos se unían, por su suéter de cachemira, emergió un enorme par de alas doradas. Estas se desplegaron a su espalda y pasaron a ocupar una gran parte de la cocina. Las alas de Cam eran tan brillantes que resultaban casi cegadoras al moverse.

—¡Qué diablos…! —susurró Callie parpadeando.

—Sí, es algo así —dijo Arriane mientras Cam arqueaba las alas hacia atrás y se abría paso junto al Proscrito, atravesaba el umbral y salía al patio trasero—. Luce ya te lo explicará. ¡Seguro!

Las alas de Roland al desplegarse hicieron el ruido de una bandada de pájaros al emprender el vuelo. La luz de la cocina resaltó su veteado oscuro de color dorado y negro al salir por la puerta detrás de Cam. Molly y Arriane iban justo detrás de él y se daban codazos para abrirse paso. Arriane impuso sus brillantes alas iridiscentes frente a las alas de color bronce turbio de Molly. Al salir al exterior desprendieron algo parecido a pequeñas chispas eléctricas. La siguiente fue Gabbe, cuyas sedosas alas blancas se desplegaron con la misma gracia que las de una mariposa pero con una velocidad tal que provocó una ráfaga de aire de olor floral en la cocina.

Daniel cogió las manos de Luce entre las suyas. Cerró los ojos, tomó aire y abrió sus enormes alas blancas. De haber estado completamente abiertas, habrían ocupado toda la cocina, pero las mantuvo replegadas cerca de su cuerpo. Refulgían y brillaban y, de hecho, casi resultaban demasiado bellas. Luce tendió las manos hacia ellas y las tocó. Por fuera eran cálidas y satinadas, pero por dentro rebosaban energía. Notó cómo esta circulaba por Daniel y pasaba a ella. Se sintió muy cercana a él, y lo entendió perfectamente. Como si fueran uno.

«No te preocupes. Todo va a ir bien. Siempre te cuidaré.»

Sin embargo, lo que dijo en voz alta fue:

—Quédate a salvo. No te muevas de aquí.

—No —suplicó ella—. ¡Daniel!

—Volveré en un instante.

A continuación, arqueó las alas hacia atrás y salió a toda prisa por la puerta.

Ya solos en el interior, los seres no angelicales se agruparon. Miles se apoyó contra la puerta trasera y se puso a mirar por la ventana. Shelby tenía la cabeza metida entre las manos. El rostro de Callie estaba blanco como la nevera.

Luce cogió la mano de Callie.

—Creo que tengo que explicarte algunas cosas.

—¿Quién era ese chico del arco y la flecha? —susurró Callie estremecida pero asiendo con fuerza la mano de Luce—. ¿Y tú quién eres?

—¿Yo? Bueno, yo solo soy… yo. —Luce se encogió de hombros y notó un escalofrío recorriéndole el cuerpo—. No lo sé.

—Luce —dijo Shelby esforzándose por no echarse a llorar—, me siento como una idiota. Te juro que no tenía ni idea. Todo lo que le dije a él… solo me estaba desahogando. No paraba de preguntar acerca de ti y sabía escuchar, así que yo… bueno, no tenía ni idea de quién era en realidad. Yo jamás, jamás…

—Te creo —la interrumpió Luce. Se acercó a la ventana junto a Miles y miró hacia la pequeña terraza de madera que su padre había construido hacía unos años—. ¿Qué crees que pretende?

En el patio, las hojas de roble caídas habían sido apiladas con el rastrillo en unos montones pulidos. El aire olía a hoguera. En algún lugar a lo lejos, sonaba una sirena. Al pie de los tres escalones de la terraza, Daniel, Cam, Arriane, Roland y Gabbe permanecían juntos mirando la valla.

Pero Luce se dio cuenta de que no se trataba de la valla. Estaban frente a un grupo nutrido y oscuro de Proscritos, que permanecían en guardia apuntando con sus arcos de plata a la hilera de ángeles. El Proscrito no había acudido solo. Había reunido a un ejército.

Luce tuvo que sujetarse a la encimera. Excepto Cam, los ángeles estaban desarmados. Y ella ya había visto lo que esas flechas podían hacer.

—¡Luce, detente! —exclamó Miles detrás de ella. Pero para entonces, Luce ya salía a toda prisa por la puerta.

Incluso en la oscuridad, observó que todos los Proscritos tenían una apariencia inexpresiva similar. Había igual número de chicos que de chicas y todos eran pálidos e iban vestidos con las mismas gabardinas marrones; en el caso de los chicos, llevaban el pelo muy rubio y muy corto y las chicas lucían unas colas apretadas, casi blancas. Las alas de los Proscritos se desplegaban en forma de arco. Tenían muy, muy mala pinta... llevaban la ropa hecha jirones e iban muy sucios, prácticamente cubiertos de mugre. Nada que ver con las alas gloriosas de Daniel o de Cam, ni con ninguno de los ángeles o demonios que Luce conocía. De pie uno junto al otro, mirando a través de sus extraños ojos vacíos, con las cabezas inclinadas en distintas direcciones, los Proscritos eran un ejército de pesadilla. Lo malo es que de aquel sueño horrible Luce no se podía despertar.

Cuando Daniel se dio cuenta de que ella estaba junto a los demás en la terraza, se volvió y la tomó con sus manos. Su cara perfecta tenía una expresión enormemente asustada.

—Te he dicho que te quedaras dentro.

—No —susurró ella—. No pienso permanecer encerrada ahí dentro mientras todos vosotros lucháis. No puedo ver a la gente a mi alrededor luchando por ningún motivo.

—¿Por ningún motivo? Mira, dejemos esta discusión para otro momento, Luce.

Daniel no dejaba de escrutar con la mirada el frente siniestro de Proscritos alineados cerca de la valla.

Luce apretó los puños en sus costados.

—Daniel...

—Tu vida es demasiado valiosa como para desperdiciarla por un arrebato. Ve adentro ya.

Un grito sonoro atronó en el centro del patio. La primera línea de diez Proscritos levantó sus armas contra los ángeles y arrojó las flechas. Luce levantó la cabeza a tiempo para ver a algo, o a alguien, precipitándose desde el tejado.

Era Molly.

La muchacha, convertida en una masa oscura, descendió desde lo alto blandiendo dos rastrillos de jardín y haciéndolos girar como bastones en sus manos.

Aunque los Proscritos la oían, no la podían ver. No obstante, los rastrillos de Molly giraron y eliminaron las flechas del aire como si quitaran malas hierbas del campo. Molly aterrizó con sus botas negras de combate mientras las flechas de plata de punta roma se desplomaban en el suelo bajo la apariencia inofensiva de ramitas. Luce, sin embargo, sabía que eran peligrosas.

—¡A partir de ahora, no habrá compasión! —aulló un Proscrito, Phil, desde el otro lado del patio.

—¡Llévatela dentro y coge las flechas estelares! —gritó Cam a Daniel encaramándose a la barandilla de la terraza y sacando su arco de plata. A continuación, arrojó y soltó en una rápida sucesión tres reflejos de luz. Los Proscritos retrocedieron cuando tres miembros de sus filas desaparecieron en nubes de polvo.

Arriane y Roland se precipitaron a toda velocidad en el patio barriendo las flechas con las alas.

Un segundo frente de Proscritos avanzaba, dispuesto a lanzar una nueva ráfaga de flechas. Cuando estaban a punto de disparar, Gabbe se subió a la barandilla de la terraza.

—Hum. Veamos. —Apuntó con mirada feroz la punta del ala derecha hacia el suelo de debajo de los Proscritos.

El césped tembló y a continuación se abrió una zanja nítida de tierra, tan larga como todo el patio trasero y de varios centímetros de anchura.

Aquello se llevó por lo menos a veinte Proscritos dentro del abismo oscuro.

Profirieron unos gritos ahogados y solitarios mientras se precipitaban hacia las profundidades. A saber hacia dónde. Los Proscritos que había detrás resbalaron y se detuvieron justo ante al temible abismo que Gabbe había abierto de la nada. Movieron las cabezas a izquierda y derecha para averiguar lo que acababa de ocurrir. Otros se tambalearon en el borde y acabaron desplomándose en el interior. Sus gritos fueron cada vez más débiles, hasta que dejaron de oírse. Al cabo de unos instantes, la tierra crujió de nuevo, como si tuviera un gozne oxidado, y se volvió a cerrar.

Gabbe replegó su ala plumosa al costado con una gran elegancia. Se limpió la frente.

—Bueno, esto debería ayudar.

Pero entonces otra lluvia brillante de flechas de plata se precipitó desde el cielo. Una de ellas cayó con un ruido sordo en el escalón superior de la terraza, a los pies de Luce. Daniel arrancó la flecha del escalón de madera, dobló el brazo y la arrojó bruscamente, como si se tratara de un dardo letal, directamente en la frente de un Proscrito que avanzaba.

Se produjo un destello, como el de un flash. El chico de los ojos en blanco ni siquiera tuvo tiempo de gritar por el impacto: simplemente se desvaneció en el aire.

Daniel escrutó el cuerpo de Luce y luego la palpó, como si no creyera que continuaba con vida.

Callie tragó saliva a su lado.

—¿Ese chico…? ¿De verdad que ese chico…?

—Sí —contestó Luce.

—No lo hagas, Luce —dijo Daniel—. No me hagas arrastrarte dentro. Tengo que luchar. Tienes que huir de aquí. ¡Ya!

Pero Luce ya había visto demasiadas cosas para estar de acuerdo. Regresó a casa para alcanzar a Callie, pero en la puerta abierta de la cocina tuvo una visión brutal de los Proscritos.

Había tres. Estaban dentro de su casa. Y tenían los arcos dispuestos para disparar.

—¡No! —gritó Daniel apresurándose para proteger a Luce.

Shelby salió tambaleándose de la cocina a la terraza y cerró la puerta de golpe a su espalda.

Al otro lado de la puerta se oyeron tres golpes claros de flecha.

—¡Eh! ¡Ella no tiene la culpa de nada! —gritó Cam desde el patio, señalando a Shelby con la cabeza un instante antes de lanzar una flecha a la cabeza de una Proscrita.

—De acuerdo, cambio de planes —masculló Daniel—. Buscad un lugar donde refugiaros cerca de aquí. Esto va por todos. —Se dirigió a Callie y a Shelby y, por primera vez en toda la noche, a Miles. Tomó a Luce por los brazos—. Mantente alejada de las flechas estelares —le suplicó—. Prométemelo.

La besó rápidamente y luego los dirigió hacia la pared posterior de la terraza.

El fulgor de tantas alas de ángel era tan brillante e intenso que Luce, Callie, Shelby y Miles tuvieron que protegerse los ojos. Se inclinaron y anduvieron agachados por la terraza mientras las sombras de la barandilla oscilaban ante ellos y Luce los conducía hacia la parte lateral del jardín. Para ponerse a salvo. Tenía que haber algún sitio en algún lugar.

De entre las sombras surgieron más Proscritos. Aparecieron en las ramas altas de los árboles a lo lejos, se acercaron a paso tranquilo por entre los arriates elevados de alrededor y el viejo columpio carcomido que Luce había usado de niña. Sus arcos de plata brillaban bajo la luz de la luna.

Cam era el único del otro bando que iba armado con un arco. No se detenía a contar los Proscritos a los que eliminaba. Se limitaba a disparar al corazón con precisión mortal una flecha detrás de otra. Pero por cada uno que eliminaba aparecía otro.

Cuando se quedó sin flechas, arrancó la mesa de picnic del lugar que había ocupado durante décadas y la sostuvo ante él con un brazo a modo de escudo. Descarga tras descarga, las flechas rebotaban en la mesa y caían al suelo a sus pies. Él no hacía más que inclinarse, recoger una y lanzar; inclinarse, recoger y lanzar.

Los demás tenían que ser más creativos.

Roland sacudió sus alas doradas con tanto vigor que el aire de alrededor devolvía las flechas de vuelta en la dirección de la que habían venido, llevándose a varios Proscritos ciegos juntos de una vez. Molly cargaba contra el frente una y otra vez, con los rastrillos girando como espadas de samurái.

Arriane arrancó el viejo neumático que había hecho de columpio de Luce del árbol y lo arrojó como si fuera un lazo, desviando las flechas hacia la valla mientras Gabbe corría recogiéndolas. Ella saltaba y giraba como un derviche, eliminando a los Proscritos que se acercaban demasiado dirigiéndoles una sonrisa suave mientras las flechas les mordían la piel.

Daniel se había apropiado de las herraduras oxidadas de los Price que había bajo el porche y las arrojaba contra los Proscritos; a veces llegaba a dejar sin sentido a tres a la vez con una sola herradura que les rebotaba en la cabeza. Luego se abalanzaba sobre ellos, les quitaba las flechas estelares de los arcos y se las hundía en el corazón con las manos.

Desde el extremo de la terraza de madera, Luce vio el cobertizo de su padre e hizo que sus tres compañeros la siguieran. Saltaron sobre la barandilla para pasar a la zona ajardinada de debajo e, inclinados, se apresuraron hacia allí.

Estaban casi en la entrada cuando Luce oyó un rápido zumbido, seguido del aullido de dolor de Callie.

—¡Callie! —exclamó volviéndose.

Pero su amiga seguía allí. Se restregaba el hombro por la zona en que la flecha la había tocado, pero por lo demás estaba ilesa.

—¡Escuece mucho!

Luce se inclinó para tocarla.

—¿Cómo…?

Callie negó con la cabeza.

—¡Al suelo! —gritó Shelby.

Luce se arrodilló, hizo agachar a los demás y todos se metieron en el cobertizo. Entre las sombras oscuras que proyectaban las herramientas del padre de Luce, el cortacésped y el anticuado equipo de deporte, Shelby gateó hacia Luce, los ojos brillantes y los labios temblorosos.

—No puedo creer lo que está pasando —susurró asiendo del brazo a Luce—. No te imaginas cómo lo siento. Es culpa mía.

—No es culpa tuya —dijo Luce de inmediato.

Shelby no sabía quién era Phil, ni lo que quería de ella en realidad, ni cómo iban a terminar las cosas esa noche. Luce sabía lo que era acarrear la culpa por algo que no se entendía, y no se lo deseaba a nadie, menos aún a Shelby.

—¿Dónde está? —preguntó Shelby—. Podría matar a ese desgraciado.

—No. —Luce retuvo a Shelby—. No vas a salir. Podrían matarte.

—No entiendo nada —dijo Callie—. ¿Por qué alguien querría hacerte daño?

En ese momento Miles se encaminó a la entrada del cobertizo y fue iluminado por la luz de luna. Llevaba sobre la cabeza uno de los kayaks del padre de Luce.

—Nadie hará daño a Luce —dijo mientras salía fuera con ello.

Iba directo a la batalla.

—¡Miles! —gritó Luce—. ¡Vuelve…!

Se levantó para ir tras él y luego se detuvo, sorprendida al verle arrojar el kayak contra uno de los Proscritos.

Era Phil.

Este se quedó pasmado con sus ojos inexpresivos, gritó y cayó al suelo en cuanto el kayak le dio. Atrapado e inmovilizado, sus alas sucias se debatían en el suelo.

Por un instante, Miles pareció sentirse orgulloso de sí mismo, y también Luce un poco. Pero entonces una Proscrita menuda dio un paso al frente, ladeó la cabeza como si fuera un perro atendiendo a un silbato silencioso, levantó el arco de plata y apuntó directamente al pecho de Miles.

—Sin compasión —dijo en un tono monótono.

Miles estaba indefenso ante aquella chica extraña que parecía carecer de cualquier sentimiento de piedad, ni siquiera por la persona más agradable e inocente del mundo.

—¡Basta! —gritó Luce con el corazón desbocado mientras salía del cobertizo.

Notó que la batalla se arremolinaba en torno a ella, pero lo único que veía era una flecha dispuesta a penetrar en el pecho de Miles. Dirigida para matar a otro de sus amigos.

La cabeza de la Proscrita se dobló sobre la nuca. Sus ojos vacíos se volvieron hacia Luce y entonces se abrieron levemente, como si, tal como Arriane había dicho, realmente fuera capaz de ver la llama ardiente del alma de Luce.

—No dispares. —Luce levantó los brazos en un gesto de rendición—. Es a mí a quien queréis.

19
El fin de la tregua

La Proscrita bajó el arma. Cuando la flecha se destensó del arco, la cuerda emitió un crujido, como el de una puerta de desván al abrirse. Su rostro tenía la calma de un estanque en un día sin viento. Era tan alta como Luce, su piel era clara y húmeda, tenía los labios pálidos y, pese a no lucir una sonrisa, tenía hoyuelos.

—Si quieres que el chico viva —dijo con voz monótona—, yo te obedeceré.

Alrededor, todos habían dejado de luchar. El vaivén del neumático prosiguió hasta que acabó deteniéndose al dar contra el rincón de la valla. Las alas de Roland detuvieron sus sacudidas y empezaron a mecerse suavemente hasta devolverlo al suelo. Todo el mundo permaneció quieto, pero el aire quedó cargado de un silencio eléctrico.

Luce sintió el peso de muchas miradas sobre ella: Callie, Miles y Shelby. Daniel, Arriane y Gabbe. Cam, Roland y Molly. Los ojos ciegos de los Proscritos. Pero no se podía apartar de esa chica con esos ojos blancos inexpresivos.

—No lo matarás... ¿porque yo te lo digo? —Luce estaba tan sorprendida que se echó a reír—. Creía que me queríais matar.

—¿Matarte? —La voz mecánica de la chica adquirió una cadencia aguda, como de sorpresa—. Para nada. Moriríamos por ti. Queremos que vengas con nosotros. Eres nuestra última esperanza. Nuestra llave de entrada.

—¿Entrada? —Miles expresó la sorpresa que Luce era incapaz de demostrar en ese instante—. ¿Adónde?

—Al Cielo, claro. —La muchacha miró a Luce con sus ojos inertes—. Tú eres el precio.

—No.

Luce negó con la cabeza, pero las palabras de la chica le martilleaban el cerebro retumbando de un modo que hacía casi insoportable la sensación de vacío que sentía.

«La entrada al Cielo. El precio.»

Luce no entendía nada. Los Proscritos se la llevarían, ¿y qué harían con ella? ¿Utilizarla como una especie de moneda de cambio? Esa chica ni siquiera podía verla para saber quién era. Si algo había aprendido Luce en la Escuela de la Costa era que los mitos no se podían perpetuar. Eran demasiado antiguos, demasiado retorcidos. Todo el mundo sabía que había una historia, una en la que Luce había participado mucho tiempo atrás, pero nadie parecía saber por qué.

—No la escuches, Luce. Es un monstruo.

A Daniel le temblaban las alas. Era como si creyera que podía sentirse tentada a ir. Entonces Luce empezó a sentir una comezón en los hombros, un picor intenso que le dejó el resto del cuerpo entumecido.

—¿Lucinda? —gritó la Proscrita.

—Está bien, un momento —dijo Luce a la chica, y se volvió hacia Daniel—. Quiero saber una cosa: ¿qué es la tregua? Y no me digas que nada, ni me vengas con que no me lo puedes explicar. Quiero la verdad, me la debes.

—Tienes razón —convino Daniel para sorpresa de Luce. No dejaba de dirigir miradas a la Proscrita, como si esta fuera a llevarse a Luce en cualquier instante—. Cam y yo la preparamos. Acordamos dejar a un lado nuestras diferencias durante dieciocho días. Todos los ángeles y los demonios. Nos aliamos para cazar a otros enemigos, como ella —señaló a la Proscrita.

—Pero ¿por qué?

—Por ti. Porque necesitabas tiempo. Aunque nuestros fines sean distintos, por ahora Cam y yo, y todos los de nuestra especie, somos aliados. Compartimos una prioridad.

Lo que Luce había visto en la Anunciadora, aquella repugnante escena de Daniel y Cam colaborando. ¿Se suponía que eso estaba bien porque habían acordado una tregua? ¿Para darle tiempo a ella?

—No es que te sintieras muy comprometido con la tregua. —Cam escupió en dirección a Daniel—. ¿De qué sirve una tregua si no se cumple?

—Tú tampoco la cumpliste —dijo Luce a Cam—. Estuviste en el bosque de la Escuela de la Costa.

—¡Te estaba protegiendo! —replicó Cam—. ¡Nada de salir de paseo a la luz de la luna!

Luce se volvió hacia Arriane.

—Sea lo que sea, la tregua, dime: ¿cuando termine significará… que Cam de repente volverá a ser el enemigo? ¿Y Roland también? Esto no tiene ningún sentido.

—Lucinda, basta con que lo digas —intervino la Proscrita— para que yo te aleje de todo esto.

—¿Y adónde me llevarás? ¿Adónde? —preguntó Luce. Había algo atractivo en la idea de marcharse, lejos de todos los problemas, luchas y confusiones.

—No hagas nada que luego puedas lamentar, Luce —le advirtió Cam. Era raro que él sonara como la voz de la prudencia, mientras que Daniel parecía prácticamente paralizado.

Luce miró a su alrededor por primera vez tras salir del cobertizo. La batalla había terminado. La misma capa de polvo que en su momento había cubierto el cementerio de Espada & Cruz cubría ahora la hierba del patio trasero. Mientras el grupo de ángeles parecía completamente intacto y completo, los Proscritos habían perdido una buena parte de su ejército. Había unos diez que guardaban las distancias, vigilantes, con los arcos de plata bajados.

La Proscrita seguía esperando una respuesta de Luce. Sus ojos brillaban en la noche y retrocedía conforme los ángeles se le acercaban. Cuando Cam se aproximó, la chica alzó lentamente el arco otra vez y lo apuntó hacia su corazón.

Luce vio que se tensaba.

—Tú no deseas marcharte con los Proscritos —dijo a Luce—. No esta noche.

—Tú no le digas lo que quiere o deja de querer —intervino Shelby—. Yo no digo que tenga que irse con esos tipos albinos tan raros, ni nada. Lo único que quiero es que todo el mundo deje de tratarla como a una niña y le permita hacer lo que le parezca. ¡Ya basta, caramba!

Su voz atronó en el patio, provocando un respingo en la Proscrita, que retrocedió al instante. Se volvió para dirigir su flecha hacia Shelby.

Luce contuvo el aliento. La flecha de plata temblaba en las manos de la Proscrita. Tensó la cuerda. Luce contuvo el aliento. Pero antes de que pudiera disparar, sus ojos vidriosos se abrieron, el arco se le cayó de las manos, y su cuerpo desapareció en un tenue estallido de luz grisácea.

Aproximadamente medio metro por detrás de donde la chica había estado, Molly bajó un arco de plata. Era evidente que la había disparado por la espalda.

—¿Qué pasa? —espetó Molly mientras el grupo se volvía con gran estupor para mirarla—. Esa nefilim me cae bien. Me recuerda a alguien que conozco.

Movió un brazo para señalar a Shelby, que dijo:

—Gracias. En serio. Esto ha estado muy bien.

Molly se encogió de hombros, ajena a la presencia oscura y gigante que se elevaba detrás de ella. Era el Proscrito al que Miles había arrojado al suelo con el kayak. Phil.

Asiendo la embarcación como si de un bate de béisbol se tratara, la blandió hacia delante y golpeó a Molly, que cayó al suelo con un gemido. Tras echar el kayak a un lado, el Proscrito rebuscó en su gabardina la última flecha brillante.

Sus ojos inertes eran la única parte de su rostro que carecía de expresión. El resto de él —sus gruñidos, su ceño, incluso sus pómulos— tenía una apariencia tremendamente furiosa. La piel blanca de su cabeza parecía tensada sobre el cráneo huesudo. Sus manos se asemejaban a garras. La ira y la desesperación habían hecho de ese chico un joven pálido y extraño, pero también atractivo, un auténtico monstruo.

Levantó su arco de plata y apuntó a Luce.

—Llevaba semanas esperando pacientemente mi oportunidad. A mí no me importa ser un poco más enérgico que mi hermana —rezongó—. Vas a venir con nosotros.

Unos arcos de plata se levantaron a ambos lados de Luce. Cam volvió a sacar el suyo de su abrigo, y Daniel había recogido del suelo el arco que la Proscrita había dejado caer. Phil parecía contar con ello. En su rostro se esbozó una sonrisa siniestra.

—¿Voy a tener que matar a tu amante para conseguir que te unas a mí? —preguntó apuntando a Daniel—. ¿O es preciso que los mate a todos?

Luce tenía la vista clavada en aquel extremo raro y aplanado de la flecha de plata, que estaba a menos de tres metros del pecho de Daniel. No había ninguna posibilidad de que Phil errara el tiro. Ella ya había visto cómo la flecha acababa con la vida de una docena de ángeles con un destello nimio de luz. Pero también había visto que una flecha rebotaba en la piel de Callie, como si no fuera más que la vara mocha que aparentaba ser.

De pronto cayó en la cuenta de que las flechas de plata mataban a ángeles, pero no a humanos.

Se puso delante de Daniel.

—No permitiré que le hagáis daño. Vuestras flechas no me pueden herir.

Daniel dejó escapar un sonido extraño, entre la risa y el sollozo. Ella se volvió hacia él con asombro. Parecía asustado, pero sobre todo parecía culpable.

Luce recordó la conversación que habían tenido bajo el melocotonero en Espada & Cruz, cuando él le había hablado por primera vez de sus reencarnaciones. Se acordó de cuando se sentó con él en la playa de Mendocino y él le habló de su lugar en el Cielo antes de conocerla. ¡Qué difícil había sido lograr que él se abriera en esos días! Con todo, ella presentía que aún había algo más. Tenía que haber algo más.

El chasquido del arco hizo que volviera a dirigir su atención hacia el Proscrito, que en ese momento echaba hacia atrás la flecha de plata. Esta vez apuntaba a Miles.

—Basta de charlas —dijo—. Voy a cargarme a tus amigos uno a uno hasta que te rindas.

Luce vio en su mente un destello de luz, un remolino de color y una vorágine de secuencias de sus diferentes vidas: su madre, su padre y Andrew. Los padres a los que había visto en el monte Shasta. Vera, patinando en el estanque helado. La chica que nadaba en la cascada con un biquini amarillo. Y otras ciudades, casas y momentos que todavía era incapaz de reconocer. El rostro de Daniel desde mil ángulos distintos, bajo mil luces diferentes. Un estallido detrás de otro.

Luego parpadeó y se encontró de nuevo en el patio. Los Proscritos se acercaban, agrupándose y susurrando a Phil. Él no dejaba de indicarles que retrocedieran, inquieto, intentando centrarse en Luce. Todo el mundo estaba tenso.

Vio que Miles la miraba fijamente, y creyó que estaría aterrado, pero no lo estaba. Tenía la mirada clavada en ella con una intensidad tal que parecía remover lo más profundo de su ser. Luce se sintió aturdida y se le nubló la vista. A continuación tuvo la extraña sensación de estar quedándose sin algo, como si alguien le arrebatara el armazón de la piel.

Y entonces oyó su propia voz:

—No disparéis. Me rindo.

Lo extraño es que las palabras retumbaban y parecían acorporales, si bien es verdad que Luce no las había pronunciado. Siguió el recorrido del sonido con la vista y su cuerpo se tensó ante lo que vio.

Detrás del Proscrito, llamándole la atención con un golpe suave en el hombro, había otra Luce.

No era una visión de un vida pasada. Esa chica era ella misma, con sus vaqueros negros ajustados y la camisa de cuadros con el botón que faltaba. Con su pelo negro cortado y recién teñido. Sus ojos almendrados y burlones dirigidos al Proscrito. La llama de su alma claramente visible para él y también para los otros ángeles. Aquella imagen era un reflejo de ella. Aquello era...

Una intervención de Miles.

Su don. Había dividido la imagen de Luce en otra, tal como le había dicho que sabía hacer en su primer día en la Escuela de la Costa. «Según parece, es fácil hacerlo con las personas a las que... a las que quieres», le había comentado.

Él la quería.

Sin embargo, en ese instante ella no podía permitirse detenerse a pensar en ello. Mientras los ojos de los demás se volvían atraídos hacia su propia imagen reflejada, la Luce real dio dos pasos atrás y se ocultó en el cobertizo.

—¿Qué ocurre? —le espetó Cam a Daniel.

—¡No lo sé! —susurró Daniel con la voz rota.

Solo Shelby parecía comprender.

—Lo ha conseguido —musitó para sí misma.

El Proscrito hizo oscilar su arco para apuntar a esa nueva Luce, como si no se creyera del todo aquella victoria.

—Vamos —se oyó decir Luce en el centro del patio—. Ya no puedo estar más con ellos después de tantos secretos y tantas mentiras.

Una parte de ella sentía realmente que no podía seguir así, que había algo que tenía que cambiar.

—¿Vendrás conmigo y te unirás a mis hermanos y hermanas? —preguntó el Proscrito con voz esperanzada. Sus ojos le dieron asco. Él le tendía su mano blanca y fantasmal.

—Lo haré —pronunció la voz de Luce.

—¡Luce, no! —Daniel se quedó sin aire—. No puedes.

Los Proscritos que quedaban alzaron los arcos contra Daniel, Cam y los demás por si pensaban intervenir.

La imagen reflejada de Luce dio un paso al frente. Puso su mano en la de Phil.

—Sí, claro que puedo.

Aquel Proscrito monstruoso la tomó en sus brazos blancos y fuertes. Se oyó un gran aleteo de alas sucias. Una desagradable nube de polvo se alzó del suelo. Dentro del cobertizo, Luce contenía el aliento.

Oyó a Daniel dar un grito ahogado al ver cómo el reflejo de Luce y el Proscrito planeaban arriba y abajo por encima del patio trasero. Los demás miraban incrédulos. Todos menos Shelby y Miles.

—¿Qué diablos ha ocurrido? —preguntó Arriane—. ¿De verdad ella…?

—¡No! —gritaba Daniel—. ¡No!

A Luce se le encogió el corazón al verlo tirarse del pelo, dar vueltas en círculo y desplegar sus alas por completo.

Al instante, el ejército de Proscritos que quedaba abrieron sus alas marrones y deslucidas y levantaron el vuelo. Tenían unas alas tan finas que tenían que batir muy rápidamente para mantenerse suspendidos en el aire. Rodearon a Phil, intentando formar un escudo en torno a él para que pudiera llevarse a Luce a donde fuera que pensara llevarla.

Pero Cam fue más rápido. Los Proscritos se encontraban a unos seis metros en el aire cuando Luce oyó una última flecha que salía despedida del arco.

Pero la flecha de Cam no iba dirigida a Phil, sino a Luce.

Y dio en el blanco.

Luce se quedó petrificada cuando vio cómo su imagen reflejada desaparecía en un gran estallido de luz blanca.

En el cielo, las alas destrozadas de Phil se agitaron abiertas y vacías. Un aullido horrible le salió de la boca. Se dispuso a abalanzarse sobre Cam seguido por su ejército de Proscritos, pero se detuvo a mitad de camino, como si se hubiera dado cuenta de que no había motivo para regresar.

—Entonces, todo empieza de nuevo —gritó a Cam y al resto—. Podría haber terminado de forma pacífica. Pero esta noche habéis conseguido tener una nueva secta de enemigos inmortales. La próxima vez no negociaremos.

Luego los Proscritos desaparecieron en la noche.

De vuelta en el patio, Daniel arremetió contra Cam y lo arrojó al suelo.

—¿Qué te ocurre? —gritó con los puños dirigidos contra la cara de Cam—. ¿Cómo has podido?

Cam se esforzaba por detenerlo. Los dos rodaron por el césped agarrados.

—Era el mejor final para ella, Daniel.

Daniel, con los ojos brillantes, sacudía a Cam con violencia, lo golpeaba y le hundía la cabeza en el barro.

—¡Te mataré!

—¡Sabes que tengo razón! —gritó Cam sin defenderse.

Daniel se detuvo cerrando los ojos.

—Ahora mismo no sé nada.

Su voz estaba rota. Hasta entonces había asido a Cam por la solapa, pero entonces se desplomó en el suelo y hundió su cara en la hierba.

Luce deseó acercarse, abalanzarse hacia él y decirle que todo iría bien.

Pero no iría.

Lo que había visto esa noche era demasiado. Estaba horrorizada de haberse visto a sí misma, mejor dicho, a la imagen reflejada por Miles, muriendo a causa de una flecha estelar.

Miles le había salvado la vida, no podía quitárselo de la cabeza.

Y los demás pensaban que Cam le había puesto punto final.

La cabeza le daba vueltas mientras surgía de la sombra del cobertizo a fin de decir a todos que no se preocupasen, que ella seguía con vida. Pero entonces percibió la presencia de algo más.

Había una Anunciadora agitándose en la entrada. Luce salió rápidamente del cobertizo y se acercó a ella.

Lentamente, fue separándose de una sombra arrojada por la luna. La Anunciadora se deslizó hacia ella unos metros por la hierba, recogiendo una capa sucia de polvo que la batalla había dejado. Cuando llegó hasta Luce, se estremeció y después se le encaramó por el cuerpo hasta quedar suspendida como una mancha negra sobre su cabeza.

Ella cerró los ojos y se encontró levantando la mano para cogerla. La oscuridad se le quedó prendida entre los dedos y emitió un
chisporroteo gélido.

—¿Qué es eso? —Daniel volvió la cabeza al oír el ruido y se levantó del suelo.

—¡Luce!

Ella se quedó quieta mientras los demás hacían gestos de sorpresa al verla de pie ante al cobertizo. No quería vislumbrar a una Anunciadora, ya había visto suficientes cosas por esa noche. No sabía ni
siquiera por qué estaba haciendo esto.

Hasta que lo hizo. No buscaba una visión, buscaba una vía de escape. Algo que estuviera lo suficientemente alejado como para transponerse. Llevaba demasiado tiempo sin tener ni un solo instante para
pensar a solas. Necesitaba una pausa de todo.

—Es hora de marcharse —dijo para sí misma.

La puerta en forma de sombra que se había mostrado ante ella
no era perfecta: tenía los bordes recortados y apestaba a aguas resi-
duales. Luce, sin embargo, abrió su superficie.

—¡No sabes lo que haces, Luce! —La voz de Roland le alcanzó
en el umbral de la puerta—. ¡Podría llevarte a cualquier sitio!

Daniel corría hacia ella.

—¿Qué estás haciendo?

Ella percibió en su voz el profundo alivio que sentía por saberla
viva, y el tremendo pánico al ver que era capaz de manipular una
Anunciadora. Su preocupación no hizo más que espolearla.

Le hubiera gustado mirar atrás para disculparse con Callie, agradecer a Miles lo que había hecho, decir a Gabbe y a Arriane que no
se preocupasen tanto por ella como sabía que harían, dejar unas pa-

labras para sus padres. Y decir a Daniel que no la siguiera, que necesitaba hacer eso ella sola. Pero su posibilidad de escapar se estaba cerrando. Así que dio un paso al frente y dijo a Roland:

—Me temo que voy a tener que aprenderlo sobre la marcha.

Por el rabillo del ojo vio a Daniel corriendo hacia ella, como si no se hubiera creído que ella lo iba a hacer.

Sintió que las palabras «Te quiero» le recorrían la garganta. Así era. Para siempre. Pero, si ella y Daniel tenían un para siempre, su amor podía esperar a que ella averiguara unas cuantas cosas importantes sobre sí misma. Sobre sus vidas anteriores y la vida que les aguardaba. Esa noche solo era para decir adiós, coger aire e introducirse en esa sombra lúgubre.

En la oscuridad.

En su pasado.

Epílogo
El pandemonio

—¿Qué ha pasado?
       —¿Adónde ha ido?
—¿Quién le ha enseñado a hacer eso?

Las voces nerviosas en el patio sonaban apagadas y distantes para Daniel. Sabía que los otros ángeles caídos discutían y buscaban a Anunciadoras entre las sombras del patio.

Daniel se había convertido en una isla, cerrado para todo excepto para su propio dolor.

Le había fallado. Había fallado.

¿Cómo era posible? Llevaba semanas empleándose a fondo con el único objetivo de mantenerla a salvo hasta el momento en que ya no pudiera ofrecerle protección. Ahora ese momento había llegado y se había ido… igual que Luce.

A ella le podía pasar cualquier cosa. Y podía estar en cualquier sitio. Jamás se había sentido tan hundido y apenado.

—¿Por qué no encontramos a la Anunciadora en la que ha entrado, la recomponemos y la seguimos?

Era el muchacho nefilim, Miles, que estaba de rodillas, peinando la hierba con los dedos como un imbécil.

—No es así como funcionan —le espetó Daniel—. Cuando viajas en el tiempo te llevas a la Anunciadora contigo. Por eso no debe hacerse nunca a menos que...

Cam se volvió hacia Miles con una mirada suplicante.

—Por favor, dime que Luce sabe más que tú sobre viajes en Anunciadora.

—Cállate —dijo Shelby de pie junto a Miles con una actitud protectora—. Si él no hubiera enviado el reflejo de Luce, Phil se la habría llevado.

Shelby tenía una actitud cautelosa y temerosa; se sentía fuera de lugar entre esos ángeles caídos. Años atrás se había enamorado perdidamente de Daniel, aunque por supuesto sin ser correspondida. Pero hasta esa noche él siempre la había tenido en buen concepto. Ahora ella era una molestia.

—Dijiste que Luce estaría mejor muerta que con los Proscritos —dijo Shelby, defendiendo aún a Miles.

—Unos Proscritos a los que precisamente tú invitaste.

Arriane se metió en la conversación dirigiéndose a Shelby, cuyo rostro se sonrojó.

—¿Por qué supones que una nefilim sería capaz de detectar a un Proscrito? —preguntó Molly desafiando a Arriane—. Tú estuviste en esa escuela. Deberías haber percibido alguna cosa.

—¡Callaos, todos!

Daniel no podía pensar con calma. El patio estaba repleto de ángeles, pero la ausencia de Luce lo hacía parecer tremendamente vacío.

Apenas podía soportar ver a nadie. A Shelby, por caer sin más en la trampa de un Proscrito. A Miles, por creer que tenía alguna opción en el futuro de Luce. A Cam, por lo que había intentado hacer...

¡Oh, ese momento en el que Daniel pensó haberla perdido por una flecha estelar de Cam! Las alas se le habían vuelto demasiado pesadas para levantarlas. Más frías que la muerte. En ese instante había abandonado toda esperanza.

Pero solo había sido una ilusión óptica. Un reflejo desconcertante, nada especial en circunstancias ordinarias, pero que en esa noche había sido lo último que Daniel esperaba. Le había provocado una impresión tremenda. Había estado a punto de matarlo. Hasta la alegría de su resurrección.

Todavía había esperanza.

Si la encontraba.

Se había quedado perplejo al ver a Luce abriendo a la Anunciadora. Asombrado, impresionado y dolorosamente atraído hacia ella, pero sobre todo perplejo. ¿Cuántas veces lo había hecho sin que él lo supiera?

—¿Qué piensas? —preguntó Cam acercándose a su lado.

Notó la atracción de las alas, esa antigua fuerza magnética, pero estaba demasiado agotado para apartarse.

—Voy a ir tras ella —dijo.

—Buen plan. —Cam adoptó un aire despectivo—. Simple: «Ir tras ella». En cualquier lugar en el tiempo y el espacio a lo largo de miles de años. ¿Para qué emplear una estrategia?

Su sarcasmo hizo que Daniel quisiera sacudirle de nuevo.

—No te pido ni ayuda ni consejo, Cam.

En el patio solamente quedaban dos flechas estelares: la que había cogido de la Proscrita a la que Molly había matado, y la que Cam había encontrado en la playa al inicio de la tregua. Se habría producido una bonita simetría si Cam y Daniel hubiesen actuado como enemigos en ese momento: dos chicos, dos flechas estelares, dos enemigos inmortales.

Pero no, aún no. Tenían que eliminar a muchos otros antes de volver a dedicarse de nuevo a ellos.

—Lo que Cam quiere decir… —Roland se interpuso entre ellos hablando a Daniel con voz grave— es que tal vez esto requiera cierto trabajo en equipo. He visto cómo estos chicos entran en las Anunciadoras. No sabe lo que hace, Daniel. Se va a meter en problemas muy pronto.

—Lo sé.

—No es señal de flaqueza permitir que os ayudemos —añadió Roland.

—¡Yo puedo ayudaros! —exclamó Shelby, que había estado cuchicheando con Miles—. Creo que sé dónde se encuentra.

—¿Tú? —preguntó Daniel—. Ya has ayudado suficiente. Los dos habéis ayudado suficiente.

—Daniel…

—Conozco a Luce mejor que nadie en el mundo. —Daniel se apartó de todos y se sumergió en el espacio oscuro y vacío del patio donde ella había desaparecido—. Mucho mejor de lo que ninguno de vosotros la conocerá jamás. No necesito vuestra ayuda.

—Yo conozco su pasado —dijo Shelby poniéndose ante él para que la mirara—. Tú no sabes lo que ha soportado estas semanas. Yo soy la que ha estado con ella mientras vislumbraba sus vidas anteriores. La que vio su cara cuando se encontró a la hermana que había perdido cuando la besaste y luego … —Shelby calló—. Sé que todos vosotros me odiáis ahora mismo, pero juro por… por lo que sea en que vosotros creáis que a partir de este momento podéis confiar en mí.

Y en Miles también. Queremos ayudar. Vamos a ayudar. Por favor.
—Tendió una mano a Daniel—. Confía en nosotros.

Daniel se apartó de ella. Confiar era algo que siempre le había incomodado. Lo que tenía con Luce era inquebrantable. Nunca había habido necesidad de confianza. Era simplemente cuestión de amor.

Pero en toda la eternidad, Daniel jamás había sido capaz de depositar su fe en nadie ni en nada más. Y no estaba dispuesto a empezar a hacerlo ahora.

·En la calle, un perro aulló. Y volvió a aullar más fuerte. Más cerca.

Eran los padres de Luce, que regresaban de su paseo.

En aquel patio oscuro, Daniel cruzó una mirada con Gabbe. Ella estaba junto a Callie, probablemente consolándola. Ya tenía las alas replegadas.

—Márchate.

Gabbe articuló la frase sin pronunciarla en voz alta en aquel patio trasero desolado y cubierto de polvo. Lo que quería decir era: «Ve a buscarla». Ella se ocuparía de los padres de Luce. Cuidaría de que Callie regresara a casa. Se encargaría de todo para que Daniel pudiera ir tras lo que importaba. «Te buscaremos y te ayudaremos en cuanto podamos.»

La luna se asomó entre la cortina de nubes. La sombra de Daniel se alargó en la hierba que tenía a sus pies. Vio cómo ésta se agrandaba un poco y empezó a formar a la Anunciadora que contenía. Cuando esa oscuridad fría y húmeda le acarició, Daniel se dio cuenta de que hacía mucho tiempo que no se había transpuesto. Su estilo no consistía en mirar atrás.

Pero los gestos seguían en él, ocultos bajo sus alas, su alma o su corazón. Se movió con rapidez, separando a la Anunciadora de su propia sombra y pellizcándola con rapidez para retirarla del suelo. Luego, como si de una pieza de arcilla se tratase, la arrojó al aire directamente ante él.

Formó un portal nítido y definido.

Él había participado en todas y cada una de las vidas anteriores de Luce. No había motivo para que no fuera capaz de encontrarla.

Abrió la puerta. No había tiempo que perder. Su corazón la llevaría hasta ella.

Tenía el presentimiento de que algo malo estaba a punto de ocurrir, pero también la esperanza de que algo increíble aguardaba en la lejanía.

Tenía que ser así.

Su amor apasionado por ella lo inundó hasta que se sintió tan lleno que no supo si cabría por la entrada. Recogió las alas contra el cuerpo y se precipitó en el interior de la Anunciadora.

Detrás de él, en el patio, hubo una conmoción lejana. Susurros, carreras y gritos.

No le importaba. En realidad, no le importaba ninguno de ellos. Solo ella.

Gritó mientras se abría al pasado.

—Daniel.

Unas voces. Detrás de él, acechándole, acercándose. Pronunciando su nombre mientras él se adentraba cada vez más profundamente en el pasado.

¿La encontraría?

Sin duda.

¿La salvaría?

Siempre.

Agradecimientos

Ante todo, mi agradecimiento más profundo a mis lectores por su apoyo efusivo y generoso. Gracias a vosotros, posiblemente podré escribir siempre.

A Wendy Loggia, cuya confianza en esta serie ha sido un regalo inmenso para mí y porque sabe exactamente qué hay que hacer para que se aproxime a lo que siempre ha querido ser. A Beverly Horowitz, por la charla más animada que jamás he tenido, y también por el postre que me metiste en el bolso. A Krista Vitola, cuyos correos electrónicos llenos de buenas noticias me han alegrado muchos días. A Angela Carlino y al equipo de diseño, gracias por una sobrecubierta que levanta pasiones. A mi compañera de viaje Noreen Marchisi, a Roshan Nozari y al resto del fabuloso equipo de marketing de Random House: sois unos magos. A Michael Stears y Ted Malawer, unos genios infatigables. Vuestra agudeza y animosidad hacen que trabajar con vosotros resulte un placer más que una obligación.

A mis amigos, que me ayudan a no perder la cabeza y a inspirarme. A mi familia en Texas, Arkansas, Baltimore y Florida, por tanto entusiasmo y amor. Y a Jason, por cada día que pasa a mi lado.